Charlotte Cole

Küss mich unter dem Mistelzweig

Weihnachten in Finley Meadows

-- Finley Meadows 5 --

Impressum:
INSECO GmbH
Dr. Kraitschek Gasse 7-9/1/3, 2486 Pottendorf
Lektorat: Andrea Weil (www.weil-andrea.at)
Cover und Buchsatz: Ing. Beate Scherer (www.besch.at)
Druck: Amazon

Für alle, die das Glück
an unerwarteten
Orten finden ...
oder in unerwarteten
Menschen.

Kapitel 1

6 Monate zuvor

Olivia streckte sich genüsslich, die Bettlaken so wunderbar weich auf ihrer Haut. Es war, als kribbelten goldene Champagnerbläschen in ihrem Körper. Wann hatte sie sich das letzte Mal so entspannt gefühlt? Sie lächelte – und hätte am liebsten geschnurrt vor Glück, wie eine Katze, die an einem weichen Platz in die Sonne blinzelt.

„Guten Morgen“, sagte eine tiefe Stimme hinter ihr. Brandon hauchte kleine Küsse auf ihre Schulter, über ihren Nacken und folgte der Linie ihres Halses. Als er an ihrem Ohrläppchen knabberte, seufzte sie, und Olivias Körper drängte ganz ohne ihr Zutun näher zu ihm.

„Ich wäre sehr für eine Wiederholung“, murmelte er.

Sie drehte sich um und schlang die Arme um seinen Hals. „Bist du sicher?“, fragte sie und küsste ihn federzart.

Er erwiderte ihren Kuss und knabberte an ihrer Lippe. „Ja. Heute Abend?“

Ein Lächeln breitete sich auf Olivias Gesicht aus. „Das würde ich schön finden.“

Das Lächeln fand seinen Weg von ihren Lippen auf seine, bis da etwas Goldenes zwischen ihnen war, das sie einhüllte und umschloss, an einem Ort, der nur ihnen beiden gehörte.

„Ich arbeite bis acht“, sagte er. „Was hältst du davon, wenn ich für uns beide koche?“

„Du kochst?“, fragte sie. „Oh mein Gott. Wenn du nicht aufpasst, wirst du mich nie wieder los.“

„Oh nein." Brandon verzog das Gesicht zu gespieltem Entsetzen. „Das wäre ja furchtbar. Eine kluge, umwerfende und komplett atemberaubende Frau in meinen Leben ... welcher Mann würde denn das wollen?"

Sie grinste. „So viele Komplimente sind gar nicht notwendig, wenn du mich mit Essen versorgst."

„Nur mit Essen?", fragte er und küsste sie, während seine Hände ihren Körper erforschten.

„Mit dem ganzen Menü ... Vorspeise, Hauptgang und Dessert", seufzte sie.

„Dessert klingt wunderbar", sagte er. „Und für den Rest ... Italienisch?" Sein Blick hielt ihren fest und für einen Moment lang vergaß sie alles um sich herum.

„Würd ich um nichts in der Welt verpassen", sagte sie und lächelte ihn an. „Also so gegen acht?"

Er nickte und grinste, als hätte er gerade Wimbledon und im Lotto gleichzeitig gewonnen, dann drückte er ihr einen Kuss auf die Nasenspitze. „Ich mach mal Kaffee für uns beide und spring dann unter die Dusche. Du ruhst dich noch ein bisschen aus. Wenn´s nach Kaffee riecht, dann findest du Frühstück in der Küche."

Olivia sank wieder zurück in die weichen Kissen und verfolgte sein wohlgeformtes Hinterteil unter halbgeschlossenen Lidern.

Sie musste wohl für einige Minuten eingedöst sein, denn als sie die Augen wieder öffnete, roch es nicht nur wunderbar nach frisch Aufgebackenem und Kaffee, sie hörte auch eine Dusche rauschen.

Er hatte ihr seinen Bademantel aufs Bett gelegt. Sie lächelte, als sie in diese Umarmung von weichem Frottee und einem Hauch seines Aftershaves schlüpfte. Er war wirklich unglaublich lieb und hatte daran gedacht, dass sie nichts außer ihrem Abendkleid zum Anziehen dabei hatte.

In ihren Gedanken blitzten Bilder von gestern Abend auf – die Charity Gala im Museum war ein voller Erfolg gewesen. Sie hatte eigentlich überlegt, ob sie nach Hause gehen wollte ... aber dann, ganz plötzlich, hatte sie Brandon gesehen.

Vielleicht lag es am Erfolg dieses Abends, an der Musik oder daran, dass sie kaum jemals Alkohol trank und gestern Abend immer wieder mit Geschäftspartnern angestoßen hatte ...

Jedenfalls war plötzlich alles anders gewesen. Sie hatte Brandon schon öfters getroffen und natürlich gemerkt, dass er gut aussah – aber da war niemals etwas Besonderes zwischen ihnen gewesen.

Bis gestern Abend. Als er einfach nur dagestanden hatte und sein Blick genug gewesen war.

Als hätte er sie gerufen.

Sie hatte ihn angesehen und er sie, und keiner von ihnen hatte die Augen abwenden können. Quer durch den Raum, mit all den Menschen zwischen ihnen, war da nichts anderes gewesen als nur noch sie beide.

Olivia hatte immer gedacht, dass es diese Art von Magie nicht gab, dass das etwas war, was nur in Filmen passierte.

Bis gestern Abend und jenen Moment, der alles verändert hatte.

Brandon war durch die Menschenmenge zu ihr gekommen. Für einen Moment war er ganz still vor ihr gestanden, während Musik in der Luft lag und bunte Lichter über der Tanzfläche blitzten.

Langsam hatte er die Hand ausgestreckt und sie hatte ihre hineingelegt.

So einfach war das gewesen. Da war nur ihre Hand in seiner und keine Gedanken mehr, nur noch dieses Gefühl, dass von nun an alles *richtig* war. Da war seine Hand auf ihrer Taille, da war die

Art, wie sie tanzten – als hätten sie das bereits viele tausend Male getan, in diesem Leben und vielleicht in all ihren Leben zuvor.

Als die Gala zu Ende war, war sie mit zu ihm gekommen. Sie hatten nicht viel geredet, weil es nicht viel zu reden gab. Sie war Olivia und er Brandon und sie waren hier, in diesem Moment, hatten sich gefunden, waren zusammen, weil es einfach gar nicht anders sein konnte.

Und die Nacht ...

Olivia lächelte und folgte barfuß dem kleinen Gang entlang. Die Nacht war unglaublich gewesen. Sie hatte noch nie eine Nacht wie diese verbracht, hatte noch nie gefühlt, was sie mit ihm fühlte.

Sie trat in die kleine Küche. Die Küche war heimelig eingerichtet und wirkte so, als würde Brandon tatsächlich viel und gerne kochen. Eselsohrige Kochbücher stapelten sich in einem Regal, daneben ein Fach mit unzähligen Gewürzen, alle ordentlich beschriftet und sortiert. Verschiedene Kräuter standen zufrieden in ihren Töpfen auf dem Fensterbrett und hielten ihre Blätter in die Morgensonne. Auf dem Herd kochte Wasser in einem Teekessel, der kleine Tisch in der Ecke war bereits gedeckt. Ein Korb mit frisch aufgebackenen Brötchen stand darauf, daneben verschiedene Marmeladen, die selbstgemacht aussahen.

Eine Tasse Kaffee wartete auf sie – und Olivia griff dankbar danach, nahm einen Schluck. Neugierig trat sie an die Wand heran, an der zahlreiche gerahmte Fotos hingen. Fotos von Brandon und seinen Kumpels beim Sport, Brandon mit einer Gruppe von Leuten in der Wüste und am Strand und dann –

Olivia zuckte zurück, als sie ein bekanntes Gesicht erblickte.

Shit!

Sie trat einen Schritt näher, um die Widmung zu lesen.

Für einen großen Bruder bist du gar nicht so übel, stand da zu lesen ... auf einem Foto von Brandon und Sam.

Sam … mit dem sie vor ein paar Monaten eine lockere Affäre gehabt hatte.

Olivia sank auf den Stuhl neben sich, weil ihre Knie plötzlich weich waren. Wusste Brandon davon? Dass Sam und sie …

Wusste er es und hatte kein Problem damit? Oder hatten die Brüder niemals darüber gesprochen und Brandon wäre verletzt?

Sie schlug die Hände vors Gesicht.

Was hast du dir nur dabei gedacht? Du bist doch sonst so vernünftig … und nun das?

Hitze stieg ihr in die Wangen bei der Vorstellung, Brandon die Situation zu erklären.

Was sollte sie nur tun? Sie blickte an sich hinunter.

Mehr Kleidung.

Sie brauchte Abstand und mehr Kleidung, um diese Situation hier zu meistern, um einen klaren Gedanken zu fassen. Nicht so emotional an die Sache heranzugehen.

Mit einem Satz war sie auf den Beinen und auf dem Weg ins Schlafzimmer. Sie fand ihren Slip und schlüpfte hinein, schloss mit ungeduldigen Bewegungen den Haken ihres BHs, zog das Kleid von gestern Abend über den Kopf und schob ihre Füße in die Stilettos. Für einen Moment stand sie unschlüssig da. Und nun?

Sie schloss die Augen.

So ein Mist!

Wieso nur gab es keinen Knigge für absurde Situationen?

Olivia setzte sich aufs Bett und zwang sich, tief ein- und auszuatmen.

Okay. Von vorne.

Ich mag Brandon.

Mehr als das. Ich mag ihn sehr.

Ihr Blick wanderte durchs Schlafzimmer. Das Bett mit der weißen Bettwäsche, der gemütliche Sessel in der Ecke, der Stapel

Bücher daneben. Ein paar Baseball-Trophäen im Regal ... und noch viel mehr Kochbücher.

Ich mag all das hier, dachte sie erstaunt. *Ich mag ihn und wie er küsst, ich mag, wie er mich ansieht, ich mag, wie er riecht, dass er Frühstück macht, dass er mir einen flauschigen Bademantel vorbereitet, ich mag sein kleines Haus und wie er es eingerichtet hat, ich mag sein Lachen, wie klug er ist ... und ich mag, wie es sich anfühlt, bei ihm zu sein.*

Ich will ihn heut Abend wiedersehen. Und morgen Abend. Und überhaupt.

Olivia seufzte und ließ sich aufs Bett zurückfallen, zurück in die weiße Wolke aus Daunen und Baumwolle.

Sie verstand nicht ganz, warum sie gestern Abend mit Brandon mitgegangen war – sie war Olivia und hatte die Dinge unter Kontrolle, immer. Sie war diszipliniert und vernünftig, ihr passierten keine Ausrutscher, sie ging niemals unnötige Risiken ein, auch keine emotionalen – schon allein, weil sie für ihre Arbeit einen klaren Kopf brauchte.

Und doch ... Sie lächelte.

Sie war froh, dass sie gestern Abend unvernünftig gewesen war.

Sie würde mit Brandon reden und da sie alle erwachsen waren, würde sich eine Lösung finden, nicht wahr?

Oder?

Kälte sickerte aus diesem kleinen *Oder* und der Möglichkeit, dass Brandon sie nicht wiedersehen wollte, in ihr Herz.

Olivia setzte sich auf und reckte die Schultern gerade.

Da war nichts, was sie tun konnte. Sie würde ihm die Wahrheit sagen: dass sie mit seinem Bruder für eine Weile eine lockere Affäre gehabt hatte, dass es schon länger vorbei war und nichts bedeutet hatte. Und dann war es an ihm, zu entscheiden.

Brandon öffnete die Badezimmertür und erschien in einer Wolke aus Wasserdampf, ein Badetuch um die Hüften geschlungen. Sein Haar war dunkel vom Wasser und er lächelte sie an.

Olivia stand hastig vom Bett auf.

„Bist du auch zum Frühstück mit Cara und Sam eingeladen?", fragte er. „Hab grad im Handykalender gesehen, dass das ja heute Morgen ist. Hatte ich ganz vergessen. Irgendjemand hat mich wohl abgelenkt." Er kam auf sie zu und wollte sie in seine Arme ziehen, aber Olivia wich zurück.

Du musst es ihm sagen, hämmerte in ihrem Kopf. *Wenn das hier eine Chance haben soll, musst du von Anfang an ehrlich sein. Er hat die Wahrheit verdient. Entweder es ist okay für ihn – oder er wirft dich raus.*

„Brandon ..." Sie brach ab, weil sie einfach nicht wusste, wie sie ihn fragen sollte, was sie ihn fragen musste. Bevor das hier weiter ging, bevor er Pläne mit ihr machte, bevor einer von ihnen sich ...

Verliebt? Sie sah ihn fragend an, als wüsste er die Antwort auf ihre Gedanken.

Brandon runzelte die Stirn. „Ist das der Zeitpunkt, an dem du mir sagst, dass das hier eine wunderbare Nacht war, aber du denkst, dass wir lieber nur Freunde sein sollten?" Seine Stimme klang ruhig, aber der Ausdruck in seinen Augen war verletzt.

Nein. Das will ich nicht.

Stumm stand sie da und sah Brandon hilflos an.

Er drehte ihr den Rücken zu und öffnete den Kleiderschrank. „Ich hab den Abend mit dir genossen, Olivia. Und die Nacht ... Ich wünsche mir, dich wiederzusehen. Ich denke, da ist mehr zwischen uns. Oder vielleicht fühle nur ich das und ich täusche mich, was dich angeht. Aber für mich ist das hier mehr als nur eine Nacht. Und ich möchte gerne herausfinden, wo das mit uns hingeht."

Sie wollte zu ihm gehen und ihn umarmen, ihn küssen und ihm sagen, dass sie genauso empfand.

Doch dann fiel ihr Blick auf den Inhalt des Kleiderschranks.

Feinsäuberlich aufgereiht hingen da Uniformen, eingeschlagen in die Plastikhüllen der Reinigung.

Ihr Hals wurde eng, plötzlich konnte sie nicht mehr atmen. Ihr Herz raste, kalter Schweiß überzog ihre Haut.

Natürlich, Brandon ist ein Cop.

Sie trat einen Schritt zurück, hielt sich am Türrahmen fest und zwang sich, ruhig zu atmen.

Sie hatte irgendwann mal gewusst, dass er als Polizist arbeitete. Aber sie hatte ihn niemals zuvor in Uniform gesehen und irgendwie hatte es das so ... unwirklich gemacht, dass sie es in einen tiefen Winkel ihres Gehirns verbannt und dann einfach nicht mehr daran gedacht hatte. Wie ein hässliches Geschenk, das man nicht loswerden kann, aber auch niemals wieder sehen will.

Gebannt starrte sie auf das dunkle Viereck des Kleiderschranks.

Atmen, Olivia. Atmen.

Dunkelblauer Stoff, goldglänzende Abzeichen.

Eine Kappe, die am Kleiderhaken hing.

POLICE, brüllte der Schriftzug darauf.

Weiße Punkte tanzten vor ihren Augen.

Brandon ist ein Cop.

Olivia drückte die Fingernägel in ihre Handflächen, versuchte sich auf den Schmerz zu konzentrieren, aber ihre rasenden Gedanken waren übermächtig,

Brandon ist ein Cop ist ein Cop Brandon ist ein Cop.

„Olivia?“ Brandon sah sie fragend an und strich mit der Hand über seinen Bart. „Ist alles in Ordnung?“ Er machte einen Schritt auf sie zu.

Sie zuckte zurück.

Er wird dir wehtun er ist ein Cop er ist ein Cop Brandon ist ein Cop.

Sie machte testweise einen Schritt mit wackeligen Knien, dann noch einen und griff nach ihrer Handtasche.

„Ich muss los“, presste sie hervor.

Sie stolperte rückwärts in Richtung Tür.

Brandon machte einen weiteren Schritt auf sie zu, blieb dann stehen und hob die Hände.

„Olivia“, sagte er, seine Stimme weit entfernt durch das Kreischen ihrer Panik. „Olivia, was ist hier los?“

Sie schüttelte den Kopf und atmete gequält ein.

Er ist ein Cop.

Er wird dir wehtun.

Und dann, einfach so, hörte sie eine Stimme, die sie seit Jahrzehnten nicht mehr gehört hatte.

Kratzig, bösartig und kalt.

Lauf, kleines Mädchen. Lauf.

Sie drehte sich auf dem Absatz um und stolperte los, erreichte die Eingangstür und riss sie auf, hastete über den Gartenweg hin zur Straße. Mit zitternden Fingern kramte sie nach ihrem Autoschlüssel.

Er fiel ihr aus der Hand und landete klirrend auf dem Boden und als sie danach griff, wurde ihr schwarz vor Augen. Sie stützte sich an der Motorhaube ab und wartete, bis die Welt um sie herum aufgehört hatte zu schwanken. Dann drückte sie auf die Taste. Ihr Volvo öffnete sich blinkend. Sie rutschte zitternd hinein, schmiss ihre Tasche auf den Beifahrersitz und startete das Auto.

Sie atmetet tief ein und aus und hielt die Hände vor sich, atmete tief ein und nochmal aus, bis ihre Hände etwas ruhiger waren.

Olivia gab Gas. Im Rückspiegel sah sie, wie Brandons einsame Figur am Straßenrand stand und ihr nachblickte.

Sie wusste später nicht mehr, wie sie es nach Hause geschafft hatte.

Als sie den Wagen vor ihrem Haus abstellte, legte sie den Kopf am Lenkrad ab. Saß ganz still. Sie begann zu weinen, zitternd und kehlig wie ein verwundetes Tier – und konnte für lange Zeit nicht aufhören.

Kapitel 2

November

Es war kalt geworden in Finley Meadows. Die letzten Blätter der Bäume waren zu Boden gesegelt, Eiskristalle überzogen jeden Morgen Hecken und Felder.

Nicht mehr lange und es wird schneien, dachte Becca fröstelnd.

Zum hundertsten Mal fragte sie sich, ob sie richtig entschieden hatte, hier zu bleiben. Wahrscheinlich nicht. Wahrscheinlich wäre es klüger gewesen, weiterzureisen und in einer größeren Stadt ihr Glück zu versuchen. Einer Stadt, die weiter südlich lag.

Dann dachte sie an die schmutzstarrende Kleidung der Kleinen und schüttelte den Kopf. So würde sie niemand im Auto mitnehmen. Und auch der Zug fiel aus, denn die Mitreisenden würden Fragen stellen. Nicht, dass sie genug Geld für die Tickets gehabt hätte.

Sie bog in die kleine Seitengasse ein und beschleunigte ihre Schritte. Der Inhalt der abgenutzten Tragetasche schlug ihr gegen die Waden, aber sie achtete nicht darauf. Sie war viel länger weggeblieben, als sie versprochen hatte. Beth würde Angst haben.

Müllcontainer ragten rechts und links vor fensterlosen Wänden auf, Stufen führten zu dunkel gähnenden Hintereingängen.

Tagsüber war das hier einfach die Rückseite der geschäftigen Ladenzeile der Hauptstraße – doch nachts erinnerte diese Gasse Becca an eine jener in Horrorfilmen, die sie früher mit Freundinnen zu Halloween verbotenerweise geschaut hatte.

Früher. Sie presste die Lippen zusammen. *In einem anderen Leben*.

Tränen stiegen ihr in die Augen.

Mum. Und Dad.

Sie schüttelte die Bilder ab. Wann immer sie an ihre Eltern dachte, begann sie zu weinen. Manchmal konnte sie für lange Zeit nicht aufhören und dann weinte Beth auch. Becca blickte sich aufmerksam um, dann schlüpfte sie hinter einen Stapel Holzpaletten und drückte sich in kompletter Dunkelheit an der Ziegelwand entlang. Da – ihre Hand ertastete den dämlichen alten Nagel, an dem Beth sich gestern verletzt hatte.

Becca schob sich vorsichtig weiter, Schritt für Schritt.

Schon war sie durch und das Licht der Straßenlaternen erleuchtete den kleinen Platz, der hinter dem Turm aus Paletten lag.

Sie hatte ihr Glück kaum fassen können, als sie diesen Ort gefunden hatte. Und sie war stolz auf ihre Idee gewesen, einen großen Karton zusammenzufalten und hier hereinzuschleppen. Mit Zeitungen, Decken und einem Thermoschlafsack ausgepolstert und direkt neben der Abluft der kleinen Pizzeria, hatten sie es fast gemütlich gehabt. Zumindest, bis die schlimme Kälte gekommen war.

Wie sieht dein Plan aus, Rebecca?, hörte sie die tiefe Stimme ihres Vaters. *Wie sieht dein Langzeitplan aus? Du brauchst ein Ziel, an dem du arbeitest. Ohne ein Ziel driftest du dahin, kannst niemals irgendwo ankommen.*

Sie schluckte. *Ich war schon angekommen,* dachte sie trotzig und ihre Augen brannten. *Bei dir und bei Mum. Vor langer Zeit. Bevor ihr uns allein gelassen habt.*

„Bist du das, Becca?“, piepste es aus dem Karton hervor.

„Ja“, sagte sie, wischte sich hastig die Tränen aus dem Gesicht und ließ sich auf die Knie nieder. „Alles gut, ich komm jetzt rein.“

Sie drückte die Klappen des Kartons beiseite und schob sich ins Innere, vom Schein einer müden Taschenlampe erhellt. Weit aufgerissene Kinderaugen blickten sie an.

„Es ist schon finster", sagte Beth und drückte sich mit einem Seufzen an sie. „Ich hatte Angst, dass du gar nicht mehr zurückkommst."

„Ich würde dich nie allein lassen", murmelte Becca und zog ihre kleine Schwester fest an sich. „Wir halten zusammen, für alle Zeiten. Du und ich, richtig? Wir sind eine Familie. Und Familien halten zusammen."

Der Kopf ihrer Schwester wackelte an ihrer Schulter. „Ich hab geträumt, ein Polizist hat dich verhaftet", murmelte Beth und schniefte.

„Die haben doch keine Chance gegen mich", entgegnete sie und streichelte über Beths Kopf. „Das sind hier auf dem Land ganz alte Männer, wie sollen die mich jemals einholen? Die können ja nicht mal richtig laufen, so dick, wie die sind."

„Wie dick sind die denn?", fragte Beth, Zweifel in der Stimme. Sie setzte sich auf und sah ihre große Schwester aufmerksam an.

„So dick, dass ihr Bauch beinahe bis zum Boden hängt."

Ein zaghaftes Lächeln erschien auf Beths Gesicht.

„So richtig dick?", fragte sie.

„So dick, dass sie auf der Ladefläche eines Lastwagens mitfahren müssen. Die können gar nicht in ein normales Auto rein."

Die Augen des kleinen Mädchens leuchteten auf.

„Ganz bestimmt?", fragte sie.

„Die sind so dick, dass ihr Doppelkinn beim Laufen nach oben klappt und sie gar nichts mehr sehen können."

Beth lachte glucksend.

„Die können dich ja wirklich nicht einholen", murmelte sie zufrieden.

„Sag ich ja." Becca drückte ihr einen Kuss auf die Stirn. „Und jetzt zeig mir mal deine Hand. Danach gibt's etwas zu essen, ich hab vorhin ein paar Äpfel geschenkt bekommen."

„Von wem?", fragte Beth und streckte ihr die Hand entgegen.

Becca betrachtete die Wunde – sie nässte und rundherum war die Hand rot und geschwollen. Angst machte sich in ihr breit. Warum nur heilte die Hand nicht? Das hier sah schlimm aus.

„Von einer netten alten Frau. Sie hat mich gefragt, ob ich Äpfel mag, und hat mir dann welche gegeben."

Becca fuhr mit dem Finger vorsichtig über die Wunde. Das kleine Mädchen zuckte zusammen.

„Sie hatte grüne Haare und einen lila Hut", fügte Becca rasch hinzu, um Beth abzulenken, und zog die Hand ihrer Schwester hoch, in Richtung Taschenlampe.

„Echt? Grüne Haare?", fragte Beth gedehnt.

„Ja." Becca senkte ihre Stimme zu einem geheimnisvollen Flüstern. „Ich denke, sie war eine gute Hexe, weißt du? Sie hatte unter ihrem Arm ein Paket, das so aussah, als wäre ein Besen darin eingewickelt. Das Paket hat sich ein wenig bewegt. Ich denke, der Besen wollte raus."

Sie starrte auf Beths Hand. Mum hatte immer ein Fläschchen Desinfektionsmittel in der Küchenschublade neben Klebeetiketten, Garn und Heftpflastern aufbewahrt.

Mit einem Mal war Becca schwindelig vor Angst. Was sollte sie nur tun? Sie hätte ihre Mum gerne um Hilfe gefragt, die hätte gewusst, wie man so etwas behandelte. Oder sie hätte Beth direkt zum Arzt gefahren.

So einfach war das irgendwann einmal gewesen.

Und nichts davon kam jetzt in Frage. Ihre Mum war nicht hier, sie konnten auf keinen Fall zu einem Arzt – Becca musste allein herausfinden, was zu tun war.

„Eine Hexe? Mit einem lebendigen Besen?“, fragte Beth und holte sie ins Hier und Jetzt zurück. „Glaubst du, hier wohnen viele Hexen?“

„Ich glaub schon“, antwortete Becca automatisch.

„Aber nur gute?“

„Ja.“

„Und woher weißt du das?“

Becca sah ihrer kleinen Schwester in die Augen. *Woher ich das weiß?*

Sie seufzte.

„Weil gute und böse Hexen niemals in einer Ortschaft leben. Das hier ist eine kleine Stadt für gute Hexen“, hörte sie sich selbst antworten.

Beth nickte, die Erklärung schien sie zufrieden zu stellen.

„Lass uns essen, Kleine.“ Sie fischte die Äpfel aus der Tragetasche. Der Obstverkäufer hatte einer alten Dame geholfen, die Münzen aus ihrem Portemonnaie zu zählen … und war deswegen für einen Moment unaufmerksam gewesen.

Der Verkäufer schien nett zu sein. Wenn er alten Damen half und so.

Schlechtes Gewissen flackerte in ihr auf.

Doch dann sah sie ihrer Schwester zu, wie diese in Windeseile den ersten Apfel verputzte und schon nach dem nächsten schielte.

Dem Obstverkäufer würden die paar Äpfel nicht einmal auffallen.

***

„Ciao, Brandon, mio amico“, rief Stefano zu ihm herüber. Sein Atem hing in einer Wolke in der Luft, es sah beinahe aus wie eine Sprechblase. Brandon grinste.

„Polizisten brauchen Vitamina! Sonst machst du beim Verbrecher-Jagen schlapp.“ Stefano breitete seine Arme aus und deutete in weitem Bogen auf das Obst und Gemüse, das sich wie ein Regenbogen rechts und links von ihm ausbreitete. Auf seinem Gesicht lag so etwas wie Vaterstolz.

Brandon nickte, tippte an seine blaue Baseballkappe und spazierte weiter. Er würde am Ende seines Rundganges ein paar Dinge einkaufen, aber im Moment war er dienstlich hier. Obwohl heute eigentlich sein freier Tag war, zog er seine Runden, seit der Markt in der Morgendämmerung geöffnet hatte.

Anfangs war es ruhig gewesen, doch nun war das Gedränge zwischen den Ständen dicht. Junge Frauen schoben Kinderwägen vor sich her, Marktschreier priesen ihre Waren an, Pärchen liefen Hand in Hand. Ein Junge saß hoch oben auf den Schultern seines Vaters und salutierte, als Brandon vorbei ging. Brandon salutierte zurück und zwinkerte ihm zu.

„Hast du das gesehen? So cool!“, hörte er den Jungen seinem Vater ziemlich laut zuflüstern. Er grinste. In Momenten wie diesen dachte er an die Zeit, die er als Polizist in Chicago verbracht hatte, und er gratulierte sich wieder einmal selbst zu seiner Entscheidung, lieber als Kleinstadtpolizist zu arbeiten. Wer brauchte schon Titel und Karriere, wenn er das hier haben konnte? Sein Blick schweifte über den Marktplatz und blieb an einem graumelierten Schopf hängen.

In einer ruhigen Ecke des Marktes saß Luke, auf einem mit Schaffell überzogenen Hocker neben seinem Kleinbus und wärmte sich die Hände an einer Tasse Tee. Die goldenen Honiggläser auf dem Tisch vor ihm glänzten in der Wintersonne. Luke war nicht nur der Imker von Finley Meadows, er war Brandons bester Freund – auch wenn die beiden einige Jahre trennten und Luke beinahe sein Vater hätte sein können. Brandon schlenderte hinüber.

„Schon Glück gehabt?“ Luke sah ihn fragend an.

Brandon schüttelte den Kopf.

„Tee? Mit Honig. Viel Honig“, fügte Luke grinsend hinzu.

Brandon ließ den Blick erneut schweifen.

„Ach, komm!“ Luke sprang auf, holte eine Thermosflasche vom Beifahrersitz seines Lieferwagens und goss einen Becher für Brandon ein. „Du bist seit aller Herrgottsfrühe da. Mach eine Pause. Behalt alles von hier aus im Auge.“

Er hielt Brandon die Tasse hin. Als dieser danach griff, ließ Luke sich wieder auf den Hocker sinken, streckte die langen Beine von sich und seufzte zufrieden.

Brandon nahm einen Schluck. „Nur mit Honig?“, fragte er gedehnt.

„Auch.“ Luke grinste und zuckte mit den Schultern. „Muss mich warmhalten.“

Brandon dachte für einen Moment an die Dienstvorschriften. Dann blickte er auf seine Armbanduhr. Es war beinahe Mittag und es war immerhin sein freier Tag.

Er nahm in der Tür des Lieferwagens Platz und noch einen Schluck aus der Tasse. Der Tee brannte in seiner Kehle, um sich dann wie Feuer in seinem Brustkorb auszubreiten.

„Also kein Glück gehabt“, wiederholt Luke seine Frage, nur klang es diesmal wie eine Feststellung.

„Nein“, Brandon schüttelte den Kopf. „Die Typen sind gewitzt.“

„Die Typen?“

„Naja, es ist schwer vorstellbar, dass das alles auf das Konto eines einzelnen Täters geht. Das Gedränge hier und auch auf dem Weihnachtsmarkt ist dicht und die Diebstähle finden scheinbar an allen Orten zur gleichen Zeit statt. Ich wüsste nicht, wie ein einzelner Mann in dieser Menschenmenge so schnell von einem

Ende ans andere kommen sollte. Das heißt, es ist wohl eine Gruppe, die koordiniert agiert."

„Vielleicht ist es eine Frau", sagte Luke.

Brandon sah nachdenklich auf die dampfende Teetasse in seinen Händen. „Ja", sagte er nach einer Weile. „Daran hab ich auch schon gedacht. Viele Frauen sind kleiner, eine Diebin könnte sich also wahrscheinlich besser durchs Gedränge schlängeln. Und Menschen vertrauen Frauen tendenziell mehr als Männern."

Luke nickte und rieb sich nachdenklich über den graumelierten Bart. „Wieviel Schaden hat unser Dieb oder unsere Diebin denn mittlerweile angerichtet?"

„Einige hundert Dollar."

„Und es werden immer nur Lebensmittel gestohlen?"

„Fast. Ab und zu verschwindet auch Kleidung. Einmal war es Spielzeug."

Der Imker schüttelte den Kopf. „Vielleicht hat unsere Diebin ein Kind und kein Geld, um es zu versorgen."

Brandon runzelte die Stirn, denn er mochte nicht, wie sehr das Sinn ergab. Der Gedanke daran, dass eine Mutter mit ihrem Kind bei dieser Kälte allein auf der Straße war, schnürte ihm den Brustkorb zu. Deshalb hatte er diesen Verdacht bisher stets beiseitegeschoben.

„Vielleicht", sagte er. „Heute jedenfalls scheint alles ruhig zu sein."

Luke nickte.

„Ich glaub ich werd noch eine letzte Runde machen und dabei gleich was einkaufen." Brandon erhob sich. „Danke für den Tee."

„Jederzeit. Heute Abend? Es läuft Eishockey."

Brandon nickte. „Um acht?"

Aber er wusste, dass selbst das spannendste Match ihn nicht ablenken würde.

***

Olivia klemmte sich das Handy zwischen Schulter und Kinn und lauschte dem Bericht einer Mitarbeiterin, während sie auf das Display des klingelnden Festnetzapparates schielte. Sie erkannte die Vorwahl – auch das noch: Indien, wieder mal.
War Indien nicht der Kontinent von Yoga und Ayurveda, heißen Steinmassagen und friedlichen, heiligen Kühen?

Alles nur Werbung, dachte sie und streckte sich, um diese störrische, verspannte Stelle in ihrem Nacken zu massieren. Wann immer sie mit Indien telefonierte, ging es um Probleme. Motten hatten einen Teil der Vorräte unbrauchbar gemacht, der Monsunregen war durchs Dach gesickert … und dass Mitarbeiter manchmal für Tage nicht auftauchten, schien niemanden besonders zu stören.

Sie fragte sich zum hundertsten Mal, ob es eine gute Idee gewesen war, dort eine Produktion zu eröffnen. Wann nur war ihr Leben so kompliziert geworden?

Ihr Blick fiel auf die verblichene Fotografie auf ihrem Schreibtisch. Ihre kleine Schwester Eve rührte konzentriert in einem Tiegel, der Gesichtscreme enthielt – die Zunge zwischen die Zähne geklemmt, das bunte Sommerkleid voller Flecken.

Olivia vermisste diese Zeit sehr, auch wenn sie damals kaum Geld gehabt hatten. Sie vermisste die Kreativität, den Duft nach Bienenwachs und Kräutern, und sie vermisste es, Zeit mit Eve zu verbringen.

Aber ihre kleine Schwester war schon lange nicht mehr klein, sondern irgendwo in der Welt als Künstlerin unterwegs – und Olivias Arbeit bestand seit vielen Jahren nicht mehr darin, Lippenbalsam an ihrem Küchentisch anzurühren, um diese dann am Wochenende am Markt zu verkaufen.

„Olivia?", drang die Stimme ihrer Assistentin Meghan durch das Telefonklingeln. „Dein Zwei-Uhr-Termin ist hier."

Olivia blickte auf. „Halt sie noch ein wenig hin. Ich brauch noch fünf Minuten", sagte sie zu Meghan, während sie mit der Hand das Mikro des Handys abdeckte. „Und bitte kümmer dich um Indien. Aha", sagte sie dann zu der Mitarbeiterin, die sie immer noch ohne Punkt und Komma durch den Handylautsprecher zutextete. „Das ist alles sehr interessant und ich würde gern noch mehr erfahren, aber ich bin leider schon viel zu spät dran für meinen nächsten Termin. Lass uns doch nächste Woche bei einem Mittagessen darüber reden. Ich bin sicher, wir finden eine Lösung. Schick meiner Assistentin zwei Terminvorschläge, ich freu mich schon auf unser Gespräch."

Nach ein paar ausgetauschten Höflichkeiten beendete Olivia das Telefonat.

„Phew", murmelte sie und ließ sich in den Lederstuhl zurücksinken. Für einen Moment schloss sie die Augen und war versucht, die Pumps auszuziehen und ihre Beine auf den Tisch zu legen.

„Ich kümmere mich um Indien", versprach Meghan. „Ich mag die Truppe dort, immer eine neue Katastrophe, die man lösen kann. Ist ein bisschen wie ein Fortsetzungskrimi."

Olivia lächelte. „Ich bin so froh, dass du hier bist. Du und deine Vorliebe für die Lösung von möglichst verzwickten Problemen."

„Ich weiß." Meghan. „Du förderst meine Perversionen zum Wohle von *lavender field cosmetics*. Ist das nicht unmoralisch?"

Olivia grinste. „Du willst es doch auch, das weißt du."

Meghan lachte. „Wer war das?" Sie deutete aufs Handy.

„Das war Philippa, anscheinend gibt es ein Problem mit den Displays für das neue Augenserum. Kurzes Meeting nächste Woche, trag eine Stunde ein. Sag ihr, ich möchte drei mögliche

Lösungsvorschläge vorab per Mail. Sie ist nett, kompetent und total begeistert von unseren Produkten, aber sie findet einfach kein Ende."

Meghan nickte. „Hast du schon etwas gegessen?"

Olivia schüttelte den Kopf.

„Na, wie gut, dass ich dir für diesen Fall ein Sandwich bestellt hab. Ich schick dir die Journalistin in fünfzehn Minuten rein, bis dahin mach ich mit ihr eine kurze Tour durchs Gebäude." Sie hob die Arme zu einer beschwörenden Geste und flüsterte: „Die Magie des Kräutertrockenraums wird auch bei ihr wirken."

„Ich wüsste nicht, was ich ohne dich tun würde."

„Du wärst verloren."

„Das ist wohl wahr. Du bist die Beste."

Meghan grinste und deutete auf das Sideboard, in dem sich ein kleiner Kühlschrank verbarg.

„Von Luigi", sagte sie und wackelte mit den Augenbrauen. Dann zog sie die Tür hinter sich zu.

Olivia hob den Hörer des Telefons ab und legte ihn auf die Tischplatte, schaltete ihr Handy stumm und holte dann die Papiertüte ihrer Lieblingstrattoria aus dem Kühlschrank. Sie schlüpfte in ihre dicke Winterjacke und tauschte ihre Pumps gegen ein Paar Winterstiefel, das neben der Tür zur Terrasse stand. Sie trat hinaus – und atmete tief ein. Gemeinsam mit der kalten Luft flutete Ruhe Olivias Körper.

Ihr Blick wanderte über das Land. *Ihr Land.*

Jetzt im Winter erstreckten sich nichts als weite Flächen und kahle Sträucher vor ihr, aber schon in wenigen Monaten würde sich hier ein Meer aus Lavendel, Ringelblumen und Rosen ausbreiten – im Hochsommer konnte sie selbst vom Schreibtisch aus den traumhaften Duft wahrnehmen. Sie lächelte.

Dann erinnerte sie sich an die Papiertüte in ihren Händen. Sie steuerte auf den Esstisch aus Akazienholz mit den schweren

Holzstühlen rundherum zu, ließ sich nieder und kuschelte sich ein wenig tiefer in ihre Jacke – obwohl die Sonne schien, war es bitterkalt. Sie holte einen Smoothie und das Sandwich aus der knisternden Papiertüte und biss hungrig in das weiche Brot.

Mhm … Köstlich! Sie schloss die Augen. Geräucherter Schinken, weicher Mozzarella, pfeffriger Rucola, getrocknete Tomaten. Dazu jenes magische Pesto, dessen Geheimrezept Luigi von seiner Großmutter in Sardinien am Sterbebett erhalten hatte. Zumindest behauptete er das gerne und oft, gelegentlich auch mit dramatischem Schluchzen und zum Himmel gereckten Armen.

Olivia mochte die Geschichte, egal, ob sie der Wahrheit entsprach oder nur gut erfunden war. Und sie hatte nirgendwo jemals ein besseres Sandwich gegessen.

Als Olivia fertig war, lehnte sie sich in den Stuhl zurück und blickte wieder auf das Land. Als sie vor vielen Jahren begonnen hatte, da hatte sie zuhause am wackeligen Küchentisch gearbeitet.

Und nun? Nun lag ihre Firma inmitten von vielen Hektar Farmland, es arbeiteten tausende Menschen hier und in weit entfernten Ländern für sie.

Wenn sie morgens ihren Wagen die von Pinien gesäumte Kiesauffahrt entlangsteuerte und die eleganten Gebäude, die Büros und Teile der Produktion beherbergten, vor ihr auftauchten, kam es ihr manchmal noch wie ein Traum vor. Die Architektin hatte damals ganze Arbeit geleistet und so war die Zentrale von *lavender field cosmetics* eine perfekte Mischung aus französischem Landsitz, amerikanischer Farm und einem Hauch modernem Design.

Es war Olivia wichtig gewesen, dass sich die Gebäude harmonisch in die Landschaft fügten, als wären sie immer schon hier gewesen und ein ganz natürlicher Teil von ihr.

Sie knüllte gedankenverloren die Papiertüte zusammen. Ein Blick auf die Uhr verriet ihr, dass ihre Pause beinahe vorbei war. Die Journalistin würde jeden Moment hier sein.

Zurück im Büro, schlüpfte Olivia aus der Jacke, wechselte zurück in ihre Pumps, kontrollierte ihr Makeup im Spiegel und fuhr sich mit den Fingern durchs Haar. Keine Rucola-Reste zwischen den Zähnen? Sie lächelte sich aufmunternd zu, aber eigentlich wäre sie jetzt lieber draußen, bei einem Spaziergang über die winterlichen Felder.

„Das Leben ist kein Wunschkonzert, Arbeit geht vor", murmelte sie und sah sich selbst streng an. „Los geht's!"

Wie auf Kommando klopfte es an der Tür.

Die Frau, die den Raum betrat, war anders, als Olivia erwartet hatte.

Keine junge, ehrgeizige Journalistin.

„Mein Name ist Pam", sagte sie und um ihre braunen Augen erschienen feine Lachfältchen. Sie trug ihre grauen Haare zu einem Bob geschnitten, der Pullover betonte ihre schlanke Figur. *Kaschmir.* Die Stoffhose fiel perfekt, die Schuhe sahen nach italienischem Leder und Maßfertigung aus. Olivia warf einen Blick auf die Handtasche. Bordeauxrotes Straußenleder. Die Frau hatte Stil und Geld zu gleichen Teilen, so viel war klar.

Pam streckte ihr lächelnd die Hand hin, Olivia ergriff sie und sah in die Augen der älteren Frau.

Warm. Klug. Freundlich. Erfahren.

Sie hatte das unbestimmte Gefühl, als hätte sie nach Jahren eine langverlorene Freundin wiedergetroffen.

Oh-oh.

Sie musste sehr vorsichtig sein.

Kapitel 3

Luke zog den Hobel langsam und methodisch über das Holz, das im nächsten Frühling Teil eines Bienenstocks sein würde. Goldene Späne fielen auf die Werkbank und der Geruch nach Harz füllte den Raum.

Brandon saß auf einem Hocker, hob die Bierflasche an seine Lippen und nahm einen Schluck.

Das hier ist ein gutes Leben. Ein Leben angefüllt mit einem Beruf, in den Brandon sich neu verliebt hatte, seit er vor ein paar Jahren hierhergekommen war. Mit Luke und Abenden wie diesen. Mit seinem Bruder Sam und dessen neuer Familie. Und mit den Menschen von Finley Meadows, die ihm ans Herz gewachsen waren.

Und trotzdem.

Er strich über seinen Bart und nahm noch einen Schluck. Er wusste genau, wohin ihn dieser Gedankenpfad führte – und manche Themen vermied er besser.

„Die Vergangenheit ist vorbei", drang Lukes Stimme an sein Ohr. „Und alles Nachdenken dieser Welt kann sie nicht zurückbringen."

Brandon blickte auf und sah Mitgefühl in den Augen seines besten Freundes. Plötzlich kam er sich lächerlich vor.

„Du hast recht", sagte er. „Und ich sollte schon lang darüber hinweg sein." Er drehte die Bierflasche nachdenklich in den Händen. „Ist es nicht komisch, dass ein paar Stunden dein ganzes Leben verändern können? Du lebst so vor dich hin, bist zufrieden und dann …" Brandon schüttelte den Kopf. „Und dann ist nichts mehr, wie es war."

Luke nickte.

Brandon wartete eine Weile, ob er noch etwas dazu sagen würde. Aber sein Freund schwieg und so blieben Brandon nichts als die eigenen Gedanken.

Wenn es nach ihm ginge, hätte er gerne darauf verzichtet, immerzu an eine Frau zu denken, mit der er gerade mal eine einzige Nacht verbracht hatte.

„Du fühlst, was du fühlst", sagte Luke schließlich und zuckte mit den Achseln.

No shit, dachte Brandon.

„Du solltest Kalendersprüche schreiben", brummte er. „Oder Briefkastentante werden. Frag Tante Luke, wenn's um Herzenssachen geht."

Luke lachte. Er stellte das Brett auf und fuhr prüfend mit der Handfläche über die Oberfläche.

„Wusstest du, dass eine Biene in ihrem ganzen Leben gerade mal einen Teelöffel Honig produziert?", fragte er.

„Nein", sagte Brandon. Wie viele Teelöffel Honig hatte er heute Morgen in seinem Tee aufgelöst, ohne darüber nachzudenken?

„Ein ganzes Leben", sagte Luke. „Die Arbeit eines ganzen Lebens in einem einzigen Löffel."

Brandon war nicht sicher, worauf sein bester Freund hinauswollte. Aber Luke wirkte so tief in Gedanken versunken und weit weg, dass Brandon ihn nicht unterbrechen wollte.

Vermutlich noch ein Problem, das Brandon nicht lösen konnte. In jüngster Zeit schien er ein Talent dafür zu haben, diese zu sammeln.

Stumm saß er da und beobachtete Lukes ruhige Bewegungen. Die Stille, die sich in der Werkstatt ausbreitete, war weicher und kompakter als an jedem anderen Ort, und sie hüllte ihn in eine warme Decke, trennte ihn manchmal von seinen kreisenden

Gedanken und hob ihn an einen schwebenden Ort, wo nichts von allzu großer Bedeutung war – zumindest für eine Weile.

„In letzter Zeit denk ich öfter mal daran, wie es sein wird, wenn ich mich nicht mehr um meine Bienen kümmern kann", sagte Luke und zog seinen Hobel in langen Zügen über die Holzoberfläche.

„Aber bis dahin hast du viel Zeit", sagte Brandon. „Jahrzehnte."

„Vielleicht", sagte Luke. Er blies über das Brett und ließ Staub aufwirbeln. „Vielleicht liegt es auch nur daran, dass ich nächstes Jahr sechzig werde. Klingt um einiges älter, als ich mich fühle."

Brandon zuckte mit den Schultern. „Die Zahl wird nichts ändern. Du wirst auch mit achtzig noch an deinen Bienenstöcken arbeiten. Vielleicht nicht mehr so viel und vielleicht nur als Hobby. Aber niemand wird dir das wegnehmen."

Luke griff nach einem Tuch und rieb sich die Hände damit sauber. „Vielleicht." Es schien, als wollte er noch etwas anderes sagen, aber dann versank er in Schweigen.

Ob es ihm auch einmal so gehen würde? Bisher hatten runde Geburtstage Brandon nie in eine Krise gestürzt – allerdings war er mit Mitte vierzig zugegebenermaßen auch noch weit vom Ruhestand entfernt.

Ruhestand. Er wusste, dass auch er dafür nicht geschaffen war.

Womit würde er seine Tage füllen, wenn er nicht mehr als Polizist arbeiten konnte? Kreuzworträtsel? Gärtnern?

Er verzog den Mund, denn mit einem Mal schienen ihm Lukes Gedanken nicht mehr so abwegig.

„Wie spät ist es eigentlich?", fragte dieser. „Hat das Spiel schon angefangen?"

Brandon zog sein Handy aus der Tasche. „Nein. Wir haben noch dreißig Minuten."

„Genug, um eine Pizza zu bestellen", sagte Luke zufrieden. Er lehnte das Brett gegen die Wand.

Brandon stand auf und beide schlüpften in ihre dicken Winterjacken. Draußen schob Brandon die Hände in die Taschen. Kalte, klare Winterluft löste die trockene Wärme der Werkstatt ab.

Luke drückte auf den Lichtschalter und zog die Tür hinter sich zu. „Du könntest sie auch einfach mal einladen", sagte Luke. „Wenn du immer noch an sie denken musst, dann war's mehr als nur eine Nacht. Zumindest für dich. Vielleicht geht's ihr ja genauso. Vielleicht meldet sie sich nicht bei dir, weil sie denkt, es war für dich nur ein Abenteuer."

Brandon verzog den Mund. Seine Finger tasteten unwillkürlich nach dem Handy und er dachte an die knappe Textnachricht, die er von ihr bekommen hatte.

Es tut mir leid, aber ich denke, wir sollten uns nicht wiedersehen.

Er fühlte sich wie ein Trottel.

„Sie ist einfach weit außerhalb meiner Liga", sagte er. „Ich vermute mal, sie hat schon lange vergessen, dass es mich gibt."

Luke schüttelte den Kopf. „Irgendwann mal musst du mir erzählen, wer sie ist. Klingt, als wär sie eine in einer Million."

Sie stapften durch den dunklen Garten, das gefrorene Gras knirschte unter ihren Füßen.

„Das ist sie", sagte Brandon. „Aber es ist vorbei. Und irgendwann werd ich sie auch vergessen."

„Oder auch nicht", sagte Luke. „Manche Menschen vergisst man niemals." Er drückte die Tür zur Küche auf, sie stampften mit den Stiefeln und traten ein.

„Einmal Salami für mich", sagte Brandon, um das Thema zu wechseln. „Ich hol das Bier. Wir treffen uns auf der Couch."

Bis dahin würde der Fernseher laufen und die Sportmoderatoren hätten mit ihren Analysen zum kommenden Spiel begonnen. Luke und er würden Bier trinken und nicht mehr über die Frau reden, an die er ohnehin viel zu oft dachte.

Luke grinste ihm zu und griff nach dem Telefonhörer, der an dem uralten Apparat an der Wand baumelte.

„Niemand außer dir lebt noch ohne Handy. Ich schenk dir eines zu Weihnachten", sagte Brandon mit vielsagendem Blick auf das Wählscheibentelefon.

Luke zog die Schublade des alten, türkisen Küchenschranks auf und deutete auf drei original verschweißte Handys, die dort lagen. Dem Design und dem Vergilbungsstatus der Verpackung nach lagen einige Jahre zwischen den verschiedenen Modellen: ein klobiges Nokia, ein silbernes Klapptelefon und ein Smartphone neueren Datums.

„Haben andere schon vor dir getan, spar dir das Geld. Ich will kein Handy in meinem Leben. Und das bleibt auch so."

Brandon schüttete den Kopf, dann öffnete er den uralten Kühlschrank und griff nach zwei Bierflaschen. „Du könntest deine Umsätze erhöhen, wenn du nur ein wenig offener wärst", sagte er, nicht zum ersten Mal. „Einen Onlineshop aufsetzen. Werbung auf Social Media machen."

Luke brummte etwas Unbestimmtes, das nicht besonders freundlich klang.

„Okay ..." Brandon hob beschwichtigend die Hände. „Ich lass dich schon in Ruhe und schalt mal den Fernseher ein."

Er schlenderte ins Wohnzimmer. Gottseidank erstreckte sich die Technikfeindlichkeit seines Freundes nicht auch darauf – der Flachbildschirm war zwar nicht gerade das allerneueste Modell, aber durchaus anständig.

Brandon ließ sich auf das gemütliche Sofa sinken, öffnete seine Flasche und angelte sich die Fernbedienung, während Lukes gedämpfte Stimme aus der Küche herüberklang. Der Bildschirm leuchtete auf. Ein SUV bretterte zu dramatischer Musik quer durch die Landschaft, schlitterte und spritzte Schlamm in Richtung der Kamera. Glückliche Menschen lachten aus den Fenstern.

Vielleicht hatte Luke recht. Konnte es sein, dass es für Olivia auch mehr als ein One Night Stand gewesen war? Dass sie immer noch an ihn dachte?

Für einen Moment flackerte Hitze in Brandons Magen auf, breitete sich so etwas wie Elektrizität in seinem Körper aus.

Nein. Das war Schwachsinn. Sie war wunderschön, klug und erfolgreich. Sie konnte jeden Mann haben. Warum sollte sie gerade ihn wollen?

Einen Kleinstadtpolizisten, der keinerlei Ambitionen hatte, Karriere zu machen? Der noch dazu gerade daran scheiterte, eine einfache Diebstahlserie aufzuklären? Das war absurd. Bestimmt war sie damals in der Früh aufgewacht, hatte sich während er duschte in seinem Haus umgesehen und war entsetzt gewesen, wie er lebte. Deswegen war sie damals so schnell abgehauen und hatte danach kaum noch mit ihm gesprochen, wann immer er sie gesehen hatte.

Sollte er Sam fragen, ob Olivia ihn je erwähnt hatte? Wie es ihr ging?

Ob da ein Mann in ihrem Leben war?

Aber sein kleiner Bruder war nicht dumm und Brandon legte keinen gesteigerten Wert auf die Unterhaltung, die daraus entstehen würde.

Ihr Gesicht tauchte in seiner Erinnerung auf, und er versuchte nicht zum ersten Mal zu entschlüsseln, was er darin gelesen hatte. Warum nur war sie so plötzlich gegangen?

Hatte er etwas getan, das sie verärgert hatte?

Irgendetwas stimmte nicht, sagte ihm sein sechster Sinn – da war mehr, als Olivia ihm gesagt hatte, viel mehr … und dieses Gefühl ließ ihn nicht zur Ruhe kommen.

Er musste damit aufhören, an Olivia zu denken. So einfach war das.

Brandon schob die Gedanken gewaltsam beiseite und konzentrierte sich auf den Fernseher. Ein blonder Typ mit Waschbrettbauch rannte in Zeitlupe den Strand entlang, warf sein Surfboard lässig auf einen Jeep und bretterte über Kurvenstraßen in den Sonnenuntergang. Dann war er plötzlich in seinem Badezimmer und rasierte sich, fuhr mit der Hand grinsend über seine Wange und hielt einen silbernen Cremetiegel in die Kamera.

lavender fields cosmetics, leuchtete auf dem Bildschirm auf. *Sinnlicher Luxus für den Mann.*

Brandon stöhnte. Er ließ den Kopf nach hinten fallen und schloss die Augen.

Einfach nicht mehr an sie denken. Läuft doch.

***

Beth fühlte sich schwach auf den Beinen, die Welt drehte sich schwammig um ihren Kopf herum. Alles war so wattig und ganz komisch. Wo war Becca? Sie hatte versprochen, schnell wieder zurückzukommen, aber sie war schon ganz lange weg.

Beth drückte sich an die Hauswand, um nicht gesehen zu werden. Als sie die Mauer streifte, flammte Schmerz in ihrer Hand auf. Eigentlich sollte ihre Hand wieder gesund sein. Aber das Pflaster hatte nicht geholfen. Die Hand war über Nacht ganz dick geworden und fühlte sich heiß an.

Das Geräusch eines Motors klang vom Ende der Gasse zu ihr her.

Beth schob sich hinter eine der großen Mülltonnen und atmete durch den Mund, weil der Gestank nach Abfall ihr Übelkeit verursachte. Durch die Schlitze zwischen den Holzpaletten beobachtete sie, wie der Wagen an ihr vorbeirollte.

Ein Glitzern! Der Rücksitz des Autos war voll mit Heliumballons und eines davon war ein … Chamäleon?

Beth schob sich ein Stückchen an der Mauer hoch und hielt inne, bis der Schwindel nachließ. Dann setzten sich ihre Füße in Bewegung, langsam folgte sie dem Auto.

Ein Chamäleon. Erinnerungsfetzen vermischten sich mit der Gegenwart. Gedämpftes Licht, eine kuschelige Decke und die ruhige Stimme ihrer Mutter, die ihr aus dem Bilderbuch mit dem Chamäleon vorlas.

Und nun war da eines, in diesem Auto! Es schaukelte ein wenig, als würde es ihr zunicken.

Komm, schien es zu sagen. *Lass uns Freunde sein. Allerbeste Freunde.*

Das Auto kam am Ende der Gasse zum Stehen und eine Frau stieg aus. Sie schlüpfte in eine türkise Pelzjacke, die so kuschelig und warm aussah, dass Beth beinahe zu weinen begonnen hätte.

Dann verschwand die Frau ein paar Stufen hinauf durch eine Tür.

Beth lauschte. Alles blieb still.

Sie huschte zu dem Auto hin und drückte sich die Nase an dem Fenster platt. Da war es, das Chamäleon mit seiner schillernden Haut.

Es sah sie direkt an.

Sie zog an dem Türgriff. Schmerz zuckte durch ihre verletzte Hand, doch sie achtete nicht darauf. Die Wagentür sprang klickend auf, aber da wurden die Stimmen hinter der Tür, in der die Frau verschwunden war, wieder lauter.

Schritte näherten sich. Die Frau mit der Pelzjacke war nicht mehr allein!

Ohne nachzudenken, griff Beth nach der Schnur des Ballons und zog das Chamäleon an sich. Dann rannte sie los, so schnell sie nur konnte, und quetschte sich wieder in den Spalt hinter dem Palettenstapel. Keuchend hielt sie inne und duckte sich tief in den Schatten.

Vorsichtig zog sie das schwebende Chamäleon zu sich.

„Wir müssen ganz leise sein", wisperte sie. „Wenn sie uns finden, dann werden wir getrennt. Das sagt Becca immer."

Das Chamäleon wippte und nickte. Es war offenbar genau ihrer Meinung.

Die Tür am Gebäude gegenüber schwang auf. Die Frau in der kuscheligen Jacke tauchte auf, beladen mit rosa und blauen Kartons. Sie trug sie die Treppe hinunter und stellte sie auf dem Dach des Wagens ab.

„Soll ich dir helfen, Trixie?", fragte eine andere Frau von der Tür her. Sie hatte ein nettes Lächeln.

Aber Beth wusste, dass man Erwachsenen auch dann nicht vertrauen konnte, wenn sie nett aussahen. *Besonders* dann, wenn sie nett aussahen, hatte Becca ihr erklärt.

Sie seufzte, weil die Welt der Erwachsenen nur schwer zu verstehen war, und beobachtete, wie die beiden Frauen Kartons in den Wagen luden. Das schien kompliziert zu sein, denn das Auto war schon voller Sachen, und die beiden fanden kaum noch Platz.

Fetzen der Unterhaltung trieben zu Beth herüber, aber sie konnte nicht viel verstehen. Sie lehnte die Wange an den Palettenstapel, schloss die Augen und war beinahe eingedöst, als ein Knall sie wieder in die Gegenwart riss.

„Die Torte hat keinen Platz mehr", sagte die Frau in der Pelzjacke und deutete auf den geschlossenen Kofferraumdeckel. „Es ist einfach eine Katastrophe. Und das, wo ich heute noch so viel zu tun habe. Was soll ich machen? Das wird immerhin die Babyparty des Jahres. Ohne Torte ist das wohl kaum möglich."

Beth drehte sich zu dem Chamäleon neben ihr. „Da ist eine Torte" flüsterte sie. „Die haben eine richtige Torte!"

Das Chamäleon nickte ihr zu.

„Ich könnte sie dir später vorbeibringen, nach meiner Schicht", sagte die nette Frau gerade.

„Papperlapapp, das ist doch viel zu spät. Nein, ich muss wohl oder übel wieder einmal alles selbst machen. Ohne mich passiert hier nämlich genau – nichts."

Die Frau Pelzjacke schien nachzudenken.

Lass sie hier! Beth versuchte, den Gedanken ganz laut an die Frau zu schicken. *Lass die Torte hier!*

Die Frau warf frustriert die Arme in die Luft. „Nun gut, ich lass die Torte jetzt einmal hier, bringe das Zeug im Auto heim und komm in zehn Minuten wieder."

Das Mädchen starrte das Chamäleon ungläubig an.

Hatte das gerade wirklich funktioniert? Das Chamäleon schien ein wenig mehr zu lächeln, als es das gerade eben noch getan hatte.

„Okay", sagte die nette Frau. „Sie steht hier gleich neben der Tür. Wenn du was brauchst, ich bin vorne im Diner."

Beths Augen fokussierten sich auf den Türrahmen. Tatsächlich – da, im Halbdunkel des Raumes, auf einer glänzend metallischen Ablage … da stand ein rosa Karton.

Der Gedanke an Torte ließ ihr das Wasser im Mund zusammenlaufen. Was war das wohl für eine? Erdbeere, Vanille … oder Schokolade? Ihr Magen krampfte und knurrte so laut, dass sie sicher war, die beiden Frauen mussten sie hören.

Aber die Pelzjackenfrau startete gerade den Motor und die nette Frau winkte ihr.

Lass die Tür offen, dachte das Mädchen.

Die nette Frau drehte sich um und stieg die Stufen hinauf. Sie trat durch die Tür und streckte ihre Hand nach dem Griff aus.

Lass die Tür offen, dachte Beth noch einmal, ganz angestrengt.

Die nette Frau hielt inne. Sie sah aus, als lausche sie auf etwas.

Beth hielt den Atem an.

Und dann ließ die nette Frau ihre Hand sinken und verschwand ins Haus.

Die Tür stand weit offen.

Das Mädchen drehte sich zu dem Chamäleon und sah es fragend an. „Bist du ein magisches Chamäleon, das alle Wünsche wahr macht?"

Aber natürlich gab das Chamäleon keine Antwort auf so eine dumme Frage, es sah sie nur lächelnd an.

„Ja, na klar", sagte Beth und schüttelte den Kopf. „Alle Chamäleons sind magisch. Ihr könnt ja auch Farbe wechseln."

***

„Ich komme mir blöd vor", sagte Giulia mit gesenkter Stimme. „Ganz ehrlich." Sie polierte mit dem Lappen über den ohnehin blitzblanken Tresen. Dann zuckte sie mit den Schultern. „Aber ich wusste nicht, was ich sonst tun sollte. Trixie hat darauf bestanden."

Trixie, natürlich. Brandon unterdrückte ein Stöhnen.

„Du hast dich richtig verhalten", sagte er stattdessen und lächelte Giulia zu.

„Ja, aber es geht doch nur um eine Torte. Wer ruft denn da die Polizei … Außerdem – ich bin irgendwie sicher, dass die Torte jetzt da ist, wo sie eigentlich sein sollte."

Brandon sah sie nachdenklich an. „Weißt du was? Ich brauche ohnehin einen Kaffee. Machst du mir einen? Und dann setz ich mich da drüben hin und du erzählst mir das alles nochmal langsam und zum Mitschreiben." Er zückte sein Notizbuch.

Die Aussicht schien Giulia nicht glücklich zu machen, denn sie runzelte die Stirn.

„Okay", sagte sie dann. „Ein Kaffee. Kommt sofort, Officer."

Er tippte sich an das Baseballcap und sah sich um, während Giulia sich zur Kaffeemaschine wandte. Brandon ließ sich an seinem Lieblingstisch in der Ecke bei dem großen Fenster nieder und legte die Kappe neben sich auf die Bank.

Bald kam Giulia und stellte ein großes Tablett vor ihn. Da war ein doppelter Espresso für Brandon, für sich selbst hatte sie anscheinend einen Tee vorgesehen. In der Mitte des Tabletts stand ein Teller mit verschiedenen Cookies.

Sie folgte seinem Blick, während sie sich ihm gegenüber niederließ.

„Zucker für die Nerven", sagte sie.

Er nickte. „Es gibt nichts Besseres."

„Nun …" Sie grinste. „Ein paar Dinge fallen mir da schon noch ein. Aber Zucker ist definitiv in den Top Five."

Flirtete sie mit ihm? Brandon war nicht ganz sicher, aber er hatte auch keine Lust, es herauszufinden. Generell nicht und im Speziellen nicht mit Giulia. Sie war sehr hübsch, sie war lustig und er mochte sie – so wie die Menschen in Finley Meadows sie anscheinend kollektiv als Familienmitglied adoptiert hatten, seit sie eines Tages auf den Stufen des Diners aufgetaucht war und Adele ihr einen Job angeboten hatte.

Brandon hatte schon damals gewusst, wer sie war: eine Abenteurerin, stets nur auf Zeit Teil einer immer neuen Familie. Und dann wieder auf dem Weg in ein ganz neues Leben.

Er war erstaunt, dass sie schon so lange hier war, denn er war sicher gewesen, dass Finley Meadows zu verschlafen war, um für Giulia lange interessant zu sein.

Doch was immer es auch war, das sie zum Hierbleiben bewog – es würde nicht ewig anhalten und dann wäre sie nicht mehr als eine Erinnerung.

Brandon hatte genug von Frauen, die ihn einfach so und ohne Erklärung sitzen ließen, vielen Dank auch.

„Also von vorne“, sagte er und rührte seinen Kaffee um.

„Bei der Queen darf man den Kaffee niemals kreisförmig umrühren.“ Giulia deutete auf seine Tasse. „Du darfst den Löffel nur von vorne nach hinten bewegen und er darf den Tassenrand nicht berühren. Geräusche sind unfein.“

„Alle Geräusche?“, fragte er, gegen seinen Willen interessiert, und legte den Löffel mit einem Klappern auf den Untersetzer.

„Fast alle, außer leises Lachen und gepflegte Konversation, ja. Oh, Vogelgezwitscher – in Maßen – ist wohl auch in Ordnung.“

Brandon lachte. „Woher weißt du das?“

„Hab mal für ne Weile einen Lord gedated und war deswegen zu Tee und Gurkensandwiches im Buckingham Palace eingeladen.“

„Und wie war‘s?“

„Öd. Hab‘s rasch beendet.“

„Das Teetrinken oder die Sache mit dem Lord?“

Giulia grinste. „Beides.“

Brandon lachte auf. „Ein Verlust für die Monarchie würde ich sagen.“

Giulia nickte huldvoll und prostete ihm mit der Teetasse zu. Sie nahm einen Schluck.

Dann verdüsterte sich ihr Gesicht.

„Apropos Angelegenheit rasch beenden: Lass uns über diesen Kuchen reden“, sagte sie.

„Natürlich.“ Brandon klappte sein Notizbuch auf und griff nach dem Kugelschreiber.

„Also, Trixie hat für eine Freundin eine Babyparty geplant. Eine richtig große Sache, weißt du? Dafür hat sie Cupcakes bei uns bestellt ...“ Giulia pausierte. „Und Eclairs, Cookies, kleine Quiches, Cake-Pops, Dip und Gemüsesticks, eine Fruchtplatte, Cheesecake, Schokoladen-Croissants...“, zählten sie an den Fingern ab. „Und dann natürlich die Torte. Halb rosa, halb blau.“

Brandon zog fragend die Augenbraue hoch.

„Ich hab mich auch gewundert. Die werdende Mama kriegt wohl Zwillinge. Oder sie weiß noch nicht, was sie kriegt.“

„Okay“, sagte Brandon. Wie viele Frauen waren auf dieser Babyparty eingeladen? Das klang nach genug Verpflegung für eine Footballmannschaft.

„Trixie war dann heute Nachmittag hier, um alles abzuholen. Ich hab die Kartons für sie in der Küche bereitgestellt, neben der Hintertür.“

„Hm“, sagte Brandon. Seiner Erfahrung nach erhielt man die meiste Information, wenn man selbst nicht allzu viel sprach, aber sein Gegenüber ab und zu wissen ließ, dass man zuhörte.

„Trixie arbeitet ja immer wieder mal zur Aushilfe hier, deswegen kennt sie sich aus“, fuhr Giulia fort. „Sie hat gleich hinter dem Diner geparkt und ist durch die Hintertür reingekommen.“

„Und dann?“

„Sie hat alles in ihr Auto geladen, ich hab ihr geholfen. Aber die Torte hatte keinen Platz mehr. War schon alles voll mit Geschenken und Partydekoration.“ Giulia schüttelte kaum wahrnehmbar den Kopf.

„Und dann?“

„Sie ist weggefahren und wollte die Torte später holen. Also bin ich nach vorne gegangen, um mich um die Gäste zu kümmern. Die Pfadfindermädels waren hier, das Diner war richtig voll. Dass etwas nicht stimmt, hab ich erst bemerkt, als Trixie wieder da war.“

„Der Kuchen war verschwunden?“, fragte Brandon.

„Genau. Sie dachte zuerst, ich hab ihn wieder ins Kühlhaus gestellt und hat dort nachgesehen. Als sie ihn nicht gefunden hat, ist sie nach vorne gekommen. Zuerst hab nur ich und dann haben alle Pfadfindermädels nach dem dämlichen Kuchen gesucht. Aber er war einfach weg.“ Giulia sah ihn nachdenklich an.

„Und dann hast du auf der Polizeistation angerufen.“

Die junge Frau nickte langsam. „Trixie ist völlig ausgeflippt und hat rumgeschrien. Diebe und Verbrechen in Finley Meadows. Ich dachte, sie macht den Mädchen Angst, und wollte sie beruhigen, dass das vielleicht nur ein Scherz oder ein Versehen war, aber das hat sie nur noch mehr aufgeregt. Hat verlangt, dass ich sofort Anzeige erstatte. Wegen schwerem Mundraub.“

Brandon musste sich zwingen, nicht zu grinsen. Schwerer Mundraub? Das hörte er zum ersten Mal.

„Erst, als ich angerufen hab, hat sie aufgehört, rumzuschreien. Ich hab ihr eine andere Torte aus der Vitrine als Ersatz eingepackt, sie ist gefahren, ich hab die Mädchen beruhigt und jede auf einen Cookie eingeladen. Und als die dann weg waren, bis du hier aufgetaucht. Das ist auch schon alles.“

„Alles alles?“, fragte Brandon, seinem Bauchgefühl folgend.

„Beinahe“, sagte Giulia und nahm einen Bissen von ihrem Cookie. Sie sah Brandon forschend an und neigte sich dann ein wenig über den Tisch. „Ich war vorhin nochmal in der Küche und hab mir die Stelle angeschaut, wo der Kuchen gestanden hat.“

„Und?“

„Ich hatte das Gefühl, dass das *richtig* so ist. Als wär das alles nur passiert, damit jemand, der dringend einen Kuchen braucht, auch einen bekommt“, sagte Giulia leise. Sie sah ihn eindringlich an. „Klingt das verrückt?“

„Ja“, sagte er und grinste. „Ziemlich. Aber ich glaub, ich weiß, was du meinst. Manchmal passieren Dinge und man versteht den Sinn erst später.“

Sie seufzte und ließ sich zurücksinken. „Genau.“ Sie lächelte. „Und deswegen ist das hier kein Fall für die Polizei. Weil alles schon genau so ist, wie es sein soll.“ Ihre Augen wurden schmäler und sie sah ihn plötzlich mit neuem Interesse an. „Das hier ist kein Fall für die Polizei“, wiederholte sie langsam. „Aber ich hab das Gefühl, es ist ein Fall für *dich*.“

Der letzte Teil kam als Mischung aus Frage und Feststellung heraus.

„Nun, ich bin Polizist“, sagte Brandon. „Das zu trennen, wird schwierig.“

„Ja“, sagte Giulia nachdenklich. „Das wird vielleicht wirklich schwierig.“

Sie schwieg und für einen Moment kam ihr Blick von weit her.

Dann lächelte sie, klopfte mit der Handfläche auf die Tischplatte und deutete auf seinen Kaffee und die Cookies. „Geht aufs Haus. Wir brauchen übrigens Hilfe, hier im Diner. Jemanden, der gelegentlich im Service mitarbeitet. Und falls du demnächst mal eine Torte bestellen willst, dann denkst du hoffentlich an uns. Wir machen hier die besten Torten in der ganzen Umgebung.“

Brandon sah sie verblüfft an. „Ich bin mit meinem Job eigentlich sehr zufrieden, danke. Und warum sollte ich in nächster Zeit eine Torte bestellen?“

„Ach, kann doch sein“, sagte Giulia. „Man weiß nie, wann man mal eine Torte brauchen kann, um alles Mögliche zu feiern.“

Sie verschwand mit ihrer Tasse Tee hinter der Theke.

Brandon starrte ihr einen Moment lang nach und strich langsam über seinen Bart.

Dann wandte er sich Kaffee, Cookies und seinen Notizen zu. Während er sich über die ersten beiden hermachte, ging er letztere konzentriert durch.

Sieben Diebstähle, mit dem heutigen acht, in den vergangenen zwei Wochen. Und das waren nur jene Fälle, die gemeldet worden waren. Er hatte das unbestimmte Gefühl, dass der Dieb weitaus öfter zugeschlagen hatte – aber so clever, dass es häufig unbemerkt geblieben war. Es wurde Zeit, diesen Fall zu lösen, auch wenn Brandon noch keine Ahnung hatte, wie er das anstellen sollte. Wer immer der Dieb auch war, er war geradezu unsichtbar, beinahe ein Geist.

„Geister in Finley Meadows“, brummte er. „Na großartig.“

Kapitel 4

„Keinerlei Spuren?", fragte Geronimo und zog eine Augenbraue hoch. „Du willst mir sagen, dass du keine Anhaltspunkte hast, welche mafiösen Strukturen hier unter deinen Augen entstehen und drohen, unser geliebtes Finley Meadows zu verschlingen?"

Brandon wusste nicht, ob er lachen oder die Augen verdrehen sollte. Mafiöse Strukturen? Klar, er war auch nicht glücklich über die Diebstahlserie, aber das war ja nun wirklich übertrieben.

„Ich glaube nicht …", begann er.

„Ja, ich kann es auch nicht glauben. Vielleicht sollte ich einmal mit Lance telefonieren und ihm sagen, dass er für Motivation und Disziplin in seiner Truppe sorgen soll." Der Bürgermeister schnaubte und wuchtete sich aus dem Chefsessel, in dem er hinter seinem Schreibtisch gethront hatte. Er begann, auf und ab zu laufen.

Brandon presste die Lippen zusammen, sagte aber nichts. Lance war Polizeichef von Finley Meadows – und damit auch seiner. Allerdings war er längst im Rentenalter, häufig krank und mit der modernen Technik überfordert. Im Laufe der letzten Jahre hatte Brandon Schritt für Schritt immer mehr seiner Tätigkeiten übernommen und dafür gesorgt, dass die Dienststelle weiterhin reibungslos lief. Geronimo wusste von dem allen anscheinend nichts und Brandon hatte nicht vor, ihn einzuweihen. Warum die Arbeitsstelle eines Polizisten gefährden, der dieser Stadt jahrelang gedient hatte?

„Ich kann nicht glauben, wie wenig dir, als örtlichem Gesetzeshüter, die Sicherheit unserer Bürger am Herzen liegt, Brandon.

Ich hätte wirklich mehr von dir erwartet", riss Geronimo ihn aus seinen Gedanken.

Brandon hob beschwichtigend die Hände. „Ich arbeite dran. Gerade war ich erst im Diner und hab mit Giulia …"

„Ha!", rief Geronimo und blieb stehen. Er deutete auf Brandon. „Während du deine Zeit mit Kaffeetrinken verplemperst, gab es einen neuen Diebstahl. Sag bloß, du weißt noch nichts davon."

Brandon seufzte. Nein, er wusste nichts davon. Er würde mit dem jungen Deputy über die Wichtigkeit von Kommunikation im Team als Teil der Polizeiarbeit reden müssen, wenn er wieder auf der Polizeistation war.

„Welcher neue Diebstahl?", fragte er.

„In diesem Kosmetikladen an der Hauptstraße. Wie heißt er denn noch? Mir entfällt der Name immer, auch wenn das nicht passieren dürfte – er ist ein Schmuckstück unserer kleinen Stadt." Geronimos Stirn legte sich in sorgenvolle Furchen. „Irgendwas mit lila. Meine Gertrud ist dort Stammkundin." Er wedelte mit seiner Hand. „Sehr exklusiv. Nur für den verfeinerten Geschmack."

„Ja, ich kenne den Laden." *Ich versuche nur normalerweise, ihn zu ignorieren.* „Was wurde denn gestohlen?"

„Oh, das ist höchst verdächtig. Nichts von den wertvollen Produkten. Der Dieb hat den Verbandskasten aus dem Pausenraum mitgenommen. Vermutlich ein Ablenkungsmanöver." Geronimo begann wieder, im Büro auf und ab zu laufen. „Vielleicht hat die Mafia den Laden ausgespäht, um den eigentlichen Coup vorzubereiten."

„Ich glaube kaum, dass …"

„Oh, natürlich – ich weiß, was du denkst!", rief der Bürgermeister und klatschte sich mit der Hand auf die Stirn. „Es sind Chemikalien in Verbandskästen, oder? So etwas wie Desinfektionsmittel. Gab's da nicht mal eine Folge bei MacGyver, wo gezeigt wurde, wie man aus Desinfektionsmittel und Rettungsdecken Bomben bauen kann?"

Brandon seufzte. Meinte der Bürgermeister das ernst?

„Das glaub ich eher nicht, Geronimo", sagte er sicherheitshalber. „Wenn jemand drauf aus wäre, eine Bombe zu bauen, dann würde der Alkohol in den Parfums doch viel eher …"

„Aha!", rief der Bürgermeister und stampfte mit dem Fuß auf. „Du denkst also auch, dass wir es hier wahrscheinlich mit mafiösen Bombenlegern zu tun haben. Vielleicht auch Drogenschmugglern."

„Das hab ich nicht gesagt, Geronimo. Ich halte das für sehr unwahrscheinlich. Ich habe nur gesagt, dass …"

„Keine Ausflüchte, Officer Stark. Du gehst jetzt sofort zu diesem Laden und ermittelst dort einmal ordentlich herum. Sag ruhig, dass ich dich geschickt habe. Die Bürger von Finley Meadows sollen schließlich beruhigt wissen, dass ihre Sicherheit in fähigen Händen liegt."

„In meinen Händen?", konnte Brandon sich nicht verkneifen zu fragen.

Geronimo sah ihn düster an. „Unter meiner Anleitung."

„Aber natürlich, Geronimo."

„Aber natürlich, Herr Bürgermeister", korrigierte ihn Geronimo und seine Miene wurde noch ein wenig finsterer.

Brandon stand auf und setzte sich seine Kappe auf den Kopf.

„Alles klar, Herr Bürgermeister", sagte er. „Ich werd dann mal."

Er tippte an den Schirm seiner Kappe und verließ das Büro. Wie so oft nach Meetings mit Geronimo hatte er das Gefühl, gerade Jahrzehnte dort verbracht zu haben. Auch wenn er ihn mochte, strapazierte der Herr Bürgermeister Brandons Nerven doch gewaltig.

Draußen war es kalt, aber sonnig. Er beschloss, den Wagen stehen zu lassen und die kurze Strecke zu laufen. Es war lächerlich, aber seit Geronimo von diesem Laden gesprochen hatte, lag ein Summen in Brandons Blut. Die Chance, sie dort zu sehen, war gering. Nicht, dass er sicher war, sie überhaupt sehen zu wollen. Und doch ...

Er schritt schneller aus. Ruhig schlummerten die Gebäude ringsum in der Wintersonne. Die Menschen verbrachten ihre Zeit jetzt lieber drinnen und so waren nur wenige Einwohner des Städtchens auf der Straße zu sehen.

Das silbrige Geräusch eines Glöckchens und eine Wolke teuren Parfums hüllten ihn ein, als er die Tür zum Laden öffnete. Er stand unschlüssig im Raum und nahm die Kappe ab. Rund um ihn herum glänzten Flakons und Phiolen, enthielten kleine Tiegel und Gläser allerlei Cremes und Essenzen. Ein wenig ratlos sah er sich um. Wozu man all diese Produkte wohl benötigte?

„Willkommen bei *lavender fields cosmetics*", sagte eine junge Frau, die gerade hinter dem Verkaufstresen erschienen war. Brandon kannte sie vom Sehen, wusste aber ihren Namen nicht. Vielleicht wohnte sie in der Nachbarstadt Arrows Point.

„Ein Weihnachtsgeschenk für eine besondere Frau?", fragte sie. „Oder interessieren Sie sich für unsere Männerpflegelinie?" Ihr Blick glitt über sein Gesicht. „Im Polizeieinsatz wird die Haut bestimmt stark strapaziert."

Automatisch fuhr sich Brandon über die Wangen. „Ja", sagte er. „Also, nein. Ich bin wegen des Diebstahls hier."

„Ach so." Der Eifer der jungen Frau ließ spürbar nach. „Es war wirklich nicht nötig, dass Sie deshalb hierherkommen, wir haben doch schon alles per Telefon gemeldet. Wegen der Versicherung, Sie verstehen. Irgendjemand hat den Verbandskasten mitgehen lassen. War bestimmt ein Streich von Jugendlichen." Sie zuckte mit den Schultern.

„Kann ich ihn trotzdem einmal sehen?“, fragte Brandon.

„Ihn?“ Die Frau blickte ihn prüfend an. „Aber er wurde doch gestohlen.“

„Den Ort, wo der Verbandskasten war.“

„Ach so. Ja natürlich, hier entlang.“

Sie führte ihn in eine kleine Mitarbeiterküche, die direkt an Verkaufsraum und Lager angrenzte.

Es gab nicht viel zu sehen – der Verbandskasten war in einem Regal gelagert worden. Jetzt war er weg. Eine leere Stelle zeugte davon, das war alles.

„Wo führt die hin?“, fragte Brandon und deutete auf die Tür an der Rückseite des Raumes.

„Das ist der Hintereingang. Wir betreten hier morgens den Laden und schließen ihn als letztes ab. Lieferungen kommen hier herein.“

Das Glöckchen ertönte aus dem Verkaufsraum.

„Kommen Sie kurz allein klar?“, fragte die junge Frau.

„Ja, natürlich.“ Brandon nickte und sie verschwand. Gemurmel drang zu ihm herüber, während er sich umsah.

Der Pausenraum war gemütlich eingerichtet, die Möbel hell und freundlich, an den Wänden hingen gerahmte Prints von blühenden Feldern. Ein Schrank mit Tassen, Teebeuteln und Zucker, ein Wasserkocher, einer jener teuren Kaffeevollautomaten, die auf Knopfdruck unzählige Sorten samt Milchschaum produzieren konnten.

Deutlich besser als alles, was die Polizeistation ihren Mitarbeitern bot. Und nichts, was ihm weiterhelfen würde. Dies war wohl der unaufregendste Tatort, der ihm in seiner Karriere jemals untergekommen war – und das inkludierte Miss Trixies Vorgarten, in dem letztes Jahr ein paar Tulpen ohne Erlaubnis abgeschnitten worden waren.

Er wandte seine Aufmerksamkeit wieder dem Raum zu und legte seine Hand auf die Klinke der Tür. Er fand sie unverschlossen vor, wie er gedacht hatte, denn die Einwohner von Finley Meadows versperrten ihre Türen meist nicht, weil es schlicht und einfach nicht notwendig war – eine Tatsache, die er immer sehr gemocht hatte. Er fragte sich, ob er den Menschen empfehlen sollte, es ab nun zu tun. Der Gedanke gefiel ihm nicht. Die Tür vor ihm schwang auf und gab den Blick auf die Gasse frei, die an der Rückseite des Gebäudes verlief. Ordentliche Palettenstapel zeugten von den Lieferungen, die hier für die Läden der Hauptstraße ankamen. Ein paar Müllcontainer vor Ziegelwänden, eine Katze, die geschäftig die Gasse entlang trottete, und ein paar Blätter, die der Winterwind vor sich hertrieb … alles war ruhig. Es wäre ein Leichtes gewesen, sich hier hereinzuschleichen.

Brandon schloss die Tür wieder und warf einen Blick in das kleine Lager im Nebenzimmer. Hier gab es keine Verbindung nach draußen – und außer einiger mit Kartons vollgestellten Regale auch nichts zu sehen.

Er trat wieder in den Verkaufsraum, wo die junge Angestellte gerade einen Holzspatel in einen Tiegel tauchte und dann der Kundin reichte.

„Sie werden sehen – Ihre Haut fühlt sich wie neugeboren", sagte sie. „Ich bin in einem Moment wieder bei Ihnen."

Sie kam zu Brandon herüber. „Brauchen Sie noch etwas, Officer?", fragte sie mit gesenkter Stimme.

„Was war in dem Verbandskasten?", fragte er.

Sie sah ihn erstaunt an. „Na … Verband, vermute ich mal", sagte sie langsam, als wäre er ein wenig schwer von Begriff.

Brandon seufzte. Sie hatte recht. Das *war* lächerlich.

Er war versucht, die Sache auf sich beruhen zu lassen – aber dann dachte er an Geronimo und wie sehr ihn der Bürgermeister wegen seiner Bomben-und-Mafia-Theorie foltern würde, wenn er ihn nicht mit Fakten beruhigen konnte.

„Und wer weiß etwas Genaueres über den Inhalt?“, fragte er gequält.

Die Verkäuferin zog eine Miene, als hätte er einen Scherz gemacht. „Keine Ahnung“, sagte sie dann. „Vermutlich die Zentrale. Die bestellen sowas und liefern es an alle Läden. Die wollten auch, dass wir Meldung an die Polizei machen. Firmenprotokolle, Versicherung und so.“

Brandon schloss für einen Moment die Augen.

Das darf einfach nicht wahr sein.

Er wandte sich wieder der Verkäuferin zu. „Sonst kann mir da niemand weiterhelfen? Haben Sie hier nicht vielleicht eine Inventarliste über diesen Verbandskasten?“

Sie schüttelte stumm den Kopf und ihre Meinung über seine geistigen Kapazitäten spiegelte sich deutlich auf ihrem Gesicht wider.

Er nickte ergeben.

Dann würde er eben in die Zentrale fahren.

Die Zentrale, wo Olivia ihr Büro hatte.

Brandon wusste nicht, was das war, was er in seiner Magengrube spürte.

Er wusste nur, dass es immer aufbrandete, wenn er an Olivia dachte.

Jedes einzelne verdammte Mal.

***

„Das alles hier, dieser Firmensitz ... es ist einfach atemberaubend“, sagte Pam lächelnd. „Ihre Karriere, die Firma, die Sie aufgebaut haben, die Produkte, für die Sie stehen ... Sie sind eine echte Selfmade-Woman, die all das allein und ohne Hilfe geschafft hat."

„Nun, mit meinen Mitarbeiterinnen und Mitarbeitern", sagte Olivia und dachte an Meghan, die sie allein heute mehrmals gerettet hatte. Wie die Firma ohne sie aussehen würde, daran wollte Olivia gar nicht denken. Und da waren noch so viele andere Menschen, die hier mit Herzblut und Hingabe arbeiteten – die jeden Tag dafür sorgten, dass Olivias Vision umgesetzt wurde, die ihren Traum teilten.

„Natürlich." Die Journalistin nickte und strich sich eine graue Haarsträhne aus der Stirn.

„Wie sieht es im Privatleben dieser beeindruckenden Powerfrau aus?", fragte sie vorsichtig. „Gibt es einen Mann, der an Ihrer Seite steht? Der Ihnen den Rücken freihält?"

Olivia lächelte. „Nun, das ist – wie Sie schon sagten – privat."

Die Journalistin nickte. „Und Sie haben keine Kinder, habe ich recht?"

Olivia spürte, wie sich ihr Lächeln verkrampfte.

„Wir können dieses Thema auslassen", sagte Pam. Sie neigte sich ein wenig vor und drückte Olivias Hand. „Sollen wir über Ihre Expansion in den indischen Markt reden? Über ein anderes Projekt? Wir können reden, worüber immer Sie wollen. Ich bin nicht hier, um einen reißerischen Artikel über Sie zu schreiben. Ich möchte gerne so viel wie möglich über Sie erfahren, das stimmt. Aber ich werde nur bringen, womit Sie sich auch wohlfühlen. Gibt es etwas, das Sie gerne erzählen möchten?"

Olivia sah auf die Hand der Journalistin und dann aus dem Fenster.

„Ja", sagte sie nach einer Weile langsam und wusste selbst nicht so recht, warum. „Ich denke, das gibt es."

Zwei Stunden später war sie so erschöpft, als wäre sie einen Marathon gelaufen. Einen emotionalen Marathon, der Olivia tief in ihre Kindheit und wieder zurück in die Gegenwart geführt hatte. Sie fühlte sich wund.

Es war so einfach gewesen mit dieser Frau zu reden. So einfach, sich ihr zu öffnen.

„Danke für dieses sehr persönliche Gespräch“ sagte Pam und ein Lächeln zauberte kleine Fältchen um ihre warmen Augen. „Ich fühle mich geehrt, dass ich diejenige bin, der Sie sich anvertraut haben. Ich bin sicher, dass Ihre Geschichte von großem Wert ist, besonders für junge Frauen da draußen. Und ich werde mein Bestes tun, sie in Ihrem Sinne zu schreiben.“

Olivia nickte. „Danke“, sagte sie matt.

„Es war an der Zeit, sie zu erzählen, oder?“, fragte die Journalistin.

Olivia sah sie nachdenklich an. „Ja. Das war es wahrscheinlich. Aber Sie sind auch richtig gut in Ihrem Job. Sie haben ein Gefühl für Menschen. Es ist leicht, mit Ihnen zu reden.“

Pam lächelte. „Danke. Und Sie sind richtig gut in Ihrem.“

Olivia unterdrückte ein Gähnen. „Entschuldigung“, sagte sie verlegen. „Das war anstrengender, als ich gedacht habe.“

„Wir sind ohnehin fertig, denke ich.“ Die Journalistin begann, ihre Papiere in die Tasche zu sortieren. Sie hielt inne. „Das klingt vielleicht ein wenig ungewöhnlich – aber haben Sie Lust darauf unser Gespräch ein andermal fortzusetzen? Ganz ohne Artikel.“

Olivia nickte zögernd. Sie war nicht sicher, was sie mit dieser Einladung anfangen sollte. Aber sie war zu müde, um darüber nachzudenken.

Meghan erschien im Türrahmen und erfasste offenbar die Situation mit einem Blick.

„Kommen Sie, ich bring Sie zur Tür“, sagte sie zu der Journalistin, „Darf ich Ihnen noch ein Goodiebag mitgeben? Unser neuestes Parfum ist da drin, ein paar Proben, die berühmte Nachtcreme …“

Pam lachte. „*Die* Nachtcreme? Es fällt mir schwer, da Nein zu sagen."

Olivia erhob sich und reichte ihr die Hand. „Dann tun Sie es nicht. Ein wenig Verwöhntwerden tut uns doch allen gut."

Die Journalistin legte den Kopf schief. „Ich mache Ihnen einen Vorschlag: Ich schreibe meinen Artikel und wenn Sie mir dann immer noch Kosmetik schenken möchten, dann treffen wir uns auf einen Kaffee. Ich habe das Gefühl, dass wir noch eine Menge zu reden hätten. Aber ich fühle mich besser bei dem Gedanken, keine Geschenke *vor* dem Artikel anzunehmen."

Olivia nickte. „Gern."

Als sie allein war, ließ sie sich in den Lederstuhl hinter ihrem Schreibtisch fallen. Sie schlüpfte aus den Pumps, legte ihre Beine auf den Tisch, ließ den Kopf zurücksinken und seufzte. „Endlich keine Termine mehr."

„Nicht ganz", kam Meghans Stimme von der Tür her.

Olivia öffnete ein Auge. „Wer immer es ist, schick ihn weg. Ich bin müde, ich hab keine Lust auf irgendjemanden – ich will einfach nur noch nach Hause und unter die Dusche."

„Das muss leider warten", antwortete eine tiefe Stimme.

Olivia zuckte zusammen.

Für einen Moment sah sie ihn, wie sie ihn schon einmal gesehen hatte – das Haar dunkel von dem Wasser der Dusche, ein zärtliches Lächeln auf den Lippen und ein Handtuch um die Hüfte geschlungen. Ihr Herz zog sich schmerzhaft zusammen und sie vermisste ihn mit einer Wucht, die sie atemlos machte.

Sie blinzelte krampfhaft und das Bild wurde klar.

Es war Brandon, aber diesmal war sein Gesichtsausdruck kühl, wie er da in ihrem Türrahmen stand. Wuscheliges braunes Haar fiel ihm in die Stirn, das T-Shirt spannte sich über seine breiten Schultern, und er sah viel zu gut aus. Er betrachtete sie aufmerksam, als müsste sie wissen, warum er hier war. Oder dauerte dieser Moment nur auf ihrer Seite des Raumes schon eine Ewigkeit lang?

Dann fiel ihr Blick auf seine Hände, mit denen er eine Kappe hin- und herdrehte.

POLICE.

Das grelle Gelb der Buchstaben kreischte durch die Stille, kreischte immer nur dieses eine Wort, das in ihrem Kopf lauter und lauter wurde, bis es jeden anderen Gedanken und ihre Fähigkeit zu atmen erstickte.

Panik breitete sich in ihr aus. Sie sog Luft in ihre Lungen, aber da war kein Sauerstoff, da war nichts, was sie am Leben hielt. Die Welt um sie herum begann sich zu drehen, ein Sirren erfüllte brennend ihren Körper und stob als glühend weiße Funken durch ihr Blickfeld. Sie rang wieder um Atem, Tränen in den Augen.

Er ist ein Cop er ist ein Cop er ist ein Cop
Er wird dir weh tun
Lauf kleines Mädchen
Lauf

***

Brandon spürte den fragenden Blick der Assistentin auf sich ruhen. Sie schien unsicher zu sein, was sie nun tun sollte, und Brandon war mehr als bereit, ihr diese Entscheidung abzunehmen.

„Wird nicht lange dauern. Polizeiliche Befragung. Würden Sie mir vielleicht einen Kaffee bringen?"

Damit stiefelte er durch das Büro auf Olivia zu.

Sie war genauso schön, wie er sie in Erinnerung hatte. Braunes Haar, das wie ein glatter Vorhang um ihr Gesicht fiel. Große Augen, die stets aufmerksam die Welt beobachteten und von der wachen Intelligenz ihrer Besitzerin erzählten.

Brandon wäre damit zufrieden gewesen, sie einfach nur anzusehen.

„Womit kann ich Ihnen helfen, Officer?", fragte sie kalt.

In ihren Augen lag … Angst? Mehr als Angst. Panik, hätte Brandon gesagt. Die Art von Panik, die einem die Kehle zuschnürt, Tränen in die Augen treibt und einen zum Zittern bringt.

Brandon runzelte die Stirn.

Menschen zu lesen, war sein Beruf, aber Olivia ließ ihn regelmäßig ratlos zurück. Warum sollte sie Angst vor ihm haben? Es fiel ihm beim besten Willen kein Grund ein.

Es war immerhin sie gewesen, die ihn einfach so und ohne Grund abserviert und danach so behandelt hatte, als wäre er nicht mehr als ein flüchtiger Bekannter, wann immer sie einander über den Weg gelaufen waren.

Und doch ... wie auch schon damals hatte er das Gefühl, als stimmte hier etwas nicht. Aber was? Was verbarg sie?

Oder war das nur seine Einbildung, sein gekränktes Ego, das nach Gründen suchte?

Er ließ sich ohne Einladung auf dem Stuhl nieder, der ihrem Schreibtisch gegenüberstand.

Dann blickte er demonstrativ im Büro umher.

„Schön hast du es hier", sagte er und meinte es ehrlich. Die Firmenzentrale von *lavender fields cosmetics* lag einsam in den weiten Hügeln zwischen Finley Meadows und Arrows Point. Auch wenn sie rechtlich gesehen zu Finley Meadows gehörte, war sie doch nicht Teil des täglichen Lebens der Kleinstadt ... und Brandon hatte bislang niemals Grund gehabt, hierherzukommen.

Er war gegen seinen Willen beeindruckt. Diese Frau mochte Männerherzen zum Frühstück verspeisen, aber die Firma, die sie aufgebaut hatte, war erstaunlich.

Vielleicht deswegen. Sie verplempert keine Zeit mit Gefühlen.

„Danke." Olivia rutschte auf ihrem Stuhl hin und her. Sie griff nach ihrem Handy und sah auf den Bildschirm, die Knöchel ihrer Hände weiß vor Anspannung.

Was war hier los? Irgendetwas stimmte nicht und er hätte nur zu gerne gewusst, was es war. Aber wenn es um Olivia ging, schien sein sechster Sinn stets danebenzuliegen.

Sein sechster Sinn, der ihm damals gesagt hatte, dass sie ebenfalls etwas für ihn empfand.

Bevor sie ihn ohne Erklärung in weniger als Unterwäsche zurückgelassen hatte.

Und keinen seiner Anrufe entgegengenommen hatte.

Sein sechster Sinn, der ihm sagte, dass ihr Atem so flach war, weil Panik ihren Brustkorb zuschnürte.

„Wie kann ich dir helfen?" Jetzt schwang eindeutig Ungeduld in Olivias Stimme mit.

Er suchte ihren Blick, aber sie starrte auf ihre rot lackierten Fingernägel.

„Es geht um den Diebstahl in deinem Laden."

„Welchem Laden? Wir haben Filialen in der ganzen Welt."

„Natürlich. Wie konnte ich das nur vergessen", sagte er und hörte selbst, wie sarkastisch er klang. „In der Filiale hier. In Finley Meadows. Für den Rest der Welt bin ich nämlich nicht zuständig. Ich bin nur ein einfacher Kleinstadtpolizist, wie du weißt."

Sie holte tief Luft und schwieg.

Also war das wirklich der springende Punkt? Ihr war an jenem Morgen klar geworden, wie einfach er lebte, wie wenig er zu bieten hatte, wie wenig beeindruckend seine Karriere war. Im Morgenlicht und ganz ohne Alkohol war ihr all das klar geworden ... und sie hatte die Reißleine gezogen. Er konnte nicht umhin zu verstehen, warum. Verglichen mit all dem hier ... Er mochte seinen Job, mochte sein Leben, sein Haus. Aber das alles hier war ganz einfach ein paar Nummern größer. Und Olivia eben nicht an einem Mann wie ihm interessiert.

„Mir ist nichts über einen Diebstahl bekannt. Tut mir leid, dass du den Weg hierher ganz umsonst gemacht hast. Ist das alles?“, sagte sie kühl in seine Überlegungen hinein.

Irgendetwas in ihm machte leise *Klick* ... und er fühlte sich plötzlich so störrisch wie ein Dreijähriger, dem man gesagt hatte, dass er nicht ganz alleine mit dem Rad fahren konnte.

Sie konnte ihn vielleicht morgens einfach so stehen lassen, ihm sein Herz brechen und darauf herumtrampeln, in seinen Gedanken wohnen und ihn halb in den Wahnsinn treiben.

Aber sie konnte diese Unterhaltung hier nicht einfach beenden, denn er war ein Cop und er hatte Fragen. Diesmal zumindest würde er die Kontrolle behalten. Dieses eine verfluchte Mal.

Brandon legte seine Polizeikappe auf den Tisch vor sich, nur um irgendwas zu tun. Dann strich er sich durchs Haar.

Sie starrte die Kappe an, als hätte er eine Klapperschlange auf ihren Tisch gesetzt.

Was war nur los mit dieser Frau?

„Der Verbandskasten …“, begann er und kam sich ein wenig lächerlich vor.

Dann dachte er grimmig an den Bürgermeister, der ihm das hier eingebrockt hatte.

Hinter ihm kam Olivias Assistentin mit einem Tablett, zwei Tassen und einer Wolke Kaffeeduft herein.

„Der Verbandskasten wurde tatsächlich gestohlen. Der Laden hat‘s gemeldet. Ich konnte dir noch nicht davon erzählen“, sagte sie an Olivia gewandt. „Ich dachte, es wäre nicht so wichtig. Dummejungenstreich oder so. Ich hab ihnen gesagt, sie sollen es sicherheitshalber bei der Polizei melden, wegen der Versicherung.“ Sie stellte das Tablett ab und warf Brandon einen neugierigen Blick zu. „Aber ich habe ehrlich nicht damit gerechnet, dass das mehr wird als ein Aktenvermerk im örtlichen Revier."

„Nun, es gibt eine Reihe von Diebstählen in Finley Meadows. Dieser hier passt ins Bild und so hat der Bürgermeister …"

„Geronimo", sagte Olivia und stöhnte leise. „Natürlich."

„Er will dir zeigen, dass er um deine Anliegen bemüht ist." Meghan zuckte mit den Schultern. „Du spendest jedes Jahr eine Menge für die örtliche Schule, den Fußballklub der Kinder, die öffentliche Bibliothek, das Sommerfestival und …"

Olivia warf ihr einen Blick zu und die Assistentin verstummte. Olivias Fingernägel klickten leise auf dem Schreibtisch.

„Nun, mir ist dieser Verbandskasten egal", sagte sie nach einem Moment der Stille. „Vielen Dank für Ihre Bemühungen, Officer. Wenn das alles ist?"

Sie stand auf und trat an das Fenster. Brandons Blick blieb an ihrem wohlgeformten Po hängen. Mühsam löste er seinen Blick, kramte umständlich nach seinem Notizblock und schlug ihn auf.

„Ich hätte gerne die Marke und die Inhaltsliste des Verbandskastens", sagte er stur. „Mir ist es nämlich nicht egal", fügte er grimmig hinzu.

Meghan warf ihm einen erstaunten Blick zu und sah dann zu ihrer Chefin hinüber. Doch Olivia reagierte nicht, blickte einfach nur stumm aus dem Fenster. Seine Audienz schien beendet.

„Natürlich", sagte Meghan in die Stille hinein. „Ich werde die Spezifikationen vom zentralen Einkauf organisieren. Wenn Sie mir Ihre Mailadresse geben, schicke ich sie Ihnen bis morgen zu. Ist das ausreichend, Officer?"

Nein. Das ist nicht ausreichend.

Nichts hiervon ist ausreichend.

Brandon biss die Kiefer fest zusammen und nickte. Olivia wandte ihnen immer noch den Rücken zu. Das Gespräch war vorüber, die Königin hatte ihn entlassen, wie schon einmal.

Ohne Worte, ohne Erklärung. Ihre Hoheit hatte keine Lust mehr und er hatte seine Funktion erfüllt.

Brandon warf einen Blick auf den unberührten Kaffee, griff nach seiner Kappe und setzte sie auf.

„Wenn Sie mir folgen wollen", sagte Meghan und lächelte ihn höflich an. „Ich begleite Sie gerne nach draußen."

Sie hielt inne. „Darf ich Ihnen vielleicht ein Goodiebag für Ihre Frau oder Freundin mitgeben? Wenn sie unsere Produkte probiert, bin ich sicher, dass sie sehr glücklich damit sein wird …"

Brandon drehte sich langsam zu ihr, dann blickte er zu Olivia, die sich nicht rührte.

„Danke", sagte er langsam und griff nach der Tüte. „Da wird sie sich aber freuen."

***

Becca stand in der Telefonzelle und starrte auf die Münzen in ihrer Hand. Für einen Moment war sie versucht, zurückzulaufen und das Geld wieder in die kleine Metallbox zu legen, die an dem Holzstand befestigt war.

Frische Eier vom Bauernhof, Gemüse nach Saison, sagte ein Schild daneben.

Und: *Vertrauensbasis, Geld bitte einfach abgezählt in die Kasse legen.*

Becca schloss die Augen.

Bestimmt tun manche Kunden mehr Geld in die Box. Dann fallen die paar Münzen nicht auf.

Sie hatte die Bäuerin manchmal dabei beobachtet, wie sie morgens ihren verbeulten Lieferwagen neben dem kleinen Verkaufsstand parkte und Kisten voller Eier, Kürbisse, Zwiebel und Kartoffeln auslud. Ihre Haare waren grau, ihre Augen freundlich

– und ihre Hände sahen aus, als würde sie viel Zeit draußen auf dem Feld verbringen.

Becca schluckte. Sie hasste es, dass eine Diebin aus ihr geworden war. Die meiste Zeit über konnte sie sich damit beruhigen, dass sie nur das nahm, was Beth und sie zum Überleben brauchten.

Doch die Münzen waren anders. Sie waren nicht für Essen gedacht und auch nicht für einen Pulli oder eine Decke.

Aber ich brauch sie auch zum Überleben. Ich brauch sie, weil ich sonst nicht mehr weitermachen kann.

Sie ließ die Münzen in den Schlitz des Telefons gleiten und hob den Hörer ab. Mit zitternden Fingern wählte sie eine Nummer, die sie auswendig kannte. Ihre Mum hatte sie ihr beigebracht, als sie noch ganz klein gewesen war.

Für Notfälle. Wenn du mich mal verlierst und nicht weißt, wie du mich finden kannst oder wie du nach Hause kommst. Wenn du Hilfe brauchst oder etwas Schlimmes passiert ... dann rufst du meine Nummer an, Becca, und ich komm zu dir.

Tränen traten in Beccas Augen.

„Das hier ist die Mobilbox von Madeleine Brighton. Ich bin derzeit nicht erreichbar, aber ich rufe gerne zurück. Bitte um eine Nachricht nach dem Signalton."

„Mum", flüsterte Becca, während ihr die Tränen über die Wangen liefen. „Ich weiß nicht, wie ich das alles hier schaffen soll. Beth ist krank und die Hand wird einfach nicht besser und wir haben immer zu wenig zu essen und Beth versucht tapfer zu sein, aber ich weiß, dass ihre Hand weh tut. Ich hab Angst und sie auch und ich versuch, stark zu sein, aber es ist so schwer. Ich will zu dir und zu Dad. Ich will nach Hause zurück, wo alles gut ist und ich nicht mehr nachdenken muss. Ich weiß, dass du nicht wollen würdest, dass Beth und ich getrennt werden, aber ich weiß auch nicht, ob das hier richtig ist und ..."

Ein Piepen schnitt in ihren Satz und Becca schluchzte auf.

Sie steckte wieder Münzen in den Schlitz, drückte die vertrauten Tasten.

„Das hier ist die Mobilbox von Madeleine Brighton. Ich bin derzeit nicht erreichbar, aber ich rufe gerne zurück. Bitte um eine Nachricht nach dem Signalton."

„Ich hab dich lieb, Mum", krächzte Becca. „Ich hab dich lieb und ich vermiss dich und ich will einfach nur heim zu dir und zu Dad."

Sie lauschte für eine Weile, aber da war nur Knistern in der Leitung. Und dann der Pieps.

Langsam hängte sie den Hörer auf die Gabel, lehnte ihre Stirn gegen das Metall des Apparats und weinte leise vor sich hin. Sie fühlte sich so unendlich einsam in dieser Welt.

Es war die Kälte, die sie schließlich aus ihrer Trauer riss.

Diese verdammte Kälte.

Becca schniefte.

Wie viele Wochen noch, bis der Frühling und seine Wärme nach Finley Meadows zurückkehrte?

Wie viele Wochen noch voll jener Kälte, die sie einfach niemals loswerden konnte, die tief in ihre Knochen gesickert war, die jeden ihrer Atemzüge in Wolken hüllte und ihre Finger klamm machte?

Diese Kälte, die wie jede Nacht aus dem Boden hervorkriechen und sich durch die Ritzen des Kartons drücken würde, um dann durch die Decken zu sickern, mit denen sie versuchte, Beth und sich warm zu halten.

Beth!

Becca wischte sich hektisch die Tränen aus dem Gesicht. Wie viel Zeit war wohl vergangen? Sie musste zurück zu Beth.

Mit tauben Fingern griff sie nach dem Plastikbeutel, rannte los und bog in die kleine Seitengasse ein, drückte sich hinter dem

Palettenstapel durch, ließ sich auf die Knie fallen und klopfte an den Karton.

„Ich bin's", murmelte sie.

„Komm rein. Wir sind hier", klang die Stimme ihrer kleinen Schwester heraus.

Wir?

Becca drückte die Klappen des Kartons auf, plötzlich panisch. Was hatte Beth nur getan? Hatte sie etwa einem Erwachsenen ihr Versteck gezeigt?

Es dauerte einen Moment, bis sich Beccas Augen an das Dämmerlicht im Inneren gewöhnt hatten. Dann stieß sie einen erleichterten Seufzer aus.

„Was ist denn das?", fragte sie und deutete auf den Kuchen und den Heliumballon, der in der Luft herumschaukelte.

Das Mistding schien sie auszulachen, während sich die Angst schon wieder in Beccas Magen ausbreitete.

„Woher hast du das? Du sollst doch nicht allein rausgehen, Beth. Weißt du, wie gefährlich das ist, was da alles passieren könnte?" Etwas drückte ihr die Luft ab. „Was, wenn die Polizei dich findet? Was willst du ihnen erzählen? Die würden dich mitnehmen, Beth. Und dann könnte ich dir nicht helfen. Dann …" Sie brach ab und holte Luft, weil die Vorstellung zu schlimm war, um sie in Worte zu fassen. „Du musst hier in unserem Versteck bleiben. Du musst vorsichtig sein. Wir können uns keine Fehler leisten."

Beth sah sie mit großen Augen an. Tränen standen darin. „Es tut mir leid, Becca. Sei nicht böse", bettelte sie. „Ich hatte so viel Hunger. Und ich hab schon ganz lange keinen Kuchen mehr gegessen."

Becca spürte, wie ihr Ärger langsam schmolz.

„Und der Luftballon?“, fragte sie. „Sowas ist ein unnötiges Risiko. Woher hast du den? Du weißt doch, dass man nicht stehlen darf.“

Sie fühlte sich schäbig bei dem letzten Satz. Aber der Pullover in ihrer Tüte würde Beth warm halten, genauso wie die dicken Wollsocken.

Beth war klein und brauchte warme Kleidung.

Also tat Becca, was sie tun musste – aber sie wollte nicht, dass Beth auch zur Diebin wurde. Es reichte, wenn sie selbst das war. Zumindest für den Moment. Sie würde Arbeit finden und einen Weg, wie sie für Beth ein richtiges Zuhause schaffen konnte. Wo Beth sicher war und zur Schule gehen, eine Ausbildung und später mal einen richtigen Job haben konnte.

„Ihr Name ist Annabelle“, sagte Beth leise. „Sie ist ein Chamäleon. Mum hat mir doch immer Geschichten vorgelesen. Und wir haben uns dann gemeinsam zugedeckt uns ich hab mich zu ihr gekuschelt und auf der Decke waren …“

„Chamäleons drauf“, ergänzte Becca und seufzte. „Das tut mir leid, Beth. Daran hab ich gar nicht mehr gedacht.“

„Ich auch nicht“, sagte die Kleine. „Aber dann hab ich den Ballon gesehen und …“ Neue Tränen stiegen in ihre Augen. „Sei nicht mehr böse auf mich. Ich war ganz vorsichtig. Ich mach es auch nie wieder. Und da ist noch ganz viel Torte für dich.“

„Ist schon gut.“ Becca zog ihre Schwester in die Arme. „Ist schon gut. Es tut mir leid, dass ich so böse geworden bin. Ich hab dich nur einfach so furchtbar viel lieb und ich will nicht, dass dir was passiert.“

Und ich bin müde. So müde.

Aber es half nichts, nicht wahr? Sie waren nun mal hier. Und ihre Eltern waren es nicht.

Es war egal, wie müde sie war. Es war egal, wie unfair alles war. Und es war egal, ob das alles hier viel zu viel war. Sie würde das schaffen, weil alles andere einfach nicht in Frage kam.

„Ich hab dich auch lieb“, murmelte Beth, gähnte und kuschelte sich an sie. „Erzählst du mir eine Geschichte?“

Becca beäugte die zerstörte Torte mit den Kinderhandabrücken in der Glasur und den abgebrochenen Ecken. Sie hatte schon schönere Torten gesehen und trotzdem war ihr keine jemals verlockender erschienen.

„Okay“, sagte sie, schloss die Augen und fuhr mit dem Finger über die Glasur.

Und dann begann sie eine Geschichte zu erzählen, mit dem Mund voller Schokoladencreme.

Kapitel 5

Brandon und Sam saßen gemütlich auf dem Boden, ans Sofa gelehnt, ein Bier in der Hand. Vor ihnen spielte Max mit Bausteinen. Der Junge starrte das Haus aus bunten Holzklötzchen konzentriert an, die Zunge zwischen die Zähne geklemmt, die Haare verwuschelt. Am Esstisch saß Leira mit ihrer Freundin über Hausaufgaben gebeugt, aus der Küche duftete es bereits verführerisch nach Lasagne.

„Du hast mehr Glück als Verstand", brummte Brandon in Sams Richtung.

„Ich weiß." Sein Bruder grinste. „Ich weiß."

Brandon freute sich für Sam, ganz ehrlich. Aber da war auch dieser Stich in seiner Brust, wann immer er all das hier sah. All das, was er selbst immer gewollt hatte: eine Frau, Kinder, eine Familie, ein Zuhause.

Seinem kleinen Bruder Sam war das nie wichtig gewesen – er hatte stets überall herumposaunt, dass er ewig Junggeselle bleiben würde. Und nun war ihm Brandons Traum in den Schoß gefallen, einfach so. Und Brandon war immer noch allein.

Dass er vor wenigen Monaten für einen kurzen Moment gehofft hatte, die richtige Frau gefunden zu haben, machte alles nur noch schlimmer.

Er presste die Lippen zusammen.

„Können Frauen auch Häuser bauen?", fragte Max, den Blick immer noch auf die Bauklötze gerichtete.

Brandon nickte. „Klar", sagte er.

„Denk an Wonder Woman. Oder Catwoman“, fügte Sam hinzu. „Wenn Frauen Superheldinnen sein könne, dann können sie auch Häuser bauen, denkst du nicht?“

Max nickte langsam. Die Erklärung erschien ihm offenbar logisch.

„Und sind sie dann auch so fies wie die Männer, die Häuser bauen?“, fragte er nachdenklich.

„Warum denkst du, dass die Männer fies sind?“ Sam sah ihn interessiert an.

Der Junge zuckte mit den Schultern, nahm einen grünen Stein in seine kleine Hand und platzierte ihn vorsichtig auf dem Turm. „Ich bau lieber noch eine Mauer rundherum falls Räuber kommen“, sagte er und stand auf. „Vielleicht haben die Leute, die in dem Haus wohnen, keinen eigenen Polizisten, so wie wir.“ Damit düste er los.

Brandon lachte und sah Sam fragend an.

„Keine Ahnung. Irgendwann wird er es uns wohl erklären. Oder auch nicht.“ Sein Bruder zuckte mit den Schultern. „Aber wo wir schon bei Erklärungen sind, könntest du mir jetzt erklären, was heute mit dir los ist?“

Olivia. Das ist los.

„Na, komm. Irgendwas stimmt nicht mit dir. Du bist weniger nervig als sonst.“

„Du mich auch“, brummte Brandon.

Obwohl er stur geradeaus auf das bunte Haus aus Bausteinen sah, konnte er Sams forschenden Blick spüren.

„Arbeit? Frauen?“, bohrte sein kleiner Bruder weiter.

„Arbeit“, sagte Brandon. Und irgendwie stimmte das ja auch. Die Geschichte mit den Diebstählen lag ihm im Magen. Das Wiedersehen mit Olivia – das hätte ihn nicht so treffen dürfen. Sie hatten eine einzige Nacht miteinander verbracht, verdammt nochmal! Und das war Monate her. Sowas konnte ihn doch nicht so lange beschäftigen? Nicht, dass er Sam davon erzählen würde … aus mehr als einem Grund.

Dann dachte er an die Papiertüte mit den Gesichtscremes, Parfums und Weiß-der-Kuckuck, was auch immer da drin war, die in seinem Funkwagen lag.

Warum hatte er sie angenommen? Damit Olivia glaubte, er hätte eine Frau in seinem Leben? Wie alt war er, sechzehn?

Er schüttelte langsam den Kopf. Vielleicht brauchte er Urlaub.

Zum ersten Mal seit langem dachte er daran, Finley Meadows für eine Weile zu verlassen – vielleicht war ein bisschen Abstand das Richtige.

Krachend knallte eine Ladung bunter Holzklötzchen vor ihm auf den Fußboden.

„Das sind bestimmt genug für die Mauer. Da kommt kein Räuber drüber", sagte Max. „Hilfst du mir bauen?" Er sah Brandon fragend an.

„Klar", sagte er. Zumindest eine Mauer aus Bauklötzen sollte er hinkriegen. Er rutschte nach vorne und begann unter der strengen Anweisung des Dreikäsehochs, die Bausteine zur Mauer zu schichten.

Nachdem sie fertig waren, sagte er: „Siehst du … Wir haben ein Haus und eine Mauer gebaut, wir sind Männer und wir sind nicht böse. Zufrieden?"

„Aber warum heißen die dann so?", fragte Max und legte seine Stirn in Falten.

„Heißen wie?", fragte Sam. „Was meinst du, Max?"

„Na, ich darf das Wort doch nicht sagen. Das ist eins von den schlimmen Wörtern. Leira sagt es manchmal." Der Junge klang ehrlich verwundert.

Brandon begann zu lachen. Die bösen Männer, die Häuser bauten!

„Da hast du was falsch verstanden“, sagte er, neigte sich zu Max und wuschelte ihm liebevoll durchs Haar. „Man nennt sie Architekten, Max. Da ist kein Sch drin. Architekt ist kein schlimmes Wort. Einfach nur ein Beruf.“

***

Wellen trieben über die Oberfläche, mit jedem Schlag ihrer Arme. Die Spiegelung der Wolken brach sich in ihnen, brachte die Weiß- und Blautöne zum Tanzen … fast, als würden die Wolken kichern.

Vielleicht lachten sie Olivia aus. Sie seufzte, erreichte mit ein paar kräftigen Zügen den Beckenrand und legte die Arme auf die warmen Fliesen. Jenseits der Glaswand erstreckte sich der Garten um ihr Haus. Es hatte geschneit, letzte Nacht – draußen war alles in eine zarte, weiße Decke gehüllt.

Olivia legte die Wange auf ihre Arme und schloss die Augen. Und wieder sah sie Brandon, der nach der Papiertüte griff.

Er hatte also eine Freundin, na und? Das war keine große Überraschung. Er sah gut aus, war klug und witzig und sexy. Und er konnte kochen. Und war ziemlich sicher einer, auf den man sich verlassen konnte. Der immer da war, wenn man ihn brauchte.

Allein, wie er ihr den Bademantel auf dem Bett bereitgelegt hatte.

Natürlich hatte der Mann eine Freundin.

Warum beschäftigte sie das so?

Es war nur eine Nacht gewesen. Sie hatte seine Anrufe ignoriert.

Auch wenn es ihr schwerer gefallen war, als sie gedacht hätte.

Jedes Mal, wenn sein Name auf ihrem Display aufgeleuchtet hatte, hatte sie abheben wollen.

Hatte *Hallo* sagen wollen und *Na klar, lass uns was trinken gehen*.

Wollte zu ihm fahren und auf ihn zulaufen, in seine Arme sinken und ihn küssen.

Wollte ihn so lange küssen, bis die Vergangenheit aufhörte zu existieren und alles einfach nur gut war.

Aber sie war Olivia. Sie war vernünftig und diszipliniert.

Sie verhielt sich rational. Sie wägte Entscheidungen ab.

Dass ihr Herz schmerzte, als hätte sie einen Teil von sich selbst verloren, würde vergehen.

Aber all ihre Gründe, warum sie nicht mit ihm zusammen sein konnte – die würden bleiben.

Wann?, wisperte eine kleine Stimme in ihrem Inneren.

Wann wird der Schmerz denn vergehen?

Sie fröstelte.

Zeit, aus dem Wasser zu kommen.

Sie zog sich hoch und setzte sich auf den Beckenrand. Während sie ihre Haare ausdrückte, fiel ihr Blick wieder auf den Garten, der sich vor der deckenhohen Fensterwand ausbreitete.

Ihr Zuhause.

Dafür hatte sie gearbeitet, nicht wahr?

Ein Ort, der nur ihr gehörte. Wo sie sich sicher fühlen konnte. Mit hohen Mauern rundherum und abgesicherten Türen, mit einer kameraüberwachten Einfahrt und einem state-of-the-art Sicherheitssystem.

Ein Ort, zu dem niemand Zutritt hatte, den sie nicht einlud.

Ein zartes Geräusch riss sie aus ihren Gedanken. Sie sprang auf, hüllte sich in ihren Bademantel, der auf einer der Liegen bereit lag, und lief zu dem kleinen Tisch. Im Vorbeigehen kraulte sie ihren Kater Fluff, der es sich auf einem Stapel weicher Handtücher gemütlich gemacht hatte und sie träge anblinzelte.

„Eve“, stand auf dem Display ihres Handys. Olivia hob ab.

„Hi, Eve."

„Hi", klang die vertraute Stimme durch den Lautsprecher. „Wie geht's meiner Lieblingsschwester?"

Olivia ließ sich in den Liegestuhl sinken und legte die Beine hoch.

„Ach, ganz gut", sagte sie.

„Gerade aus dem Becken gekommen?"

Olivia lachte.

„Du bist so berechenbar wie die Kalendertage, meine Süße. Dein Tagesablauf hat sich seit Ewigkeiten nicht geändert." Die Stimme ihrer Schwester war voller Zuneigung und Bewunderung, durchmischt mit einem Hauch Tadel. So war Eve – niemals einer Meinung mit sich selbst.

„Ich hab rausgefunden, wie ich am besten funktioniere. Wie ich ein Maximum an Leistung erbringen kann. Diese Routine funktioniert für mich", sagte Olivia und es störte sie, dass sie so klang, als würde sie sich verteidigen.

Sie war die Chefin eines millionenschweren Unternehmens – wieso saß sie hier und legte bei ihrer kleinen Schwester Rechenschaft über ihren Tagesablauf ab? Das war doch lächerlich. „Denk mal an Steve Jobs", fuhr sie fort, bevor sie sich selbst stoppen konnte. „Der hat jeden Tag immer nur dieselbe Kleidung getragen. Routinen sind effizient. Routinen ermöglichen Fokus auf das Wesentliche. Routinen sind die Grundlage für Leistung."

Routinen sind sicher.

„Ah", sagte Eve. „Klingt wahnsinnig aufregend. Wenn du demnächst anfängst, jeden Tag nur noch entsetzlich geschnittene Jeans und schwarze Rollkragenpullis anzuziehen, dann komm ich vorbei und kremple dein Leben um, das ist dir doch klar, nicht wahr?" Ein Lachen klang durchs Telefon.

„Da seh ich keine Gefahr", sagte Olivia trocken. Der begehbare Wandschrank neben ihrem Schlafzimmer hatte mehr Quadratmeter als das Wohnzimmer in dem Haus, in dem sie aufgewachsen waren. Zu wenig Auswahl in Kleidungsfragen gehörte definitiv nicht zu ihren Problemen.

Eve seufzte. „Ich mach mir nur Sorgen um dich. Du hast zu wenig Spaß im Leben."

„Da wir gerade von Spaß reden: Wann kommst du denn? Soll ich dir ein Ticket buchen?"

Eve antwortete nicht gleich und die Pause sagte Olivia alles, was sie wissen musste.

„Ein Kerl? Ein Künstler-Retreat? Eine Gruppenausstellung?", fragte sie.

„Alles auf einmal!", quiekte ihre Schwester begeistert. „Sein Name ist Antonio Sebastiano Garibaldi und er macht die unglaublichsten Skulpturen aus Müll, die du je gesehen hast. Er und seine Kumpels feiern Weihnachten in Portugal. Am Strand. Sie wollen dort einen Christbaum aufstellen und ihn mit dem Müll schmücken, den sie vor Ort finden. Das wird auch gleich eine Protestaktion! Soll ganz groß rauskommen. Die Arbeiten werden am Ende in der besten Galerie der Stadt ausgestellt! Ohhh, ich wusste, dass du das verstehst, Olivia. Du bist die beste große Schwester aller Zeiten."

„Aber sicher." Olivia versuchte, fröhlich zu klingen. „Wie lange kennst du Antonio schon?"

„Erst seit einer Woche, aber er ist un-glaub-lich. Im Ernst. Wir haben uns gesehen und es hat *Wumm* gemacht. Für uns beide. Das hier fühlt sich so vorherbestimmt an. Ich glaub, ich werd den Rest meines Lebens mit ihm verbringen."

„Das klingt toll." Olivia verbiss sich den Kommentar, der auf ihrer Zunge lag. Sie hatte das mit der großen Liebe schon oft von ihrer kleinen Schwester gehört. Und sie hatte bereits mehr als einmal dabei geholfen, die Scherben aufzusammeln.

Wie schaffte Eve es nur, jedes Mal wieder voller Enthusiasmus an die große Liebe zu glauben? Ein Teil von Olivia bewunderte sie dafür, wie sie sich ohne Vorbehalt in ihr Leben und die Liebe stürzte. Als wäre sie nie verletzt worden, als hätte sie nichts zu verlieren.

Aber Eve war eben Künstlerin und Olivia war ... die Verantwortungsbewusste.

Die, auf die man sich immer verlassen konnte. Die, die immer da war.

Langweilig und berechenbar.

Olivia kniff die Lippen zusammen.

„Hey, ich komm einfach etwas später zu dir", sagte Eve. „Und dann feiern wir Weihnachten. Mit Baum und allem. Vielleicht im Februar. Im Frühling? Oder im August, wie wär das? Das ist doch ohnehin viel lustiger als im Dezember."

„Sicher", sagte Olivia. „Das wäre toll. Eve, ich muss jetzt los. Ich hab heute einen vollen Kalender. Schick mir eine Postkarte."

„Eine Postkarte?" Ihre Schwester lachte. „Olivia, du bist echt aus einem anderen Jahrhundert. Wer schickt denn heute noch Postkarten?"

„Ich mag die", sagte Olivia. „Ich find's schön, handgeschriebene Briefe und Postkarten zu kriegen."

„Wie du meinst. Wenn ich sowas auftreiben kann, dann schick ich dir eine, versprochen. Wir hören uns bald wieder! Hab einen schönen Tag, Olivia. Ich hab dich lieb."

„Ich dich auch."

Und damit war die Verbindung tot.

Olivia ließ sich in den Liegestuhl zurücksinken und sah stumm aus dem Fenster, das Handy auf ihrem Schoß.

Sie fühlte sich plötzlich so unendlich müde.

War es echt zu viel verlangt, dass sie Weihnachten mit ihrer Schwester feiern wollte? Eve war alles an Familie, was sie noch hatte.

Aber sie war nicht sentimental, nicht wahr?

Sie würde den Weihnachtsabend einfach in aller Ruhe mit einem guten Buch und einem Glas Wein genießen. Nichts zu dekorieren, nichts einzupacken, kein Tisch zu decken, nichts wegzuräumen.

Und wenn sie früh zu Bett ging, konnte sie den nächsten Tag nutzen, um Papierkram zu erledigen, der schon viel zu lange liegen geblieben war. Das Büro würde die Tage nach Weihnachten leer sein – das hieß, sie konnte konzentriert und ganz ohne Störung arbeiten.

Sie schloss die Augen, weil Tränen darin brannten.

Kein Grund zu heulen. Arbeit ist ohnehin vernünftiger. Weihnachten ist auch nur ein Tag wie jeder andere.

„Na komm“, sagte sie zu Fluff und stand auf. „Zeit für dein zweites Frühstück.“

***

Eine Woche später stellte Olivia ihre Einkaufstüten auf dem Schreibtisch ab.

„Erfolgreiche Jagd?“, fragte Meghan von der Tür her und wackelte mit den Augenbrauen.

Olivia nickte, wenig überzeugt. Irgendwie wollte sich keine Freude einstellen – weder Vorfreude auf Weihnachten, noch Freude über die Handtasche, das neue Kleid und die sündhaft teuren Raulederstiefel, die sie sich heute selbst geschenkt hatte.

Hoffentlich würde sich zumindest Fluff über sein Geschenk freuen. Sie griff nach dem Fisch aus Stoff, der auf Knopfdruck am Boden zappelte und der Verkäuferin nach bei allen Katzen ein Hit war.

„Aber?“, fragte Meghan.

„Nichts aber.“ Olivia zuckte mit den Schultern, stopfte den Fisch zurück und platzierte die Tüten auf dem Boden neben ihrem Schreibtisch. „Alles in Ordnung.“

„Hm.“ Meghan sah sie prüfend an. „Die Einladung steht. Feier Weihnachten mit uns.“

Manchmal war es echt anstrengend, dass Meghan nicht nur Olivias Assistentin, sondern auch eine Art von Gedankenleserin war.

„Es ist euer erstes Weihnachten als frisch Verheiratete, Meghan“, sagte Olivia. „Ich würde euch stören und mir vorkommen wie das dritte Rad am Wagen.“

„So ein Blödsinn. Wir würden uns freuen. Außerdem sind wir ja nicht alleine, es kommen jede Menge Verwandte. Du würdest gar nicht auffallen. Und mein Cousin Carl sieht gut aus, er ist Single …“

„Danke, wirklich. Das ist lieb von dir. Aber ich werde Weihnachten dieses Jahr entspannt allein feiern.“

„Das ist eine richtig schlechte Idee. Du hast doch noch nie ohne Eve gefeiert und ...“

„Dieses Jahr ist es eben anders“, schnitt Olivia ihr das Wort ab. „Sie hat sich glücklich angehört und ich freu mich für sie.“

„Sicher.“ Meghan sah sie zweifelnd an.

„Ist das Magazin schon da?“, fragte Olivia, um sie abzulenken. Augenblicklich heiterte sich der Ausdruck ihrer Assistentin auf. „Ja!“, sagte sie. „Der Artikel ist toll geworden. Und erst die Fotos …“

„Die waren auch genug Aufwand“, stöhnte Olivia. Eine Woche nach dem Interview war ein Team aus Fotografin, Assistenten, Produktionsmanagerin, Stylistin, Makeup-Artist und

Haarstylist hier eingefallen. Das war nicht ihr erstes Fotoshooting gewesen, deswegen hatte Olivia sich in ihr Schicksal und die Hände der Profis ergeben. Erst Stunden und unzählige Aufnahmen und Locationwechsel später war die Fotografin zufrieden gewesen.

„Du siehst aus wie ein Filmstar“, fuhr Meghan unbeirrt fort. „Nicht, dass du sonst hässlich wärst. Aber auf den Fotos … wow.“

Sie hielt das Magazin hoch, von dessen Cover Olivia sich selbst entgegenlächelte.

„An sowas werde ich mich, glaub ich, nie gewöhnen“, sagte Olivia, während ihr Blick über das Bild glitt. Sie sah gut aus, aber auch wie eine Fremde. Nicht wie die Frau im Spiegel, der sie jeden Morgen die Zähne putzte.

Meghan umarmte sie impulsiv. „Ich freu mich so für dich. Und es ist natürlich richtig gute Werbung für unsere Produkte.“

Olivia nickte. Das war der Sinn solcher Artikel – die Firma, deren Philosophie und ihre Produkte bekannter zu machen.

„Darf ich dich was fragen?“ Meghan deutet auf das Magazin.

„Natürlich.“

„Warum hast du das von Eve und dir erzählt? Du redest kaum jemals darüber ... selbst mit mir nicht.“

„Ich weiß auch nicht.“ Olivia blätterte durch die Seiten, auf der Suche nach dem Interview. „Sie hat mich gefragt, ob ich etwas erzählen möchte, und plötzlich dachte ich – vielleicht hilft es anderen jungen Frauen. Zu sehen, dass man etwas erreichen kann, obwohl die Startvoraussetzungen ungünstig sind. Wenn man allein ist und keine Familie hat, die einen unterstützt…“

„Du hast Eve und mich“, sagte Meghan. „Und die Mitarbeiter hier sehen dich als Familie an.“

Olivia lächelte. „Ich weiß. Ich hab Glück mit euch allen.“

Trotzdem wünschte sie sich manchmal, sie hätte mehr als das. Jemanden, der abends daheim auf sie wartete. Der die Wochenenden mit ihr verbrachte. Weihnachten mit ihr feierte.

Sie runzelte die Stirn.

Das war undankbar, nicht wahr? Sie hatte so viel mehr als andere. Niemand konnte alles haben – und das war wohl der Preis, den sie zu zahlen hatte.

Es war ja nicht so, dass sie es nicht versucht hatte. Sie war unzählige Male auf Blind Dates gegangen, die Meghan oder Eve für sie organisiert hatten.

Aber es war nie jemand dabei gewesen, der ihr etwas bedeutet hatte.

Nie, bis sie Brandon getroffen hatte.

Sie presste die Lippen zusammen, als sich der vertraute Schmerz einstellte und jene Sehnsucht nach ihm, die sie seit damals begleitete.

Vielleicht fehlte ihr Eves Glaube an die große Liebe.

Oder es sollte einfach nicht sein.

„Bringst du mir bitte einen Grüntee? Und ein paar von den Weihnachtskeksen?“, fragte sie Meghan. „Ich werd mir jetzt mal diesen Artikel durchlesen, bevor ich mich wieder in die Arbeit stürze.“

Meghan nickte, doch ihr Blick verriet, dass die Diskussion wegen Weihnachten wohl noch nicht vorüber war.

Als sich die Tür hinter ihrer Assistentin schloss, ließ Olivia das Magazin sinken und starrte aus dem Fenster.

Was war nur los mit ihr? Früher hätte sie sich über diesen Artikel gefreut – er würde neue Kundinnen bringen, den Umsatz ankurbeln, war ein weiterer Schritt in die richtige Richtung. Stattdessen konnte sie nicht mal die Energie aufbringen, ihn zu lesen.

Olivia runzelte die Stirn und schüttelte den Kopf.

Saß sie hier ernsthaft rum und tat sich selber leid?

Sie griff nach dem pastellrosa Textmarker und begann konzentriert, den Artikel zu lesen. Das Marketingteam würde bestimmt wissen wollen, welche Zitate sie für Social Media verwenden sollten. Das konnte Olivia ebenso gut gleich erledigen.

Kapitel 6

„Martha Steward hat angerufen", sagte Sam grinsend und ließ die Hand auf die Schulter seines Bruders krachen. „Sie möchte ihr Spitzenschürzchen zurück."

Brandon verdrehte die Augen und wischte sich die Hände an seiner Schürze ab. „Dass Männer Kuchen backen können, ist dir bekannt?", fragte er. „Alter Macho."

„Jap. Und das ist ja auch alles sehr fein, aber du übertreibst es ein bisschen. Ist das so ein psychologisches Ding, dass du im Beruf als Cop der harte Typ sein musst und dann privat Rüschen häkelst?"

„Meine Schürze hat keine Rüschen", sagte Brandon und verschränkte die Arme vor der Brust. „Und ich hab noch nie Schürzen gehäkelt."

„Aber mal fünfundzwanzig Hauben für den örtlichen Kindergarten, wenn ich mich recht erinnere."

„Verschwinde aus der Küche und lass mich den Kuchen hier fertig machen, sonst gibt's einen Satz heiße Ohren und heute keine Nachspeise." Brandon grinste.

„Und dann bekommst du es mit mir zu tun", fügte Cara hinzu und drückte Sam einen Kuss auf die Nase. „Ich will Kuchen. Also sei ein Held und feuer den Grill für die Burger an. Die Kids haben Hunger."

Sam verschwand aus der Küche und Cara blickte ihm grinsend hinterher. Dann drehte sie sich zu Brandon. „Welcher Kuchen wird das?", fragte sie und tauchte ihren Finger in den Teig.

„Erdnussbutter-Schokocremetorte", sagte Brandon und klopfte ihr auf die Hand. „Weißt du, dass es so etwas wie schweren Mundraub gibt? Hab ich letzte Woche gelernt." Er wiegte den Kopf und sah Cara streng an. „Und ich kann mir nicht vorstellen, dass Miss Trixie falsch liegt, was Fragen des Strafrechts angeht."

„Was steht denn für eine Strafe auf wiederholten schweren Mundraub?", fragte sie und beäugte die Schüssel.

„Der gesamte Abwasch", sagte Brandon, kippte den Teig in die vorbereitete Kuchenform und strich ihn mit einem Spatel glatt.

„Das ist es definitiv wert." Cara zog die Schüssel zu sich und fuhr mit dem Finger durch die Teigreste.

„Und so begann eine weitere kriminelle Karriere", kommentierte er düster.

„Sam meint es nicht böse, das weißt du, oder?", fragte sie. „Er bewundert dich."

„Jaja", brummte Brandon. Er und sein kleiner Bruder waren sich immer schon nah gewesen und in den vergangenen Jahren hatte sich das noch verstärkt. Es störte Brandon nicht, dass Sam sich über seine „hausfraulichen Fähigkeiten", wie er es ausdrückte, lustig machte.

Brandon kochte einfach gerne und er mochte es, in eine gemütliche Umgebung nach Hause zu kommen. Klar, irgendwann hatte er mal gedacht, dass da eine Familie auf ihn warten würde. Aber das war nicht passiert und er hatte begonnen, sich damit abzufinden, dass es vielleicht auch nicht mehr passieren würde. Kein Grund, in einer heruntergekommenen Bruchbude zu leben und Ravioli aus der Dose zu essen. Nicht, wenn es nach ihm ging.

„Das mit dem Häkeln find ich richtig süß", sagte Cara. „Ich hab gar nicht gewusst, dass du das kannst."

„Können ist übertrieben. Und es war keine große Sache", sagte Brandon und knotete die Schürze auf. „Die alte Mrs. Cutter hatte versprochen, den Kids warme Hauben zu häkeln, alle in Neongelb, damit man sie auf Ausflügen als Gruppe erkennen kann und es für die Kindergärtnerinnen ein bisschen einfacher ist, den Flohhaufen zusammenzuhalten. Dann hat sie sich den rechten Unterarm gebrochen, weil sie selbst die Dachrinne reinigen wollte." Er schüttelte den Kopf. „Ich hab gedacht, ich hab im Nachtdienst ohnehin Zeit, so schwer kann das auch wieder nicht sein … Also hab ich angeboten, die zu häkeln."

„Du hattest davor nie gehäkelt?", fragte Cara. „Oh Mann. Wie war das?"

„Schwierig. Ich hätte nicht gedacht, dass das so kompliziert ist." Brandon grinste. „Ich war echt schon verzweifelt, aber dann haben ein paar Kollegen von der Polizeistation und ein paar Jungs von der Feuerwehr geholfen, die hatten wohl alle Mitleid mit mir." Er lachte beim Gedanken daran, wie sie ausgesehen hatten: ein Haufen harter Kerle, die verzweifelt und verschwitzt mit Häkelnadeln und Wollknäueln kämpften. „Auch wenn unsere Hauben vermutlich keinen Schönheitspreis gewinnen werden … wir haben es hingekriegt."

„Ich bin sicher, die Kids mochten sie."

Brandon nickte. „Jup", sagte er und fühlte sich ein wenig stolz.

„Weißt du was?", fragte Cara. „Du setzt dich jetzt da hin und lässt mich hier sauber machen." Damit deutete sie zu dem kleinen Tisch, an dem Brandon üblicherweise aß, wenn er allein war. Sein Blick fiel auf Caras Handtasche, aus der ein paar Magazine ragten. Sein Puls beschleunigte sich.

Olivia?

„Darf ich da einen Blick reinwerfen?", fragte er.

„Klar", sagte Cara. Sie sah zu ihm herüber. „Oh, das ist ein toller Artikel über Olivia, ich hab ihn schon gelesen. Ich hatte ja keine Ahnung …" Sie plapperte weiter, aber Brandon hörte ihr nur noch halb zu.

Wie immer, wenn es um Olivia ging, konnte er sich auf nichts anderes konzentrieren. Es war als breite sich ihre Präsenz aus, bis es nichts mehr zu sehen gab – nur noch sie, die seine Welt ausfüllte und jeden anderen Gedanken unmöglich machte.

Er schlug das Magazin auf und blätterte ungeduldig, bis er den Artikel fand.

Selfmade Success, stand in großen Lettern quer über einem Foto. Olivia war zu sehen, wie sie an einem gemauerten Torbogen lehnte, hinter ihr die gewundene Allee, die zum Firmenanwesen führte. In der Ferne lagen die hügeligen Felder winterlich brach.

Nach Jahren, in denen sie lavender fields cosmetics zum Global Player aufgebaut hat, warten nun neue Abenteuer auf Olivia Naledi. An der Schwelle zwischen Alt und Neu hat sich die erfolgreiche Unternehmerin Zeit genommen, um mit uns über Vergangenheit und Zukunft zu reflektieren.

Neue Abenteuer? Brandon runzelte die Brauen und blickte in Olivias Augen, die freundlich und doch distanziert von der Seite zu ihm aufblickten. Sie sah unbeschreiblich schön aus.

Wie hatte er nur jemals denken können, eine Frau wie sie würde sich ernsthaft für ihn interessieren?

Sie war Millionärin, verflucht nochmal. Konzernchefin. Vermutlich war sie drauf und dran sich eine Insel in der Südsee zu kaufen, den Eiffelturm … oder was Millionärinnen sonst so taten.

Brandon ließ das Magazin sinken und sah sich um. Betrachtete die kleine Küche, als sähe er sie zum ersten Mal ... aus den Augen einer Millionärin. Natürlich war das alles hier nicht beeindruckend – aber er hatte viel Zeit investiert, hatte jedes Zimmer selbst renoviert, hatte die Möbel ausgesucht, alles nach und nach eingerichtet.

Aber war es genug?

Für ihn, ja. Er mochte sein Leben. Er hatte sich nach Jahren in Chicago hierher versetzen lassen, weil er genug hatte von Morden, Drogen und Gewalt. Hatte Gehaltseinbußen in Kauf genommen und auf Karrierechancen verzichtet – weil er ein Leben wie dieses hier wollte: ruhig. Mit Menschen, deren Namen er kannte und die seinen kannten. Wo er das Gefühl hatte, dass seine Arbeit etwas bewirkte, für Menschen, die ihm etwas bedeuteten, und für eine Gemeinschaft, in der er zu Hause war.

Er hatte all das gefunden. Und er hatte nicht vor, etwas daran zu ändern.

Selbst für eine Frau wie Olivia nicht.

Er spielte ohnehin nicht mal annähernd in ihrer Liga.

Und er war ein Idiot gewesen, enttäuscht von ihrer Abfuhr zu sein – oder etwas zu sehen, das niemals da gewesen war.

Er hob das Magazin wieder auf und begann den Text zu lesen. Der erste Absatz drehte sich um ihre Firma und deren Produkte, die offensichtlich den Markt revolutioniert hatten, da sie die erste war, die nur auf natürliche und biologisch angebaute Inhaltsstoffe gesetzt hatte. Der Anfang ihrer Karriere war dementsprechend holprig gewesen. Aber sie hatte durchgehalten und als der Markt irgendwann nach Biokosmetik verlangte, stand sie mit fertig entwickelten Produkten parat, während andere Firmen noch nicht mal bemerkt hatten, dass die Zeiten sich geändert hatten.

Auch heute noch brachte ihre Firma anscheinend regelmäßig Innovationen auf den Markt. Brandon war zwar nicht sicher, wieviel Innovation in Gesichtscreme und Haarshampoo stecken konnte – aber er mochte die Idee, dass Olivia den anderen immer einen Schritt voraus war. Er hatte nicht weniger von ihr erwartet. Und ein Teil von ihm war irrationalerweise stolz auf sie. Nicht, dass sie das auch nur im Entferntesten interessiert hätte.

Er las weiter.

Ich kann vielleicht die Gesellschaft nicht ändern, wurde sie im Artikel zitiert. *Aber zumindest in meinem Unternehmen verdienen Frauen und Männer gleich viel. Zusätzlich bietet meine Firma bezahlten Urlaub nach einer Geburt, flexible Arbeitsmodelle für Eltern, Stipendien und Weiterbildungsprogramme – speziell auf die Bedürfnisse von Frauen ausgerichtet, stehen sie aber natürlich allen Mitarbeitern offen.*

Brandon lachte. Das klang genau wie die Olivia, die er kennengelernt hatte – eine Frau, die sich nicht mit idealistischen Theorien über eine bessere Welt aufhielt, sondern stattdessen einfach gleich mit der Umsetzung begann.

Der nächste Absatz erzählte von den neuen Abenteuern, zu denen sie sich aufmachte. Die waren lobenswert … und weder Südseeinsel noch Eiffelturm kamen darin vor. Olivia wollte sich in Zukunft verstärkt der Charityarbeit widmen und einen gewissen Prozentsatz des Unternehmensgewinns in wohltätige Projekte investieren. Dazu hatte Olivia eine Stiftung gegründet und sie erzählte davon, dass sie gern mehr Zeit und Energie in diese Arbeit investieren wollte, aber ihr die Leitung der Firma leider oft nicht genug von beidem ließ. Brandon überflog die Details. Erst als sich der Artikel Olivias Herkunft widmete, wurde er wieder aufmerksam.

Betroffenheit machte sich in ihm breit, mit jedem Wort, das er las.

„So eine Scheiße", murmelte er, als er fertig war.

„Nicht wahr?", fragte Cara und legte das Geschirrtuch auf die Arbeitsfläche. „Ich hatte keine Ahnung, dass sie es so schwer hatte. Du?"

Brandon schüttelte den Kopf.

Nein. Er hatte keine Ahnung gehabt, dass sie so früh ihre Mutter verloren und dann auch noch ganz allein für ihre kleine Schwester gesorgt hatte … in einem Alter, in dem man Abenteuer erleben und Luftschlösser bauen sollte, hatte Olivia Verantwortung übernommen, unter der manche Erwachsene zusammenbrachen.

Ein unbestimmtes Gefühl sagte ihm, dass ihre Vergangenheit sich auch heute noch auswirkte und nicht so abgeschlossen war, wie es der Artikel nahelegte.

Er runzelte die Stirn und sah die Olivia auf der Titelseite des Magazins fragend an.

Was ist dein Geheimnis?

Aber die Frau auf der Titelseite sah ihn nur an und schwieg.

Er seufzte. Warum nur konnte er nicht von ihr lassen? Was hatte sie an sich, das ihn so faszinierte?

Eine Bewegung im Augenwinkel riss ihn aus seinen Gedanken und er fand Caras Augen nachdenklich auf ihn gerichtet. Nicht zum ersten Mal hatte er den Verdacht, dass sie mehr ahnte, als ihm lieb war.

***

„Das war eine großartige Idee. Ich hab mich gefreut, dass Sie angerufen haben“, sagte Pam und nahm ihre heiße Schokolade von der Verkäuferin entgegen. Kleine Marshmallows schwammen darin. „Ich war lange im Ausland ... und jetzt, wo ich wieder hier bin, hab ich festgestellt, dass meine Freunde über den ganzen Globus verteilt sind und ich hier kaum noch jemanden kenne. Grad in der Weihnachtszeit kann das ...“

„... ein wenig einsam sein.“ Olivia nickte und dachte an die Weihnachtsfeiertage, die vor ihr lagen. „Kommt wohl davon, wenn man mit seinem Beruf verheiratet ist.“

Pam blickte sich um. „Wie aus dem Bilderbuch“, sagte sie.

Olivia folgte ihrem Blick. Lichterketten hüllten den Platz vor dem Rathaus in ein warmes Licht, während Schneeflocken langsam zu Boden segelten. Der Geruch von frischen Donuts lag in der Luft, Kinder standen mit großen Augen vor dem Mann, der an seinem Stand kunstvoll bunte Zuckerwatte wickelte. Die Bäume des kleinen Parks nebenan waren ebenfalls hell erleuchtet und Schlittschuhläufer glitten über den Teich darin.

„Der Hauptplatz hier in Finley Meadows ist zu jeder Jahreszeit schön. Aber im Winter verwandelt er sich ein paar Wochen lang abends in einen kleinen Weihnachtsmarkt und dann liebe ich ihn besonders." Olivia nippte an ihrem Punsch. „Wollen wir eine Runde drehen?"

„Unbedingt." Pam nickte. „Vielleicht finden wir ein Geschenk für meinen Neffen."

„Wie alt ist er?"

„Drei. Eine Giraffe wäre super, die hat er gerade sehr ins Herz geschlossen."

„Weiter vorne gibt es einen Stand mit Holzspielzeug. Da könnten Sie fündig werden."

Pam drehte sich um. „Wie wär's, wenn wir das Förmliche weglassen? Der Artikel ist veröffentlicht, die Arbeit erledigt..."

Olivia nickte. „Find ich gut."

„Dann auf zur Giraffe."

Eine Stunde später saßen sie auf einer der Bänke vor dem Rathaus und wärmten sich die Hände an einer lodernden Feuerschale. Eine kleine Holzgiraffe und andere Einkäufe lagen gut verpackt neben ihnen.

„Dieser Haselnusshonig ...", sagte Pam, zog ein Glas aus der Tasche und seufzte. „Der ist einfach unglaublich."

Olivia nickte. „Ja, der Imker von Finley Meadows ist bekannt für seine Experimentierfreude. Schmeckt ein bisschen wie total ungesunder Nussnougat-Aufstrich, oder?"

Pam nickte. „Ich denke, ich bin verliebt."

„In den Honig oder den Imker?"

Pam lachte. „Den Honig“, sagte sie. „Obwohl der Imker auch nicht schlecht war.“ Sie zuckte mit den Schultern. „Ich bin aber ein wenig aus der Übung. Die Arbeit …“

„Ich versteh das nur zu gut“, sagte Olivia und verzog das Gesicht. „Bedauerst du es? Dass du dich für deine Karriere entschieden hast?“ Sie sah Pam aufmerksam an. Es geschah selten, dass sie eine Frau traf, die einen ähnlichen Weg gegangen war und dafür wie sie auf vieles verzichtet hatte.

„Nein, im Großen und Ganzen nicht“, sagte Pam nach einer Weile. „Ich hätte gerne eine Familie gehabt. Aber da war immer eine neue Story, immer ein neuer Artikel. Die Jahre sind schnell vergangen und ich würde das, was ich erlebt habe, nicht missen wollen.“

Olivia fischte eine gebrannte Mandel aus der kleinen Papiertüte und steckte sie in den Mund.

„Gab´s nie jemand Besonderen? Für den du alles aufgeben wolltest?“

„Doch.“ Pam lächelte. „Einmal. Ich hab ihn im Iran getroffen. Er war Franzose.“

„Und?“

„Falscher Zeitpunkt, falscher Ort. Wir hatten drei wunderschöne Monate. Dann musste ich weiter nach Vietnam, er zurück nach Frankreich. Er hat mich gefragt, ob ich mit ihm kommen würde.“

„Und?“

„Es war eine schwierige Entscheidung. Die schlimmste meines Lebens. Aber schlussendlich wusste ich, was er wollte: Kinder und eine Frau, die ihm den Rücken frei hält, die sich um Haushalt und Familie kümmert, während er in der Welt unterwegs ist. Das wäre auf Dauer nicht genug für mich gewesen ... und unfair unseren Kindern gegenüber. Kinder haben es verdient, geliebt und gewollt zu werden, bedingungslos und jeden Tag.“ Pam sah auf, beinahe schuldbewusst. Als wäre es ihr Fehler, dass sie ohne ihre Arbeit nicht leben wollte.

„Ich versteh dich“, sagte Olivia. „Meine Firma war in den letzten Jahren das Wichtigste in meinem Leben. Je größer sie wurde, desto mehr war mir die Verantwortung bewusst.“ Sie zupfte einen Fussel von ihrem Mantel. „So viele Familien hängen davon ab, dass es der Firma gut geht. So viele Entscheidungen müssen getroffen werden. So viele Menschen vertrauen auf die Inhaltsstoffe und die Qualität der Produkte.“ Sie zuckte mit den Schultern. Wie naiv war sie einst gewesen! Sie hatte immer gedacht, es würde später einmal besser werden. Dass sie mehr Freizeit und weniger Sorgen haben würde, sobald die Firma einmal gut lief ... Aber das Gegenteil war eingetreten. Sie seufzte. „Besser, eine Sache gut machen, als vieles nur halb, hab ich immer gedacht. Eine Firma zu leiten, ist nichts, was man nebenbei machen kann. Und wenn man sich einmal dafür entschieden hat ...“

Sie schwiegen beide und sahen den Menschen zu, die in Grüppchen zusammenstanden, Punsch tranken und lachten.

„Ab und zu sehe ich eine Familie oder ein glückliches Paar“, sagte Pam nach einer Weile, „und dann wünsch ich mir für einen Moment, es wäre anders gekommen. Aber im Großen und Ganzen bin ich mit meinem Leben zufrieden... Ich glaube, dass man nicht mehr verlangen kann. Dass man einfach nicht alles haben kann.“

Olivia nickte. „Als ich jünger war, war das schlimmer. Wenn du keinen Mann hast, dann stimmt etwas mit dir nicht … Das hat mir oft zu schaffen gemacht. Als wäre etwas an mir defekt oder fehlerhaft.“ Sie runzelte die Stirn. „So hat es sich zumindest angefühlt.“

Pam nickte. „Familie wäre einfacher, wenn Männer tatsächlich die Hälfte vom Haushalt übernehmen und die Kinder zum Ballettunterricht fahren.“

„Und kein Problem mit Frauen haben, denen ihre Karriere wichtig ist und die gut verdienen. Vielleicht sogar besser als der Mann. Die sich davon nicht bedroht fühlen, sondern sich einfach freuen."

Pam nickte. „Dein Wort in des Weihnachtsmanns Ohr", sagte sie, sehr ernsthaft, aber der Schalk flackerte in ihren Augen. „Wir wünschen uns einfach zwei von der Sorte zu Weihnachten. Einen für dich, einen für mich."

Olivia lachte. „Ach, ich bin froh, dass wir uns getroffen haben. Ich hab das Gefühl, dass wir uns wirklich verstehen", sagte sie impulsiv und drückte Pams Hand.

„Ich auch." Pam neigte sich ein wenig näher. „Bei dir gab's bestimmt auch mal jemanden, mit dem es ernster hätte werden können, oder nicht?"

Doch. Erst neulich.

Ein Bild von Brandon, wie er nackt im Bett neben ihr lag und schlief, flackerte vor ihrem inneren Auge auf. So männlich und trotzdem so verletzlich.

„Ja", sagte sie. „Aber wie bei dir, immer kam die Arbeit dazwischen."

Wenn auch in dem Fall nicht meine Arbeit.

Pam sah sie aufmerksam an – als ahne sie, dass Olivia ein paar entscheidende Details unter den Tisch fallen ließ.

„Sag, gab's eigentlich Reaktionen auf den Artikel?", fragte Olivia hastig. „Ich weiß, wir sind nicht wegen der Arbeit hier, aber …" Sie grinste schuldbewusst. „Ich bin neugierig."

„Oh, eine Menge Reaktionen. Gut, dass du mich daran erinnerst!" Pams Gesicht leuchtete auf und sie begann, in ihrer Handtasche zu kramen. „Ich hab dir ein paar Briefe mitgebracht, die für dich gekommen sind. Anscheinend wollten dir einige unserer Leserinnen direkt schreiben. Die Emails werd ich einfach an deine Assistentin weiterleiten."

Olivia sah erstaunt auf das dicke Bündel Umschläge, das in Pams Hand lag.

„Die sind alle für mich?", fragte sie. Dass sich so viele Menschen da draußen die Mühe gemacht hatten, ihr zu schreiben, berührte sie.

„Das, was du erzählt hast, war so mutig und persönlich. Es war wichtig. Du musst natürlich nicht auf die Briefe antworten", sagte Pam. „Du hast viel zu tun, ich weiß. Ich dachte nur, du solltest sie haben."

Olivia nickte. „Oh, ich werde sie bestimmt lesen", sagte sie. „Ich liebe Briefe. Und Postkarten. Wenn es nach mir geht, ist ein handschriftlicher Brief tausend Mal besser als eine Nachricht mit einem Foto oder eine Mail."

Pam nickte. „Na dann hast du ja eine Menge schöner Stunden vor dir. Der Stapel wird dich eine ganze Weile beschäftigen. Kann gut sein, dass in nächster Zeit noch mehr davon kommt. Ist sogar recht wahrscheinlich."

Olivia nahm die Briefumschläge in die Hände und begann, sie durchzusehen. Sie fühlte sich, als hätte sie gerade das beste Weihnachtsgeschenk überhaupt bekommen. Am liebsten hätte sie sofort den ersten aufgemacht und zu lesen begonnen. So sehr sie das Treffen mit Pam genossen hatte – jetzt wollte sie plötzlich nur noch nach Hause, es sich mit einer Tasse Tee auf der Couch gemütlich machen und in die Briefe abtauchen.

„Mir ist kalt", sagte Pam, als hätte sie Olivias Gedanken gelesen. „Und es wartet noch etwas Arbeit daheim. Ist es okay, wenn wir langsam aufbrechen?"

Olivia nickte. „Hast du die neue Ausstellung in Arrows Point schon gesehen?", fragte sie, einem Impuls folgend. „Ich hab zwei Freikarten von einer Freundin geschenkt bekommen."

„Über die antiken Kunststücke, die sie bei dieser archäologischen Grabung in der Nähe gefunden haben?" Pam schüttelte den Kopf. „Nein. Aber ich würde sie gerne sehen. Wir könnten nächste Woche hin, wenn du magst. Vielleicht auch etwas essen gehen?"

„Klingt perfekt." Olivia lächelte und als sie sich auf den Weg machten, hängte sie sich bei Pam ein. Sie fühlte sich so entspannt wie schon lange nicht mehr.

Sie sollte das öfter machen … diese Freizeitsache.

Und was sprach auch dagegen?

Die Firma lief gut. Sie konnte es sich wahrscheinlich leisten, ein wenig kürzer zu treten und mal einen Abend lang nicht zu arbeiten.

***

Sie lenkte ihren Wagen die Auffahrt entlang, zwischen alten Bäumen und dichtem Buschwerk hindurch. Als sie die Autotür öffnete, hüllte sie Stille ein, nur das leise Rieseln der Schneeflocken war zu hören. Olivia griff nach der Tasche, die auf dem Beifahrersitz lag – und darin all die Briefe, die Pam ihr gegeben hatte.

Die Haustür öffnete sich mit einem leisen Klick, als sie sich näherte, das Licht im Vorraum flammte automatisch auf, sanfte Jazz-Musik erklang.

Dein Haus ist gruselig, hatte Eve gesagt, als sie zum ersten Mal hier gewesen war. *Alles bewegt sich von allein.*

Olivia lächelte. Sie selbst erinnerte es eher an das Schloss aus *Die Schöne und das Biest.* Auch wenn in ihrem Fall ein Computer und jede Menge Haustechnik hinter den Annehmlichkeiten standen und zu ihrem großen Bedauern kein sprechender Kerzenständer.

Fluff erschien lautlos im Türrahmen zum Vorraum und blinzelte verschlafen.

„Hey“, sagte Olivia und lächelte den Kater an. „Wie war dein Nachmittag?“

Statt einer Antwort führte er seine Pfote zum Maul und begann, sich zu putzen.

„Geschlafen, hm?“, fragte Olivia und schlüpfte aus ihrem Mantel. Sie stellte die tropfenden Stiefel beiseite und genoss die Wärme des Bodens unter ihren kalten Füßen, während sie in die Küche lief. Dort fütterte sie Fluff, goss sich Tee auf und bestellte per App etwas zu essen. Dann wanderte sie ins Badezimmer, schlüpfte aus ihrer Kleidung und stieg unter die Dusche. Ein gepulster Wasserstrahl und Dampf vertrieben die Verspannung, die in ihren Schultern saß. Wie immer bedauerte sie es, die Dusche verlassen zu müssen.

Wasserratte, hatte ihre Mutter immer zu ihr gesagt, wenn Olivia Stunden in dem kleinen aufblasbaren Pool hinterm Haus verbracht hatte, bis ihre Finger ganz runzelig gewesen waren.

Ein kleiner Stich begleitete den Gedanken an ihre Mum, wie immer. Olivia fragte sich, ob sie jemals aufhören würde, sie zu vermissen.

Vermutlich nicht.

Sie wickelte die Haare in ein Handtuch, trug Serum auf ihrem Gesicht auf, cremte sich ein und zog dann ihre Kaschmir-Freizeithose an. Sie schlüpfte gerade in den dazu passenden Sweater, als es läutete.

Olivia griff nach ihrem Handy und tippte auf den Schirm, um das Tor zu öffnen.

„Perfektes Timing“, sagte sie und tapste barfuß die Treppe hinunter. Lichter wischten über die Glaseinsätze der Tür, als das Fahrzeug draußen hielt.

Sie öffnete und sah den Lieferwagen mit der gewaltigen, zitternden Plastik-Lotusblume am Dach.

„Hey, Danny. Alles gut?“

Der junge Mann nickte. „Jede Menge Lieferungen heute."

„Kein Wunder. Bei dem Wetter." Olivia reichte ihm einige Banknoten und schnupperte an der Tüte. Es roch verführerisch nach Zitronengras und Kokos. Dann sah sie ihn streng an. „Sag deinem Boss, wenn er nicht demnächst mal die Verpackungen auf Karton und biologisch abbaubares Plastik umstellt, lerne ich am Ende noch selbst kochen – nur um nicht mehr bei euch bestellen zu müssen."

Der Lieferant grinste. „Ich hab ihm das schon ein paar Mal ausgerichtet, Ms. Naledi, so wie Sie verlangt haben. Er hat gemeint, eher lernen Schweine fliegen, als dass Sie zu kochen beginnen. Aber er überlegt trotzdem. Sie sind nicht die Einzige, die sich deswegen beschwert hat."

Olivia grinste. „Schweine fliegen, hm?"

Er nickte, tippte an seine Kappe und drehte sich um.

„Fahr vorsichtig, Danny", sagte Olivia. „Die Straßen sind heute Nacht bestimmt glatt."

„Mach ich. Bis morgen!" Er winkte und stieg in seinen klapprigen Lieferwagen. Die Blütenblätter der Lotusblume vibrierten, als er den Motor anließ, und eine Rußwolke stob aus dem Auspuff. Olivia folgte dem Wagen mit ihren Blicken, bis er die Auffahrt hinunter verschwand, dann schloss sie die Tür.

Beladen mit Briefen, ihrem Tee und den Boxen voll thailändischem Essen machte sie sich in ihr Schlafzimmer auf. Fluff lag schon eingeringelt auf ihrem Bett und wartete wie jeden Abend darauf, von Olivia gestreichelt zu werden.

Sie ließ sich neben ihn sinken und kraulte ihn an jener Stelle seiner Wangen hinter den Schnurrbarthaaren, die er besonders liebte. Er schnurrte leise.

„Ich hab dich lieb", murmelte Olivia und drückte ihr Gesicht in das weiche Fell. „Du und ich, wir sind ein Team, oder? Wir sind doch happy. Nur wir zwei ... in diesem großen Haus."

Fluff erwiderte ihren Blick. Wie immer lag ein Ausdruck in seinen Augen, der sie denken ließ, dass er verstand, was immer sie zu ihm sagte.

Olivia seufzte und lehnte sich gegen die weichen Polster. Dann griff sie nach ihrer Lesebrille und las den ersten Brief, während sie Nudeln mit Hühnchen und Gemüse aus der Packung aß.

Es war ein Uhr morgens, als sie den letzten Brief beiseitelegte.

So viele Geschichten!

Sie schüttelte den Kopf. Als sie Pam aus einer plötzlichen Laune heraus von ihren Anfängen erzählt hatte, war ihr nicht klar gewesen, wie viele Menschen sie damit berühren würde.

Und nun revanchierten diese sich – und erzählten Olivia von ihren eigenen Anfängen, von ihren Träumen, Wünschen und Zielen.

Sie lächelte. Vorsichtig legte sie den Stapel an Briefen auf den Nachttisch und griff nach ihrem Handy, um wie jeden Tag noch schnell ihre Termine für den Morgen durchzugehen – Besprechungen und noch mehr Besprechungen, und am Abend war sie bei Cara und Sam eingeladen. So weit, so gut.

Olivia knipste das Licht aus. Sie freute sich darauf, morgen die Briefe mit Meghan durchzugehen und zu besprechen, was sie antworten würden. Jeder dieser Menschen sollte wissen, dass sie die Briefe persönlich gelesen hatte, sollte eine Antwort bekommen und eine kleine Aufmerksamkeit aus dem Sortiment. Sie schloss die Augen und lächelte, als sich Fluff näher zu ihr kuschelte, bevor sie in einen tiefen, traumlosen Schlaf fiel.

Kapitel 7

Das Häuschen war Becca vor zwei Tagen aufgefallen. Es lag in einer kleinen Gasse seitlich der Hauptstraße, ein wenig versteckt hinter einem hohen Gartenzaun. Nur ein schmaler Pfad wand sich von der schief in den Angeln hängenden Gartentür durch dornige Hecken zum Haus, dessen Eingangstür und Fensterläden fest verschlossen waren.

Aber das machte nichts, denn auf der Rückseite hatte der Winterwind einen Ast gegen die verglaste Tür gedrückt und die Scheibe zerbrochen. Becca war beim letzten Mal zu nervös gewesen, um die Tür zu öffnen. Doch nun blieb ihr wohl keine andere Wahl.

Besser eine provisorische Lösung jetzt als niemals eine perfekte Lösung, hörte sie die Stimme ihres Vaters tief aus ihren Erinnerungen. Das hatte er oft gesagt, nicht wahr? Wenn sie wieder mal zu viel überlegt hatte und sich nicht entscheiden konnte.

Ein leises Wimmern riss sie aus ihren Gedanken.

„So schlimm?“, fragte sie.

Beth nickte. Ihre Hand war noch weiter angeschwollen und dunkelrot. Als Becca heute Morgen den Verband gewechselt hatte, war ihr ein komischer Geruch entgegengeschlagen. Warum hatte das Desinfektionsmittel aus dem Verbandskasten nicht geholfen?

Becca betrachtete den dreckigen Rand, der sich auf den Mullbinden gebildet hatte. Es würde bestimmt helfen, die Hand zu waschen.

Und dafür brauchten sie Wasser. Warmes Wasser. Und Seife.

Sie schloss die Augen und schickte eine stumme Bitte an Wen-auch-immer, dass sie beides im Haus finden würden.

Und wenn wir erwischt werden? Wenn der Besitzer die Polizei ruft?

Becca seufzte. Niemand wohnte hier. Warum sollte gerade heute jemand vorbeikommen? Bestimmt waren die Besitzer hunderte Meilen weit entfernt.

Sie hatten bisher immer Glück auf ihrer Reise gehabt. Und in dem kleinen Haus war es sicher wärmer als draußen. Vielleicht gab es einen Kamin?

Der Gedanke an knisterndes Feuer und Wärme gab den Ausschlag. Becca presste die Lippen zusammen und stapfte los.

Beth folgte ihr, den Chamäleon-Ballon um ihr Handgelenk gebunden. Becca starrte das Ding genervt an, wie er neben ihr in der Luft auf und ab hüpfte, aber sie sagte nichts.

Der Kies unter ihren Füßen knirschte unnatürlich laut, als sie aufs Haus zugingen.

„Warte hier", murmelte sie und deutete auf die Stufen, die zur Hintertür führten. „Ich schau mal schnell nach, ob die Luft rein ist."

Das Holz knarzte, aber es hielt ihrem Gewicht stand. Als sie die Hand vorsichtig durch den Fensterrahmen ins finstere Innere schob, krabbelte Panik auf haarigen Beinen aus ihrer Magengrube hoch in ihren Nacken, brachte die Haut dort zum Prickeln. Sie konnte ihren eigenen Herzschlag laut in ihren Ohren pochen hören. Es war, als würde sie ihre Hand in das Maul eines Monsters schieben, vorbei an den messerscharfen Zähnen und hinein ins sichere Verderben.

Es gibt keine Monster. Das hier ist nur ein altes Haus.

Ihre Nackenhaare sträubten sich trotzdem. Sie tastete innen am Rahmen entlang, bis sie schließlich die Klinke fand. Und da, unterhalb, konnten ihre Finger einen Schlüssel fühlen, der im Schloss steckte.

Becca holte Luft und bemerkte erst jetzt, dass sie den Atem angehalten hatte. Sie stellte sich auf die Zehenspitzen, versuchte, den Glasresten im Rahmen auszuweichen, und drehte den Schlüssel mit ihren Fingerkuppen. Ein paar Mal rutschte sie ab, dann endlich klickte es und die Tür schwang auf.

Becca blinzelte in das Dämmerlicht im Inneren.

Vor ihr lag ein kleines Zimmer: eine alte Kommode, daneben ein staubiger Spiegel, an der Wand ein paar Garderobenhaken, darunter eine Bank. Ein Paar Gartenclogs, eine alte Jacke. Ein Geschenkband, an dem jemand vergilbte Ansichtskarten mit Wäscheklammern fixiert hatte. Es roch staubig und so, als wäre lange niemand mehr hier gewesen.

Eben, beruhigte Becca sich selbst. *Hier wohnt niemand.*

Sie nickte wie zur Bestätigung und trat in das dämmerige Innere ein.

Alles gut. Niemand ist hier.

Es gibt keine Gespenster.

Das hier ist nur ein altes Haus.

„Ich hab Angst", wisperte Beth von der Tür her. „Ich will da nicht rein. Es ist dunkel."

„Alles ist gut", sagte Becca beruhigend und fühlte sich sofort selbst ein wenig ruhiger. „Das hier ist eine gute Stadt, erinnerst du dich? Nur gute Hexen. Keine Gespenster."

Beth verzog das Gesicht, aber sie trat einen vorsichtigen Schritt ins Haus.

Dann noch einen.

„Und wir haben die hier", sagte Becca und knipste die neue Taschenlampe an, die sie heute Morgen in dem kleinen Eisenwarenladen hatte mitgehen lassen.

Der kreisrunde Schein hüpfte vor ihnen her, als sie das Haus erkundeten. Da war eine altmodische Küche, die bei Tageslicht bestimmt hübsch war. Becca öffnete den Schrank. Er war mit diversen Vorräten gefüllt– Kekspackungen, Apfelmus in Gläsern und Suppen in Dosen. Sie wischte vorsichtig über die Staubschicht und leuchtete auf die Etiketten.

„Kann man noch essen", sagte sie erstaunt. „Ist noch gar nicht abgelaufen."

Sie sah ihre kleine Schwester an und konnte ihr Glück kaum fassen. Sie würde für eine ganze Weile nicht losziehen müssen, um Lebensmittel zu organisieren.

„Ich will Kekse", sagte Beth und deutete auf die Verpackung.

Becca lächelte und zog sie aus dem Regal. Ein Blick darauf sagte ihr, dass auch die Kekse noch essbar waren. Sie riss sie auf und der Geruch war so verführerisch, dass sie sich am liebsten sofort ein paar in den Mund gestopft hätte.

Aber sie beherrschte sich und reichte die Packung an Beth weiter. Es war wichtiger, dass die Kleine satt war und bei Kräften blieb.

„Siehst du, das ist ein gutes Haus", sagte sie.

Beth nickte kauend.

„Lass uns schauen, ob es auch ein Bett gibt."

„Ein Bett?" Beth starrte sie mit offenem Mund an.

„Kannst du dich etwa nicht mehr daran erinnern? So ein Ding mit Decke und Kissen", sagte Becca und stupste ihre Schwester liebevoll an.

Beth nickte ernsthaft und begann wieder zu kauen. „Klar kann ich mich erinnern", sagte sie. „Ich mag Betten. Und Decken. Und Kissen."

„Ich auch", seufzte Becca.

Auf ihrem Rundgang entdeckten sie tatsächlich ein Bett – und nicht nur das, es fand sich auch ein Kamin samt ordentlich aufgeschichtetem Holzvorrat daneben. Als sie den Wasserhahn im Bad betätigten, floss kein Wasser – aber Becca hatte in der Küche einige Wasserkanister gesehen. Sie wagte es nicht, die Lichtschalter zu betätigen, aus Angst davor, dass jemand von der Straße aus die erleuchteten Fenster hinter den verschlossenen Läden bemerken würde.

Sie drehte sich zu Beth um. „Ich mag es hier", sagte sie. „Und du?"

Ihre kleine Schwester nickte. „Ich mag die Kekse", sagte sie und hielt die leere Packung hoch.

„Ich glaube, ich habe in dem Regal in der Küche noch mehr Packungen gesehen.

Aber jetzt setz dich mal auf die Couch und deck dich zu. Ich versuche, im Kamin Feuer zu machen."

Sie hoffte, dass Kaminfeuer ähnlich wie Lagerfeuer funktionierten, denn das hatte sie vor Jahren bei den Pfadfinderinnen gelernt.

Bitte, bitte. Feuer bedeutete, dass sie heute Abend warme Suppe essen konnten… zumindest wenn sie es hinbekam, die Dosen am Kamin zu wärmen. Feuer bedeutete auch ein Ende der ständigen Kälte. Und Feuer bedeutete warmes Wasser, um Beths Hand zu waschen.

Auch wenn es keinen Spaß machen würde, die Wunde zu reinigen.

Wenn es Beth morgen besser ging, könnte sie vielleicht nochmal zurück zu dem Karton und ihre Habseligkeiten holen?

Eines nach dem anderen.

Zuerst einmal Feuer, dann das nächste.

„Hast du Lust auf Suppe?", fragte Becca.

„Warme Suppe", sagte Beth träumerisch. „Und ein Bett mit Bettdecke." Sie zupfte an der Schnur und das Chamäleon drehte sich wippend in der Luft. „Warst du das?“, fragte sie. „Hast du das Haus für uns hergezaubert?“

Becca unterdrückte die Antwort, die ihr auf der Zunge lag. Sie fand den Ballon irgendwie unheimlich, wie er sich glitzernd im Halbdunkel drehte. Es schien, als würde das Chamäleon sie tatsächlich beobachten.

Aber das war natürlich Schwachsinn – und der Ballon machte Beth glücklich.

Sie konnten ein bisschen Magie auch ganz gut gebrauchen.

***

Brandon konnte später nicht sagen, was ihn dazu bewegt hatte, an jenem Morgen die kleine Apotheke aufzusuchen, die die Bewohner von Finley Meadows mit einem bunten Sortiment an Medikamenten, Blasenpflastern, Teemischungen und Duftöl versorgte.

Miss Nora, eine Frau in ihren Siebzigern, stets mit blütenweißem Dutt und ebenso weißer Schürze, war eine anerkannte Autorität, wenn es um Naturheilkunde ging – und viele Bewohner fragten zuerst sie um Rat, bevor sie den Arzt aufsuchten.

„Alles in Ordnung, Officer“, sagte sie. „Wirklich. Es ist nett, dass Sie vorbeischauen. Aber hier im Laden gibt es keine Probleme.“

Brandon nickte. Es war auch nur so ein Gefühl gewesen.

„Ich hätte da noch eine Frage“, sagte er und zog den Notizblock aus der Tasche. „Wenn Sie Zeit haben, natürlich.“

„Immer“, sagte Miss Nora und lächelte. „Das ist Teil meines Berufs.“

Er schlug seinen Notizblock auf und blätterte, bis er gefunden hatte, was er suchte. Dann schob er den Block über den Tresen aus poliertem Nussholz.

„Das hier ist der Inhalt eines Verbandskastens", sagte er und deutete auf die Liste. „Er wurde gestohlen."

„Von unserem Gelegenheitsdieb?", fragte die Apothekerin über das Läuten des kleinen Türglöckchens hinweg.

„Genau. Ich wollte fragen, ob Ihnen bei dieser Aufzählung etwas auffällt. Etwas, das von der Norm abweicht."

„Etwas, das ein Grund wäre, einen ganz gewöhnlichen Verbandskasten zu stehlen?" Sie blickte konzentriert auf die Liste. „Nein", sagte sie dann und sah zu ihm auf. Ihre strahlend blauen Augen blinzelten über den Rand der Brille. „Standardinhalt."

„Das dachte ich auch ... Also kein besonderer Grund, so etwas zu stehlen. Das gibt es überall zu kaufen, nicht? Was kostet so ein Verbandskasten in etwa?"

„Das ist eine größere Ausführung, eher für Firmen als für Privathaushalte gedacht. So ungefähr fünfzig Dollar, würde ich schätzen."

„Nicht teuer, also."

„Das kommt darauf an." Sie schob ihm den Notizblock zurück. „Für manche Menschen sind fünfzig Dollar viel Geld, Officer."

Brandon nickte. „Ja. Aber wer hat kein Geld und braucht dringend einen Verbandskasten für Firmen?"

Sie zuckte lächelnd mit den Schultern. „Ich bin für Teemischungen und Tabletten zuständig und gelegentlich für ein gebrochenes Herz oder eine erschöpfte Seele. Bei Kriminalfällen kann ich nicht helfen."

„Danke", sagte Brandon ehrlich und mit dem Gefühl ein Stück weitergekommen zu sein – auch wenn er eigentlich nichts Neues erfahren hatte.

Er wünschte sich plötzlich, er könnte Miss Nora alles erzählen. Den ganzen Fall, mit all seinen Details. Er hatte das Gefühl, dass es Unklarheiten auflöste, mit ihr zu reden, selbst wenn sie keine Lösung anbot.

Eine schemenhafte Bewegung im Augenwinkel ließ ihn aufmerken. Er wandte sich um, aber der Laden lag leer vor ihm.

„Ich seh mich noch um", sagte er, deutete auf die Regalreihen und stopfte das Notizbuch wieder in die Tasche.

„Da drüben stehen Duftkerzen und hausgemachtes Badesalz", sagte Miss Nora. „Falls Sie noch etwas für Weihnachten brauchen, Officer."

Er nickte abwesend. Sein Spürsinn war geweckt ... Irgendetwas hatte sich verändert, irgendetwas war nun anders als zuvor. Aber was?

War noch jemand in der Apotheke? War jemand hereingekommen, während er hier war? Er versuchte, sich zu erinnern, aber es fiel ihm nicht ein.

Langsam ging er durch die Regalreihen aus dunklem Holz mit ihren altmodischen Emaillebeschlägen. „Kräutertees" stand auf einem Schild. „Erkältung & grippaler Infekt" auf dem nächsten.

Da! Diesmal war er sicher – er hatte eine Bewegung gesehen. Jemand, der zwischen den Regalreihen umherschlich. Nun meinte er auch, sich an den Klang der kleinen Glocke über der Tür zu erinnern. Irgendjemand war hier hereingekommen, während er mit Miss Nora geplaudert hatte.

Er blickte auf die Verglasung der Kredenz, in der sich undeutlich die Regalreihen spiegelten. Nichts. Keine Bewegung.

Brandon griff nach dem Erstbesten, das im Regal lag. Ein blauer Stoffelefant, dessen Bauch mit einer Wärmeflasche gefüllt war.

Das könnte Max gefallen, dachte er und tat, als würde er das Etikett des Stofftiers gründlich lesen.

Ein Knirschen, eine gespiegelte Bewegung in der Glasscheibe – und Brandon wirbelte herum. Er ließ den Elefanten fallen und war mit einem großen Satz im nächsten Gang.

Die am Boden kauernde Figur hielt mitten in der Bewegung inne.

„Hallo“, sagte Brandon. „Kann ich Ihnen irgendwie helfen?“

Die Figur murmelte etwas, das ein wenig wie *Scheiße* klang und hob den Kopf. Brandon sah in ein Paar trotzige Teenager-Augen.

„Alles super“, sagte sie. „Ich brauche nichts.“

„Ich glaube, wir kennen uns noch nicht. Mein Name ist Brandon Stark, ich bin der örtliche Polizist. Bist du neu hier in der Stadt?“, fragte Brandon und lächelte sie an.

„Mit meinen Eltern auf der Durchreise“, sagte sie. Brandon hätte schwören können, dass da ein Zucken über ihr Gesicht glitt, als sie ihre Eltern erwähnte.

Er betrachtete sie nachdenklich. Die Kleidung wirkte zusammengewürfelt und dreckig, sie war sehr mager und unter ihren Augen zeichneten sich dunkle Ringe gegen ihre blasse Haut ab. Ihr Haar war fettig und ungekämmt, ihre Fingernägel schmutzig.

Irgendetwas stimmte hier nicht.

„Wie alt bist du?“, fragte er. „Und wie heißt du?“

„Be… Beata“, sagte sie. „Und ich bin sechzehn.“

Beides gelogen. Das war nicht ihr Name, aber er war vermutlich nah dran. Sie hatte den ersten Teil des Namens gesagt, ohne nachzudenken – und ihn erst dann in letzter Sekunde verändert. Und er schätzte sie auf dreizehn, vielleicht vierzehn.

Das warnende Gefühl in seiner Magengrube verstärkte sich. War sie die junge Mutter aus seiner Theorie, die so knapp vor Weihnachten in Finley Meadows Spielzeug und Lebensmittel für ihr Kind stahl? Wohl kaum, sie war ja selbst noch ein Kind.

Vielleicht hatte sie einfach Ärger mit ihren Eltern oder ihrem Freund und niemanden, der ihr half?

„Also auf der Durchreise“, sagte er freundlich. „Fahrt ihr in Urlaub?“

„In den Süden. Wir ziehen in eine Stadt, wo‘s immer warm ist“, antwortete sie.

„Das klingt toll. Die Winter hier können ganz schön lange sein. Wo geht‘s denn hin?“

Sie verzog den Mund. In ihrem Kopf arbeitete es sichtlich.

„Miami“, sagte sie schließlich und hinter dem Wort hing der Hauch eines Fragezeichens in der Luft.

„Ah.“ Brandon deutete auf die Regale. „Brauchst du etwas für die Reise? Miss Nora kann dir sicher weiterhelfen.“

Sie warf einen Blick auf die Produkte und trat einen Schritt vom Regal weg. Dann schüttelte sie den Kopf. „Nein. Ich muss jetzt ohnehin los. Meine Eltern werden sich schon Sorgen machen. Schönen Tag!“ Mit raschen Schritten ging sie davon.

„Hey!“, rief Brandon.

Sie hielt inne, die Hand bereits auf dem Türgriff. Als sie sich langsam umdrehte, stand blanke Angst in ihr Gesicht geschrieben.

Er lächelte sie beruhigend an, trat auf sie zu und streckte ihr seine Visitenkarte entgegen. „Falls du mal Hilfe brauchst. Da steht auch meine dienstliche Handynummer drauf“, sagte er. „Ruf an, wenn du Probleme hast, egal um welche Uhrzeit.“

Sie sah ihn prüfend an, dann griff sie in Zeitlupe danach. Für einen Moment drehte sie die Karte in den Händen hin und her und er rechnete damit, dass sie sie ihm zurückgeben würde. Aber sie ließ die Karte in die Hosentasche gleiten.

„Danke“, murmelte sie.

Er nickte. „Schönen Tag noch. Und gute Reise.“

Das kleine Glöckchen läutete, als sie den Laden verließ.

Brandon trat ans Schaufenster und sah ihr nach. Sie hastete die Hauptstraße hinunter, als würde sie verfolgt.

Nachdenklich trat er an das Regal zurück, an dem er sie gefunden hatte. Er griff nach einer der Tuben, die dort lagen.

„Desinfizierende Wundsalbe", las er. „Zur äußerlichen Anwendung."

Ein Verbandskasten … und nun Wundsalbe.

Das war kein Zufall. Dieses Mädchen brauchte Hilfe.

„Auf Wiedersehen, Miss Nora", rief er in die generelle Richtung der Ladeninhaberin und war mit wenigen Schritten bei der Tür.

Er riss sie auf und trat auf die Straße – aber das Mädchen war nirgendwo mehr zu sehen.

„Scheiße", murmelte er.

Das hohle Gefühl in seiner Magengrube sagte ihm, dass er gerade einen Fehler gemacht hatte.

***

Es war dunkle Nacht, nur das Flackern des Kaminfeuers glitt über die Wände des Wohnzimmers.

Beinahe gemütlich, dachte Becca.

Wenn sie dieses Haus nur früher gefunden hätte.

Wenn Beth sich nie verletzt hätte.

Wenn ihre Eltern …

Beth neben ihr verzog das Gesicht und wimmerte im Schlaf, als ahnte sie, worüber Becca beinahe nachgedacht hätte.

Sie neigte sich über ihre Schwester und presste die Lippen auf ihre Stirn, wie ihre Mum das früher so oft getan hatte. Beth glühte förmlich.

Becca strich übers Haar der Kleinen, dann drückte sie sich vorsichtig hoch und rutschte unter der Decke hervor.

Bei Fieber sollte man es warm haben, oder nicht? Schwitzen war gut. Sie runzelte die Stirn.

Zumindest dachte sie das. Aber warum gab es dann Medikamente gegen Fieber?

Beths Wangen waren rot, die Haare wirr und feucht.

Was sollte sie nur tun? Becca fühlte sich unendlich hilflos.

Langsam ging sie zum Kamin hinüber. Funken stoben hoch, als sie einen Holzscheit nachlegte. Seitlich daneben stand noch die Suppendose, die sie früher am Abend zum Erhitzen dorthin gestellt hatte. Es war ihre erste heiße Mahlzeit seit Wochen gewesen.

So gut!

Und sie hatte Beths Hand endlich warm gewaschen, die Wundsalbe aufgetragen und die Kleine war dabei so tapfer gewesen.

Warum nur ging es ihr dann nicht besser? Wie schnell sollte antibiotische Salbe wirken?

Becca blickte hinüber zur Couch, zu den Umrissen ihrer kleinen Schwester unter der Decke. Beths Atem klang viel zu schnell und ganz flach. Neben der Couch schwebte das dämliche Chamäleon stumm in der Luft, drehte sich langsam im Kreis. Im Flackern des Feuers hatte es beinahe etwas Dämonisches.

Mist. So ein verfluchter Mist.

Sie versuchte, sich zu konzentrieren. Hatte sie in der Schule einmal gelernt, was in so einem Fall zu tun war?

Becca ging zur Couch zurück und griff vorsichtig nach Beths Hand. An der Innenseite des Unterarms hatte sich ein dunkler Strich gebildet, der gar nicht gut aussah.

„Nein“, murmelte Beth und drehte den Kopf hin und her. „Nein. Nicht. Ich hab Angst. Ich mag da nicht rein.“

Beccas Nacken begann zu kribbeln, als hätte jemand eine kalte Hand dahin gelegt.

„Schhh“, murmelte sie. „Alles ist gut, Beth. Ich bin da.“

„Nicht“, murmelte Beth und versuchte, sich aufzusetzen. „Nicht da rein. Ich will da nicht rein. Da ist es dunkel. Ich mag‘s nicht, wenn es dunkel ist.“

Becca ließ sich neben ihr auf die Couch nieder und nahm sie in den Arm.

„Beth“, sagte sie eindringlich. „Beth, ich bin hier. Du bist nicht allein. Alles ist gut.“

Doch das kleine Mädchen warf sich nur hin und her, bäumte sich auf und drückte sich mit aller Macht gegen die Hände ihrer großen Schwester.

„Beth. Beth. Bitte“, murmelte Becca und versuchte, so beruhigend wie möglich zu klingen. „Shh. Alles ist gut.“

Aber es half nicht. Beth weinte und fantasierte über Schatten, die nach ihr griffen. Die Decke fiel zu Boden. Beths Kleidung klebte nassgeschwitzt an ihrem Körper. Sie war viel zu mager – ihre Arme wie kleine Zweige, zum Zerbrechen dünn.

Becca presste die Lippen zusammen.

Was sollte sie tun, verflucht nochmal?

Das hier war viel zu viel und es war so unfair. Ihre Eltern sollten hier sein und sich um alles kümmern. Das hier war viel mehr, als eine große Schwester tun müssen sollte.

„Ich weiß doch auch nicht“, flüsterte sie und streichelte über Beths klatschnasses Haar. „Ich weiß doch auch nicht, was ich tun soll.“ Tränen stiegen in ihre Augen. Sie zog ihre kleine Schwester an sich, wiegte sie wie ein Baby hin und her.

Sie wusste später nicht mehr, wie lange es gedauert hatte – aber irgendwann wurde Beth ruhiger, und sie selbst musste wohl auch für eine Weile eingenickt sein.

Ein Rattern ließ sie hochschrecken.

Benommen sah Becca sich um und brauchte einen Moment, um zu wissen, wo sie war.

Das alte Haus ....

Becca zog die Decke ein wenig fester um Beth, stand auf und ging zum Fenster. Der Winterwind rüttelte an den Fensterläden. Hoffentlich weckte das Geräusch nicht auch noch Beth auf.

Aber ein Blick zu ihrer kleinen Schwester sagte ihr, dass das unwahrscheinlich war – sie lag ganz still da, selbst die Bewegungen ihres Brustkorbs unter der Decke kaum wahrnehmbar.

Sie sah so furchtbar krank aus. So blass ...

Becca wanderte ruhelos im Zimmer umher. Sie konnte selbst kaum ihre Augen offen halten – und gleichzeitig stand sie unter Strom.

Sie sah durch die Lamellen der Fensterläden hinaus. Der Wind brauste über die Wipfel der Bäume. Der Schein der Straßenlaterne fiel fahl über den dunklen Garten.

Man konnte an Fieber sterben, das wusste Becca. Aber ab welcher Temperatur? Und wie sollte sie wissen, wie schlimm Beths Fieber war, wenn sie nicht einmal einen Thermometer hatte? Becca spürte, wie Tränen in ihre Augen stiegen, während sich Angst mit eiskalter, atemloser Klarheit in ihr festsetzte.

Sie tastete nach dem Handy in ihrer Tasche. Sie hatte es am ersten Tag ihrer Flucht ausgeschalten, aus Angst, dass irgendjemand sie orten konnte, wie es in Filmen immer passierte. Das Handy hatte noch Guthaben, das wusste sie. Aber hatte es noch Akku?

Zögernd drückte sie auf den Einschaltknopf. Der Bildschirm blinkte einige Male und erwachte dann gleißend hell zum Leben. Nach einem Moment erschien das Bild auf ihrem Startbildschirm – ein Foto von Mum, Dad, Beth und ihr im Urlaub.

Das Bild verschwamm vor ihren Augen.

Ihre Knie gaben nach und sie rutschte an der Wand zu Boden. Sie schluchzte, während immer mehr Tränen sich ihren Weg bahnten.

Ein Wimmern erklang von der Couch her.

Becca presste die Lippen zusammen und wischte mit den Händen über ihre Wangen.

Sie musste eine Entscheidung treffen.

Und sie musste es schnell tun.

Kapitel 8

„Ich hab die Unterlagen mit, die du wolltest." Olivia schob sich an Cara ins Haus vorbei und drückte ihr zwei Küsschen auf die Wangen. „Hat ein bisschen gedauert, aber du weißt ja, wie's vor Weihnachten ist. Irgendwie hab ich jedes Jahr mehr das Gefühl, alle bereiten sich kollektiv auf den bevorstehenden Weltuntergang vor, anstatt die stillste Zeit im Jahr zu genießen." Sie verzog den Mund und wusste selbst nicht, ob sie belustigt oder genervt von der Tatsache war.

„Ich weiß, was du meinst", sagte Cara. „Selbst bei uns kann man den steigenden Stresslevel spüren. Und wir sind damit beschäftigt, Jahrtausende alte Artefakte aus dem Boden zu holen. Man dürfte meinen, dass es dabei auf eine Woche mehr oder weniger nicht ankommt."

Olivia grinste. „Nun, da kann ich nicht mitreden. Ich bin quasi genau mit dem Gegenteil beschäftigt. Ich versuche zu verhindern, dass wir alle wie uralte Artefakte aussehen."

Cara lachte laut auf. „Mit Erfolg", sagte sie vergnügt. „Deine neue Nachtcreme … die ist so unbeschreiblich, wirklich … " Sie wedelte mit den Fingern in der Luft herum. „Was soll ich sagen: Ich bin verliebt."

„Das weiß ich", sagte Olivia. „Aber was hat das mit meiner Nachtcreme zu tun?"

Als sie über die Schwelle der Küche trat, erstarb ihr Lachen. Da saßen zwei Männer, mit den Rücken zu ihnen auf der Couch, die Füße bequem hochgelegt und ganz in den Film vertieft, der sich auf dem Fernseher abspielte. Sam … und *er.*

Sie war versucht, auf Absatz wieder umzukehren – aber Cara neigte sich zu ihr. „Wehe, du haust einfach ab", flüsterte sie. „Ich hab ihn eingeladen, genauso wie dich. Es wird Zeit, dass ihr zwei dieses Kriegsbeil begrabt, was auch immer es ist. Er ist der Bruder von Sam, du bist eine meiner besten Freundinnen …"

Olivia sah sie erstaunt an.

Cara lachte. „Ja, was hast du denn gedacht?"

Da war was dran. Irgendwie. Cara und sie hatten gemeinsam in den vergangenen Monaten an einigen Sponsoring-Projekten gearbeitet. Sie hatten dabei eine Menge Kaffee getrunken und die Gespräche waren natürlich immer wieder auch um private Themen gekreist. Eigentlich, wenn Olivia so darüber nachdachte, hatten sie in letzter Zeit hauptsächlich über private Dinge getratscht und die beruflichen dann in den Tagen danach per Mail abgeklärt. Und sie hatte viele Wochenenden hier verbracht, in Caras Küche und über neuen Ideen gebrütet.

„Ich war wohl so mit meiner Firma beschäftigt, dass ich über die Jahre vergessen hab, wie es sich anfühlt, Freunde zu haben", murmelte sie.

Cara lachte auf. „Deswegen passt du auch so wunderbar zu uns, Süße. Ich kann nicht ohne meine Ausgrabungen, Sam ist ein Nerd im klassischen Sinne, Brandon arbeitet Zwölf-Stunden-Schichten und du hast vor lauter Arbeit und Erfolg dein Privatleben vergessen." Sie neigte sich näher und senkte die Stimme. „Und jetzt reiß dich zusammen. Das hier ist eine Intervention von Sam und mir ... und du wirst die Sache geradebiegen. Was immer der Streit zwischen dir und Brandon war, kann doch nicht so schlimm gewesen sein. Wenn du mir schon nicht erzählen willst, worum es geht, dann musst du es wohl selbst aus der Welt schaffen. Oder ihr findet einen Weg, es zu ignorieren. Aber irgendetwas muss geschehen. Denn wir wollen euch beide in unserem Leben haben. Und wir haben genug von diesem Kindergartenverhalten. Wir wollen, dass es wieder so ist, wie es war – wir verstehen uns alle gut, blödeln ein bisschen rum, essen zu viel und nerven die Kinder." Damit griff sie nach Olivias Hand und zog sie ins Wohnzimmer. „Hey, seht mal, wer da ist", rief sie.

„Die Pizza?", fragte Sam hoffnungsvoll.

Die beiden Männer wandten ihre Köpfe um. Und während sich ein breites Grinsen über Sams Gesicht legte, verdüsterte sich Brandons.

Er war also auch nicht eingeweiht gewesen. Olivia hatte das unbestimmte Gefühl, dass Brandon sie ungefähr so gerne sehen wollte wie sie ihn.

Und sie konnte es ihm nicht verdenken. Sie hatte ihn ziemlich schäbig behandelt, während er eigentlich immer der perfekte Gentleman gewesen war. Sie schlug die Augen nieder. Wie er da so saß, in Jeans und Hoodie, mit verwuschelten Haaren und einem verletzten Ausdruck in seinen Augen, sah er auch gar nicht bedrohlich aus. Kein bisschen.

Er sieht eher total zum Verlieben aus.

Aber er war ein Cop und das ließ sich nicht ändern. Sie konnte ihn nicht in ihrer Nähe erlauben, die Gefahr war einfach zu groß.

„Hey", sagte sie und hoffte, ihre Stimme würde unverbindlich wirken. „Keine Pizza. Aber ich hab einen Kuchen aus dem Diner mitgebracht." Sie hob den Karton hoch. „Ich bring ihn gleich mal in die Küche."

„Nichts da", sagte Cara und schnappte sich den Karton. „Du kannst es dir schon mal bequem machen. Die Pizza wird jeden Moment hier sein. Setz dich doch da hin." Sie deutete auf den Couchsessel, der neben dem Sofa stand.

Olivia sah Cara flehend an. „Brauchst du nicht vielleicht Hilfe in der Küche?"

Die lachte auf und zog dann eine Augenbraue in die Höhe. „Ernsthaft?" Sie deutete wieder auf den gemütlichen Couchsessel.

Olivia seufzte – ihre Hilfe in der Küche anzubieten, klang selbst in ihren eigenen Ohren lahm. Für einen Moment blieb sie unschlüssig stehen und sah Cara nach. Aber nachdem auf dem Absatz umzudrehen und zur Vordertür rauszumarschieren noch kindischer wäre, blieb ihr wohl kaum etwas anderes übrig, als Caras freundschaftlichem Befehl zu folgen.

Sie ließ sich in den Sessel sinken und schlug die Beine übereinander. Beide Männer hatten den Blick schon wieder auf den Fernseher geheftet, wo gerade ein Raumschiff ein anderes verfolgte. Laserstrahlen schossen kreuz und quer über den Bildschirm.

Sie tat, als folge sie dem Film. Doch immer wieder wanderte ihr Blick zu Brandon.

Er sah gut aus.

Überhaupt nicht furchteinflößend, so ganz ohne Uniform.

Aber sie hatte schon mal gedacht, dass sie ihn daten konnte, nicht wahr?

Und hatte falsch gelegen.

Er hatte es nicht verdient, dass sie ihn nochmal dumm dastehen ließ. Dazu kam, dass er vermutlich ohnehin kein Interesse mehr an ihr hatte.

Es war idiotisch, auch nur darüber nachzudenken.

Außerdem hatte er eine Freundin.

Sie runzelte die Stirn, weil sie das Gefühl nicht mochte, das sich in ihrem Herzen ausbreitete.

Na und? Ist doch egal. Du hattest deine Chance und du wolltest ihn nicht.

Wollen schon, meldete sich eine andere Stimme.

„Die Szene ist echt ein Witz“, sagte Sam. Er sprang auf. „Ich hol nur mal schnell Popcorn.“

Damit war er auch schon in der Küche verschwunden. Wo war eigentlich Cara? Wie lange konnte es dauern, einen Kuchen in die Küche zu stellen? Und wozu brauchten sie Popcorn, wenn doch gleich die Pizza kam?

Das alles hier war ein abgekartetes Spiel und Olivia saß in der Falle. In der Falle mit einem Mann, der viel zu gut aussah und wahrscheinlich auch viel zu nett war, um ihn so zu behandeln, wie sie es getan hatte.

Die Spannung war greifbar zwischen ihnen und Olivia hätte schwören können, dass Brandon nicht auf den Film konzentriert war, sondern sie ebenso sehr aus dem Augenwinkel beobachtete wie sie ihn.

Mit einem Mal konnte sie das alles hier nicht mehr aushalten.

„Ich brauch frische Luft", murmelte sie und sprang auf. Sie drückte die Tür zur Terrasse auf und stolperte hinaus, trat auf eines der Plastikspielzeuge von Max, die dort verstreut lagen und knickte um.

„Au", fluchte sie. „So ein verdammter Mist."

Sie sprang auf einem Bein herum und hielt sich den schmerzenden Knöchel.

„Olivia?" Brandons tiefe Stimme klang von der Tür her. „Hast du dir weh getan?"

Er trat aus dem Haus.

„Ich fürchte, ich bin Max ein neues Sandspielzeug schuldig", sagte sie und ließ sich in einen der Loungesessel sinken, die hinterm Haus standen. „Aber mir ist nichts passiert. In ein paar Minuten bin ich wieder fit."

Geh ins Haus. Bitte, Brandon. Geh einfach wieder rein.

Sie hörte ein Knirschen, als er sich im Sessel neben ihr niederließ.

„Ich warte lieber noch ein bisschen", sagt er. „Vielleicht brauchst du Hilfe beim Reingehen."

Sie neigte den Kopf. Er war echt viel zu nett um wahr zu sein.

Mit einem Mal war sie genervt.

„Wir haben nicht 1729, weißt du? Und ich hab mir nicht den Knöchel verstaucht. Ich bin nur auf Plastikspielzeug getreten. Du musst nicht hierbleiben, um die hilflose Maid zu retten." Das klang schärfer, als sie beabsichtigt hatte.

Er lachte leise. „Niemand würde dich jemals für hilflos halten, Olivia", sagte er. „Am allerwenigsten ich."

Sie wusste nicht so recht, was sie darauf antworten sollte. Das war ein Kompliment, oder? War es? Und wenn es eines war, warum war er so nett zu ihr? Sollte er sie nicht hassen? Oder war sie ihm einfach egal?

Und warum interessierte es sie überhaupt, was er dachte?

Er war ein Mann, mit dem sie eine einzige Nacht verbracht hatte. Mit dem sie nichts gemeinsam hatte.

Außer jede Menge Chemie.

Ein Mann, über den sie dringend aufhören sollte, nachzudenken.

Sie hatte ihn wohl einfach zu viel gesehen in jüngerer Zeit. Natürlich dachte sie an ihn, wenn er erst in ihrem Büro und damit in ihrem Leben auftauchte.

Du hast davor auch schon an ihn gedacht, wisperte die kleine Stimme in ihrem Kopf.

Eine Weile saßen sie stumm nebeneinander.

„Ist schön hier draußen", sagte er. Sie konnte sein Gesicht im Halbdunkel nicht sehen, aber seine Stimme klang entspannt und freundlich. „Wenn auch ein wenig kalt."

Sie nickte. Für einen Moment wünschte sie, es wäre Sommer. Und sie könnte den ganzen Abend lang hier mit ihm sitzen, im Halbdunkel und schweigen.

Sie müsste ihn nicht ansehen. Müsste nicht über ihn oder über irgendetwas nachdenken. Alles wäre friedlich und still und er wäre da – und da wäre nichts anderes auf dieser Welt.

Sie seufzte.

„Geht es dir besser?“, fragte er.

Sie wackelte testweise mit dem Fuß. „Ja. Ich kenn das von früher, weißt du?“ Sie musste lächeln. „Als meine Schwester noch klein war, lag ihr Spielzeug überall rum. Und wenn sie nachts wach wurde, weil sie schlecht geträumt hatte, bin ich auf dem Weg zu ihr mehr als einmal auf Plastikspielzeug getreten. Ich fürchte, sie hat auf diese Weise ein paar Flüche gelernt, die ihre Lehrerinnen in Erstaunen versetzt haben.“

Er lachte leise.

Sie wünschte plötzlich, sie könnte sein Gesicht sehen. Sie mochte es, wenn er lachte.

„Ich bin sicher, du warst eine tolle große Schwester. Ich hab den Artikel gelesen“, fügte er rasch hinzu.

„Ich hab mich bemüht“, sagte sie. „Aber eine Mutter kann man nicht ersetzen. Da bleibt immer ein Loch, egal, was man auch tut.“ Sie stockte. „Und ich war noch sehr jung damals, weißt du? Ich hab viele Fehler gemacht.“

„Es klingt aber so, als wäre deine Schwester zu einer beeindruckenden Frau herangewachsen“, sagte er.

Olivia nickte. „Ja. Sie ist toll. Sie ist so ganz anders als ich. So ... frei. Sie kümmert sich nicht ums Morgen. Sie lebt im Moment, reist durch die Welt, sie lebt nur für ihre Kunst. Und vor allem hat sie keine Angst, sich ...“ Sie brach ab.

Zu verlieben. Eve hatte keine Angst, sich zu verlieben.

„... sich auf neue Kunstrichtungen einzulassen“, beendete sie den Satz. Sie lugte zu Brandon hinüber.

Aber er ging nicht darauf ein, sein Gesicht immer noch im Schatten.

„Du musstest früh erwachsen werden“, sagte er. „Du hast deine Schwester aufgezogen – und nebenbei eine riesige Firma aufgebaut. Ich finde das bewundernswert. Und ich denke nicht, dass irgendjemand, der auch nur halbwegs bei Verstand ist, das anders sehen könnte."

Sie blinzelte. Warum nur war er immer so freundlich und lieb? Er hätte es ihr auch wirklich leichter machen können, ihn nicht zu mögen.

Da läutete sein Telefon.

„Brandon Stark." Er lauschte. Plötzlich lag Anspannung in seiner Haltung.

„Wo bist du jetzt?", fragte er und seine Stimme klang noch ein wenig ruhiger als vorher.

Wieder eine lange Pause.

„Okay. Keine Polizei. Nur ich, ganz privat", sagte er.

Olivia setzte sich steifer auf.

„Ich weiß, dass das schwierig ist. Und ich verstehe, dass du nicht sicher bist, ob du mir vertrauen kannst. Aber so, wie das klingt, braucht deine Schwester dringend Hilfe. Und ich kann euch helfen."

Er stand auf und begann auf und ab zu gehen, während er lauschte. Olivia erhob sich ebenfalls, prickelnde Unruhe in ihrer Magengrube. Was war hier los?

„Und wenn ich eine Freundin mitbringe?", fragte er und sah zu Olivia herüber. „Nur sie und ich. Wir kommen privat. Keine Uniform. Kein Polizeiwagen. Wäre das okay?"

Er lauschte, dann hielt er seine Hand über das Mikrofon des Handys.

„Hilfst du mir?", fragte er Olivia, sein Blick bittend. „Es geht um zwei kleine Mädchen. Sie stecken sehr in der Klemme."

„Klar", sagte Olivia ohne nachzudenken. „Fahren wir gleich los? Ich hol unsere Schuhe und Jacken."

Er nickte und wandte sich wieder dem Handy zu. „Okay", hörte sie ihn noch sagen, während sie zur Terrassentür lief. „Ja, ich weiß, wo das ist. Wir sind in ungefähr fünf Minuten bei euch."

***

Brandon drückte gegen die rostige Gartentür, die mit einem leisen Knirschen nachgab. Er hielt sie für Olivia auf, dann knipste er seine Taschenlampe an und leuchtete den schmalen Weg aus, der sich vor ihnen durch Brombeerhecken wand. Der kalte Wind trug den Geruch von Kaminfeuer zu ihnen her.

Brandons Sinne waren angespannt. Wie sollte er sein Versprechen halten? Wenn das, was ihm das Mädchen am Telefon erzählt hatte, stimmte, dann würde er es kaum schaffen, die Behörden herauszuhalten.

Er schob den Gedanken beiseite. Nun war nicht der Moment, um über morgen früh zu sinnieren. Er war ohne Uniform hier, wie er versprochen hatte. Und er würde versuchen, den Mädchen zu helfen.

Er sah Olivia an, die schweigend neben ihm durch den Schnee stapfte. Irgendwie hatte er gewusst, dass sie zusagen würde, zu helfen. Hatte ohne nachzudenken angeboten, dass er sie mitbringen würde.

Warum nur fühlte er sich ihr so nah und doch blieb sie ihm gleichzeitig fremd? Diese Frau war wie ein unlösbares Rätsel, das ihm schon sein Leben lang vertraut war.

Das ist jetzt nicht das Thema, erinnerte er sich selbst.

An der Rückseite des Hauses fanden sie eine Tür deren Glas zerbrochen war, genau wie beschrieben. Er setzte an, die Stufen hinaufzusteigen, als Olivia die Hand auf seinen Arm legte.

„Lass mich zuerst", sagte sie. „Sie hat wahrscheinlich Angst. Es ist dunkel, sie ist allein hier, du bist riesig – und du bist ein Mann. Das ist keine gute Kombination für ein junges Mädchen."

Er nickte und trat einen Schritt beiseite, leuchtete ihr die Treppe zum Eingang hinauf. Sie klopfte an die Tür.

„Hier ist Olivia“, sagte sie. „Du kennst mich nicht, aber ich bin eine Freundin von Brandon. Darf ich reinkommen?“

Für einen Moment geschah nichts, dann schwang statt einer Antwort langsam die Tür auf.

„Ist der Bulle auch hier?“, fragte eine trotzige Mädchenstimme aus dem Dunkel des Hauses.

„Ja, er ist mitgekommen, wie versprochen“, sagte Olivia. „Möchtest du lieber mit ihm reden?“

Schweigen hing in der Luft und Brandon fürchtete schon, dass die Tür vor ihrer Nase zuknallen würde.

„Ist ohnehin egal“, sagte die Stimme. „Er weiß jetzt, wo wir wohnen, und ich kann Beth nicht von hier wegbringen, dafür ist sie zu krank. Ihr könnt reinkommen.“ Wie hoffnungslos und müde sie klang, traf Brandon mitten ins Herz.

Er stieg die Stufen hoch und blieb neben Olivia stehen. „Wir finden gemeinsam eine Lösung.“

Er richtete den Strahl der Taschenlampe vor sich auf den Boden, um niemanden zu blenden, und das reflektierte Licht fiel auf das Gesicht des Mädchens, das er in der Apotheke getroffen hatte.

„Bullen lügen“, sagte sie und verschränkte die Arme. „Sie kommen und sagen, sie wollen helfen, aber eigentlich haben sie genau das Gegenteil vor.“

In ihrem Gesicht standen Angst und Trotz geschrieben. Sie wäre am liebsten weggelaufen, so viel war klar. Doch würde sie hierbleiben und wie eine Löwin für ihre kleine Schwester kämpfen, wenn es notwendig würde.

„Ich verstehe dich“, sagte Olivia. „Ich hab immer genau das gleiche gedacht, hab mein Leben lang Angst vor Polizisten gehabt. Und ich hatte meine Gründe dafür.“ Sie schwieg. „Aber dieser hier ist anders“, fügte sie leise hinzu. „Er ist echt einer von den Guten. Ich hätte keinem anderen Cop geholfen.“ Sie zuckte mit den Schultern. „Ich geb dir mein Wort. Er lügt dich nicht an.“

Brandon starrte sie an und versuchte, zu verarbeiten, was sie gerade gesagt hatte.

Sie hatte schon ihr Leben lang Angst vor Polizisten? Warum?

Und sie vertraute ihm?

Seit wann?

„Wer bist du?“, fragte das Mädchen.

„Mein Name ist Olivia. Ich hab meine Mum verloren, als ich noch sehr jung war“, sagte sie. „Und ich hab mich um meine kleine Schwester gekümmert, so wie du. Ich wollte mit allen Mitteln verhindern, dass wir getrennt werden.“

„Hast du es geschafft?“

Olivia nickte. „Ja. Ich würde dir gerne helfen.“ Sie lächelte. „Und der Bulle hier auch.“ Sie stieß Brandon in die Seite.

Er nickte und lächelte ein wenig belämmert, überfordert von dem, was er gerade über Olivia erfahren hatte.

„Ich bin Becca“, sagte das Mädchen.

Damit trat sie zur Seite.

Brandon atmete aus und wurde sich jetzt erst bewusst, wie angespannt er war.

Er ließ Olivia den Vortritt und folgte den beiden ins Haus. Das Wohnzimmer war vom Feuerschein des Kamins erhellt, auf dem Couchtisch lagen Packungen und Essensreste verstreut.

„Hast du das Feuer gemacht?“, fragte er anerkennend.

Becca nickte. „Pfadfinderin“, sagte sie.

„Darf ich mir mal ansehen, wie es ihr geht?“ Er deutete auf das kleine Mädchen, das inmitten von Decken und Kissen lag. „Ich bin kein Arzt, aber ich hab ein bisschen Ahnung.“

Becca neigte den Kopf. Olivia trat an ihre Seite und legte den Arm um sie und zu Brandons Erstaunen erlaubte Becca es.

Er kniete am Boden vor der Couch nieder und schob die Decken beiseite. Das kleine Mädchen wirkte zerbrechlich und viel zu dünn. Sie fieberte, Kleidung und Haar klebten patschnass an ihr.

„Sie heißt Beth", sagte Becca und ihre Stimme zitterte. „Elizabeth."

„Wie alt ist deine Schwester?"

„Sieben."

Eine Welle von Wut rollte durch ihn. Wut auf diese Welt, in der zwei Mädchen als letzten Ausweg sahen, sich allein durchzuschlagen. Himmelherrgott, wie konnte sowas passieren? Die zwei sollten sicher sein, in einem Zuhause, wo sie umsorgt wurden und wo eine schlechte Note oder ein Streit mit der besten Freundin die größten Probleme waren.

Brandon atmete tief durch. Und dann noch einmal.

Er brauchte einen klaren Kopf, Wut würde ihm nicht weiterhelfen.

„Wie ist das passiert?", fragte er und hob die verbundene Kinderhand hoch. Das kleine Mädchen stöhnte.

„Sie hat sich an einem Nagel gestochen", sagte Becca. „Wir haben für eine Weile hinter einem Palettenstapel gewohnt, ich hab uns dort ein Haus aus Karton gebaut. Das war ganz okay, aber dann wurde es zu kalt dafür."

„Wie lange ist das jetzt her?"

Becca legte die Stirn in Falten. „Fünf Tage, glaub ich, oder vier. Oder eine Woche?" Sie sah Olivia fragend an, als wüsste sie die Antwort.

Olivia drückte sie vorsichtig und lächelte ihr aufmunternd zu. „Erinnerst du dich an den Tag, an dem das passiert ist? War da etwas Besonderes?"

Becca nickte. „Ich war in der Früh auf dem Markt", sagte sie müde.

„Also Mittwoch“, sagte Brandon. „Fünf Tage.“

Mist. Das war viel zu lange her.

„Ich hab versucht die Wunde zu verbinden. Und wir haben sie desinfiziert.“

Deswegen also der Verbandskasten. Er wickelte die Mullbinde ab. Die kleine Hand darunter war angeschwollen und dunkelrot. Auf der Wunde hatte sich dicker Schorf gebildet, Eiter quoll darunter hervor. Er drehte die Hand vorsichtig um und bemerkte sofort den dunklen Strich, der vom Handgelenk aus Richtung Oberarm verlief und im Shirt verschwand.

Scheiße.

„Ich möchte ihren Ärmel ein wenig hochschieben, um sie besser zu untersuchen“, sagte er und blickte zu Becca. „Darf ich das?“

Becca sah Olivia fragend an.

„Er wird ihr nicht weh tun“, sagte Olivia. „Er ist ganz vorsichtig. Ich versprech‘s.“

Becca nickte.

Brandon schob den Ärmel vorsichtig und zentimeterweise hoch. Behutsam tastete er nach den Lymphknoten in der Achselbeuge. Beth zuckte zusammen und begann zu wimmern. Sie warf den Kopf hin und her.

Mit einem Satz war Becca neben ihr. Sie ließ sich auf die Knie sinken und streichelte über die Haare des kleinen Mädchens.

„Alles wird gut“, murmelte sie mit Tränen in den Augen. „Ich bin hier. Ich bin bei dir. Ich lass dich nicht alleine, niemals. Und du bist bald wieder gesund.“ Sie wandte den Kopf zu Brandon. „Nicht wahr? Sie ist doch bald wieder gesund.“

Brandon nickte langsam. „Beth ist sehr krank, Becca. Die Wunde hat sich entzündet und daraus hat sich eine Blutvergiftung entwickelt. Sie muss dringend in ein Krankenhaus.“

„Nein!", rief Becca. „Kein Krankenhaus. Dort finden sie uns. Und dann werden wir getrennt."

„Wenn sie hier bleibt, stirbt sie", sagte Brandon ruhig. „Beth muss vielleicht operiert werden. Und sie braucht Medikamente, um wieder gesund zu werden. Wir haben nicht mehr viel Zeit."

Becca ließ den Kopf hängen, während Tränen über ihre Wangen rollten.

Olivia sank neben ihr auf die Knie. „Lass uns Beth ins Krankenhaus bringen", sagte sie. „Und du erzählst uns genau, was passiert ist. Warum ihr überhaupt hier seid. Wir werden uns etwas einfallen lassen." Sie sah Brandon an.

Er nickte. „Ich werd alles tun, was in meiner Macht steht, um euch zu helfen. Damit ihr nicht getrennt werdet."

Olivia nickte. „Und wir werden alles tun, um eine Lösung zu finden."

Beccas Schultern sackten nach vorne, als wäre mit einem Mal das letzte bisschen Kraft aus ihr verschwunden. Sie nickte langsam. „Okay", flüsterte sie kaum wahrnehmbar.

Wenn Brandon später darüber nachdachte, waren seine Erinnerungen an jene Stunden bruchstückhaft. Da war Beth in Decken eingewickelt, in seinen Armen, als er sie zum Auto trug. Becca, die neben ihr auf dem Rücksitz saß und leise weinte.

Die verschneite Einfahrt, die zum Krankenhaus führte. Lange Gänge und Menschen in weißen Mänteln. Untersuchungen und noch mehr Untersuchungen – und Beth, die zwischen all den Apparaten noch viel kleiner wirkte und so unendlich mager.

Da waren das Wartezimmer und die quälenden Stunden, während der Beth operiert wurde. Da waren ein Becher Automatenkaffee in seiner Hand und glitzernde Weihnachtsdekoration, die an diesem Ort fehlplatziert wirkte.

Da war Becca, die schließlich mit vom Weinen verschwollenen Gesicht auf einem der Stühle eingeschlafen war.

Und da war Olivia. Olivia, die während all der Zeit nicht von seiner Seite wich.

***

Olivia drückte Beccas Hand.

„Ich hol mir etwas zu trinken vom Automaten", sagte sie. „Möchtest du auch etwas?"

Becca schüttelte den Kopf.

„Es wird alles gut", sagte Olivia. „Die Ärzte sagen, du hast uns rechtzeitig angerufen. Du hast deiner Schwester damit das Leben gerettet."

„Die OP ist noch nicht vorbei", murmelte Becca undeutlich.

Sie muss komplett erschöpft sein. Wer weiß, wie viele Nächte sie schon kaum geschlafen hat, wann sie das letzte Mal ordentlich gegessen hat. Oder unter der Dusche war.

Sie sah Becca zu, wie sie vor sich hinstarrte und ihre Finger knetete. Die Haare des Mädchens waren verfilzt, ihr Nacken schmutzig – und ihre Schulterblätter ragten viel zu spitz aus ihrem Rücken, was selbst unter dem Stoff des Pullis zu sehen war. Olivia presste die Lippen zusammen – sie wollte Becca umarmen, ihr sagen, dass alles gut werden würde, dass ihr Leben von nun an einfach sein und mit schönen Dingen gefüllt sein würde. Dass sie sich nie wieder Sorgen machen musste, dass da immer genug zu essen, ein weiches Bett und eine liebevolle Familie für sie und ihre kleine Schwester sein würden. Dass sie niemals wieder Angst haben müssten, getrennt zu werden.

Aber Olivia wusste auch, dass das gelogen wäre. Die Mädchen würden zu Pflegefamilien kommen, sobald das hier überstanden war. Mit sehr viel Glück zur selben Pflegefamilie. Und dann? Auch wenn es tolle Familien gab, die Kinder aufnahmen, gab es auch andere – wie sollte sie Becca versprechen, dass alles gut werden würde, wenn es wahrscheinlicher war, dass die Mädchen für Jahre im System umhergeschoben wurden, sie niemand wirklich haben wollte und sie ohne jede Chance ins Leben starten würden?

Und mit einem Mal wusste sie, was sie tun musste. Sie wusste es so klar, wie sie noch nie in ihrem Leben etwas gewusst hatte.

„Bin gleich wieder da“, sagte sie, doch das Mädchen reagierte nicht.

Olivia stand auf und verließ den kleinen Warteraum. Draußen blickte sie nach links und rechts. Da! Dort vorne ragten Brandons breite Schultern und sein brauner Haarschopf hoch über den anderen auf. Olivia wich einem Krankenbett aus und erreichte Brandon, bevor er sie gesehen hatte. Er unterhielt sich mit einer hübschen, blonden Krankenschwester, die ihn stirnrunzelnd ansah.

„Ich weiß, dass es gegen die Regeln ist“, sagte er gerade. „Aber wir kennen uns doch schon ewig, Stephanie. Du weißt, dass ich zu meinem Wort stehe. Ich werde das Jugendamt informieren, wie es Vorschrift ist. Aber lass mir ein wenig Zeit, vorher eine Lösung zu finden. Du weißt genau, wie das sonst läuft. Die Mädchen haben schon genug durchgemacht.“

Olivia räusperte sich. Als Brandon sich umdrehte und ihre Blicke sich trafen, war sie plötzlich merkwürdig nervös. Vermutlich wegen dem, was sie gleich tun würde.

„Kann ich dich kurz sprechen?“, fragte sie und hoffte, dass ihre Stimme neutral klang.

Brandon nickte.

„Allein?“

„Sicher.“ Er lächelte der Krankenschwester zu. „Ich bin gleich wieder da.“

Dann drehte er sich zu Olivia. „Wollen wir kurz raus, vor die Tür? Ich brauch dringend ein wenig frische Luft.“ Er verzog das Gesicht zu einer unglücklichen Grimasse.

„Aber Becca …"

„Die Schwestern haben ein Auge auf sie."

„Okay", sagte Olivia widerstrebend. Vielleicht war es besser so. Was sie ihm vorschlagen wollte, kam ihr mit jedem Moment verrückter vor.

Vielleicht fing er an, sie auszulachen?

Draußen schlug ihnen eiskalte Luft entgegen. Schneeflocken wirbelten im Schein der Lampen, die die Auffahrt zum Krankenhaus beleuchteten. Auf seine Weise war dies alles genauso unwirklich wie das Innere des Krankenhauses mit seinen Maschinen, Schläuchen und Neonröhren.

„In Nächten wie diesen vermisse ich es manchmal zu rauchen", sagte Brandon und seufzte. „Dann mache ich das, was ich früher gemacht habe – kurz vor die Tür gehen. Nur ohne Zigaretten."

„Vernünftig", sagte sie. „Wann hast du aufgehört?"

„Schon vor Ewigkeiten. Als ich hierhergezogen bin. In Chicago hatte ich eine Menge Gründe, nicht aufzuhören: Die Tage waren lang und die Nächte länger. Ständig war Stress, nie die Chance, wirklich abzuschalten. Hier hatte ich dann plötzlich keine Ausrede mehr."

Sie nickte und sah ihn nachdenklich an. Sie hätte gerne mehr erfahren. Über ihn und seine Arbeit in Chicago und den Grund, warum er hierhergezogen war. Was er mochte. Worüber er lachte. Welche Musik er hörte.

Gefahr. All das ist gefährlich. Du solltest dich nicht an ihn gewöhnen. Das hier hat keine Zukunft und nicht nur, weil er ein Cop ist. Du wirst bald einfach keine Zeit mehr für einen Mann haben.

„Ich bin auch in Chicago aufgewachsen", sagte sie, zwirbelte eine Haarsträhne um ihren Finger und versuchte zu entscheiden, wie sie das Thema am besten anschneiden sollte.

Brandon stand geduldig vor ihr und wartete offenbar, dass sie fortfuhr, denn natürlich musste er wissen, dass sie nicht hier waren, um über Kindheitserinnerungen zu plaudern.

„Ich werd die beiden aufnehmen“, platzte sie heraus.

Brandon sah sie erstaunt an. „Die beiden aufnehmen?“, fragte er. „Du meinst die Mädchen?“

Olivia nickte.

„Das ist lieb gemeint, aber so einfach ist das nicht. Da gibt es Regeln und Abläufe. Das Jugendamt wird beiden eine Krisenpflegefamilie zuteilen. Ich werde versuchen, ein paar Strippen zu ziehen, damit die Mädchen zusammenbleiben können. Allerdings …“ Er stockte. „Das wird nicht einfach werden.“ Brandon fuhr sich mit der Hand durchs Haar. „Dazu kommt, dass wir gar nicht wissen, wo die Eltern der beiden sind, Olivia. Die beiden machen sich sicher Sorgen. Wir brauchen vorher die ganze Geschichte, bevor wir Entscheidungen treffen können. Die leiblichen Eltern haben ein Recht auf ihre Kinder. Du kannst sie nicht einfach aufnehmen.“

Wut stieg in Olivia auf. „Du hast die Kinder doch gesehen. In welchem Zustand sie sind …“ Ihre Stimme brach und sie atmete tief ein. „Die beiden müssen einen guten Grund gehabt haben, um wegzulaufen. Viele Wochen auf der Straße zu leben … das war doch kein Streich. Irgendetwas Schlimmes ist passiert, da bin ich mir sicher. Und du willst die beiden dahin zurückschicken?“

Er seufzte. „Ich will nicht“, sagte er leise. „Ich will sie, genauso wie du, hierbehalten und dafür sorgen, dass es ihnen gut geht. Aber ich muss mich an die Gesetze halten, Olivia.“

Sie verschränkte die Arme vor sich. „Das war‘s dann also? Wir finden raus, wer die Eltern sind, und schicken sie zurück, auch wenn es dort offensichtlich so schlimm war, dass die beiden ein Leben auf der Straße vorgezogen haben?“

Brandon schüttelte den Kopf. „Wir werden eine Lösung finden, Olivia. Für heute sind die beiden sicher. Es reicht, wenn ich die Meldung ans Jugendamt morgen Vormittag mache. Und bis dahin wissen wir hoffentlich mehr darüber, was passiert ist."

Tränen stiegen Olivia in die Augen. Sie fühlte sich so hilflos. Natürlich hatte er recht, aber sie hasste den Gedanken, die beiden einfach wieder zurückzuschicken.

„Sie waren so tapfer", sagte sie leise und Brandons Gesicht verschwamm vor ihren Augen. „Das ist alles so unfair."

Er machte einen Schritt auf sie zu und zog sie in seine Arme. Bevor sie reagieren konnte, war sie von Wärme und Aftershave umhüllt.

Für einen Moment sträubte sich alles in ihr.

„Ich kann dir nicht versprechen, dass alles gut wird", murmelte er in ihr Haar. „Aber ich werde alles versuchen, um den beiden zu helfen."

Olivia schloss die Augen, ließ ihren Kopf an seine Schulter sinken und seufzte. Sie hatte sich eine Umarmung verdient. Und sie wollte es sich für einen Moment erlauben, ihm zu vertrauen. Daran zu glauben, dass alles gut werden würde.

Auch wenn ihre Erfahrung ihr sagte, dass das hier nicht von Dauer war. Dass die Dinge niemals von allein gut wurden, dass sie sich auf niemanden verlassen konnte, außer auf sich selbst.

Sie war alleine und das wusste sie – hatte es vor vielen Jahren als Tatsache des Lebens akzeptiert.

Doch im Hier und Jetzt war es schön, sich für einen Moment der Illusion hinzugeben, es könnte anders sein.

Kapitel 9

Becca blickte aus dem Beifahrerfenster auf die erleuchteten Fenster des Krankenhauses, die sich langsam in den wirbelnden Schneeflocken auflösten. Verstohlen wischte sie sich eine Träne von der Wange. Sie wollte im Krankenhaus bleiben, aber Brandon hatte darauf bestanden, dass Olivia und Becca eine Runde Schlaf brauchten. Beth hatte die Operation gut überstanden und würde nun die nächsten Tage im künstlichen Tiefschlaf bleiben, damit ihr Körper sich erholen konnte. Becca hatte sich zunächst geweigert, Beth alleine zu lassen.

Was, wenn sie aufwachen würde? So ganz alleine im Krankenhaus?

Erst als Brandon versprochen hatte, den Rest der Nacht bei Beth zu bleiben, hatte sie nachgegeben. Auch weil sie zu erschöpft war, um zu streiten.

Sie lehnte die Stirn an die kühle Glasscheibe. Es fühlte sich falsch an, das alles hier. Wie war es nur so weit gekommen? Sie hatte doch alles unter Kontrolle gehabt.

Halbwegs unter Kontrolle.

„Du kannst ihr heute nicht helfen“, sagte Olivia und griff nach ihrer Hand. „Aber du kannst zu Kräften kommen und dich ausruhen, damit du für sie da sein kannst, wenn sie wieder munter ist. Sie wird ihre große Schwester dann brauchen.“

Becca sah zu ihr hinüber, wie sie konzentriert den Blick auf die Straße gerichtet hielt, wie die Lichter der Straßenlaternen über ihr Gesicht huschten. Olivia sah aus, als hätte sie alles im Griff. Als wüsste sie, was der nächste Schritt war, als hätte sie einen Plan.

Becca wünschte sich, sie könnte auch so sein. Selbstsicher und gelassen.

Bestimmt konnte nichts Oliva aus der Ruhe bringen, bestimmt wusste sie immer Rat.

„Was denkst du, wann sie wieder aufwachen wird?"

„Vermutlich in ein paar Tagen. Die Ärzte werden sie erst wieder aufwecken, wenn ihr Körper die Infektion überwunden hat."

Becca nickte und drehte aus Gewohnheit rasch den Kopf weg, um ihre Tränen zu verbergen. Sie starrte aus dem Fenster, ohne etwas zu sehen, und die nächtliche Landschaft draußen wischte in Schlieren an ihr vorbei. In Gedanken war sie bei Beth – sie hatte so klein ausgesehen im Krankenhaus, so winzig und schutzlos in diesem riesigen Bett, mit all den Schläuchen und Maschinen.

„Ich dachte zuerst, es ist nur ein Kratzer", murmelte Becca. „Sie hat sich doch schon so oft wehgetan und es ist immer wieder gut geworden, von ganz alleine …" Sie brach ab.

„So etwas passiert", sagte Olivia ruhig. „Du hast unter den Umständen das Beste getan, Becca. Du hast versucht ihr zu helfen und als du gesehen hast, dass du das nicht mehr kannst, hast du Hilfe geholt. Das war sehr verantwortungsbewusst und erwachsen von dir."

Becca presste die Lippen zusammen. Sie hatte genug davon, erwachsen zu sein. Sie war müde. Sie wollte zu ihren Eltern zurück, zurück in der Zeit bis zu jenem Punkt, als sie einfach nur Kind gewesen war, zu ihrer Mum laufen konnte und sie umarmen, ihr Gesicht in den weichen Pulli drücken und darauf vertrauen, dass ihre Eltern jedes Problem für sie lösen würden. Dass sie in Sicherheit war und geliebt.

„Wir werden eine Lösung finden, irgendwie." Olivia drückte wieder ihre Hand. „Ich versprech's."

Becca nickte, weil sie zu erschöpft war, um zu widersprechen oder Fragen zu stellen.

„Aber nicht heute“, fuhr Olivia fort. „Heute nimmst du eine schöne warme Dusche oder ein Bad. Du kannst etwas essen, wenn du möchtest. Und dann schläfst du dich aus. Morgen früh erzählst du mir alles.“

„Ist der Cop dann auch da?“

Olivia antwortete nicht gleich.

„Wenn du möchtest“, sagte sie langsam. „Du kannst aber auch nur mit mir reden, wenn dir das lieber ist.“

Becca zuckte mit den Schultern. „Mit ihm gemeinsam. Er scheint okay zu sein. Wenn du ihm vorher das Versprechen abnimmst, dass er nicht als Cop dabei ist.“

Olivia lachte leise. „Nicht als Polizist ist er mir auch lieber.“

Sie bremste und lenkte ihren Wagen in eine schmale Auffahrt, die rechts und links von Büschen und Bäumen bewachsen war. Alles war mit Schnee überzuckert.

Wie von Geisterhand schwang das große Tor auf und Olivias Wagen rollte durch. Vor ihnen tauchte ein großes Haus auf.

„Bist du irgendwie reich oder so?“, fragte Becca.

Olivia lachte. „Mir gehört eine Kosmetik-Firma“, sagte sie. „Da verdient man ganz gut.“

„Ganz gut“, murmelte Becca. „Na, dann will ich später auch mal ganz gut verdienen.“

Olivia stellte den Wagen ab und drehte sich zu Becca um. „Das wirst du, da bin ich sicher. Aber eines nach dem anderen, hm?“ Sie lächelte. „Jetzt gehen wir mal rein.“

***

Die Sonne war noch nicht aufgegangen, aber Olivia konnte nicht mehr schlafen. Tief in ihre Bettdecke eingekuschelt, starrte sie aus dem Fenster und kraulte gedankenverloren Fluff, der neben ihr lag. Sie war oft aufgewacht – und auf Zehenspitzen zum Gästezimmer geschlichen, in dem Becca tief und fest schlief. Es hatte die ganze Nacht lang weitergeschneit und draußen im Zwielicht leuchtete die Landschaft in milchigem Weiß, bar aller harten Kanten. Für einen Moment sah Olivia die Mädchen vor sich, allein da draußen in der Kälte der Nacht.

Sie atmete tief ein, schlug die Decke zurück und schwang die Beine über den Rand.

Vielleicht gibt's Neues aus dem Krankenhaus? Sie griff nach dem Handy.

Eine Nachricht. Brandon.

„Beth stabil", stand da. „Komme um 7. Bringe Frühstück."

Sie seufzte.

Natürlich würde er kommen.

Becca hatte um Hilfe gebeten. Brandon würde kommen.

So einfach war das mit Brandon.

Wieso ist dann genau nichts einfach, wenn es um ihn geht?

„Na komm, Zeit für dein Frühstück", murmelte sie und kraulte Fluff am Kinn.

Sie stand auf und wickelte sich in ihren Seidenkimono, schlüpfte in die Hausschuhe und machte sich auf den Weg in die Küche. Im Gang blieb sie stehen und drückte vorsichtig die Tür zum Gästezimmer auf. Das Mädchen lag fest zusammengerollt im Bett, Arme und Beine an sich gezogen. Sie schlief immer noch so tief, dass ihre Atemzüge kaum wahrzunehmen waren.

Olivia dachte an gestern Abend, als Becca ihr so vorsichtig ins Haus gefolgt war. Wie jung sie ausgesehen hatte nach einer heißen Dusche und in einem von Olivias Pyjamas. Wie hastig sie Pizza in sich hineingestopft hatte, so als könnte sie nicht genug davon bekommen.

Olivias Augen prickelten, ihre Kehle eng. Sie schloss für einen Moment die Augen – es half niemandem, wenn sie emotional wurde.

Sachte zog Olivia die Tür zu. Es wäre gut, sie noch eine Weile schlafen zu lassen. Auch wenn Becca darauf bestanden hatte so früh wie möglich wieder im Krankenhaus zu sein. Es würde Tage oder Wochen dauern, bis sich die beiden Mädchen von den seelischen und körperlichen Strapazen der jüngsten Zeit erholt hatten, und Olivia fand, dass Becca gleich heute damit anfangen sollte. Schlafen würde dem Mädchen guttun – und für sie selbst wäre jetzt ein Tee genau das Richtige. Fluff strich um ihre Beine und maunzte.

Außerdem sollte sie noch ihre Mails checken und eine Nachricht für Meghan hinterlassen. Sie würde in den nächsten Tagen wohl nicht viel im Büro sein.

Olivia streckte sich, die Muskeln in ihrem Nacken schmerzten. Nach den Stunden im Wartezimmer gestern kein Wunder.

Schwimmen hilft gegen alles, dachte sie. Nach einem kurzen Umweg über die Küche, um die Futterschüssel des Katers zu füllen, durchquerte sie barfuß die Eingangshalle, ging an Bibliothek und Wohnzimmer vorbei, ließ den Fitnessraum links liegen und zog die Tür zu ihrem Spa auf.

Warme, feuchte Luft mit einem Hauch von Chlor schlug ihr entgegen – und sie lächelte.

Mit ein paar Schritten war sie am Rand des Pools und sah über die glänzende Wasseroberfläche, die ganz ruhig dalag.

Mum hätte das geliebt, dachte sie unvermittelt.

Sie runzelte die Stirn. Woher war dieser Gedanke gekommen? Sie hatte jahrelang kaum an ihre Mutter gedacht. Nicht mehr an die Zeit damals und an all das, was passiert war.

Warum nur drängte die Vergangenheit in letzter Zeit ständig an die Oberfläche?

Olivia wäre es lieber gewesen, wenn sie begraben geblieben wäre.

Auch wenn das hieß, nicht an ihre Mutter zu denken.

Sie ließ den Kimono von ihren Schultern und sich dann langsam ins Wasser gleiten. Aufatmend trieb sie dahin und schloss ihre Augen. Doch statt der Entspannung, die ihr das warme, weiche Wasser üblicherweise brachte, spülten noch mehr Bilder aus der Erinnerung hoch.

Ihre Mutter, die lachend ins Wasser sprang.

„Na komm schon, mein Liebling. Es ist ganz warm."

Olivia roch den erdigen Duft des Waldes und sah die Sonne in der Oberfläche des grünen Teichs glänzen. Modriges Holz drückte sich weich gegen ihre nackten Fußsohlen. Irgendwo klopfte ein Specht gegen einen Baumstamm.

„Trau dich, Olivia. Luft holen, Augen zu und los."

Olivia schloss die Augen. Die Sonne malte orangene Kringel an die Innenseite ihrer Lider. Sie streckte die Arme aus, die warme Sommerluft strich über ihre Haut.

Dann atmete sie tief ein – und sprang.

Für einen Moment war sie schwerelos, da war dieses kitzelige Gefühl in ihrer Magengrube, die Vogelstimmen in der weichen Waldluft um sie herum. Dann der Schock, als kühles Wasser sie umschloss und über ihr zusammenschlug. Tausende kleine Luftblasen, die über ihren Körper liefen.

Und dieser Moment, als sie durch die Wasseroberfläche brach und wieder Luft in ihre Lungen saugte, die Welt ein verschwommenes Kaleidoskop.

Ihre Mum lachte, schwamm in ein paar Zügen zu ihr herüber und drückte ihr einen sehr nassen Kuss auf die Stirn.

„Toll gemacht, meine Große", sagte sie und ihre Augen glänzten. „Ich bin stolz auf dich."

Olivia lächelte und öffnete die Augen.

Da war kein kleiner Waldsee. Keine Bäume, kein Specht, keine Sonne.

Mit einem Mal vermisste sie ihre Mum, als wäre sie gestern erst gestorben. Tränen stiegen in ihre Augen.

Sie presste die Lippen zusammen. Sah mit verschwommenem Blick an die Decke, bis ihre Sicht wieder halbwegs klar wurde.

Es war nicht gut, an all das zu denken. Es schmerzte viel zu sehr – und es gab zu viel, an das sie niemals mehr denken wollte.

Aber was ist mit all dem Schönen?

Du hattest schon ganz vergessen, wie gern du mit Mum im kleinen Weiher schwimmen warst.

Du hattest vergessen, warum Schwimmen dich so glücklich macht.

Du hast sie vergessen.

Du hast Mum vergessen.

Olivia schüttelte unwillig den Kopf.

Das war nun mal der Preis gewesen, damals.

Es war die einzige Art gewesen, wie sie hatte weitermachen können. Wie sie sich um Eve kümmern konnte – und den Alltag mit einem Kind.

Sie hatte einfach einen Fuß vor den anderen gesetzt und sich selbst verboten, nachzudenken. Oder sich zu erinnern. Sie hatte alles weggeschoben, was passiert war.

Und es hatte funktioniert, nicht wahr? Sie hatte Eve großgezogen, hatte ihre Firma aufgebaut, war erfolgreich geworden.

Aber du bist immer noch alleine.

Und du hast den einzigen Mann, den du magst, weggestoßen.

Sie kaute auf ihrer Lippe.

Sie dachte an Becca, die ein Stockwerk höher schlief. Und an Beth, die ganz alleine im Krankenhausbett lag, an Maschinen und Schläuche angeschlossen.

Was sollten diese Gedanken? Sie hatte keine Zeit für all das.

Sie sollte Tee trinken, Mails checken und versuchen, zumindest ein wenig Arbeit zu erledigen, bevor Becca aufwachte und der Tag begann.

Entschlossen drückte Olivia sich am Beckenrand hoch. Tropfnass wickelte sie sich in ein flauschiges Badetuch und griff nach dem Kimono, der am Beckenrand lag.

An der Tür warf sie einen letzten Blick zurück zum Pool mit seinem schimmernden Wasser. Dann verließ sie den Raum hastig, so als könnten ihr die Erinnerungen folgen, wenn sie sich Zeit ließ.

Genau das, flüsterte eine Stimme in ihrem Inneren. *Das ist es, was du seit Jahren machst – du gehst immer weiter, immer schneller, immer ein Schritt nach dem anderen.*

Es brauchte eine lange, heiße Dusche, bis sie sich wieder halbwegs ruhig fühlte. Sie hatte ihre Haare geföhnt und sich geschminkt, als der Alarm ihres Handys sanft piepste. Irgendjemand war am Tor.

Sie tippte auf die App, mit der sie die Technik ihres Hauses steuern konnte, und Brandons Gesicht tauchte auf. Er grinste ein wenig verlegen aus dem Seitenfenster seines Trucks und hielt eine Papiertüte hoch.

„Es ist 6:30 Uhr", sagte Olivia statt einer Begrüßung.

„Ich konnte nicht mehr schlafen. Ich bin schon seit fünf wach." Er hob die Schultern und sah sie mit komischer Verzweiflung an. „Bitte schick mich nicht weg."

Olivia musste wider Willen lächeln.

„Ist das da Frühstück?", fragte sie streng.

„Ist es." Er nickte eifrig. „Ist es."

Sie lachte. „Na, dann komm rein."

***

Brandon schob die Tüte mit dem Gebäck darin auf die Granitarbeitsplatte und unterdrückte den Drang, das Papier glattzustreichen. Alles hier war makellos, wie frisch aus dem Katalog – beinahe so, als würde niemand hier wohnen.

Er ließ sich auf einem der Barhocker nieder und verschränkte die Arme. Die Küche war der pure Wahnsinn. Er ließ den Blick über Herd und Backofen gleiten. Hatte der eine Dampfgarfunktion? Und war das ein Induktionsfeld?

Er hätte Olivia gerne gefragt, aber er war nicht sicher, ob sie die Antwort darauf gewusst hätte. Sie wirkte auf ihn nicht wie eine Frau, die Stunden in der Küche verbrachte. Und er wollte sie nicht in Verlegenheit bringen – der Friede zwischen ihnen war zu fragil, zu kostbar.

Allerdings: Vielleicht täuschte er sich auch und sie wusste sich durchaus in einer Küche zurechtzufinden? *Du hast immerhin auch mal gedacht, dass sie dich mag.*

Er tippte mit dem Fuß auf den Boden und drehte sich langsam auf dem Hocker. Große Fenster, ein gewaltiger Esstisch aus unbehandeltem Holz. Ob sie so viel Familie hatte und deswegen den Platz brauchte?

Wann immer sein Bruder samt Familie in Brandons Haus vorbeikam, platzte es aus allen Nähten. Er lächelte beim Gedanken daran.

Je mehr Familie, desto besser, wenn es nach ihm ging.

Und Olivia? Er wusste aus dem Artikel, dass sie ihre Schwester nach dem Tod ihrer Mutter allein aufgezogen hatte, aber gab es Onkel und Tanten?

Er runzelte die Stirn. Nein, das Gefühl sagte ihm, dass Olivia keine Familie hatte. Dass sie hier alleine wohnte wie eine Prinzessin in einem verwunschenen Schloss. Perfekt, unerreichbar und … einsam?

Wie immer es sich auch verhielt, er hatte mit seiner Vermutung recht gehabt – er spielte nicht mal ansatzweise in ihrer Liga. Sie war wunderschön und klug, erfolgreich und offensichtlich noch viel wohlhabender, als er gedacht hatte. Sie war in jeder Hinsicht perfekt.

Und sie mag keine Polizisten.

Dieses kleine Stück an Information kreiste in seinem Kopf seit er es gehört hatte. Eine Frau wie Olivia … Welche Erfahrungen hatte sie gemacht, dass sie so dachte? War sie schon einmal festgenommen worden, gab es einen dunklen Abschnitt in ihrer Vergangenheit? War sie vielleicht verurteilt worden?

Er schüttelte langsam den Kopf.

„Redest du mit dir selbst?", fragte eine amüsierte Stimme hinter ihm.

Er wirbelte mit dem Barhocker herum.

Da stand Olivia und sah atemberaubend aus. Sie trug weit geschnittene Hosen, die weich ihren Kurven folgten, und ein seidiges Top. Ihre Wangen waren rosig, ihre Haare hochgesteckt und ringelten sich noch feucht in ihrem Nacken.

„Die Gastgeberin ließ auf sich warten, deswegen hab ich mich selbst unterhalten", sagte er und hoffte, dass es halbwegs lässig klang. „Netter Trick, das mit der Tür", fügte er hinzu.

Sie hielt ihr Handy hoch. „Damit kann ich das ganze Haus steuern. Licht, Heizung, Alarmanlage, Musik, Beschattung, die Türe öffnen, Belüftung, Aircondition …"

„Wow", sagte er, ehrlich beeindruckt. „Das klingt nach einem tollen Spielzeug."

Sie zuckte mit den Schultern. „Ist ganz praktisch. Vor allem, wenn Gäste zu früh dran sind und man selber grad aus der Dusche kommt."

Bilder von Olivia, splitterfasernackt unter der Dusche, flackerten in Brandons Kopf auf. Sein Mund wurde trocken.

„Ah“, brummte er und versuchte nicht einmal mehr, eloquent zu klingen.

„Kaffee?“

„Gern.“ Er nickte und dachte an Eiswürfel. Jede Menge Eiswürfel. Und den Stapel Berichte auf seinem Schreibtisch, die er dringend ausfüllen sollte.

Sie ging an ihm vorbei und eine zarte Duftwolke folgte ihr. Sein Blick blieb an den Bewegungen ihrer Hüfte hängen.

Nur mühsam riss er sich los. Was war es nur, das ihn so sehr zu Olivia zog? Was immer es war, es machte ihm das Denken verflucht schwer. Aber er brauchte seine grauen Zellen heute, wenn er eine Lösung für die zwei Mädchen finden wollte.

„Kann ich dir beim Frühstückmachen helfen?“, fragte er. „Ich bin ganz gut in der Küche.“

Für einen Moment dachte er, ein schelmisches Blinken in ihren Augen zu sehen – aber es war viel zu schnell verschwunden, um sicher zu sein.

„Teller sind über der Spüle“, sagte sie. „Besteck in der Schublade neben dem Herd.“

Er nickte. Schweigend deckte er den Tisch, legte die Brötchen in eine Schüssel, drapierte Aufschnitt auf einem Teller.

„Haben wir einen Plan?“, fragte Olivia und reichte ihm eine Tasse Kaffee.

Wir. Er mochte, wie das klang.

„Wir lassen sie mal erzählen“, sagte Brandon. „Bevor wir nicht alle Fakten kennen, können wir nichts entscheiden.“

„Hast du sie gestern in eure Polizei-Suchmaschine eingegeben?“

Brandon nickte. „Ich hab es probiert, obwohl ich nur die Vornamen der beiden habe, und da war ein Treffer. Sie sind seit mehreren Wochen abgängig.“

„Was ist passiert? Sind sie von daheim weggelaufen? Wurden sie von ihren Eltern misshandelt?“

„Die Eltern der beiden sind bei einem Autounfall verstorben. Keine näheren Verwandten.“

Ihre Augen wurden dunkel.

„Sie sind gemeinsam weggelaufen bevor sie zu Pflegefamilien gebracht werden konnten. Die beiden haben wohl mitbekommen, dass sie getrennt werden sollten – und haben versucht, das zu verhindern.“

Olivia runzelte die Stirn. „Und nun?“

„Nun hören wir uns die Geschichte von Becca an.“

„Warum? Wenn du doch schon hinter meinem Rücken rumgeschnüffelt hast …“

Sie drehten sich beide ruckartig herum. Becca stand im Türrahmen, ihr Gesichtsausdruck feindselig.

„Ich hab euren Aufenthaltsort nicht bekanntgegeben“, sagte Brandon ruhig. „Aber ich dachte, wir sollten wissen, ob es eine Suchmeldung für euch gibt. Und ich war neugierig. Das ist alles.“

Becca schwieg.

„Setz dich“, sagte Olivia, ging zu Becca hinüber, legte einen Arm um ihre Schultern und bugsierte sie vorsichtig in die Küche. „Greif doch zu.“ Sie deutete auf den Tisch.

Becca wandte den Blick sichtlich mühsam vom Frühstück ab.

„Haben wir noch so viel Zeit?“, fragte sie. „Ab wann können wir im Krankenhaus sein?“

„Ab neun Uhr.“ Olivia lächelte. „Keine Besucher vor der Visite.“

„Visite ist der Rundgang der Ärzte“, warf Brandon ein.

Becca rollte die Augen und sah Olivia fragend an. „Hält er mich für doof?“

Brandon hob die Arme. „Sorry. Natürlich weißt du das. Alte Gewohnheit. Immer alles erklären." Er zuckte mit den Schultern, grinste ein wenig schief und fühlte sich wie ein Schaf.

„Du bist aber nicht im Dienst", sagte Olivia. „Du hast versprochen, nicht als Polizist hier zu sein."

„Genau", sagte Becca. Sie verkreuzte die Arme und sah Brandon mit gerunzelter Stirn an.

Brandon musste lachen. „Gegen so viel Frauenpower hab ich wohl keine Chance", sagte er und zog einen der Stühle für Becca, einen für Olivia hervor. „Frühstücken wir mal, dann Lagebesprechung mit vollem Magen und danach ab ins Krankenhaus."

„Ich möchte um halb neun dort sein", sagte Becca und ließ sich auf den Stuhl sinken. „Sicherheitshalber."

„Geht klar." Brandon nickte.

Becca erwiderte nichts – wohl auch deshalb, weil sie bereits an einem Croissant kaute.

„Du wärst eine gute Polizistin", sagte Brandon zu ihr. „Du hast eine Menge natürliche Autorität."

„Hat jeder mit kleinen Geschwistern", murmelte Becca zwischen zwei gierigen Bissen. Sie wirkte, als habe sie seit Wochen nichts gegessen.

Was ja beinahe der Fall ist. Die Erkenntnis traf Brandon wie ein Stein. *Sie hat vermutlich tatsächlich seit Wochen nichts Anständiges mehr gegessen.*

***

Das Essen brauchte all ihre Aufmerksamkeit. All der Hunger der letzten Wochen, die vielen Male, als sie selbst zu wenig gegessen hatte, damit Beth genug hatte – all das kam mit einer Wucht über sie, die sie überwältigte. Becca war unendlich hungrig, als müsste sie das Essen mit beiden Händen gleichzeitig in ihren Mund stopfen, als könnte sie nicht schnell genug kauen, als müsste sie für die Vergangenheit und die Zukunft mitessen.

Irgendwann stellte sich dann doch ein Gefühl von Sättigung ein – doch mit diesem Gefühl kam auch ein anderes: Angst vor dem Gespräch, das ihr bevorstand. Angst vor dem, was der Bulle sagen würde.

Becca durfte nicht vergessen, dass er genau das war: ein Bulle, der Gesetze auf den i-Punkt befolgte. Natürlich tat er das, warum sollte er sonst Bulle geworden sein?

Wobei es ja auch korrupte Polizisten gibt, schoss ihr durch den Kopf. Hatte sie schon oft genug im Kino gesehen.

Sie hielt im Kauen inne und sah ihn nachdenklich über ihren Teller hinweg an. War er ein korrupter Cop?

Vielleicht war es ein Fehler gewesen, die Nacht hier zu verbringen. Wer waren diese Leute überhaupt? Fremde, sie wusste nichts von ihnen. Warum halfen sie ihr? Was hatten sie davon? War an der Sache etwas faul?

Becca war gestern so überfordert gewesen, dass sie nicht zum Nachdenken gekommen war – und nun? Im Licht des neuen Morgens schien ihr das alles plötzlich ein gewaltiger Fehler zu sein.

Sie schob sich den letzten Bissen Croissant in den Mund.

Im Moment ließ es sich nicht ändern – vielleicht musste sie die beiden nur bei Laune halten, bis Beth wieder halbwegs gesund war, und dann von hier abhauen. Das hatte schon einmal geklappt und sie würden es wieder hinkriegen. Bis dahin gab es nur eine Sache, die wichtig war: Sie durften nicht getrennt werden. Wenn der Cop Becca zu Pflegeeltern schickte, würde sie Beth nie wiedersehen.

„Möchtest du uns erzählen, was passiert ist?“, fragte Olivia vorsichtig.

„Lass sie doch mal fertig essen“, sagte Brandon. „Hast du noch Hunger, Becca?“

Becca musste gegen ihren Willen grinsen. Die zwei erinnerten sie an ein Paar überfürsorglicher Großeltern.

„Wie lange seid ihr schon verheiratet?“, fragte sie.

Die beiden wurden gleichzeitig flammend rot –wie Teenager, die man beim Knutschen erwischt hat.

„Wir sind nicht verheiratet“, sagte Brandon hastig. „Kein Paar. Wir sind nur ... Freunde?“

Es klang eindeutig mehr nach einer Frage als nach einer Feststellung.

Olivia stand auf, drehte ihnen den Rücken zu und begann, mit dem benutzten Geschirr in der Spüle zu klappern.

„Genau“, sagte sie übertrieben heiter. „Freunde.“

Hm. Die zwei klangen genau wie ihre Freundinnen daheim, wenn sie in jemanden verknallt waren, und es nicht zugeben wollten.

Aber warum? Die beiden waren doch erwachsen. Es gab keine anderen Teenies, die sich lustig machen würden, keine Eltern, die was verbieten konnten.

Nur die große Freiheit der Erwachsenen, zu tun, was immer man wollte.

Nicht, dass die große Freiheit so toll ist, wie ich früher gedacht hab.

„Wir wissen ja schon, warum ihr weggelaufen seid“, sagte Brandon. „Aber ich würde gern die Details hören. Wie hast du erfahren, dass ihr getrennt werden sollt?“

Beccas Gedanken wanderten zu jenem Abend. Zum Millionsten Mal überlegte sie, wie anders alles hätte verlaufen können. „Unsere Eltern waren eingeladen“, sagte sie. „Bei Freunden. Wir sollten mitkommen, aber …“ Sie zuckte mit den Schultern und schaute auf die Tischplatte vor sich. „Aber wir wollten nicht. Die sind so alternativ, irgendwie. Kein Streaming, kein WLAN, nicht mal ein Fernseher. Und die Kuchen sind immer mit Grünkern, Erdmandel und ohne Zucker. Die haben ständig nur von Politik geredet und auf welcher Demo sie waren und alles war echt langweilig." Sie seufzte. „Dad mochte die auch nicht besonders. Aber Mum hat mit den beiden studiert und irgendwie war sie wohl mit ihnen befreundet. Auch wenn ich echt nicht weiß warum. Mum mochte Süßigkeiten und Streaming und war auch nie auf irgendwelchen Demos."

Brandon nickte. „Manchmal ist das so", sagte er. „Manchmal ist man noch mit der Erinnerung an Menschen befreundet – und nicht mit den Menschen, die sie geworden sind. Es fällt einem nur nicht immer auf."

Olivia sah ihn erstaunt an, sagte aber nichts.

„Also seid ihr zuhause geblieben?", fragte Brandon.

Becca nickte. „Ich hab ja öfter mal auf Beth aufgepasst und ich hatte ohnehin was für die Schule zu tun. Dad hat, glaub ich, mit Mum deswegen geredet. Jedenfalls hat er mir zugezwinkert, als sie gegangen sind."

Tränen brannten in ihren Augen. *Ich hab sie nicht mal mehr umarmt. Ich hab nur gegrinst und gewunken. Und dann hab ich sie nie wiedergesehen.*

Olivia saß plötzlich neben ihr und legte den Arm um ihre Schultern. Brandon schob ihr eine Taschentücherbox zu. Becca schniefte.

„Ich hab später am Abend versucht, sie anzurufen", sagte sie, aber ihre Stimme kam nur als Krächzen raus. „Aber da war nur die Scheiß Mailbox."

Sie brach ab und schluchzte. „Und dann war ein Polizist vor der Tür und er sagte was von einem Unfall … und dann …"

Olivia zog sie in eine Umarmung und Becca weinte. Bilder taumelten wild in ihrem Kopf durcheinander. Beth hatte schon geschlafen und dann waren da fremde Leute im Haus gewesen und Blaulicht, das durch die Fenster in die Küche gefallen war. Viel zu viele fremde Menschen im Haus und sie brauchte Ruhe zum Nachdenken, dringend Ruhe zum Denken. Sie war gerade die Treppen raufgegangen, um das Bad zu benutzen, und da hatte sie die Menschen unten im Wohnzimmer reden hören.

„Zwei Pflegefamilien", murmelte sie. „Die haben darüber geredet, dass wir zu zwei verschiedenen Pflegefamilien kommen."

Sie spürte die alte Entschlossenheit in sich aufsteigen – dieselbe Entschlossenheit, die sie in jener Nacht auf den Stufen zum ersten Mal gespürt hatte. Die sie bis hierher gebracht hatte, die sie daran gehindert hatte, aufzugeben.

Becca drückte sich von Olivia weg und richtete sich auf. Sie sah die beiden Erwachsenen an.

„Das wird aber nicht passieren", sagte sie ruhig. „Niemand wird mir Beth wegnehmen. Ich bin alles, was sie noch hat." Sie verschränkte die Arme. „Ist mir egal wie", fügte sie hinzu.

Olivia und Brandon warfen sich einen jener *Wir-reden-später-darüber*-Blicke zu.

Also, wenn die beiden echt nicht verheiratet waren, lag eindeutig ein Fehler vor. Die zwei verhielten sich genau wie all jene nervigen Elternpaare, die Becca kannte.

„Und was ist dann passiert?", fragte Olivia. „An dem Abend?"

„Ich bin in mein Zimmer, hab Kleidung in meinen Rucksack gestopft und alles Geld, was ich hatte, und auch die Karte zum Geldabheben. Dann bin ich in Beths Zimmer, hab Kleidung für sie mitgenommen und sie aufgeweckt. Sie war ganz verschlafen und ich hab ihr erzählt, dass wir einen Ausflug machen." Becca zuckte mit den Schultern. „Wir sind aus dem Fenster geklettert und zur Straße gelaufen. Mit dem Taxi sind wir zum Busbahnhof gefahren. Dort hab ich das restliche Geld von meinem Konto abgehoben, das war gar nicht so wenig. Dann hab ich Tickets für uns gekauft. Der Frau am Schalter hab ich erzählt, dass wir zu unserer Oma fahren."

Brandon nickte. „Wie hast du entschieden, wo ihr hinfahrt?"

Becca zuckte mit den Schultern. „Ich hab Tickets zu Orten gekauft, wo der Name hübsch klang."

„Und wie lange seid ihr rumgefahren?"

„Ich weiß nicht genau. Ich hatte Angst, für uns ein Hotel zu buchen, weil ich ja keine Ausweise für uns dabei hatte. Wir waren normalerweise am Tag in irgendeiner Stadt und haben dann in der Nacht in einem Bus oder Zug geschlafen. Statt einem Hotel. War nicht perfekt, aber besser als nichts."

„Ziemlich gute Lösung", sagte Brandon. „Smart."

„Zuerst dachte ich, dass ich einen Job kriege und irgendwie eine Wohnung für uns mieten kann oder so. Aber immer wollten alle meine Sozialversicherungsnummer sehen und meinen Ausweis und beides konnte ich ja nicht herzeigen." Sie schüttelte den Kopf. „Mir ist einfach keine Lösung eingefallen", flüsterte sie und fühlte sich unendlich dumm. „Wir sind immer weiter rumgefahren. Und Becca hat ständig gefragt, wann wir wieder zu Mum und Dad nach Hause können."

Olivia atmete tief ein, dann drückte sie Beccas Hand. „Hast du es ihr gesagt, Süße? Weiß sie, dass …"

Becca nickte. „Ich konnte es ihr zuerst nicht sagen. Sie wollte zu Mummy und ich hab immer nur gesagt … bald, die beiden sind gerade auf Urlaub und wir fahren zu ihnen, aber es dauert noch ein wenig. Aber das hat auch nicht ewig geklappt, sie ist zwar noch klein, aber nicht dumm. Sie hat immer wieder gefragt und irgendwann hab ich's ihr gesagt." Sie spürte jene alte Angst in sich hochkriechen – die Angst, Beth mit dieser Wahrheit weh zu tun, sie davor nicht beschützen zu können, die Angst in ihrer eigenen Trauer zu versinken und mit ihrer kleinen Schwester gemeinsam darin unterzugehen. „Ich hab ihr gesagt, dass Mum und Dad tot sind und wir nicht mehr nach Hause können, weil die Menschen dort uns trennen wollen", flüsterte sie schließlich und die Worte fielen tonlos und fremd aus ihrem Mund.

„Du bist so tapfer, Becca", sagte Olivia. „Du weißt gar nicht, wie sehr. Du bist eine tolle große Schwester."

Becca versuchte zu lächeln, aber es fühlte sich falsch auf ihrem Gesicht an, als wäre das Lachen aus leblosem Gummi.

„Naja, weiß nicht", brummte sie. „Irgendwann war das Geld aus und wir konnten nicht mehr weiterfahren. Und dann waren wir … hier." Sie deutete unbestimmt in die Luft.

„In Finley Meadows", ergänzte Brandon.

Becca nickte. „Zuerst war das ganz okay. Ich hab einen Karton für uns gefunden und wir hatten einen großen Thermo-Schlafsack. Dann ist es aber echt kalt geworden und Beth hat sich an der Hand verletzt …" Sie zuckte mit den Schultern. „Und den Rest kennt ihr ja."

Für einen Moment waren die Erwachsenen ganz still. Becca sah zwischen ihnen hin und her. Ob es klug gewesen war, ihnen das alles zu erzählen?

Immerhin war er ein Cop und sie … Becca konnte Olivia nicht einschätzen.

„Warum hilfst du mir?", fragte sie aus dem Bauch heraus. „Warum interessierst du dich überhaupt für mich?"

Olivia sah sie für einen Moment an, dann drückte sie sachte Beccas Hand. „Ich hab auch eine kleine Schwester", sagte sie. „Ihr Name ist Eve. Sie ist Künstlerin, reist ständig in der Welt rum."

„Okay?"

„Als ich ein bisschen älter war als du, ist unsere Mum gestorben. Unser Dad war schon lange tot. Ich hab mich dann um Eve gekümmert, sie hat bei mir gewohnt. Wenn ich mir vorstelle, dass jemand mir Eve weggenommen hätte …" Sie schauderte. „Ich hätte alles getan. Alles, was immer auch notwendig gewesen wäre, um sie zu beschützen. So wie du, Becca. Ich hätte genau das gleiche getan."

Ein trauriges Lächeln glitt über Olivias Gesicht.

Becca war das alles mit einem Mal viel zu viel. Zu viel Nähe, zu viel Olivia, zu viel Traurigkeit und zu viel ... Menschen. Sie wollte nur noch weg von hier und zu Beth.

„Können wir los?", fragte sie, entzog Olivia ihre Hand und schob den Stuhl zurück. „Ich möchte im Krankenhaus sein, sobald die Visite vorbei ist."

„Klar", sagte Brandon. „Holst du deine Jacke? Wir sind ein bisschen früh dran, aber vielleicht machen sie ja eine Ausnahme."

Becca nickte und war froh, dass die beiden keine Anstalten machten, ihr aus der Küche zu folgen. Im Gästezimmer ließ sie sich auf das Bett sinken. Ihre Kleidung lag fleckig und grau auf dem Lehnstuhl, der in der Ecke vor dem modernen Bücherregal stand. Olivia hatte gestern Abend noch alles gewaschen und in den Trockner gesteckt. Obwohl die Kleidung jetzt sauber roch – die Flecken waren zu tief.

Sie passten nicht hierher, genauso wenig wie Becca selbst.

Sie wollte zu ihren Eltern, wollte ins Haus, in dem sie aufgewachsen war, wollte zu dem abgewetzten Sofa im Wohnzimmer, zu den sonnengebleichten Vorhängen, den Büchern mit ihren Eselsohren, dem verblassten Fleck an der Wand neben dem Esstisch, wo Beth mal ihren Löffel als Spaghettikatapult benutzt hatte.

Sie wollte zurück in ihr altes Leben, das so viel echter war als das alles hier. Becca sah sich um, dann stand sie auf und griff nach ihrer Jacke.

Sobald Beth gesund war, würde sie einen Weg finden, Finley Meadows und seine merkwürdigen Bewohner hinter sich zu lassen.

Kapitel 10

Sie war gestern Abend erst hier gewesen und doch traf sie der Anblick heute Morgen wie ein Schock. Es war kalt im Haus, alles war staubig, die Fenster hinter den Läden waren dunkel. Bis auf aufgerissene Kekspackungen, ein paar geöffnete Suppendosen und einem Stapel Decken auf der Couch zeugte nichts von menschlicher Anwesenheit.

„Dieses Haus muss seit längerem leer stehen“, sagte Olivia. „Weißt du, wem es gehört?“

Sie schob mit ihrem Stiefel einen leeren Karton beiseite und lugte in eine der Schubladen in der Küche.

„Nein. Wohl irgendwelchen Städtern, die es gekauft haben, um hier die Sommer zu verbringen“, antwortete Brandon.

„Und die es dann nie getan haben“, führte Olivia den Gedanken fort. „Oder vielleicht einmal, bevor sie festgestellt haben, dass das verschlafene Leben in einer Kleinstadt nicht das Richtige für jeden ist.“

Brandon nickte und warf ihr einen fragenden Seitenblick zu.

„Was?“ Sie sah ihn an.

Er zuckte mit den Schultern. „Ich dachte nur, dass du eigentlich auch nicht unbedingt der Typ Frau bist, den ich in einer Kleinstadt erwarten würde.“

„Ah“, sagte sie.

Weil erfolgreiche Geschäftsfrauen nur in Großstädten wohnten? Nun, diese erfolgreiche Geschäftsfrau schätzte das ruhige Leben sehr und legte wenig Wert auf Gesellschaft. Vor allem auf die Gesellschaft von Polizisten mit Vorurteilen konnte sie gut verzichten.

„Wo ist denn nun das Chamäleon?“, fragte sie. „Hat Becca dir das gesagt?“

„Ja, sie hat es zuletzt im Wohnzimmer gesehen.“

„Na dann.“ Sie stapfte los.

Dort war es eine Spur wärmer. Olivia trat an den Kamin heran, in dem noch ein letzter Rest Asche glühte. Sie rieb ihre Hände aneinander, während sie sich umsah.

„Kein Chamäleon weit und breit“, sagte sie. „Bist du sicher, dass sie nur hier waren und nicht im Schlafzimmer?“

„Laut Becca hat nur dieser Raum hier einen Kamin und die elektrische Heizung im Schlafzimmer funktioniert nicht. Deswegen war es dort zu kalt und sie hat die Decken für Beth hierhergeschleppt.“

„Unglaublich“, sagte Olivia leise und schüttelte den Kopf. „Unglaublich, was die beiden durchgestanden haben, dass so etwas überhaupt noch möglich ist – dass Kinder einfach so von daheim weglaufen und wochenlang nicht gefunden werden.“

Brandon trat an sie heran. „Es passiert viel zu oft und viel zu viele dieser Kinder werden niemals gefunden. Beth und Becca hatten Glück im Unglück.“

Olivia nickte langsam, zerrissen zwischen Trauer und Wut. „Ich würde diesen Polizisten gerne in den Hintern treten“, sagte sie. „Wieso erzählen diese Idioten den Mädchen, dass sie getrennt werden? In der Nacht, in der sie erfahren haben, dass ihre Eltern gestorben sind? Was haben sie gedacht, was passieren wird? Dass Becca einfach so ruhig sitzen bleibt und zusieht, wie ihr auch noch ihre Schwester genommen wird?“

Brandon schüttelt den Kopf. „Nun, zuerst einmal kannten die Becca nicht so, wie wir sie jetzt kennen – als formidable junge Dame, die man auf keinen Fall unterschätzen sollte. Es ist natürlich keine Entschuldigung, aber diese Unterhaltung war nicht für Beccas Ohren bestimmt.“

Olivia wiegte den Kopf hin und her, dann drehte sie sich um und sah zum Fenster hinaus. Der verwilderte Garten wirkte heute wie ein Märchenland, dick verschneit. Nur einzeln leuchteten rote Beeren und ein paar einsame grüne Blätter durch das Weiß.

„Das hier wäre ein hübsches kleines Haus in einem verwunschenen Garten“, sagte sie. „Fehlt nur jemand, der das alles wachküsst.“

Sie drehte sich wieder um und da war Brandon, viel näher als zuvor.

Sie konnte seine Wärme spüren, sein Aftershave riechen. Da waren goldene Flecken in seiner Iris, die ihr niemals zuvor aufgefallen waren.

„Ja“, sagte er. „So jemand wäre genau richtig.“

Ihr Blick fiel auf seinen Mund, auf seine weichen Lippen. Alles, was sie tun musste, war einen Schritt auf ihn zu und ...

Sie schlug den Blick nieder, räusperte sich und trat einen Schritt zurück.

„Das Chamäleon“, sagte sie. „Hast du es gefunden?“

Er schüttelte den Kopf.

Schweigend wanderten sie durch den Raum. Schoben Decken und Kissen beiseite, lugten unter Tische und Stühle. In der Zimmerecke hinter der Tür wurde Olivia fündig.

Vorsichtig hob sie ein glitzerndes Knäuel Folie auf, das wohl einmal ein Chamäleon gewesen war.

„Ich glaub nicht, dass Beth sich darüber freuen wird“, sagte sie zweifelnd.

„Ihm ist wohl die Luft ausgegangen“, witzelte Brandon.

„Ernsthaft, Dad-Jokes?“ Olivia schüttelte den Kopf.

Brandon griff nach dem Ballon. „Peinliche Witze sind nur eines meiner unendlichen Talente“, sagte er und drehte die Folie in seinen Händen hin und her. Der Kopf des Chamäleons floppte dabei von einer Seite zur anderen. „Ich denke, ich kann ihn reparieren … bis Beth aufwacht, ist der Ballon so gut wie neu."

„Eines von vielen Talente, hm?", fragte Olivia und zog die Augenbraue hoch. „Auf was sollte ich noch vorbereitet sein? Cowboyartiger Umgang mit Schusswaffen?"

„Yep", sagte er. „Und ich bin passabel im Häkeln."

Sie starrte ihn an und versuchte herauszufinden, ob er das gerade ernst meinte.

„Haben wir etwa Vorurteile, was Männer angeht?", fragte er und seine Augen funkelten vor Vergnügen.

„Nein, bin total für Gleichberechtigung", sagte sie und deutet auf die Tür. „Nach euch. Häkelnde Gentlemen und müde Chamäleons first."

***

Der Schnee knirschte unter seinen Stiefeln, als sie sich den Weg zurück zum Auto bahnten. Den Ballon zu kleben, sollte nicht schwer sein – er war sicher, dass es dafür spezielle Reparatur-Kits zu kaufen gab.

Als er die Autotür aufzog, wirbelte feiner Schnee in sein Gesicht. Er legte den Ballon vorsichtig auf den Rücksitz, dann stieg er selbst vorne ein und schloss die Tür.

Brandon legte die Hände aufs Lenkrad, aber er startete den Wagen nicht.

„Hast du vielleicht noch ein paar Minuten mehr Zeit?", fragte er Olivia, die gerade auf den Sitz neben ihm gerutscht war.

Da war dieser Gedanke, der ihn nicht mehr in Ruhe ließ, seit ihm Becca von ihrem Leben in Finley Meadows erzählt hatte. „Ich würde gerne einen kleinen Umweg machen, bevor wir zurück zum Krankenhaus fahren."

Olivia schüttelte den Kopf. „Ist es wichtig? Wir sollten doch lieber schnell wieder zurück zu den Mädchen. Ich weiß, Beth schläft und die Krankenschwestern kümmern sich um Becca ... aber ich hab kein gutes Gefühl dabei. Wir haben zu Becca gesagt, dass wir schnell wieder da sind."

„Ja", sagt er. „Es lässt mir nur einfach keine Ruhe und heute Abend ist es dafür zu dunkel. Außerdem glaube ich, dass es dich auch interessiert. Wenn wir dort sind, können wir auch Kaffee holen und Muffins für Becca mitnehmen."

„Okay", sagte Olivia. „Aber nur fünf Minuten."

Er nickte, steckte den Zündschlüssel ins Schloss und startete. Brummend erwachte sein alter Pickup zum Leben. Er parkte aus und lenkte ihn durch den ruhigen Morgenverkehr von Finley Meadows.

Während er fuhr, war er sich Olivias Gegenwart sehr bewusst – jeder ihrer Bewegungen, der Linien ihres Halses, wie ihr Haar auf ihre Schultern fiel.

Er fragte sich, was sie wohl über seinen Pickup dachte. Sie war bessere Autos gewohnt ... Hatte sie vielleicht sogar einen Fahrer?

Sein Blick wanderte durch den Innenraum – aufgeräumt, nur etwas staubig. Und es war deutlich zu sehen, dass der Truck ihm bereits viele Jahre treue Dienste leistete.

„Denkst du, wird sie es schaffen?", fragte Olivia, so leise, dass er zuerst nicht sicher war, ob sie überhaupt etwas gesagt hatte. Erst, als sie den Kopf zu ihm drehte und er die Angst in ihren Augen sah, wusste er, dass er richtig gehört hatte.

Er griff nach ihrer Hand. „Sie wird es schaffen", sagte er. „Kinder sind widerstandsfähiger, als man denkt. Beth wird bald wieder aufwachen, du wirst sehen."

Sie schenkte ihm ein schmales Lächeln und sah wieder aus dem Fenster, ihre Hand immer noch in seiner. Er war nicht sicher, ob sie vergessen hatte, dass er sie hielt, oder ob sie seine

Nähe genoss – aber er hielt ganz still, um ihr keinen Grund zu geben, sie wieder wegzuziehen.

Die Straße spulte sich vor ihnen ab und er wünschte sich, sie müssten noch viel weiter fahren.

Wie passte das alles zusammen? Wie konnte diese Frau, die so unabhängig und kühl war, ihr Herz so schnell an zwei kleine Mädchen verlieren? Die Entscheidung treffen, sie bei sich aufnehmen zu wollen, ohne dies genau durchzudenken?

Brandon erinnerte sich an jene Olivia, mit der er einen Abend lang getanzt, die eine Nacht lang in seinen Armen gelegen, die ihn morgens verschlafen angelächelt hatte. Diese weiche Olivia, die voller Emotionen schien, verspielt und spontan – die Frau, an die er sein Herz verloren hatte.

War sie die Ausnahme gewesen oder wohnte sie stets hinter den dicken Mauern von Olivias kühler Persönlichkeit wie eine verwunschene Prinzessin in ihrem Turm?

Er lenkte sein Pickup in die Parkbucht vor dem Diner und stellte den Motor ab.

Sie zog ihre Hand zu sich zurück. „Kaffee?"

Er nickte. „Aber vorher möchte ich noch schnell etwas nachsehen. Du musst nicht mitkommen, wenn du nicht willst – du kannst auch hier im Diner bleiben. Aber ich denke, du willst es sehen."

Brandon konnte die widerstrebenden Emotionen erraten, die für einen Augenblick über ihr Gesicht flackerten.

Da war CEO Olivia, die eine Erklärung wollte, die darauf bestand zu erfahren, was hier vor sich ging, bevor sie eine Entscheidung traf. Da war die neugierige Olivia, die unbedingt wissen wollte, was es zu sehen gab. Da war ein Flackern jener Kühle, mit der sie ihn schon so oft abgewiesen hatte. Und da war die Olivia mit einem vorsichtigen, kampfbereiten Ausdruck in den Augen.

Ein Ausdruck, der sagte: Komm mir nicht zu nah.

„Dauert nur einen Moment." Er lächelte sie an. „Es geht um die Mädchen."

Er sah, wie ihr Verstand die losen Enden verband.

Sie nickte, öffnete die Tür und rutschte aus dem Auto. „Ich wusste nicht, wo. War es hinter dem Diner?"

„Nicht ganz, aber beinahe."

Sie folgten der Hauptstraße, bis sie an eine kleine Abzweigung kamen. Brandon hatte der Rückseite der Häuserzeile bis vor Kurzem nie besonders viel Aufmerksamkeit geschenkt. In Chicago wäre das anders gewesen. Als Gewalt zu seinem Alltag gezählt hatte, hatte er seine Umgebung stets auf mögliche Risikoquellen hin abgesucht. Er bezweifelte, dass ihm damals zwei kleine obdachlose Mädchen nicht aufgefallen wären.

War er weich geworden in seiner Zeit in Finley Meadows?

Sie traten in die Seitengasse, die mit Schnee bedeckt still dalag. Wären hier keine Autos geparkt gewesen, hätte man sie für den Schauplatz einer Szene aus einen Roman von Charles Dickens halten können, mit den roten Ziegelwänden und altmodischen, blankgeputzten Fenstern.

„Becca hat gesagt, dass sie hinter der Pizzeria gewohnt haben, weil eine Abluft dort zumindest ein wenig Wärme geliefert hat." Er ließ seinen Blick über die Türen gleiten, suchte nach einer Beschriftung.

„Bis es dann ganz plötzlich furchtbar kalt geworden ist." Brandon hörte ein Zittern in Olivias Stimme. Ihr Gesichtsausdruck war angestrengt.

Gemeinsam folgten sie der Gasse, bis der Geruch nach frischem Brot, Oregano und Käse in der Luft hing.

„Hinter diesem Stapel hier müsste es sein", sagte er – doch der Spalt war zu schmal für ihn, um sich durchzuschieben. Er drückte sich dagegen. Nach einem endlosen Moment setzten sich die Paletten schwankend in Bewegung.

Brandon schob sie ächzend beiseite, wischte sich die Hände an seiner Jeans ab.

„Sollen wir?“ fragte er und hielt ihr aus einem Impuls heraus seine Hand hin.

Zu seiner Überraschung legte sie ihre ohne zu zögern in seine und folgte ihm durch den entstandenen Hohlraum. Als sie den kleinen Platz erreichten, hielt Brandon die Luft an.

Zu wissen, dass zwei kleine Mädchen den Winter auf der Straße verbracht hatten, war eine Sache – es zu sehen, eine andere.

Vor ihnen lag ein undefinierter Haufen Müll, der wohl niemandem auf den ersten Blick verdächtig erschienen wäre.

Olivias Augen schimmerten, als sie einen Schritt darauf zu machte und vorsichtig an der schneebedeckten Plastikplane zog. Ein Karton kam zum Vorschein, fleckig und schief. Brandon drückte gegen eine Klappe und sie schwang auf. Das Innere war ausgepolstert wie ein Nest: Lagen von Karton und Styropor, die Becca wohl irgendwo gefunden hatte. Eine Rettungsdecke, ein fleckiger Kinderrucksack, ein Stapel Kinderbücher, einige Wegwerfbecher, eine Softdrinkflasche, die so aussah, als wäre sie schon oft mit Wasser befüllt worden, und ein Thermoschlafsack, der groß genug für zwei war. An der Wand hing eine jener Papierunterlagen, die Kids in Restaurants bekamen, daneben lag eine kleine Packung Ölkreiden. Ein Joghurtbecher voller bunter Steine und Schneckenhäuser. Ein kleiner Stapel fleckiger Pullis, eine löchrige Wolldecke.

Olivia presste die Hand vor ihren Mund und sah ihn an.

„Wie konnte das nur passieren?“, flüsterte sie. „Wie? Ich bin hier hunderte Male vorbeigefahren und ...“

Er schüttelte den Kopf, weil er nicht wusste, wie er diese Frage beantworten sollte.

Es durfte nicht passieren – aber es war passiert. Und er fühlte sich schuldig. Es war seine Aufgabe, hier für Ordnung zu sorgen und dafür, dass alle in Sicherheit waren.

Vorsichtig zog er an dem Karton und legte das Abluftrohr frei, das die Mädchen wohl am Leben gehalten hatte – es führte zum Aggregat des Kühlraums und produzierte rund um die Uhr Abwärme. Er kniete sich nieder und sah, dass Becca an dieser Seite des Kartons lauter kleine Löcher in die Wand gepikst hatte. Die bunten Striche rundherum sagten ihm, dass sie es wohl mit Malstiften getan hatte.

Plötzlich brannten seine Augen. Er war nicht sicher, wann er das letzte Mal geweint hatte – aber hier und jetzt und in dieser Gasse war das alles mehr, als er ertragen konnte.

Hastig drehte er sich weg, wischte mit dem Ärmel über sein Gesicht und atmete tief durch.

Olivia drückte seine Hand.

„Geht mir auch so“, murmelte sie.

Er nickte. Dann kramte er das Handy aus der Tasche und knipste ein Foto. Wenn er später Geronimo Bericht erstatten musste, würde das hilfreich sein.

Auch wenn er sich erst einen Plan zurechtlegen musste, wie er den Bürgermeister auf seine Seite ziehen konnte. Nicht, dass er da viele Probleme sah – Geronimo war zwar manchmal schroff und immer exzentrisch, aber im Herzen ein Softie.

Brandon sah auf und fand Olivias Augen nachdenklich auf sich gerichtet.

„Wir müssen los“, sagte er. „Ich hol noch schnell Kaffee, heiße Schokolade und Cookies für Becca, die Krankenschwestern und uns. Du kannst im Wagen warten, wenn du magst.“

Sie nickte. Stumm folgte sie ihm aus der Gasse, wohl wie er tief in Gedanken versunken.

Als sie auf die Straße traten, hielt Olivia inne. „Brandon?“

Er drehte sich zu ihr um und fand ihr Gesicht ganz nah vor seinem. Sie kam näher und noch näher, dann legte sie ihre Hand auf seine rechte Wange – und drückte einen sanften Kuss auf die andere.

„Danke", sagte sie.

***

Becca rutschte auf dem knarzenden Plastikstuhl hin und her, ihr Handy in der Hand.

Dreißig Minuten würde die Untersuchung dauern, hatte die Krankenschwester gesagt.

Dreißig Minuten, bis sie wieder zu Beth durfte.

Sie zog an dem Pulli, den Olivia ihr geborgt hatte und der viel zu groß an ihr hing. Es war hier eigentlich zu stickig für einen Pulli und die Fenster ließen sich nicht öffnen. Warum musste es in Krankenhäusern eigentlich so furchtbar riechen?

Und wo waren Olivia und Brandon? Sie hatten doch nur schnell losfahren wollen, um Beths dämlichen Ballon zu holen. Im Krankenhaus aufzuwachen, würde sicher ein Schock für Beth sein, da war es gut, wenn das Chamäleon hier war. Becca verstand nicht so ganz, was Beth in dem merkwürdigen Ding sah – aber sie wusste, dass das Herz ihrer kleinen Schwester daran hing, und das war Grund genug.

Vielleicht haben sie gelogen.

Vielleicht sind Brandon und Olivia los, um die Leute vom Jugendamt zu holen.

Vielleicht werden sie gleich hier auftauchen und Brandon hat die Uniform an und dann nehmen sie dich mit und sagen: Tut uns leid, wir haben uns umentschieden, ab zur Pflegefamilie.

Becca stand auf und ging zum Fenster hinüber. Draußen breitete sich der Parkplatz des Krankenhauses aus – kahle Bäume und Reifenspuren in frisch gefallenem Schnee. Ein paar Raben schraubten sich als Fragezeichen in den Himmel.

Würden sie? Würden Olivia und Brandon lügen?

Oder wollen sie uns wirklich helfen?

Becca fühlte sich selbst ein wenig krank.

Erwachsene und die Wahrheit, das war eine schwierige Angelegenheit. Sie forderten zwar ein, dass man selber nicht log, änderten die Regeln dann aber ganz plötzlich, wenn es „zum Besten" war, und man das „später einmal verstehen würde".

Becca legte die Stirn an die kühle Glasfläche. Wenn sie einfach von hier wegfliegen könnte und all diese Probleme zurücklassen ...

Und all diese Fragen danach, wem man vertrauen konnte und was das Richtige war.

Aber da war Beth.

Beth, die sie brauchte und die auf sie angewiesen war.

Sie konnte hier nicht weg, so sehr sie es sich auch wünschte. Sie musste gute Miene zum bösen Spiel machen und möglichst nett und problemlos wirken, für den Fall, dass Olivia und Brandon ihr tatsächlich helfen wollten.

Und sie musste aufmerksam sein, für den Fall, dass Olivia und Brandon andere Pläne hatten.

Eine Bewegung ließ sie aufblicken – Brandons Pickup kam langsam die Auffahrt herauf. Becca beobachtete, wie er das Auto einparkte, die Fahrerseite öffnete und herauskam. Er ging ums Auto, um Olivia die Tür zu öffnen. Beladen mit etwas, das nach heißen Getränken und Gebäck aussah, kamen sie auf den Eingang zu, in ein Gespräch vertieft.

Brachten sie Süßes, weil sie einfach nett waren oder weil sie versuchten, Becca in Sicherheit zu wiegen, bis das Jugendamt hier war?

Becca runzelte die Stirn. Sie wusste es nicht und das machte sie nervös. Sie fühlte sich, als würde eine scharfe Axt über ihr schweben, die jeden Moment und ohne Vorwarnung zuschlagen konnte.

„Becca?"

Sie wirbelte herum und sah in das freundliche Gesicht einer Krankenschwester.

„Du kannst jetzt wieder zu Beth. Ihr geht's gut." Die Lachfältchen rund um die Augen vertieften sich. „Die Ärztin meint, sie ist eine kleine Kämpferin. Und sie hatte viel Glück, dass sie dich als große Schwester hat und du rechtzeitig Hilfe geholt hast." Sie schüttelte den Kopf und ein Schatten huschte über ihr Gesicht. Dann lächelte sie wieder. „Sie wird in Nullkommanix wieder gesund sein und dir auf die Nerven gehen, wie sich das für kleine Schwestern gehört."

Auf die Nerven gehen, wie sich das für kleine Schwestern gehört.

Mit einem Mal wurde Becca klar, wie knapp das alles gewesen war. Und wie krank Beth war. Wie nah sie daran gekommen waren, dass Beth ihr nie wieder auf die Nerven gegangen wäre und nie wieder gelacht, mit ihrem dämlichen Ballon geredet, nach einer Geschichte verlangt oder sich an sie gekuschelt hätte.

Tränen traten in ihre Augen. Sie versuchte, sie niederzukämpfen, aber es kamen immer mehr davon und alles wurde unscharf.

Becca schlug sich die Hand vor den Mund und wimmerte, sank zu Boden.

Beth wäre fast gestorben.

Ein ganzes Leben ohne Beth.

Ihr Körper wurde von Schluchzern geschüttelt, die tief aus ihrem Inneren kamen, tief aus jenem unendlichen dunklen Abgrund, der da wohnte seit ihre Eltern gestorben waren, und der sich nun bodenlos vor ihr öffnete.

Wenn Beth wirklich gestorben wäre, was hätte sie dann noch?

Dann war da nichts mehr auf dieser Welt.

Niemand, der sie liebte, niemand, zu dem sie gehörte, kein Zuhause und nichts, das noch blieb.

Sie spürte, wie sich ein Arm um sie legte, jemand neben sie rutschte.

Sie blinzelte durch den Schleier ihrer Tränen und sah Olivias Gesicht.

„Shhh“, murmelte die und zog Becca näher zu sich, ganz nah, in eine warme Umarmung. „Alles wird gut, Becca. Alles wird gut. Beth geht‘s gut.“

Becca schluchzte und ließ sich in Olivias Umarmung sinken, drückte ihr Gesicht in den weichen Stoff und weinte, bis da keine Tränen mehr waren.

Kapitel 11

Olivia war so nervös, als wäre sie ein Schulmädchen und zur Direktorin bestellt worden. Dass dieses Vorzimmer auch noch nach Schule aussah, half nicht. Sie versuchte, sich auf den traurigen Gummibaum gegenüber zu konzentrieren. Sein Topf war zu klein. Und er brauchte vermutlich ein bisschen Wasser.

Kümmerte sich hier niemand um die Topfpflanzen? Wie sollte man Leuten Kinder anvertrauen, die nicht mal ihre Pflanze gossen? Olivia runzelte die Stirn.

„Hör auf zu zappeln“, murmelte Brandon und schubste sie sacht mit seiner Schulter an. „Das hier ist nur noch eine Formalität, ich hab alles schon vorab geklärt.“

„Du sagst das so einfach. Aber was ist, wenn sie es sich anders überlegen?“ Olivia seufzte und drückte die Handtasche enger an sich.

Mit einem Mal waren da Bilder in ihr, so klar, als wäre es gestern gewesen:

Zwei Stühle aus gebogenem Metall und ein schwerer Holztisch.

„Ich bürge für sie, Jackie. Sie ist alt genug und sie wird das gut machen. Außerdem – ihr habt doch ohnehin viel zu viele Fälle. Seid doch froh, wenn ihr euch um ein Balg weniger kümmern müsst.“

Eine schwere Hand legte sich auf ihre und als sie die Augen senkte, sah sie dunkles Haar, das über den Handrücken wucherte.

Olivia wurde übel.

Er war da, neben ihr. Er war da und er würde ihr wieder wehtun.

Er würde ihr wehtun, wie er Mum wehgetan hatte.

Lauf weg.

Olivia sprang auf und sah sich panisch nach der nächsten Tür um. Ihr Atem kam in heftigen Stößen.

Dann fiel ihr Blick auf den Mann neben ihr.

„Olivia? Was ist los?"

Sie starrte ihn an, ohne ihn zu erkennen.

Dann, langsam, als verzögen sich Nebelschwaden, wurde ihr klar, wo sie war.

Das hier vor ihr war Brandon … nicht *er*.

Sie waren beim Jugendamt in Arrows Point.

Und sie hatte sich vermutlich gerade wie eine Idiotin aufgeführt.

„Sorry", murmelte sie und ließ sich zurück auf den Stuhl sinken.

„Woran hast du gerade gedacht?", fragte Brandon leise. „Alles okay?"

Sie schüttelte den Kopf. „Ich hab mich an die Zeit erinnert, als ich zum ersten Mal am Jugendamt war."

Wieso nur hatte sie das vergessen? Hatte so lange nicht mehr daran gedacht? Und nun hatte dieser lange vergangene Nachmittag Jahrzehnte überwunden und sie eingeholt. Sie meinte, Hanks Aftershave zu riechen. Sie presste die Lippen zusammen.

„Wegen deiner Schwester?", fragte Brandon.

Olivia nickte. Sie musste sich zusammenreißen, denn in wenigen Momenten würde die Tür da aufgehen und irgendjemand darüber entscheiden, ob sie die beiden Mädchen bei sich aufnehmen durfte – wenn auch nur vorübergehend. Es half bestimmt nicht, wenn sie aussah wie ein Wrack. Sie versuchte, tief durchzuatmen, aber da war wieder nur dieser ekelhafte Geruch nach Hank und seinem Aftershave. Sie würgte.

„Olivia", sagte Brandon. „Konzentrier dich auf meine Stimme. Hör mir zu. Es ist eine Erinnerung. Du bist in Sicherheit. Ich bin hier bei dir. Wir kriegen das hin. Gemeinsam. Niemand wird dir wehtun, wenn ich bei dir bin."

Sie mochte, wie warm seine Stimme klang. Wie eine Decke, in die sie sich einwickeln konnte, an diesem Ort zwischen Vergangenheit und Gegenwart.

Olivia nickte, Tränen liefen über ihre Wangen. „Er war auch da", murmelte sie. „Ich hatte vergessen, dass er dabei war. Ich hatte das einfach vergessen." Dieses betäubte Gefühl wollte einfach nicht aus ihrem Kopf weichen.

„Wer war da?", fragte Brandon. „Von wem sprichst du, Olivia?"

Sie sah ihm in die Augen und für einen Moment war sie versucht, ihm alles zu erzählen. Was damals passiert war …

Die Tür gegenüber öffnete sich, schlug an die Blätter des alten Gummibaums. Ein wenig Staub rieselte herunter.

„Hallo", sagte eine blonde Frau in ihren Vierzigern mit breitem Lächeln. „Ms. Naledi? Und Brandon, natürlich. Bitte kommen Sie doch herein."

Olivia erhob sich und folgte Brandon in das Büro, wischte über ihre Augen und hoffte, dass sie nicht allzu verheult aussah.

Reiß dich zusammen! Konzentrier dich. Hier geht es um die beiden Mädchen.

„Bitte, nehmen Sie Platz."

Olivia ließ sich auf einen der Stühle vor dem Schreibtisch sinken und sah sich um. Das Büro war sonnig und freundlich eingerichtet, auch wenn die Möbel schon bessere Jahre gesehen hatten. Und die Topfpflanzen hier waren in deutlich besserem Zustand, wie sie mit Erleichterung feststellte.

„Mein Name ist Sarah Parker. Ich bin für Rebecca und Elizabeth Brighton zuständig."

„Becca und Beth", sagte Olivia automatisch.

Die Mitarbeiterin neigte lächelnd den Kopf. „Beth und Becca." Sie sah Olivia aufmerksam an. „Geht es Ihnen gut?", fragte sie. „Kann ich Ihnen ein Glas Wasser bringen?"

Olivia erstarrte.

„Alles in Ordnung, Olivia leidet nur unter einer ganz leichten Erdnuss-Unverträglichkeit", hörte sie da Brandon ruhig neben sich sagen. „Wir haben uns vorher ein paar Gebäckteilchen und Kaffee geholt und da waren wohl Spuren drin." Er lachte leise. „Aber kein Problem. Außer, dass ihr Gesicht ein wenig anschwillt und ihre Augen tränen, passiert da nichts. Ist Gott sei Dank nur unangenehm, nicht gefährlich."

Olivia lächelte, nickte – und hätte Brandon am liebsten umarmt. Und geküsst. Oder beides.

„Ach so", sagte die Sachbearbeiterin. „Na, das ist ja wirklich dumm. Wenn ich Ihnen irgendwie helfen kann, sagen Sie es bitte." Sie blätterte in den Akten. „Nun, wie Brandon ja schon weiß, sind Beth und Becca eigentlich aus New York. Die Eltern der beiden sind im Herbst bei einem Verkehrsunfall ums Leben gekommen. Es gibt keine Verwandten, also hat das Jugendamt die Vormundschaft übernommen." Sie blickte einen Moment lang auf die Papiere. „Womit die beiden nicht ganz einverstanden waren", fügte sie schließlich stirnrunzelnd hinzu.

„Die beiden haben Unglaubliches durchgemacht", sagte Olivia und fühlte sich, als müsste sie die beiden verteidigen. „Ich denke, es zeigt, wie stark die Mädchen sind. Wie selbstständig und reif für ihr Alter."

Ms. Parker hob lächelnd die Hand. „Das war kein Vorwurf", sagte sie sanft. „Ich kann gut verstehen, dass die beiden Angst hatten, getrennt zu werden. In einer großen Stadt wie New York ist das gar nicht so unwahrscheinlich. Es gibt immer zu wenig Pflegeeltern und durch die schiere Anzahl der Fälle müssen die Kollegen dort oft harte Entscheidungen treffen."

„In unserem Fall ist das ja nun kein Problem mehr“, sagte Brandon und lächelte.

Miss Parker sah zuerst ihn, dann Olivia prüfend an.

„Wie Brandon mir versichert hat, möchten Sie die beiden Mädchen vorläufig übernehmen“, sagte sie. „Ich habe mir natürlich Ihre Akte angesehen, Ms. Naledi. Sind Sie sicher, dass Sie der Aufgabe gewachsen sind? Es ist eine Weile her, seit Sie sich um ein Kind gekümmert haben, und damals war es Ihre kleine Schwester, die Sie seit Jahren gut gekannt haben. Der Fall hier ist völlig anders – ein Kind und eine Teenagerin, die beide Traumatisches durchlebt haben und die Ihnen völlig fremd sind …“

„Ich bin mir sicher“, sagte Olivia. „Und ich möchte die zwei nicht vorläufig. Ich möchte sie für immer aufnehmen... wenn die beiden das auch möchten, nachdem wir uns richtig kennengelernt haben.“

„Haben Sie in den Jahren, seit Sie sich um ihre Schwester gekümmert haben, Kontakt mit Kindern gehabt?“

„Nein“, sagte Olivia. „Ich habe mich in den vergangenen Jahren um meine Firma gekümmert.“

„Lavender fields cosmetics“, sagte Ms. Parker, nachdem sie in ihren Papieren geblättert hatte. „Damit ist die Frage nach Ihrem finanziellen Background wohl geklärt.“ Sie lächelte. „Allerdings wirft es neue Fragen nach Ihrer Fähigkeit auf, den Mädchen genug Zeit zu widmen. Beth ist noch recht klein und benötigt viel Liebe und Aufmerksamkeit. Und selbst wenn Becca ein Teenager ist – oder vielleicht gerade deswegen – braucht sie Struktur und Halt. Und beide werden viel Hilfe dabei brauchen, den Tod ihrer Eltern zu verarbeiten.“

Olivia nickte. „Das ist mir klar. Ich habe bereits Schritte in die Wege geleitet, um meine Stunden in der Firma zu reduzieren. Es war ohnehin mein Plan, das zu tun – und mehr Zeit in eine wohltätige Stiftung zu investieren, die ich gegründet habe. Nun werde ich mit der Stiftung wohl noch ein wenig warten und die Zeit stattdessen für die Mädchen reservieren."

„Ah", sagte Ms. Parker und zog das Magazin mit Olivias Bild auf dem Cover aus der Tasche. „Darüber hab ich in Ihrem Artikel gelesen." Sie blätterte darin. „Ich muss sagen, als Brandon mich kontaktiert hat mit dem Vorschlag, Sie als Pflegemutter für die Kinder einzusetzen, war ich nicht begeistert." Sie sah von den bunt bedruckten Seiten auf. „Ich vertraue auf Brandons Wort – wir kennen uns immerhin schon seit einer ganzen Weile." Sie lächelte ihn an und Olivia fragte sich plötzlich, wie gut sich die beiden eigentlich kannten.

Sie mochte das Gefühl nicht, dass vielleicht mehr zwischen ihnen gewesen war.

Oder etwa immer noch ist?

Sie sah die Frau mit neuen Augen an. War das etwa Brandons Freundin? Die, für die er die Tasche Kosmetika mitgenommen hatte?

Konzentrier dich, ermahnte sie sich selbst. *Ist doch egal, wer seine Freundin ist. Hier geht es um die Mädchen.*

„Ich hab die Erfahrung gemacht, dass Menschen sich Pflegekinder manchmal ein wenig unüberlegt zulegen wollen", sagte Ms. Parker gerade.

Olivia brauchte einen Moment, um das zu übersetzen. „Sie denken, dass ich eine reiche Frau bin, die Kinder gerne als Fashion-Accessoire hätte. Oder als einen Weg, mich gut zu fühlen", sagte sie trocken. „So ist es doch, nicht wahr?"

Die Frau neigte den Kopf und schwieg für einen Moment. „Es liegt in meiner Plicht abzuklären, warum Sie die Mädchen übernehmen wollen", sagte sie dann. „Ob das hier die beste Lösung für die beiden ist."

Olivia nickte. „Ich will schon lange Kinder", sagte sie. „Aber es hat sich einfach nie ergeben, da war immer zu viel Arbeit –

und auch nie ein Mann, mit dem ich Kinder haben wollte." Sie runzelte die Stirn. „Und ich hab immer gedacht, dass es besser ist, keine Kinder zu haben, als sie mit dem falschen Partner zu bekommen. Kinder verdienen ein Zuhause, in dem sie gewollt sind, bedingungslos. Und ebenso sehr geliebt." Sie zuckte mit den Schultern. „Ich hab nie einen Mann getroffen, den ich mir als Vater meiner Kinder hätte vorstellen können."

Brandon verlagerte im Stuhl neben ihr sein Gewicht und plötzlich war ihr seine Nähe so … bewusst. Sie hätte schwören können, dass seine ganze Aufmerksamkeit auf ihr lag, er ihr interessiert lauschte.

„Ich glaube nicht, dass man Dinge erzwingen kann", fuhr Olivia fort. „Aber nun hab ich die beiden Mädchen kennengelernt – und ich weiß es einfach. Ich bin ganz sicher. Die zwei brauchen ein Zuhause und ich will es ihnen geben. Ich bin auch nicht blauäugig … Ich habe meine kleine Schwester aufgezogen, ich weiß, was auf mich zukommt."

Die Mitarbeiterin des Jugendamts nickte. „Das klingt gut", sagte sie. „Wie sehen Ihre unmittelbaren Pläne aus? Haben Sie sich schon Gedanken über die nahe Zukunft gemacht?"

Olivia nickte. „Ich habe bereits Kontakt zu den Schulen der Mädchen hergestellt." Sie zögerte. „Nicht, um Ihrer Entscheidung vorzugreifen, natürlich. Ich habe klargestellt, dass noch nicht sicher ist, ob die beiden hierbleiben dürfen." Olivia war erstaunt, wie sehr sie dieser Satz schmerzte. Wie unvorstellbar es war, die beiden wieder zu verlieren. Ihr Hals wurde eng. Sie sah zu Brandon, weil sie einen Moment brauchte, um ihr inneres Gleichgewicht wiederherzustellen.

Er fing ihren Blick auf und lächelte ihr zu. Er verstand offenbar, was in ihr vorging.

„Becca wohnt ja bereits bei Olivia und das ist kein Problem, weil das Haus groß genug ist", sagte er.

„Ja, du hast mir Fotos geschickt", sagte Ms. Parker.

„Olivia hat vorgeschlagen, dass die beiden die Einrichtung für ihre Zimmer neu aussuchen. Damit sie sich ganz wie zu Hause fühlen. Wäre es vielleicht möglich, Spielzeug und Möbel aus dem Haus der beiden zu holen? Wo sie aufgewachsen sind?"

Ms. Parker nickte. „Das wird sich organisieren lassen. Soweit ich weiß, verwaltet ein Notar das Vermögen der Kinder treuhändisch, bis sie erwachsen sind. Es ist sicher kein Problem, den Schlüssel zu organisieren." Sie sah auf ihre Hände, die vor ihr auf der Tischplatte lagen. „Aber es muss Ihnen klar sein, Ms. Naledi, was dieser Besuch für die Mädchen bedeuten wird. Das Haus ihrer Eltern zu sehen, ihr Zuhause, wo sie aufgewachsen sind … das wird viele Wunden aufreißen. Es wird ein schwieriger Besuch, für die Mädchen und für Sie."

Olivia nickte. „Ich weiß", sagte sie. „Aber ich denke, dass es ein wichtiger Besuch ist. Die Mädchen sollten Abschied nehmen können. Sie waren ja auch nicht auf der Beerdigung ihrer Eltern."

„Nein. Sie sind am Abend des Unfalls weggelaufen."

„Dann sollten wir auch einen Besuch auf dem Friedhof einplanen. Vielleicht könnten wir einfach ab und zu nach New York reisen, Kontakt mit ihren alten Freunden halten, das Haus und den Friedhof besuchen."

Brandon nickt. „Das klingt nach einer guten Idee", sagte er. „Die Wurzeln der Mädchen bewahren. Wir könnten auch herausfinden, was die beiden in ihrer Freizeit gemacht haben und versuchen, dieselben Angebote hier in Finley Meadows zu finden. Musikinstrumente, Ballett oder …"

„Football", ergänzte Olivia lächelnd. „Bei Becca sehe ich definitiv mehr Football als Ballett."

„Ich würde empfehlen, mit diesem Besuch noch eine Weile zu warten. Bis die Mädchen sich hier eingewöhnt haben. Sie nicht zu überfordern." Ms. Parker sah zwischen ihnen hin und her.

„Was hast du vor, Brandon?“, fragte sie. „Möchtest du weiterhin eine Rolle im Leben der Mädchen spielen?“

Brandon sah sie entgeistert an. „Ob ich das möchte?“, fragte er. „Darauf kannst du wetten. Die beiden sind mir ans Herz gewachsen, ich fühl mich verantwortlich für sie.“ Er hielt inne und warf Olivia einen Seitenblick zu. „Also, wenn Olivia das recht ist“, fügte er hinzu.

Ms. Parker nickte. „Ich muss sogar darauf bestehen“, sagte sie. „Ich hab diesen Fall mit meiner Vorgesetzten besprochen – und wir sehen grundsätzlich kein Problem, wenn die Mädchen vorläufig bei Ihnen wohnen, Ms. Naledi, bis eine gründliche Prüfung der Umstände erfolgt ist. Aber in Hinblick darauf, dass Sie Single sind, sich schon lange nicht mehr um Kinder gekümmert haben, Ihre Arbeitszeiten erst neu organisieren müssen … und auch keinen Kurs für angehende Pflegeeltern besucht haben, möchten wir, dass die Mädchen eine weitere Ansprechperson haben. Nachdem Rebecca sich zuerst bei dir gemeldet hat, Brandon, und du berufsbedingt eine Ausbildung für Kinder in Krisensituationen hast …“

Brandon nickte. „Kein Problem.“

„Wir übertragen die Obsorge also zu gleichen Teilen an euch beide“, sagte Ms. Parker. „Und wir erwarten regelmäßige Berichte über die Fortschritte der beiden von dir, Brandon. Außerdem werden wir zu Besuchen vorbeikommen, angekündigt und auch unangekündigt. Sind diese Bedingungen für alle akzeptabel?“

Olivia nickte und sah aus dem Augenwinkel, wie Brandon es auch tat. Sie war nicht sicher, was sie davon halten sollte. Warum traute ihr die Behörde nicht zu, sich alleine um die Mädchen zu kümmern? Sie hatte immerhin bereits ein Kind aufgezogen, im Gegensatz zu Brandon. Nur mit Anstrengung schluckte sie ihren aufsteigenden Ärger hinunter – jetzt mit Ms Parker deswegen zu diskutieren, war wohl eher keine gute Idee.

Nun, sie würde allen hier einfach beweisen, dass sie sich sehr gut alleine um die Mädchen kümmern konnte – und dann würde Brandon wieder aus ihrem Leben verschwinden, so schnell, wie er gekommen war.

Die nächsten Minuten verbrachte sie damit, zahllose Dokumente zu unterschreiben und Brandons Blick zu vermeiden. Als sie schließlich wieder auf der Straße vor dem Jugendamt standen, fühlte Olivia sich merkwürdig beklommen.

„Es wird alles gut", sagte Brandon und lächelte sie aufmunternd an. „Wir kriegen das gemeinsam hin, du wirst schon sehen."

Gemeinsam.

Für einen Moment war da ein Flattern in ihr, etwas Helles und Goldenes, jung und verletzlich und voller Hoffnung. … ein Gefühl, das sie schon Jahre nicht mehr gespürt hatte.

Sie schüttelte entschieden den Kopf, atmete tief durch und schloss diese Tür in ihrem Herzen.

„Danke für deine Hilfe", sagte sie, höflich und geschäftsmäßig. „Auf eine gute Zusammenarbeit."

***

Die Tage zogen sich wie Kaugummi und waren gleichzeitig seltsam verzerrt und voller Aktivität: Sieben Tage, dann würde Beth entlassen werden… das war zumindest die Prognose, wenn sich ihr Zustand weiterhin gut entwickelte. Und obwohl der Arzt ihnen immer wieder versicherte, dass Beth stabil war und alle Anzeichen positiv waren, konnten sich weder Olivia noch Becca entspannen. Dafür war das Gesicht des kleinen Mädchens zu blass und dünn, dafür ging ihr Atem zu schnell, war ihr Fieber zu hoch. Olivia saß oft an ihrem Krankenbett, hielt die kleine Hand und fragte sich, wie das alles so schnell geschehen war: Vor nicht einmal einer Woche noch hatte es nichts anderes als Arbeit in ihrem Leben gegeben – und nun waren da Beth und Becca, die sämtlichen Raum ausfüllten.

Sie fielen in eine Routine: Olivia und Becca verbrachten ihre Tage im Krankenhaus, abends nahm Olivia das Mädchen dann mit zu sich nach Hause und sie bestellten Pizza oder Thai, das sie erschöpft vor dem Fernseher aßen. Olivia hatte sich Urlaub genommen und war dankbar dafür, dass Meghan die tagtäglich anfallenden Fragen klärte und nur mit den großen Entscheidungen zu ihr kam – die sie dann per Mail beantwortete, sobald Becca eingeschlafen war.

Bei Brandon sah die Sache anders aus. Er konnte sich nicht einfach von heute auf morgen frei nehmen oder Stunden reduzieren. Da seine Anwesenheit auf der Polizeistation am Tage wichtig war, verbrachte er jede Nacht auf einem Sessel neben Beths Bett, der für seine langen Beine ein gutes Stück zu klein war. Die Krankenschwestern hatten ihn mehrmals ermuntert, das kleine Mädchen nur am Abend zu besuchen – aber Olivia hatte die entschlossene Miene auf Brandons Gesicht gesehen. Er würde Beth nicht alleine lassen, für den Fall, dass sie munter wurde und Angst hatte – und Olivia war dankbar dafür.

Olivia drehte ihren Füller in der Hand und starrte auf den Bildschirm vor sich. Wie lange saß sie schon hier, so in Gedanken versunken? Ein sanftes Geräusch ließ sie aufblicken. Fluff sprang mit einem eleganten Satz auf den Schreibtisch, stieß seinen Kopf schnurrend gegen ihren und ließ sich auf den Papieren nieder.

„Genug gearbeitet, meinst du?“, fragte sie und kraulte ihn hinter den Ohren.

Er sah sie mit seinen klugen Augen an, tippte mit der Pfote ihren Füller an und schob ihn vorsichtig in Richtung der Schreibtischkante.

„Na gut“, sagte Olivia, lächelte und stand auf. „Morgen ist auch noch ein Tag, du hast recht.“

Sie ging zur Tür und Fluff folgte ihr. Sie betätigte den Lichtschalter und warf einen letzten Blick in ihr Arbeitszimmer, während sie die Tür zuzog.

Sie konnte sich nicht erinnern, wann sie zum letzten Mal nicht perfekt für den nächsten Tag vorbereitet gewesen war, nicht alle Möglichkeiten durchdacht, alle Mails beantwortet und die Zahlen kontrolliert hatte, bevor sie schlafen ging.

Mit einem Mal stieg Angst in ihr auf. Was tat sie hier?

Sie krempelte ihr ganzes Leben um für zwei Mädchen, die in Wahrheit Fremde waren. Was, wenn sie sich nicht gleichzeitig um Kinder kümmern und eine Firma führen konnte? Sicher, noch half Brandon mit – aber bestimmt würde er schon bald das Interesse verlieren und sich wieder anderen Dinge widmen.

Oder seiner Freundin, soufflierte die kleine Stimme in ihrem Kopf. *Auch wenn sie jetzt noch verständnisvoll ist, wird sie vermutlich auf Dauer ein Problem damit haben, wenn er so viel Zeit hier verbringt.*

Sie runzelte die Stirn. So war es immer gewesen, nicht wahr? Und sie wollte es doch so? Er würde früher oder später verschwinden – also war es einfacher, wenn er es gleich tat. Weniger schmerzhaft. Es war dumm, sich an ihn zu gewöhnen.

An seine Hilfe, seine Gegenwart, seine Ruhe.

Die einzige Person, auf die sie sich verlassen konnte, war sie. Selbst Eve war nur eine sporadische Präsenz … und auch Meghan würde sich eine Position suchen, die ihren Fähigkeiten und ihrer Ausbildung angemessen war. Dass sie seit Jahren damit zufrieden war, Olivias Assistentin zu sein, war ein Wunder. Ein Wunder, das nicht ewig anhalten würde. Andere Menschen mochten für eine Weile hier sein, aber sie blieben niemals für immer. Wenn die Dinge schwierig wurden, verschwanden sie.

Oder wenn du ihnen langweilig geworden bist. Immerhin bist du nicht gerade die Partyqueen: Arbeiten, Bücher am Feuer lesen und sich um deinen Kater kümmern sind nicht gerade spannende Qualitäten. Vor allem für Männer … wie Brandon.

Sie schüttelte den Kopf. Was ja auch egal war, immerhin hatte er eine Freundin.

Und Olivia war ohnehin nicht interessiert.

Sie durchquerte das Haus, kontrollierte, ob die Eingangstür sicher versperrt und alle Lichter gelöscht waren. Bei Beccas Zimmer klopfte sie leise und als sie nichts hörte, drückte sie vorsichtig auf die Klinke. Die Nachttischlampe brannte und das Mädchen war mit ihrem Handy in der Hand eingeschlafen.

Olivia nahm das Gerät vorsichtig, steckte es an den Strom und löschte das Licht. Dann hob sie ein paar der neuen T-Shirts und Jeans auf, die sie für Becca gekauft hatten und die quer über den Boden verteilt lagen. Sie faltete alles ordentlich zusammen und legte sie auf den Sessel, der in der Ecke stand.

„Na komm“, sagte sie leise zu Fluff, der um ihre Beine strich. „Gehen wir schlafen.“ Aber er sprang auf das Bett des Mädchens und rollte sich bei seinen Beinen zu einer gemütlichen Fellkugel zusammen.

„Verräter“, murmelte Olivia lächelnd und kraulte ihn zwischen den Ohren. Er blinzelte träge.

Sie zog die Tür bis auf einen Spalt zu und ging ins Bad. Eine heiße Dusche machte sie noch ein wenig müder und mit dem Geschmack von Zahnpasta im Mund und dem Geruch ihrer Nachtcreme in der Nase tappte sie schließlich ins Schlafzimmer.

Sie sank auf ihr ungewohnt leeres Bett. Wo Fluff sein sollte, war nur ein leichter Abdruck. Olivia zog die Bettdecke über die Nase und starrte ins Dunkel.

Tränen stiegen in ihre Augen. Sie wünschte sich plötzlich, Brandon wäre hier. Dann könnte sie ihm sagen, dass sie Angst hatte. Angst, keine gute Pflegemutter zu sein und den Mädchen vielleicht zu schaden. Angst, die Mädchen zu verlieren. Angst, ihre Arbeit nicht mit ihrem neuen Familienleben vereinbaren zu können.

Sie hatte das Gefühl, dass er wissen würde, was er sagen musste – und dass er eine Lösung finden würde für alles, auf seine ruhige Art.

Aber Brandon war temporär und es war nicht fair, ihm etwas aufzuhalsen, worum er nicht gebeten hatte. Olivia hatte entschieden, die Kinder aufzunehmen und nun würde sie das Beste daraus machen.

Besser, ihm nicht zu nahe zu kommen. Dann würde es nicht so wehtun, wenn er ging.

Es war spät in der Nacht, als sich ihre fieberhaft kreisenden Gedanken endlich in bleischweren Schlaf verwandelten, und in Träume, die sie weit zurück in ihre Kindheit katapultierten.

***

Brandon mochte die Morgenstunden, wenn das Krankenhaus um ihn herum noch schlief und er mit seinen Gedanken alleine war. Er stand auf, trat ans Fenster und blickte hinaus. Die Nacht hielt den Himmel in ihrer dunklen Umarmung, die sie jetzt im Winter erst spät am Morgen und nur widerwillig aufgab. Ein Paar Krähen zogen ihre Bahnen über den Himmel. Durch die geschlossene Türe klangen gedämpfte Schritte und leises Murmeln herein. Die Krankenschwestern der Nachtschicht tranken Kaffee und brachten ihre Kolleginnen vom Tag auf den neuesten Stand.

Ob Olivia noch schlief? Oder war sie früh aufgestanden und saß über ihren Laptop gebeugt, mit Mails und Plänen beschäftigt? Brandons Hand tastete nach dem Handy in seiner Hosentasche, aber natürlich schrieb er ihr nicht. Warum auch. Sie waren kein Paar, sie waren eine Art Arbeitsgemeinschaft von zwei Menschen, die sich um dieselben Mädchen sorgten.

Das war alles – auch wenn er sich wünschte, es wäre anders.

Er drehte sich zurück und blickte nachdenklich auf das kleine Mädchen, das da schlief. Sollten die Adern auf ihren Handrücken so blau herausstechen? War ihr Atem nicht zu flach?

Sechs Tage war es her, dass sie operiert worden war. Und auch wenn die Ärzte gesagt hatten, dass es ungefähr eine Woche dauern würde, bis sie wieder munter wurde, konnte er nicht anders, als sich Sorgen zu machen. Was, wenn die Ärzte sich irrten?

Brandon ließ sich auf den Stuhl neben dem Bett sinken und griff nach der kleinen Hand.

„Beth", sagte er leise. „Ich hoffe, dass du mich hören kannst. Du und Becca, ihr seid jetzt in Sicherheit. Kein Karton mehr, ihr habt jetzt ein richtiges Zuhause. Bei Olivia. Du kennst sie noch nicht, aber sie ist sehr nett. Du wirst bei ihr in einem tollen Haus wohnen. Mit einem eigenen Pool, kannst du dir das vorstellen? Und ich glaube, du wirst ihren Kater mögen. Sein Name ist Fluff. Er freut sich bestimmt schon auf dich. Er ist ziemlich klug, weißt du? Becca wohnt schon seit ein paar Tagen bei Olivia und ich glaube, sie mag es. Auf jeden Fall hat sie sich mit Fluff angefreundet." Er drückte sachte ihre Hand. „Kannst du mich hören, Beth? Wir alle warten hier auf dich. Wir warten darauf, dass du gesund wirst. Weil Olivia und ich dich gerne kennenlernen würden ... und Becca wartet natürlich auch. Sie hat mir erzählt, dass du dein Chamäleon so gerne magst. Annabelle, richtig? Ich hab es mit zu mir nach Hause genommen und einen Reparatursatz bestellt. Ich werde es kleben und dann ist es wieder so gut wie neu."

Beths Hand zuckte leicht in seiner und Brandon hielt inne, starrte mit angehaltenem Atem auf die kleinen Finger.

„Beth?", fragte er. „Kannst du mich hören?"

Er wartete, aber nichts weiter geschah. Sie hatte reagiert, da war er sich beinahe sicher. Worüber hatte er geredet, als sie gezuckt hatte?

„Annabelle wünscht sich auch, dass du munter wirst", sagte er und drückte wieder vorsichtig die Hand des kleinen Mädchens. „Sie hat das natürlich nicht gesagt – wenn sie sprechen kann, dann tut sie das wohl nur mit dir. Aber ich hab das Gefühl, dass sie dich vermisst, Beth. Annabelle wartet auf dich."

Diesmal war die Reaktion deutlicher – die Finger des Mädchens zuckten und ihre Lider flatterten zart.

„Beth", sagte Brandon durch den Kloß in seiner Kehle. „Beth, kannst du mich hören? Mein Name ist Brandon, ich bin hier bei dir. Ich passe auf dich auf."

Ihre Hand zuckte diesmal stärker, und ihre Augen öffneten sich leicht. Als sich ihre Lippen bewegten, lehnte er sich näher.

„Anna ... belle", flüsterte sie.

Brandon lächelte. „Sie ist in Sicherheit", sagte er. „So wie du, Beth. Du und Becca und Annabelle, ihr seid jetzt alle in Sicherheit."

Beths Mundwinkel zuckten und sie sah ihn an, bevor sich ihre Lider wieder schlossen.

„Magisch", murmelte sie ... und war wieder eingeschlafen.

Brandon saß grinsend da und wusste nicht, wann er zuletzt so glücklich gewesen war. Dann sprang er auf, rannte zur Tür und griff gleichzeitig nach seinem Handy.

Kapitel 12

Es war spät geworden, und die Krankenschwestern hatten sie schließlich freundlich, aber bestimmt gezwungen, das Krankenhaus zu verlassen. Beth war den ganzen Tag über zwischen Wachen und Schlaf hin- und hergewechselt. Sie brauchte noch viel Ruhe und Medikamente würden dafür sorgen, dass sie die nächsten Stunden schlief.

Das Schlimmste war überstanden, sie konnten im Moment nichts für sie tun. Wenn die Polizei nicht schon hier wäre, hatte eine junge Krankenschwester gescherzt, dann würden sie dort anrufen, um Becca, Brandon und Olivia entfernen zu lassen. Dass ihr Blick dabei ein wenig zu lang auf Brandon gelegen hatte, ärgerte Olivia mehr, als sie bereit war, vor sich selbst zuzugeben.

Becca hatte – ganz Teenager – beschlossen, dass sie hungrig war und zur Feier des Tages Thai essen wollte. Daheim war sie in Richtung Dusche verschwunden und hatte die Bestellung den Erwachsenen überlassen.

Es dauerte nicht lang, da erklang die Türglocke und Olivia sah durch die Kamera den rostigen Lieferwagen mit der Lotusblume vor ihrem Einfahrtstor. Sie öffnete und schon kam das Knattern des Motors die Einfahrt herauf. Olivia kuschelte sich tiefer in ihre Weste und winkte.

„Du rettest mein Leben", sagte sie zu Danny, griff nach der Papiertüte mit dem wohlriechenden Inhalt.

Er nickte. „Du scheinst ja heute eine Menge Hunger zu haben", sagte er und äugte neugierig an ihr vorbei ins Haus. „Das hier ist deutlich mehr, als du normalerweise für Becca und dich bestellst. Hast du etwa Besuch?"

Sie schüttelte den Kopf. „Nur hungrig“, sagte sie. Da tauchte Brandon neben ihr auf und schnupperte.

„Ahhh“, sagte er. „Das Essen, endlich.“

Danny sah Olivia mit hochgezogener Augenbraue an. „Hungrig, soso“, sagte er und ließ seinen Blick über Brandon wandern. „Würde mir auch so gehen.“

Brandon lachte auf und Olivia schob ihn mitsamt der Papiertüten ins Haus zurück.

„Alles klar.“ Danny tippte sich auf die Schirmkappe und grinste. „Wir sehen uns dann morgen!“

Olivia beobachtete, wie der Wagen die Einfahrt runter verschwand, bis nur noch die Plastiklotusblume am Dach zu sehen war.

„Bis morgen?“, fragte Brandon hinter ihr im Türrahmen. Er folgte ihr in die Küche. „Bitte sag mir nicht, dass du jeden Tag dort bestellst. Ich wusste ja, dass du nicht viel kochst ... aber jeden Tag? Es muss doch irgendwas geben, dass du selbst machen kannst.“

„Die haben eine große Speisekarte. Und ich mag Thai.“

Olivia stellte die Tüten ab und ging zur Küchenzeile, um Gläser, Besteck und Teller zu holen.

„Ich könnte dir beibringen, wie man kocht“, sagte Brandon, verschränkte die Arme und lehnte sich an den Tisch. „Wenn beide Mädchen bei dir wohnen, kannst du das nicht machen. Die zwei brauchen richtiges Essen.“

„Das ist richtiges Essen“, sagte Olivia trotzig. „Die im Restaurant kochen selber, aus frischen Zutaten. Alles Bio.“

Er sah sie schweigend an und sie konnte deutlich sehen, was er dachte.

Okay, vielleicht war es keine allzu gute Idee, die Mädchen mit Instant-Ramen, Tiefkühlpizza und Lieferservice aufzuziehen. Vielleicht wäre ein wenig mehr Variation gut.

„Okay“, sagte sie gedehnt. „Ja, okay. Du hast recht.“

Er lächelte und feine Fältchen erschienen um seine Augenwinkel.

„Aber ich muss dich warnen. Ich bin ein hoffnungsloser Fall in der Küche. Ich verbrenne sogar Wasser. Ganz im Ernst.“ Sie holte die Takeaway Boxen aus der Tüte und platzierte sie auf dem Tisch.

„Vielleicht kann ich das ja übernehmen“, sagte Brandon. „Bis du so weit bist und selber für die Mädchen kochen kannst.“

Sie hielt in der Bewegung inne. Sein Gesicht war plötzlich so nah vor ihr.

„Das fänd ich schön“, sagte sie, ohne viel nachzudenken – und weil es einfach so war. Sie mochte den Gedanken, dass Brandon hier wäre, abends, bei ihr und den Mädchen.

„Ich auch“, sagte er. Ihre Hand war plötzlich in seiner und sie spürte die Wärme seiner Haut.

Das hier ist eine schlechte Idee, dachte sie träumerisch, während sie in seine Augen blickte. Diese unzähligen goldenen Flecken darin schienen irgendwie mit ihrem Magen verbunden, denn es begann dort zu kribbeln.

Olivia löste mühsam ihren Blick von seinem und zog ihre Hand zurück. Das hier war aus so vielen Gründen keine gute Idee. Nicht nur, weil er eine Freundin hatte. Sondern auch, weil er immer noch Polizist war. Und obwohl sie sich an ihn gewöhnt hatte und wusste, dass er einer von den Netten war – sie war sicher, dass ihre alte Panik wieder einsetzen würde, sobald sie ihn in Uniform sah.

„Wir sollten essen“, sagte sie und schlug den Blick nieder. „Bevor es kalt wird.“

„Olivia. Schau mich an.“

Sie blickte auf.

„Erzähl mir, warum du Angst vor Polizisten hast“, sagte er.

Sie tat automatisch einen Schritt zurück, verschränke die Arme.

„Warum?", fragte sie. „Warum willst du das wissen?"

„Weil es wichtig für dich ist", sagte er. „Und weil ich gerne öfter hier wäre – nicht nur, weil ich mich verantwortlich fühle oder weil das Jugendamt es so will, sondern weil ich es will. Weil mir die Mädchen am Herzen liegen. Weil *ihr* mir am Herzen liegt." Er pausierte und sah sie vorsichtig an, als warte er auf ihre Reaktion. „Olivia. Du kannst mir vertrauen … Ich würde gerne wissen, was dir passiert ist."

Sie drehte den Kopf zur Seite. Es war verlockend, ihm alles zu erzählen. „Ich hab noch nie mit jemandem darüber geredet", sagte sie schließlich. Würde er nun versuchen, sie zu überzeugen? Irgendwie würde es das leichter machen, Nein zu sagen, ihn zurückzuweisen.

Aber Brandon stand nur ganz ruhig da und wartete.

„Es ist ewig lange her", sagte sie. Sie blickte auf ihre Fingernägel. „Und es hat eigentlich keine Auswirkung mehr auf mein Leben." Sie verzog den Mund und seufzte. „Wenn ich nicht gerade in eine Verkehrskontrolle komme. Ein Grund, warum ich hier aufs Land, mitten ins Nirgendwo, gezogen bin. Keine Planquadrate, kaum Streifen, kaum Polizei." Sie runzelte die Stirn, weil sie wusste, wie lächerlich das klang.

„Ich dachte, du hast deinen Firmensitz hierher verlegt, um in der Nähe der Produktion zu sein", sagte er.

Sie neigte den Kopf. „Auch. Aber nötig war es nicht. Es hat sich nur rausgestellt, dass ich das Leben auf dem Land ohnehin mehr mag als in der Stadt. Also war es eine gute Entscheidung, für mich und die Firma."

Er nickte. „Das ist im Leben manchmal so. Man tut was aus emotionalen Gründen und dann stellt sich raus, dass es die beste Entscheidung war." Er seufzte. „Mir ging es auch so."

Olivia sah auf den Tisch und plötzlich erschien ihr die Vorstellung eines ordentlichen Abendessens nicht mehr verlockend. „Was meinst du?“, fragte sie. „Essen wir auf der Couch, ganz unzivilisiert direkt aus den Schachteln?“

Er grinste. „Ich dachte, du fragst nie. Ich nehm das Essen, holst du Becca? Die müsste doch mittlerweile fertig mit duschen und umziehen sein.“

Sie nickte. „Treffen wir uns in der Bibliothek oder im Wohnzimmer?“

Er lachte. „Ich vergesse immer, dass ich hier in einem herrschaftlichen Haus bin“, sagte er. „Dann in der Bibliothek, bitte. Wohnzimmer hab ich selbst daheim. Auch wenn es nicht annähernd so hübsch ist wie deines.“

Sie zuckte mit den Schultern und griff nach ein paar Schachteln, während Brandon den Rest nahm. „Ist der Verdienst der Architektin. Ich war damals komplett in der Firma eingespannt. Anfangs hab ich in einer Wohnung im Produktionsgebäude gewohnt, aber dann brauchten wir den Platz dort für Büros. Also hab ich die Architektin beauftragt, die schon das Firmengebäude entworfen hatte. Ich hatte wenige Vorgaben – ich wollte ein sicheres Haus mit viel Licht, ohne Schnickschnack, aber trotzdem gemütlich. Und ich wollte einen Pool, den ich das ganze Jahr lang nutzen kann. Ich hab ihr ein Budget gegeben und sie hat alles für mich erledigt. Ich hab nur Ja oder Nein zu den Vorschlägen und Entwürfen gesagt.“

Sie drückte die Tür zur Bibliothek auf.

„Wow“, brummte Brandon. „Das ist tatsächlich eine Bibliothek.“

Sie sah sich im Raum um. Olivia mochte ihn, ja, aber jetzt, mit Brandon, sah sie ihn plötzlich mit neuen Augen. Die deckenhohen Bücherregale mit der kleinen Leiter, die bis ganz hinauf führte. Die gemütlichen Ohrensessel mit ihren Fußschemel, die weiche Ledercouch, der niedrige Tisch mit all den wunderbaren Bildbänden … und die großen Fenster mit ihren Buntglaseinsätzen, die modern und märchenhaft gleichzeitig wirken. In der Mitte des Raumes der große Kamin, der auf Tastendruck mit knisterndem Feuer zum Leben erwachte... und Bücher. Überall Bücher.

Olivia hatte sich über die Jahre an all das hier gewöhnt, aber mit einem Mal wurde ihr aufs Neue klar, wie gut das Leben es mit ihr gemeint hatte.

„Eine moderne Bibliothek, aber gleichzeitig wie die aus *Die Schöne und das Biest*“, sagte sie. „Das wollte ich von der Architektin und ich finde, sie hat es perfekt hinbekommen.“ Olivia deutete auf die Couch. „Da hin. Mach‘s dir gemütlich.“

Er nickte und ließ sich mit einem dankbar klingenden Aufseufzen in die weiche Polsterung sinken, während sein Blick durch den Raum wanderte.

„Bin gleich wieder da. Lass uns noch was über“, sagte sie und sah ihn streng an.

„Ich werd mich bemühen.“

Da war immer noch ein Lächeln auf ihren Lippen, als sie dem Gang folgte, die Eingangshalle durchquerte und die Hand auf Beccas Türklinke legte. Jenes Lächeln, das stets so einfach seinen Weg von Brandons Lippen auf ihre fand.

Sie klopfte und lauschte, aber Becca antworte nicht. Sie klopfte nochmals – wieder nur Stille. Vorsichtig drückte Olivia die Klinke hinunter.

„Becca?“, sagte sie leise und lugte ins Zimmer.

Das Mädchen lag eingeringelt auf dem Bett, die Hände unter den Kopf geschoben und schlief tief und fest. Olivia ging leise näher. Becca sah so viel jünger aus, wenn sie schlief.

Waren ihre Wangen gerötet? Wurde sie etwa krank?

Olivia legte ihre Hand auf Beccas Stirn, konnte aber nichts Ungewöhnliches feststellen. Sicher brauchte das Mädchen einfach Schlaf, denn der Tag war aufregend gewesen. Olivia knipste das Licht aus, warf noch einen letzten Blick auf Becca und zog vorsichtig die Tür hinter sich zu.

„Keine Becca?“, fragte Brandon, als sie zurück in die Bibliothek kam.

Olivia schüttelte den Kopf. „Schläft tief und fest, ich hatte nicht das Herz, sie aufzuwecken. Wir heben ihr einfach etwas auf, falls sie später munter wird.“

„Gute Idee.“

Olivia ließ sich neben ihm aufs Sofa sinken.

„Hast du vorhin gesagt, dass du hier im Haus einen Pool hast?“, fragte er und griff nach einer der Schachteln.

Sie nickte.

„Nutzt du ihn auch?“

„Jeden Tag“, sagte Olivia. „Schwimmen macht meinen Kopf ganz ruhig. Dann bin ich immer entspannt und happy.“ Sie lächelte. „Ich würd gern wissen, wieso du hierher gezogen bist.“

Er stocherte mit den Essstäbchen in seinem Karton. „Polizist in einer Großstadt zu sein … das ist ein harter Job. Man sieht so viel Leid und Elend … Man wird entweder sehr schnell sehr abgeklärt und lässt nichts mehr an sich heran. Oder man zerbricht daran.“

„Du warst bestimmt nicht bei den Abgestumpften dabei“, sagte sie und knabberte an einem Gemüsestick.

„Nein. Und lange Jahre war das auch okay. Aber dann hab ich bemerkt, wie es mir mehr und mehr zusetzt. Bandenkriminalität, Misshandlungen, viel zu junge Drogentote …“ Seine Augen waren dunkel geworden. „Ich konnte immer schlechter abschalten. Die Bilder verfolgten mich auch nachts. Besonders nachts.“

Er schwieg für einen Moment. „Und dann, an einem Morgen … Ich war auf Streife und es gab einen Autounfall. Mein Partner Marty und ich waren die ersten dort, wir haben die Opfer aus dem Auto geholt, eine Mutter und ihr Kind. Beide waren tot. Irgendwann hab ich am Straßenrand gestanden und zugesehen, wie zuerst die Mutter und dann das kleine Mädchen in den Krankenwagen geladen wurden. Und ich hab gedacht – immerhin wird sie nicht jahrelang drogensüchtig sein und auf der Straße leben."

Er schüttelte den Kopf, sein Gesichtsausdruck angeekelt. „Da hab ich gewusst, dass ich aufhören muss. Dass ich dabei war, ein ganz übler Zyniker zu werden."

Sie griff nach seiner Hand und drückte sie. „Ich kann mir nicht vorstellen, wie es sein muss, jeden Tag solche Dinge zu sehen", sagte sie. „Und du bist kein übler Zyniker geworden." Sie lächelte. „Du gehörst zu den nettesten Menschen, die ich kenne."

Er blickte auf und sein Blick suchte ihren, als würde er darin lesen wollen, ob sie das ernst meinte. Er mochte wohl, was er in ihren Augen fand, denn er begann zu lächeln.

„Ich hab eine Weile gebraucht, um mich zu fangen", sagte er. „Nachdem ich mich hierher versetzen ließ. Aber hier kann ich so Polizist sein, wie ich sein will. Ich kann Menschen helfen. Ich hab das Gefühl, dass meine Arbeit die Gemeinschaft und das Leben aller besser macht."

„Ich weiß, was du meinst", sagte Olivia. „Das ist es, was ich an meiner Arbeit mag. Ich mag, dass ich Menschen gute Arbeit mit guter Bezahlung bieten kann. Ich mag, dass wir ökologische Produkte anbieten. Ich hab das Gefühl, dass meine Firma die Welt ein bisschen besser macht, für die Umwelt, meine Mitarbeiter und auch meine Kunden …" Sie zuckte die Schultern. „Auch wenn das kitschig klingt und so, als wäre es das klassische Werbungs-BlaBla."

Er grinste. „Naja, dass du damit recht gut verdienst, schadet bestimmt auch nicht."

Sie sah ihn aufmerksam an. „Und ich hab keine Lust, mich dafür zu entschuldigen", sagte sie. „Ich hab hart für den Erfolg gearbeitet und ich hab an meine Produkte geglaubt, als sonst niemand es getan hat."

Wie hatte sie damals eigentlich durchgehalten? Sie war gerade mal achtzehn gewesen, ohne Eltern, mit einer kleinen Schwester, die viel Aufmerksamkeit brauchte. Mit einem Job in einem Fastfood-Lokal, von dem sie jeden Abend erschöpft und nach Frittierfett stinkend nach Hause kam und dessen Lohn gerade so dafür ausreichte, um Eve und sie durchzubringen. Wie sie am Abend noch die Energie gefunden hatte, Cremes am Küchentisch zusammen zu rühren, während Eve im Nebenzimmer geschlafen hatte – sie wusste es nicht.

Nein, sie hatte nicht vor, sich vor Brandon für ihr Haus oder ihren Kontostand zu rechtfertigen. Sie war damals ein Risiko eingegangen, als sie ihre Firma gegründet hatte. Es hätte auch schiefgehen können. Dass sich alles so entwickelt hatte, war natürlich Glück gewesen, aber auch eine Menge harter Arbeit und zahllose durchgearbeitete Nächte und Wochenenden. Vor allem, nachdem Eve ausgezogen war, hatte Olivia ihre gesamte Zeit in ihre Firma investiert.

„Ich weiß", sagte Brandon. „Ich denke, du hast dir all das hier selbst verdient und das bewundere ich sehr." Er lächelte und die goldenen Flecken in seinen Augen leuchteten im Kaminfeuerschein noch ein bisschen intensiver als zuvor. Sie spürte, wie sich etwas in ihr entspannte.

Er weiß immer ganz genau, was er sagen muss. Als könnte er meine Gefühle lesen.

„Erzähl mir, warum du Angst vor Polizisten hast", sagte er. „Erzähl mir, was passiert ist."

Sie drehte den Kopf zur Seite und sah ins knisternde Feuer.

***

Er war beinahe sicher, dass sie nicht antworten würde.

Was immer damals passiert war, musste tief traumatisch gewesen sein. Er hatte so viele Opfer von familiärer Gewalt gesehen, dass er die Anzeichen kannte – diese Unruhe, die Olivia anhaftete. Ihre oft ausweichende Art, dass sie Menschen selten direkt in die Augen sah. Der Abstand, der da zwischen ihr und dem Rest der Welt war. Dass sie andere selten berührte, wenig Freunde zu haben schien, sich in ihrer Arbeit vergrub, der Welt die Fassade der erfolgreichen Geschäftsfrau zeigte. All das passte nur zu gut.

Und dann begann sie zu sprechen, ganz leise. Brandon glaubte, den Atem anhalten zu müssen, um sie nur ja nicht zu stören.

„Meine Mum, Eve und ich waren schon lange alleine." Olivia kaute auf ihrer Lippe. Ihr Blick ging ins Leere, ganz in Erinnerungen gefangen. „Als Kind hab ich meinen Dad geliebt. Er war oft wochen- oder monatelang nicht da, tauchte dann ohne Vorwarnung auf und brachte mir immer die verrücktesten Geschenke mit. Einen Spiegel, der mit Muscheln besetzt war und von dem er behauptete, man könnte durch ihn mit dem Meeresgott Poseidon sprechen. Rosa Salz aus Tibet, das jedes Mädchen, das es auf ihr Butterbrot streut, in eine echte Prinzessin verwandeln würde. Eine kleine tanzende Puppe aus Hawaii, die lebendig war, wenn man nicht hinsah." Olivia lächelte. „Er war Künstler, weißt du? Wahrscheinlich hatte er niemals vor, Vater zu werden. Er war ständig unterwegs und Kinder passten nicht zu seinem Lebensstil. Ich glaube, er hatte auch schon jahrelang Probleme mit Alkohol und Drogen. Damals war ich aber zu klein, um das zu verstehen – und Mum hat niemals darüber gesprochen. Sie hat überhaupt nie schlecht über Dad gesprochen, auch wenn es furchtbar hart für sie gewesen sein muss."

Olivia seufzte. „Sie und er … es war wohl die große Liebe, aber eine von der Art, die nicht alltagstauglich ist. Mum war bodenständig und brauchte ein Zuhause und Dad war ein Freigeist, der es nie lange an einem Ort aushielt. Sie wollte eine Familie, er hat nie verstanden, was das eigentlich ist. Bei einem seiner Besuche muss es wohl passiert sein ... Ich glaube zumindest nicht, dass Eve geplant war. Für einige Monate blieb Dad dann tatsächlich bei uns. Ich kann mich erinnern, dass seine Staffelei im Wohnzimmer stand und überall Farbdosen und Pinsel lagen. Mum hat viel mehr gelacht als vorher, Dad hat gearbeitet und viele neue Bilder gemalt. Ich glaub, die beiden waren glücklich. Wir waren glücklich. Wir waren endlich eine richtige Familie."

Brandon mochte das Lächeln, das auf Olivias Gesicht lag, sie sah plötzlich aus wie ein kleines Mädchen.

„Was ist dann passiert?"

„Er bekam eine Einladung für eine Einzelausstellung in Mexiko – eigentlich sollte er nur eine Woche weg sein, aber es wurde ein Monat daraus. Er hat uns immer wieder vertröstet. Und dann kam eines Tages der Anruf …" Sie presste die Lippen zusammen. Als sie weitersprach, klang ihre Stimme schwach. „Es waren wohl Drogen und Alkohol im Spiel … Er ist ertrunken, als er nachts schwimmen war."

„Das muss hart für dich gewesen sein."

Sie neigte den Kopf. „Ich war wütend", flüsterte sie. „Er war ja davor kaum dagewesen – meine ganze Kindheit lang war er mehr wie ein verrückter Onkel, der ab und zu vorbeischaut. Und dann …" In ihren Augen stand der Glanz ungeweinter Tränen. „Nach Eves Geburt war er plötzlich hier. Ich hatte mir immer gewünscht, einen richtigen Dad zu haben – und plötzlich war er das. Er war mit mir im Zoo, wir haben auf der Couch gelegen und Filme angesehen, er hat mich ernst genommen, fast wie eine Erwachsene, wir haben über alles geredet und er hat mir zugehört. Ich hab mich daran gewöhnt, dass er da war, dass er mir abends einen Gutenachtkuss gab und wir am Sonntagmorgen Brötchen von der Bäckerei holten …" Sie brach ab und der Schmerz in ihren Augen war so frisch, als wäre das alles gestern passiert.

Brandon wusste nicht, was es hieß, einen Vater zu haben, den er liebte. Aber er wusste, was es hieß, ein Elternteil zu verlieren, und er spürte ihren Schmerz in sich gespiegelt, wusste genau, was sie empfand – die Trauer, das Gefühl verlassen worden zu sein, die Wut, und das schlechte Gewissen deswegen.

„Es tut mir so leid, Olivia", sagte er und hoffte, sie würde die Wahrheit dieser Worte in seinen Augen sehen – aber sie war tief in der Vergangenheit versunken.

„Er hat mir versprochen nie wieder fortzugehen. Dass wir von jetzt an immer eine Familie sein würden." Ein harter Zug lag um ihre Mundwinkel, abwesend ballte sie die Hände zu Fäusten.

„Für Mum war es, glaub ich, noch viel schlimmer – die Trauer, aber auch finanziell. Dad war als Maler recht erfolgreich gewesen, und so wenig er auch bei uns war, hat er Mum doch regelmäßig Geld geschickt. Das fiel nun weg und auch wenn ich es damals nicht verstanden hab, aber ich glaub, für die ersten Jahre war Mum einfach nur damit beschäftigt, uns über Wasser zu halten … und das mit einem Baby."

Brandon wagte nicht, sich zu bewegen, denn er spürte, dass jede Unterbrechung dazu führen würde, dass sie sich wieder verschloss.

„Mum war wohl einsam, aber das konnte ich damals natürlich nicht verstehen. Ich hab irgendwann damit abgeschlossen, nicht mehr an Dad gedacht. Für mich war alles da, was ich brauchte und wollte – Mum, Eve und ich."

Olivia sah auf und suchte Brandons Blick, beinahe als bräuchte sie Hilfe, als sollte er ihre Geschichte weiterzählen, weil sie es nicht konnte.

„Aber sie hat jemanden kennengelernt“, sagte er sanft.

Olivia nickte. „Hank.“ Sie verzog den Mund, als hätte der Name einen bitteren Geschmack. „Ich mochte ihn von Anfang an nicht. Er hat mir Angst gemacht, auch wenn er zuerst immer freundlich zu uns war. Irgendwas an ihm …“

Sie sah so verletzlich aus, wie sie da saß, die Arme um sich selbst geschlungen. Brandon hätte sie gerne umarmt, hätte ihr gerne gesagt, dass sie nun in Sicherheit war.

„Kinder spüren so etwas oft besser als Erwachsene“, sagte er sanft.

Sie nickte und ihr Blick kam von weit her. „Vielleicht wollte Mum so sehr, dass er der Richtige ist, dass sie sämtliche Warnsignale ignoriert hat.“ Ihre Stimme klang schwach. „Das kennen wir alle, oder? Man will irgendetwas so dringend, dass man dieses warnende Bauchgefühl ignoriert.“

„Dinge zu erzwingen geht fast immer schief“, stimmte er zu.

„Es war auch lange Zeit nur dieses Gefühl“, sagte Olivia. „Es hat eine Weile gedauert, bis er sich verändert hat. Und dann war es zu spät.“

„Was ist passiert?“

Sie presste die Lippen zusammen und schüttelte den Kopf.

„Er hat angefangen zu trinken“, sagte sie dann. „Oder vielleicht hat er schon immer getrunken und irgendwann ist es aus dem Ruder gelaufen.“ Sie stockte kurz. Ihre Stimme war nur noch ein Flüstern. „Da hat er schon bei uns gewohnt.“

Olivia knetete ihre Finger und ihre Augen schimmerten feucht.

„Hat er deine Mutter geschlagen?“, fragte Brandon sacht. Kalte Wut kroch in ihm hoch. Was hatte der Mistkerl getan?

Hatte er etwa … Brandon schreckte vor seinen eigenen Gedanken zurück.

Olivia atmete tief durch. „Sie wollte ihn verlassen“, sagte sie. „Sie wollte ihn verlassen, um uns zu schützen. Aber er hat ihr gedroht.“

„Womit?“

„Ich erinnere mich an eine Nacht, in der sie furchtbar gestritten haben … Er hat gefragt, wem die Leute wohl glauben werden, ihr oder einem Polizisten. Dass er dafür sorgen kann, dass sie nicht nur Eve, sondern auch mich verliert.“

Brandon zwang sich, ruhig zu bleiben. Der Gedanke, was einer seiner Kollegen Olivia und ihrer Familie angetan hatte ... Es war natürlich nicht das erste Mal, dass er von einem korrupten Cop hörte. Aber diesmal war es schlimmer als sonst.

Alles war anders, wenn es um Olivia ging… als wäre sie eine Art magisches Vergrößerungsglas für sein Leben, seine Gefühle.

„Sie ist bei ihm geblieben, um Eve und mich zu schützen“, sagte Olivia leise und riss ihn aus seinen Gedanken.

Plötzlich und beinahe unmerklich, lehnte sie sich zurück. Wandte den Blick ab.

Brandon konnte beinahe sehen, wie sich die Wand aufbaute, die sie sonst stets von der Welt trennte, wie die glatte, erfolgreiche und unverbindlich freundliche Olivia an Stelle der echten, verletzlichen erschien.

Bleib bei mir, wollte er sagen. *Erzähl mir alles.*

Aber der Moment war vorbei.

Olivia stand auf, machte ein paar Schritte von ihm weg, streckte ihre Hände dem Kaminfeuer entgegen. „Mum ist dann bald gestorben. Ich hab Eve aufgezogen und Hank nie wiedergesehen. Ende der Geschichte.“

Der Polizist in ihm spitzte die Ohren. Da war mehr ... viel mehr.

„Sie ist gestorben“, sagte er, und hoffte, sie würde weiter erzählen.

„Ja. War ein Unfall.“ Olivia sah auf die Uhr an ihrem Handgelenk. „Und es ist spät, Brandon. Ich will nicht unhöflich sein, aber ich muss morgen früh raus. Ich möchte noch einiges an Arbeit erledigen, bevor Becca munter wird.“

Er erhob sich langsam. „Ja natürlich“, sagte er. „Es tut mir leid, ich wollte dich nicht so lange wachhalten. Ich werd ohnehin ins Krankenhaus zu Beth fahren.“ Er ging auf Olivia zu, versuchte, ihren Blick zu erhaschen. „Danke, dass du mir das erzählt hast.“

Sie nickte und lächelte unbestimmt in seine Richtung, ohne ihn wirklich anzusehen.

„Ist alles eine Ewigkeit her“, sagte sie. „Es spielt keine Rolle mehr.“

Der letzte Satz war die größte Lüge von allen, da war Brandon sicher. Denn was damals passiert war, hatte immer noch Auswirkungen auf ihr Leben.

Er wollte wissen, was dieser Hank getan hatte. Irgendetwas sagte Brandon, dass der Kerl der Grund für den Tod ihrer Mutter gewesen war.

Warum schützte Olivia ihn? Sie hatte mehr als genug Gründe, ihn zu hassen.

Heute werd ich jedenfalls nichts weiter erfahren. Er folgte Olivia den Gang entlang und zur Eingangshalle.

Aber er würde nicht aufgeben.

Er würde weiter für sie da sein und ihr zeigen, dass er ihr Vertrauen verdient hatte.

Er würde für sie da sein, bis sie ihm erzählen konnte, was vor langer Zeit passiert war.

Vielleicht konnte er mithelfen, das Unrecht von damals wiedergutzumachen.

„Gute Nacht", sagte Olivia und zog die Eingangstür auf. Ihr Gesichtsausdruck war höflich, auf jene distanzierte Art, die er schon so oft bei ihr gesehen hatte. Aber er kannte sie mittlerweile zu gut, um daran zu glauben, dass sie kühl und desinteressiert an der Welt war.

„Gute Nacht. Bis morgen Abend?"

Sie wandte den Kopf ab und schwieg für einen Moment.

„Vielleicht sollten wir morgen Pause machen. Ich hab eine Menge Arbeit. Guten Abend, Brandon", sagte sie, lächelte unverbindlich und schloss die Tür.

Dann erlosch das Licht im Fenster daneben.

Er schüttelte den Kopf und setzte sich langsam in Bewegung, folgte der geschwungenen Einfahrt hinunter zur Straße, wo sein Pickup parkte.

Olivia hatte ihm heute viel mehr verraten, als sie selbst wusste. Er zog die Autotür auf, stieg ein und saß für einen Moment ganz ruhig da.

Brandon wollte nicht gehen. Er wollte hierbleiben, sie in seine Arme ziehen und ihr sagen, dass er nicht Hank war, dass er ihr nie wehtun würde, dass die Uniform in seinem Leben kaum eine Rolle spielte, weil er den Dienst in Finley Meadows ohnehin meist in Jeans und T-Shirt versah.

Aber er wusste, dass er Geduld haben musste. Er konnte nur einfach weiterhin für sie da sein …und mit ein bisschen Glück würde sie anfangen, ihm zu vertrauen. Er würde ihr die Zeit geben, die sie brauchte.

Kapitel 13

Beth mochte das Krankenhaus. Die Schwestern waren nett, Becca war jeden Tag hier bei ihr und sie mochte auch Olivia und Brandon. Das Beste war allerdings, dass sie ständig Geschenke bekam – jeden Tag brachte jemand anderes etwas für sie mit und sie liebte es, all die wunderschönen neuen Dinge auszupacken.

Beth kramte in einer Papiertüte und fischte quietschend Filzstifte und ein Malbuch heraus. Sie grinste und wackelte aufgeregt hin und her.

„Du siehst aus wie eine Mischung aus Kobold und Prinzessin“, sagte Becca und schubste sie sachte mit ihrer Schulter an. „Hast du vielleicht Hunger?“

Beth schüttelte den Kopf. Seit sie wieder munter geworden war, nervte Becca ständig damit, ob es ihr gutging, dass sie einen kleinen Spaziergang machen sollte oder fragte sie, ob etwas weh tat, sie ihre Medikamente genommen oder schon gegessen hatte.

Beth rollte mit den Augen, aber dann fiel ihr Blick auf Brandon, der beim Fenster lehnte und ihr zulächelte. Wie so oft schien er sie zu verstehen, schien genau zu wissen, was sie dachte.

Manchmal war Beth insgeheim ein wenig froh, wenn Becca und ihre Sorgen am Abend mit Olivia nach Hause verschwanden, und Brandon es sich im Stuhl neben ihrem Bett gemütlich machte.

Er hatte Annabelle repariert, wie er versprochen hatte – und so schwebte sie über ihrem Bett, während Brandon abends seinen Stuhl näher zog und Beth sich tiefer in die Decke kuschelte.

Dann stellte sie Fragen und er antwortete ... jeden Abend, bis sie eingeschlafen war. Er erzählte von seinem Leben als Polizist, von dem Hund, den er als Kind gehabt hatte, von seinem besten Freund, der mit Bienen reden konnte, und von dem Haus, in dem Olivia und Becca wohnten und in dem auch bald Beth wohnen würde. Er erzählte von Finley Meadows und seinen Bewohnern, vom Weihnachtsmarkt und davon, wie die Stadt im Frühling und im Sommer war.

Beth mochte es, in seine Stimme gehüllt einzuschlafen. Und sie mochte es, dass er nachts neben ihrem Bett saß und nach ihrer Hand griff, wenn Albträume sie weckten. Sie mochte es auch, dass er morgens da war, wenn sie munter wurde und einen Moment brauchte, um zu wissen, wo sie war.

Die Ärzte und Krankenschwestern hatten vorgeschlagen, dass Brandon jetzt auch zu Hause schlafen könnte – wo es Beth doch schon viel besser ging. Und Beth hatte tapfer zugestimmt, denn bestimmt mochte Brandon sein Bett lieber als den Stuhl im Krankenhaus. Aber er hatte abgelehnt, mit einer Stimme, die keinen Widerspruch duldete, und Beth hatte ein bisschen zu weinen begonnen, weil sie so erleichtert gewesen war.

Würde Brandon auch für sie Zeit haben, wenn sie später einmal bei Olivia wohnte? Beth mochte Olivia, aber sie mochte Brandon lieber. Sie hoffte, dass Brandon auch dann noch ihr Freund sein würde, wenn sie nicht mehr im Krankenhaus war, aber sie traute sich nicht zu fragen.

Becca hatte ihr erklärt, dass es bei Olivia daheim echt schön war und vor allem, dass Beth und Becca bei ihr gemeinsam wohnen durften und nicht getrennt werden würden. Allerdings wollte Olivia bestimmt nur sehr brave Kinder und deswegen war es wichtig, nicht frech zu sein, keine dummen Fragen zu stellen und generell nicht zu nerven.

Beth nahm sich fest vor, das zu tun. Sie würde perfekt sein und immer brav, wenn es nur hieß, dass Becca und sie niemals getrennt würden.

Sie drehte sich zu Annabelle und sah ihr fest in die Augen. Leise schaukelte der Ballon in der Luft, und Beth wusste, dass Annabelle ihr zuhörte. Sie schloss die Augen und konzentrierte sich.

Ich wünsch mir, dass Becca und ich glücklich sind, dachte sie und versuchte, die Gedanken ganz fest an Annabelle zu schicken. *Ich wünsch mir, dass wir es immer warm haben und genug zu essen, und dass wir niemals getrennt werden. Ich wünsch mir, dass wir eine Familie haben und Freunde und Spielsachen. Ich wünsch mir, dass wir morgens aufwachen und Frühstück bekommen und dann den ganzen Tag spielen können und nie wieder Angst haben müssen. Ich wünsch mir ein Zuhause. Bitte, Annabelle. Hilf uns, weil du ein magisches Chamäleon bist und meine beste Freundin. Sonst wünsch ich mir nichts zu Weihnachten.*

Sie öffnete vorsichtig blinzelnd ihre Augen und sah zu Annabelle. Das Lächeln auf dem Gesicht des Chamäleons war ein wenig stärker als vorher und in ihren Augen lag ein vergnügter Funke.

„Danke", murmelte Beth.

„Wofür danke? Brauchst du etwas? Bist du müde?", fragte Becca neben ihr. „Fühlst du dich nicht gut? Weißt du, wer ich bin? Wie ist mein Name?"

Beth rollte genervt mit den Augen. Was war nur mit Becca los? Sie war doch sonst nicht so.

„Ich denke, Beth braucht nur ein bisschen Ruhe", sagte Brandon. „Komm, Becca, wir holen uns einen Donut aus der Cafeteria und nehmen Beth auch einen mit."

Beth sah ihn dankbar an. „Oh ja, ein Donut", sagte sie, als Becca gerade protestieren wollte.

Als die beiden aus dem Zimmer verschwunden waren, drehte sich Beth wieder zu Annabelle.

„Danke", sagte sie nochmal, nur um sicherzugehen.

Und wieder hatte sie das Gefühl, dass Annabelle ihre Wünsche wahr machen würde.

***

„Mum", sagte Olivia und drückte sich an die Hüfte ihrer Mutter. „Ich will, dass er weggeht. Ich mag ihn nicht."

Ihre Mutter lächelte und strich über ihr Haar. Dann wandte sie sich wieder dem Herd zu und rührte in der Erdbeermarmelade, die dort köchelte. Leere Gläser glänzten auf dem Fensterbrett in der Sonne und der Geruch nach Sommer lag in der Luft.

„Hank ist nett", sagte sie. „Er ist ein echter Held, weißt du? Er arbeitet als Polizist."

Olivia drückte ihr Gesicht in die alte Schürze ihrer Mutter. Sie roch nach Waschmittel, nach Wind und Sonne und ein wenig nach der Spaghettisauce von gestern Abend.

Die Hand strich wieder über ihr Haar. Als sie ihren Kopf hob, sah sie in die freundlichen Augen ihrer Mutter.

„Ich mag ihn", sagte sie leise. „Kannst du ihm eine Chance geben, für mich? Du hast doch auch Freunde, mit denen du gerne Zeit verbringst. Hank ist ein Freund für mich."

„Aber du hast doch schon Eve und mich", sagte Olivia. „Eve ist zwar noch ganz klein, aber wir sind deine Freundinnen."

„Das stimmt." Mum lächelte, doch es war ein komisches Lächeln, das irgendwie glücklich und traurig gleichzeitig war. „Ihr zwei seid meine Familie. Aber manchmal möchte ich auch Sachen mit erwachsenen Freunden machen. Und Hank ist einer von ihnen."

Olivia war nicht überzeugt. Ihrer Erfahrung nach waren die Sachen der Erwachsenen stets langweiliger als die für Kinder. Sowas wie Nachrichten im Fernsehen oder Restaurants, in denen es kein Ketchup gab und keinen Spielplatz. Warum ihre Mum so etwas freiwillig wollte, war ihr schleierhaft.

Aber der Ausdruck in den Augen ihrer Mutter war bittend und sie wurde weich.

Sie zuckte mit den Schultern. „Okay."

Sie würde ihm eine Chance geben. Eine winzig kleine. Aber das würde nichts ändern. Er war nett gewesen und hatte einen Teddy für Eve gebracht Aber als er ihr die Hand auf die Schulter gelegt hatte, da hatten die Haare in ihrem Nacken geprickelt und sie hatte nur noch weglaufen wollen.

„Ich mag ihn trotzdem nicht", murmelte sie, mehr zu sich selbst.

„Vielleicht änderst du deine Meinung noch", sagte ihre Mutter und reichte ihr einen Löffel frischer Marmelade. „Ich bin sicher, du wirst ihn mögen, wenn du ihn einmal besser kennst."

Olivia leckte vorsichtig. Warmer Erdbeergeschmack zerschmolz auf ihrer Zunge.

Sie seufzte und lächelte. Die Erdbeermarmelade ihrer Mama war so ungefähr die beste Marmelade der ganzen Welt.

„Na gut", sagte sie, versöhnlicher gestimmt. „Solange er nicht hier bei uns einzieht."

Ihre Mutter unterdrückte sichtlich ein Lächeln. „Keine Sorge", sagte sie. „Er ist einfach nur ein Freund."

Dann zog sie die Augenbraue hoch. Olivia wusste nur zu gut, was das hieß.

„Okay", maulte sie. „Ich geh ja schon Hausaufgaben machen."

Warum Mum sich immer an Sachen wie Zähneputzen und Hausaufgaben erinnerte? Hatten sie irgendwo eine geheime Liste an Dingen, mit denen man Kinder nerven konnte?

Olivia runzelte die Stirn. Erwachsene waren komisch. Sie würde mal ganz anders sein, wenn sie groß war: niemals Zähneputzen, niemals Hausaufgaben, jeden Tag Pizza und Schokoku-

chen und so lange fernsehen, bis sie irgendwann von allein einschlief. Wenn sie mal groß war, würde sie nur noch tun, was sie wollte, und keinesfalls mehr irgendwelchen blöden Regeln folgen.

***

Endlich war es so weit: Morgen würde Beth entlassen werden, und sie würde das erste Mal hierherkommen, in ihr neues Zuhause.

Olivia war merkwürdig nervös, während Becca total aufgekratzt war. Die beiden hatten beschlossen, das Haus festlich zu dekorieren, und Brandon hatte sich angeboten, morgen zur Feier des Tages für sie alle zu kochen. Beth hatte sich für Burger und Pommes entschieden und für Schokoladenpudding.

Olivias Blick schweifte über die Boxen und Papiertüten, die im Wohnzimmer verstreut standen. Möglicherweise hatte sie etwas übertrieben, denn zusätzlich zu ihrem Fundus an Weihnachtsdekoration hatte sie noch fleißig eingekauft: Weihnachtsgirlanden, glitzernde Kugeln, Rentiere aus Holz und Krippenfiguren lagen nun bereit, um jede Oberfläche des Hauses weihnachtlich zu schmücken. Draußen war es bereits dunkel und Schneeflocken wirbelten vom Himmel. Weihnachtsmusik lag in der Luft.

„Die Tannengirlande kann vielleicht Brandon aufhängen, was meinst du?", fragte Olivia und beäugte den Torbogen zum Wohnzimmer.

Becca nickte und nippte an ihrem Tee. „Er bringt den Baum, oder?"

Olivia zuckte mit den Schultern. „Ich denke schon. Er hat gesagt, dass er sich darum kümmern wird."

Sowohl Becca als auch Brandon hatten protestiert, als Olivia ihnen gesagt hatte, dass sie eigentlich nie einen Weihnachtsbaum hatte. Sie selbst war kaum zu Hause und für den Weihnachtsabend mit Eve zahlte es sich nicht wirklich aus, zumal ihre kleine Schwester eindeutig nonkonformistisch war … Normalerweise dekorierten sie ein wenig, bestellten thailändisches Essen, machten es sich später mit einem Glas Rotwein vor dem Kamin gemütlich, tauschten Geschenke und tratschten bis in die frühen Morgenstunden.

Als sie das erzählte, hatte Brandon dreingesehen, als hätte sie soeben einen Mord gestanden.

„Wir brauchen einen Baum. Und wir kochen ein richtiges Weihnachtsessen. Geschenke gibts natürlich erst in der Früh, wenn Santa da war“, hatte er gesagt, mit so viel Autorität in der Stimme, dass jeder Widerspruch von vorneherein zwecklos erschien. „Hast du Deko?“, hatte er wenig hoffnungsvoll angefügt.

Olivia musste lächeln.

Wie merkwürdig, dass er keine eigenen Kinder hat. Eigentlich sollte er seine Wochenenden damit verbringen, Fahrräder zu reparieren, Fußballspiele der Kids zu besuchen und Gutenachtgeschichten vorzulesen.

Sie hatte niemals zuvor einen Mann getroffen, der so sehr zum Vater geboren schien wie Brandon.

Aber vielleicht ist das ja bereits in Arbeit? Vielleicht planen er und seine Freundin ja das erste Kind, wer weiß?

Ein Brennen breitete sich in ihrem Brustkorb aus, das Gefühl, plötzlich keine Luft mehr zu bekommen.

Olivia klatschte die Hände zusammen, als müsste sie Staub loswerden, und sah sich um.

Da klingelte es. Ein Blick auf ihr Handy-Display verriet ihr, dass Brandon draußen am Tor war. Sie öffnete es auf Tastendruck.

„Es ist Brandon – ich lass ihn rein. Kleb einfach weiter Sterne in die Fenster“, sagte sie zu Becca.

Als sie die Türe aufzog, stand ihr ein Christbaum im Plastiknetz gegenüber. Dann tauchte Brandons Kopf daneben auf. Schneeflocken glitzerten in seinen dunklen Haaren.

„Ich hab den schönsten gefunden", sagte er und klang stolz. „Keiner wollte ihn haben, weil er eigentlich zu groß ist, aber bei der Raumhöhe hier …"

Seine Augen leuchteten – und Olivia konnte für einen Moment den kleinen Jungen erahnen, der er einmal gewesen war. „Beth wird so happy sein, wenn sie den Baum sieht. Wenn wir mit dem Dekorieren fertig sind und die Geschenke drunter liegen …"

Er strahlte sie an und sie erwiderte sein Lächeln, weil sie einfach nicht anders konnte. Goldene, blubbernde Bläschen voller Licht kribbelten in ihrem Magen, wirbelten durch ihren Brustkorb und verteilten sich in ihrem ganzen Körper.

„Gut gemacht", sagte sie.

Brandon nickte und wirkte noch ein wenig stolzer. Er stampfte ein paar Mal fest auf, um den Schnee loszuwerden, und wuchtete den Baum wieder auf seine Schulter.

„Ich werd ihn gleich aufstellen", sagte er. „Hast du einen Christbaumständer?"

Sie zuckte mit den Schultern. „Ich denke schon. Aber ich bin nicht sicher, ob er groß genug ist." Ihr Blick glitt dem Baum entlang und sie wunderte sich nicht, dass ihn niemand haben wollte – er war tatsächlich riesig und Brandon hatte Mühe, ihn zu umfassen.

„Macht nichts", sagte er. „Ich hab sicherheitshalber einen mitgebracht, liegt aber noch im Auto."

Er lehnte den Baum vorsichtig an die Wand und verschwand in die wirbelnd weiße Dunkelheit.

Kurz darauf war er wieder da und hievte einen metallenen Christbaumständer ins Vorzimmer.

„Hat mir Luke geborgt. Er meint, der ist noch von seinem Großvater. Massives Metall“, sagte er und klopfte anerkennend gegen das Kreuz. „Sowas wird heut gar nicht mehr gebaut.“

Sie beäugte das Monster in ihrem Vorzimmer. Kein Designerstück, so viel war klar. Aber unter dem Baum würde man es ohnehin nicht sehen und wenn doch, konnte sie es mit einem Stück Stoff abdecken.

„Nett von ihm“, sagte sie. „Braucht er ihn denn nicht selber?“

Brandon verzog das Gesicht. „Er feiert seit Jahren nicht mehr“, sagte er. „Normalerweise bin ich an Weihnachten bei meinem Bruder und fahr später zu Luke, damit er nicht alleine ist. Und weil er immer ein Bier eingekühlt hat“, fügte er hinzu und zwinkerte.

Olivia nickte. „Und dieses Jahr? Er ist dein bester Freund.“

Brandon wiegte den Kopf. „Mal sehen. Kommt drauf an, wie lange die Feier mit den Mädchen dauert. Ich hab's ihm erklärt und er versteht das natürlich. Er meint, Weihnachten bedeutet ihm ohnehin nicht viel.“

Ach, Unsinn, dachte Olivia. *Wer feiert Weihnachten schon gern allein?*

Und im selben Moment fiel ihr ein, wie sie selbst noch vor wenigen Tagen allen versichert hatte, dass ihr Weihnachten nicht wichtig war und sie lieber arbeiten würde. Hatte sie sich selbst einreden wollen, dass das in Ordnung war, weil es zu schmerzhaft gewesen wäre, sich die Wahrheit einzugestehen? Die Wahrheit, dass sie sich einsam fühlte?

„Das kommt gar nicht in Frage“, sagte sie entschlossen. „Er feiert natürlich mit uns. Wir haben genug zu essen und genug Platz, einer mehr fällt doch gar nicht auf. Er wird auf keinen Fall allein daheim sein.“

Brandon sah sie stumm an, dann wurde der Ausdruck in seinen Augen ganz weich. Er trat einen Schritt näher.

„Das ist lieb von dir“, murmelte er und legte seine Hand an ihre Wange.

Für einen Moment sah sie nur noch ihn, spürte seine Wärme und die sanften Bewegungen, mit der seine Finger über ihre Wange strichen. Alles in ihr wollte zu ihm, wollte sich in seine Arme kuscheln, ihn küssen.

Sie schloss die Augen, schwankte und trat dann einen Schritt zurück.

„Ist doch klar“, sagte sie, aber es kam nur als kleines Krächzen heraus.

Sie räusperte sich, drehte sich um und flüchtete ins Wohnzimmer, bevor sie etwas tat, das sie nicht tun durfte.

„Du kannst die Girlande aufhängen, wenn du willst“, rief sie aus sicherer Entfernung über ihre Schulter zurück.

***

Brandon blickte Olivia nach. Hatte er sich das nur eingebildet? Für einen Moment hatte er gedacht, dass sie sich zu ihm lehnen und ihn küssen würde.

Aber da war wohl der Wunsch der Vater der Gedanken gewesen. Seit Olivia sich ihm anvertraut hatte, war sie deutlich distanzierter als zuvor.

Er schulterte den Baum und setze sich dann in Bewegung.

Im Wohnzimmer breitete sich Chaos vor ihm aus. Kisten und Boxen standen wild durcheinander, Girlanden, Kerzenständer und Mistelzweige lagen auf den Tischen verstreut. Fluff angelte sich gerade eine glitzernde Kugel mit der Pfote heran.

„Wie in der Weihnachtswerkstatt“, sagte Brandon und grinste. „Hey, Weihnachtselfe“, fügte er hinzu und zwinkerte Becca zu.

Die grinste zurück. „Und du bist der uralte Weihnachtsmann?“

„Zumindest hab ich den Baum gebracht." Er lehnte den Baum an die Wand und kraulte den Kater, der zu ihm herübergeschlendert war. Dann griff er nach der Tannengirlande, die quer über dem Sofa lag. „Und wo soll die hin?"

„Da hin", sagten Olivia und Becca unisono und deuteten auf den Torbogen, der die Eingangshalle vom Wohnzimmer trennte. Brandon nickte.

Eine Weile arbeiteten sie schweigend und vergnügt – und mit vereinten Kräften erstrahlte das Haus bald in weihnachtlichem Glanz: Der Baum war aufgestellt, seine Äste über und über mit glänzenden Kugeln beladen. Zierliche Schneesterne aus Papier hingen an den Fensterscheiben, Tannengirlanden spannten sich über Türrahmen und das Geländer der Treppe, Kerzen schimmerten auf Tischen und Kommoden.

Fluff saß neben dem Weihnachtsbaum und sah ihn nachdenklich an.

„Denk nicht mal dran", sagte Olivia. „Wenn du auf Bäume klettern magst, tu das bitte draußen." Fluff drehte den Kopf und sah sie mit seinen klugen Augen an. Vermutlich hatte er noch nicht entschieden, ob er Olivias Wunsch entsprechen würde oder nicht.

Brandon grinste. Dieser Kater hatte eindeutig mehr Persönlichkeit, als gut für ihn war.

Er hielt Becca einen glitzernden Stern hin. „Magst du?", fragte er und deutete auf die Spitze des Baumes.

Beccas Gesicht leuchtete auf, bevor sie sich wohl daran erinnerte, dass sie eigentlich zu cool war, um sich wie ein kleines Kind zu freuen.

„Klar", sagte sie lässig. „Wenn du dich nicht traust, auf die Leiter zu klettern."

Er nickte. „Hab furchtbare Höhenangst“, sagte er und grinste sie an. „Wenn ich steile Treppen steige, wird’s schon problematisch.“

„Das liegt bestimmt am Alter“, sagte Becca und griff nach dem Stern in seiner Hand. „Über zwanzig geht’s bergab, hab ich mal gelesen.“

Olivia schoss ihm einen belustigten Blick durch den Raum zu.

„Und über vierzig?“, fragte er.

Becca hielt auf der dritten Sprosse der Leiter inne. Brandon sah, dass Olivias Mundwinkel zuckten.

„Hoffnungslos“, sagte Becca. „Ich glaub, da ist nichts mehr zu machen.“

Olivia und Brandon lachten und Becca schenkte ihnen ein freches Grinsen.

Es war schön, sie so gelöst zu sehen. Beide.

Olivia und Becca entspannt und ganz im Moment, ohne die Sorgen und bösen Erinnerungen, die beide ständig mit sich trugen.

Wo war die eiskalte Geschäftsfrau, die sich nur für Status und ihre Firma interessierte?

Wenn man Brandon vor ein paar Wochen gefragt hätte, ob Olivia der Typ Frau war, die von heute auf morgen zwei Mädchen in Not aufnehmen würde – er hätte die Idee lächerlich gefunden.

Er sah sie nachdenklich an, wie sie das Lametta auf den Zweigen geradezupfte und dabei stets ein wachsames Auge auf Becca hatte, die weit oben auf der Leiter balancierte.

Er wünschte sich plötzlich, alleine mit ihr zu sein. Sie würde sich zu ihm kuscheln, seufzen, ihm erzählen, was sie belastete – und sie würden gemeinsam eine Lösung finden.

„Stefano, der Obstverkäufer, war heute im Krankenhaus“, sagte er, um sich von seinen Gedanken abzulenken. „Scheint so, als wärt ihr Thema Nummer Eins in Finley Meadows. Alle reden über euch."

Becca kletterte die Leiter herunter und sah so voller schlechtem Gewissen drein, dass Brandon ein Schmunzeln unterdrücken musste.

„Hat er nach mir gesucht?", fragte sie. „Ich werd alles, was ich mir von ihm ausgeborgt hab, bezahlen. Ganz ehrlich." Sie kaute auf ihrer Lippe. „Auch allen anderen Geschäften." Sie brach ab, blickte auf den Boden und knetete ihre Hände. „Ich hab schon eine Liste gemacht, so gut ich mich erinnern kann. Ich brauch nur einen Job. Ich mach sowas normalerweise nicht, ganz ehrlich. Auch wenn das wie eine Ausrede klingt. Aber Beth hatte so viel Hunger und es war kalt. Sie brauchte doch was zum Anziehen."

Er lächelte. „Das werden wir schon regeln"; sagte er. „Mach dir keine Sorgen. Und Stefano war nicht da, um Geld von euch zu kassieren. Er hat einen Korb voller Obst gebracht, damit Beth schneller wieder gesund wird, hat er gemeint."

Becca sah ihn mit plötzlich verdächtig glänzenden Augen an. „Er hat Obst gebracht? Für Beth?", flüsterte sie. „Weiß er, dass ich …"

Brandon nickte. „Die Leute haben eins und eins zusammengezählt", sagte er und zuckte mit den Schultern.

Sie trat einen Schritt zurück, fuhr sich schniefend mit dem Ärmel über die Nase und sah ihn trotzig an. „Und musst du mich jetzt verhaften?"

Er schüttelt den Kopf. „Wir werden das anders regeln. Wo kein Kläger, da kein Richter", sagte er.

Olivia trat neben Beth und legte den Arm um die Schulter des Mädchens. „Mach dir keine Sorgen", sagte sie. „Brandon kriegt das hin. Nicht wahr?" Sie sah ihn fragend an.

Er nickte. „Ich hab einen Plan. Und ich glaube nicht, dass wir ein Problem haben werden. Die Leute haben Verständnis für die Situation, in der ihr wart."

Olivia lächelte Becca aufmunternd an. „Siehst du? Sag ich ja."

Die sah erleichtert drein. „Ich hab Hunger", sagte sie unvermittelt.

„Sieh mal nach, was du in der Küche findest. Ich denke, da sind noch ein paar Tiefkühlpizzen."

Becca nickte und trottete los.

Olivia wartete, bis sie aus dem Raum war. Dann drehte sie sich mit zornigem Gesichtsausdruck zu Brandon um. „Ich bin ja nicht dafür, Kindern alles durchgehen zu lassen. Aber wenn irgendjemand auf die Idee kommt, die beiden anzuzeigen, dann ruf ich meine Anwältin an und …"

Er lächelte. Sie sah aus wie eine Löwenmama, bereit, ihre Kinder zu verteidigen.

„Ich hab einen Plan", sagte er. „Vertrau mir."

Sie suchte seinen Blick. Was immer sie in seinen Augen lesen konnte, schien sie zufrieden zu stellen.

„Okay", sagte sie leise und atmete aus. Sie blickte aus dem Fenster. Als sie ihn wieder ansah, glänzten ihre Augen feucht. „Ich kann die beiden nicht verlieren", flüsterte sie. „Ich weiß, es klingt verrückt, aber ich hab sie schon viel zu lieb gewonnen. Und sie haben so viel durchgemacht. Ich will sie beschützen. Sie brauchen Zeit, um zu heilen und hier in Ruhe ihr neues Leben aufzubauen."

Ihr Blick war so verletzlich, dass Brandons Herz brach. Mit einem schnellen Schritt war er bei ihr und zog sie an sich. Für den Bruchteil eines Moments war da Widerstand in ihr, aber dann wurde sie ganz weich und lehnte sich an ihn.

„Vertrau mir, Olivia“, wiederholte er und streichelte über ihr Haar, während sie ihren Kopf an seine Brust lehnte. „Wir kriegen das hin.“

Sie nickte. So standen sie da, ihr Parfum in seiner Nase, ihr weiches Haar an seiner Haut. Er spürte, wie ihr Atem langsamer wurde. Er tippte mit der Hand an ihr Kinn und sie hob es an. Als ihr Blick sich in seinem verfing, verließ jeder Gedanke seinen Kopf.

Er neigte sich näher und gab ihr Zeit, sich von ihm zurückzuziehen, ihn wegzudrücken.

Aber sie sah ihn nur an, ihr Gesicht so nah vor seinem, ihr Atem auf seinen Lippen.

Brandon neigte sich näher – bis seine Lippen die ihren beinahe berührten.

„Olivia“, murmelte er. „Lass mich für dich da sein.“

Sie zitterte, und als sie antwortete, war es nur ein Hauch und so leise, dass er es kaum verstehen konnte.

„Okay.“

Er umfasste ihr Gesicht mit seinen Händen, als wäre es zerbrechlich. Dann neigte er sich näher und schloss den Abstand zwischen ihnen, berührte mit seinen Lippen zärtlich die ihren. Sie hielt ganz still, ihre Augen geschlossen – und nach einem endlos langen Moment küsste sie ihn zurück. Zaghaft zuerst, beinahe fragend, als könnte sie in seinem Kuss Antworten finden, die sie nicht zu erfragen wagte.

Er ließ sie gewähren und antwortete ihrem Kuss, folgte mit seinen Lippen den Schwüngen ihres weichen Mundes. Als er den Kuss vertiefte, seufzte sie leise, drängte sich ihr Körper an seinen.

Er brauchte all seine Selbstkontrolle, um seine Hände da zu lassen, wo sie waren: federzart an den Seiten ihres Gesichts – doch als sie leise stöhnte, spürte er seine Willenskraft schwinden. Er wollte sie gegen die Wand pressen, sie hart küssen, seine Hand unter ihr Shirt schieben und …

„Nur Freunde, hm?“, klang eine belustigte Stimme von der Tür her.

Olivia stolperte von Brandon weg und hinterließ schmerzhafte Leere, wo eben noch ihr weicher, warmer Körper gewesen war. Sie sah mit weit aufgerissenen Augen zu Becca hin, die grinsend am Rahmen lehnte.

Brandon wusste nicht so recht, was er sagen sollte. Sein Kopf war immer noch verflucht leer, und er vermisste Olivia in seinen Armen mit einer Intensität, die ihn beinahe wahnsinnig machte.

Komm schon. Sei ein Gentleman. Sag was.

Ein wenig dümmlich drehte er sich zu Olivia. „Wenn wir mit dem Schmücken fertig sind, werd ich jetzt mal gehen.“

Olivia nickte – und er konnte den Moment sehen, an dem ihr unsichtbares Visier zuklappte, ihre Rüstung an den gewohnten Platz rutschte.

„Geh schon mal in die Küche, ich komme gleich“, sagte sie zu Becca. „Und reservier mir ein Stück Pizza.“

Becca sah stumm zwischen ihnen beiden hin und her, dann zuckte sie mit den Schultern.

„Wie ihr meint“, sagte sie und verschwand.

Olivia wandte sich zu Brandon. „Du solltest wirklich gehen“, sagte sie. „Deine Freundin ist sicher schon ganz unglücklich, weil du so wenig Zeit für sie hast. Du solltest dir mal einen romantischen Abend mit ihr machen.“

Brandon versuchte den Sinn ihrer Worte zu verstehen.

Freundin?

Wer hatte eine Freundin?

Wovon zum Teufel sprach Olivia da?

„Freundin?“, wiederholte er schließlich laut, weil ihm sonst nichts einfiel.

„Na, deine“, sagte Olivia und ihr Tonfall wurde ärgerlich. „Als du bei mir im Büro warst, hast du ein Goodiebag für sie mitgenommen, erinnerst du dich?

Brandon hätte sich am liebsten selbst getreten.

Warum nur hatte er das getan?

Hatte sie deshalb immer Abstand zu ihm gehalten? Weil sie gedacht hatte, dass er in einer Beziehung war?

Und hatte sie gedacht, dass er der Typ Mann war, der mit anderen Frauen flirtete, während seine Freundin daheim saß?

Er stöhnte.

„Ich hab keine Freundin“, sagte er. „Bin komplett Single.“

Er konnte Olivias Gesichtsausdruck nicht deuten.

War sie verärgert? Erfreut? War das … Angst? Oder alles zusammen?

„Na, ist doch gut, dass ihr mal drüber redet“, sagte Becca, die still und leise wieder aufgetaucht war. „Wenn ihr mich fragt …“

Brandon warf ihr einen Blick zu und sie brach ab.

„Okaaay“, maulte sie. „Ich weiß schon. Nach der Pizza sehen.“

Sie verschwand aus dem Wohnzimmer.

Betretenes Schweigen breitete sich aus.

„Olivia“, sagte Brandon schließlich und trat einen Schritt näher an sie heran.

Sie wich zurück und blickte zu Boden. „Warum hast du das gesagt?“, fragte sie leise.

Er wollte ihr eine Erklärung geben – aber alles klang so unglaublich lächerlich. Er war verletzt gewesen und sein Ego gekränkt, er hatte geantwortet, ohne nachzudenken, aus einem Impuls heraus.

„Du solltest gehen“, sagte sie. „Ich hab noch eine Menge Arbeit, die auf mich wartet.“

Er starrte sie an. Diese Frau trieb ihn in den Wahnsinn. Was empfand sie für ihn? Hatte sie sich zurückgehalten, weil sie gedacht hatte, dass er nicht frei war? Aber warum zog sie sich dann jetzt zurück?

Er fuhr sich mit der Hand durchs Haar. „Olivia …“ wiederholte er, aber wusste nicht, was er noch sagen konnte.

„Bitte“, murmelte sie. „Geh jetzt.“

„Wir sehen uns morgen im Krankenhaus?“, fragte er.

Sie nickte.

Und damit fand er sich draußen vor ihrer Tür, in der Kälte der Nacht.

Kapitel 14

Dezember

Beth sah stumm aus dem Fenster auf die Bäume und Felder, die draußen vorbeizogen. Sie griff nervös nach der Schnur, die Annabelle davon abhielt, einfach in den Himmel zu schweben.

Wie Mum und Dad.

Sie hielt die Schnur ein wenig fester.

Das Auto kam vor einem Tor zum Stehen. Brandon lächelte sie an, ließ sein Fenster hinunter und drückte auf einen Knopf. Nach einem Moment setzten sich die Flügel des Tors in Bewegung und schwangen auf.

„Gleich sind wir da", sagte Brandon. „Becca und Olivia haben alles für dich hergerichtet – du hast ein eigenes Zimmer, die beiden haben jede Menge neue Kleidung für dich gekauft. Auch einen Badeanzug, damit du gleich in den Pool kannst. Und ich glaub, es gibt Pizza zur Feier des Tages."

Beth nickte und versuchte zu lächeln, aber es wollte ihr nicht so richtig gelingen. Das alles klang toll und sie vermisste Becca, aber ...

„Hast du Angst?", fragte Brandon. „Wolltest du deswegen, dass ich dich alleine abhole?"

Beth nickte. Becca hätte so viel Lärm gemacht und wäre so aufgeregt gewesen, hätte ganz viel geredet und alles drei Mal kontrolliert.

„Ich wollte noch ein bisschen Ruhe", sagte sie leise. „Ich hab Becca lieb aber manchmal ist sie so ... bestimmerig. Dann weiß sie immer alles besser und ich muss alles so machen wie sie das will, auch wenn ich eigentlich was anderes mag."

Brandon lächelte und drückte ihre Hand. Es sah so aus, als wollte er etwas erwidern, aber dann schwieg er.

„Du wirst es hier mögen", sagte er nach einer Weile. „Du wirst schon sehen."

Aber was, wenn nicht? Was, wenn ich es ganz furchtbar finde und weg von hier will? Was dann?

„Bleibst du noch ein bisschen?", fragte Beth. „Bis ich mir alles angesehen habe?"

Und kommst du wieder? Kommst du mich besuchen, auch wenn ich jetzt hier wohne und nicht mehr im Krankenhaus bin?

„Ich bleibe heute sogar noch ganz lange hier. Wir essen Pizza, du kannst am Nachmittag mit Becca in den Pool und am Abend schauen wir einen Film. Wie klingt das?"

Beth seufzte tief und nickte.

Das klingt gut.

Sie hatte gehofft, dass Brandon hier bei ihnen wohnen würde. Aber er hatte ihr erklärt, dass er sein eigenes Haus hatte, ganz in der Nähe. Dass sie ihn jederzeit besuchen kommen konnte, wenn sie ihn vermisste – dort oder auf der Polizeistation.

Als das große Haus vor den Fenstern des Pick-ups auftauchte, wurde Beth wieder ein wenig mulmig.

„Beeindruckend, oder?", sagte Brandon und stellte den Wagen ab. „Als ich das erste Mal hier war, hab ich das auch gedacht. Aber man gewöhnt sich dran."

Beth sah ihn zweifelnd an. Doch sie kam nicht dazu, etwas zu antworten, denn schon flog die Tür des Hauses auf, und Becca stürmte aufs Auto zu.

Sie riss die Tür auf und fiel Beth um den Hals.

„Ich hab dich vermisst", sagte sie. „Geht's dir gut?"

Beth nickte und schob ihre große Schwester vorsichtig von sich. „Klar", sagte sie und sah zu Brandon hinüber, der ihr aufmunternd zunickte.

Wenn er meinte, dass alles gut werden würde, dann war das bestimmt so.

Und immerhin gab es hier eine Katze und eine Bibliothek.

Beth holte tief Luft, streckte die Schultern durch und machte den ersten Schritt in ihr neues Leben.

***

Olivia zog die Beine an und ließ sich tiefer in die Kissen des Sofas sinken. Aladdin eroberte gerade auf seinem niedlichen fliegenden Teppich den Himmel und Beths Gesicht folgte ihm atemlos. Becca lag neben ihr, den Arm schützend um ihre kleine Schwester gelegt. Die weichen Decken und Polster, die Brandon für den Filmabend rund um die Mädchen hergerichtet hatte, wirkten wie ein Nest.

„War eine gute Idee", murmelte Brandon neben Olivia und griff in die Schüssel mit dem Popcorn. „Ich hatte diesen Film schon ganz vergessen. Wir sollten alle Disney-Klassiker mit den Mädchen ansehen. Gilt ja quasi als Allgemeinbildung… Die Horrorfilme starten wir dann nächstes Jahr. " Er grinste sie an und ein kleiner elektrischer Schock zuckte durch ihren Körper.

Alle Disney-Klassiker. Er will alle Disney-Klassiker mit uns ansehen. Und er spricht vom nächsten Jahr.

Das hieß, dass er wirklich vorhatte zu bleiben, oder? Das hier war mehr für ihn als nur ein akuter Notfall. Mehr als eine Phase.

Olivia wusste nicht, warum er damals etwas anderes behauptet hatte … aber er war Single. *Keine Freundin.*

Sie war erstaunt, wie sehr sie den Gedanken mochte.

Ein warmes Gefühl breitete sich in ihrer Magengrube aus.

Ohne nachzudenken, rutschte sie ein wenig näher zu Brandon und kuschelte sich an ihn. Er legte seinen Arm um sie, als hätte er das schon hunderte Male so gemacht.

Sie schloss die Augen und seufzte.

Für den Moment war alles gut und vielleicht würde das auch so bleiben. Brandon war hier und er würde es auch morgen sein und den Tag danach. Sie fühlte sich sicher und geborgen, sie genoss seine Wärme, seine Nähe, den Geruch seines Aftershaves.

„Danke", murmelte sie.

„Wofür?" Brandons Stimme klang überrascht.

„Dafür, dass du hier bist", sagte sie.

Er drückte einen Kuss auf ihr Haar.

„Gibt keinen Ort, wo ich lieber wäre", murmelte er.

Ein Lächeln glitt wie von selbst über ihre Lippen, goldene Wärme breitete sich in ihr aus, bis kein Gedanke mehr übrig war.

Da sprang Fluff auf die Couch, schnurrte leise und machte es sich auf ihrem Schoß bequem.

Jetzt sind wir komplett. Eine ganze Familie.

***

Dieses Haus war so still, das war Becca schon in der allerersten Nacht aufgefallen. Sie sollte sich mittlerweile daran gewöhnt haben und doch … Das Haus ihrer Eltern war anders gewesen. Klein und alt und aus Holz gebaut. Die Böden hatten geknarzt, die Wände geknackt und im Dachbalken über ihrem Bett hatte sie in der Nacht einen Holzwurm hören können, der sich langsam und methodisch hindurchfraß.

Sie hatte ihren Vater einmal gefragt, ob das gefährlich war, aber er hatte nur gelacht und ihr übers Haar gestrichen. *Der kleine Wurm kann ewig lang vor sich hin fressen und wird nie den Balken durchnagen,* hatte er gesagt. *Mach dir keine Sorgen.*

Becca fragte sich zum ersten Mal, ob ihre Eltern arm gewesen waren. Als sie noch klein gewesen war, hatte das keine Rolle für sie gespielt – und auch später waren ihr diese Gedanken nie gekommen. Aber wenn sie jetzt an das Haus ihrer Eltern zurückdachte, mit den gemütlichen, aber abgewetzten Möbeln, fragte sie sich, ob sie wohl Geldsorgen gehabt hatten.

Sie kuschelte sich tiefer in ihre Bettdecke und betrachtete das dämmerige Mondlicht, das durch das Fenster ins Zimmer fiel.

Zu still, dachte sie wieder. Dieses Haus hier knarzte und seufzte nicht, es stand ruhig und stumm und zuverlässig da, wie eine Burg. Was immer auch passierte – dieses Haus würde sie beschützen.

Und Brandon. Brandon war wie dieses Haus, er passte hierher. Auch wenn Olivia das vielleicht anders sah.

Sie runzelte die Stirn. Ob die beiden wohl auf Dates gingen? Ein Paar waren? Aber warum sollten sie das geheim halten? Warum so tun, als wäre da nichts, wenn es doch komplett offensichtlich war, dass die beiden total verknallt ineinander waren? Immerhin hatte Becca sie ja sogar mal dabei ertappt, wie sie geknutscht hatten.

Becca verzog das Gesicht. Vielleicht waren Jungs einfach immer schwierig zu verstehen, auch wenn mal Männer aus ihnen geworden waren?

Das würde einiges erklären.

Ein winziges Geräusch ließ sie aufhorchen. Hatte sich etwas bewegt?

Ihr Blick glitt durch den Raum auf der Suche nach Fluff, der sich nachts stets an ihren Füßen zusammenringelte. Stattdessen sah sie, wie sich eine kleine, blasse Hand durch den Türrahmen schob.

„Becca?", wisperte ein Stimmchen. „Schläfst du?"

Ein warmes Gefühl breitete sich in ihr aus. *Wie früher.*

„Nein, komm rein. Hier ist noch Platz", flüsterte sie und schlug die Bettdecke zurück.

Schnell kam Beth quer durchs Zimmer und kuschelte sich eng an Becca, steckte ihre Füße zu denen ihrer Schwestern.

„Brr", sagte sie. „Mir ist kalt."

Becca umarmte sie. „Merkt man, deine Füße sind wie Eiszapfen."

„Ich hatte Angst, dass ich dich nicht finde, hier sind so viele Zimmer", sagte Beth und legte ihre kleine Stirn in Falten. „Aber ich hab echt gut aufgepasst vorm Schlafengehen und mitgezählt. Es sind zwei Türen zwischen deinem Zimmer und meinem."

Becca musste lächeln. „Das war klug von dir, Kleine", sagte sie und küsste ihre Schwester auf die Stirn. „Hast du dich einsam gefühlt?"

Beth nickte. „Hier ist es so schön, fast wie in einem Schloss", sagte sie, ein wenig Ehrfurcht in ihrer Stimme. „Ich hab nicht gewusst, dass es so schöne Häuser für Leute gibt, die gar keine richtigen Prinzessinnen sind."

„Hm", sagte Becca. „Hab ich mir noch nie überlegt. Magst du es hier?"

Beth nickte und seufzte dann.

„Aber?"

„Aber ich vermisse unser Zuhause", sagte Beth. „Ich vermisse Mum und Dad."

„Ich auch", sagte Becca. „Ich vermisse die beiden auch." Sie presste die Lippen zusammen und konzentrierte sich auf ihre Atmung. Sie musste stark sein, konnte nicht einfach losheulen. Wenn sie losheulte, musste auch Beth weinen und Beth sollte nicht traurig sein. Beth sollte ein glückliches kleines Mädchen sein, ohne irgendwelche Sorgen.

Auf einmal war Becca wütend auf ihre Eltern. Warum nur waren die beiden damals weggefahren? Ein Abend mit Freunden war doch nicht so wichtig. Wenn sie daheim geblieben wären, dann würde sie jetzt in ihrem alten Zimmer liegen, mit einer Freundin texten, für die Schule lernen oder einen Film streamen.

Becca sehnte sich danach. Nach dem Gefühl, ein Zuhause zu haben. Nach ihren Eltern, ihrem alten Leben. Sie war wütend, weil all das verschwunden war. Sie war traurig, so uferlos und unendlich traurig. Für sich selbst und für Beth, die noch viel zu klein war, um all das zu verstehen oder zu wissen, welche Auswirkungen das auf ihr Leben haben würde. Die viel zu klein war, um ohne Eltern aufzuwachsen.

„Du tust mir weh", protestierte Beth. „Du drückst mich viel zu fest."

Becca ließ ihre Schwester los und atmete aus.

„Tut mir leid", sagte sie. „Ich hab dich lieb."

„Bleiben wir jetzt immer hier?", fragte Beth. „Für immer hier bei Olivia und Brandon?"

„Fürs Erste, ja, glaub ich. Möchtest du gerne für immer hierbleiben?"

Beth überlegte. „Ich möchte nach Hause", sagte sie dann. „Aber das geht nicht, oder?" Ein Funken Hoffnung lag in ihrer Stimme, kaum wahrnehmbar und doch vorhanden. Der Funke Hoffnung, dass Mum und Dad doch noch am Leben waren und sie einfach nach Hause gehen könnten.

„Nein", murmelte Becca sanft. „Das können wir nicht."

Das kleine Mädchen schwieg für eine Weile. „Ich hab nachgedacht", sagte sie dann.

Becca unterdrückte ein Lächeln, weil sie diesen Tonfall ihrer Schwester kannte. Wann immer ihr eine Frage zu schaffen machte, legte sie ihre Stirn in Falten, sah Becca voller Ernsthaftigkeit an und verlangte dann eine Erklärung – schon seit sie ganz klein war.

„Worüber hast du nachgedacht?"

„Du hast immer gesagt, dass wir Erwachsenen nicht vertrauen können, vor allem, wenn sie nett sind. Aber ich mag Brandon und Olivia. Die *sind nett.*"

Becca lachte leise. „Ja, sind sie. Ich denke, ich hab mich in der Hinsicht geirrt. Es gibt auch Erwachsene, die nett sind und wirklich helfen wollen."

„Deswegen klappt auch Brandons Kinn nicht nach oben, wenn er läuft?"

Becca stutzte für einen Moment – und dann fiel ihr die Geschichte ein, die sie Beth erzählt hatte, als sie beide noch draußen in dem Karton übernachteten. Es schien so weit weg, als wäre es eine Ewigkeit her.

„Da hab ich mich wohl auch geirrt", sagte sie und drückte einen Kuss auf Beths Haar. „Scheint so, als wären nicht alle Polizisten in Finley Meadows so dick, dass sie nur auf einem Lastwagen mitfahren können."

„Hm", sagte Beth, die über diese neuen Informationen wohl erst nachdenken musste.

Schließlich seufzte sie. „Dann will ich hierbleiben. Ich mag Brandon und Fluff und Olivia und den Pool." Sie gähnte und kuschelte sich enger an Becca.

„Kannst du mir eine Einschlafgeschichte erzählen?"

„Klar", sagte Becca und wünschte für einen Moment, das alles hier wäre auch so einfach für sie: Dass sie sich vorbehaltlos auf dieses neue Leben einlassen könnte, ohne Angst zu haben, ohne all diese Gedanken.

„Ich will eine neue Geschichte. Eine, die ich noch gar nicht kenne."

Becca nickte. „Es war einmal, in einem fernen Land, lange vor unserer Zeit …"

Beth drehte den Kopf ein wenig zu ihr, die Augen erwartungsvoll auf sie gerichtet.

„Da waren zwei Prinzessinnen. Beide wunderschön und superlieb."

„Die eine hieß Becca, die andere Beth", murmelte Beth und schob die Hände unter ihre Wange, wie sie das schon als ganz kleines Kind getan hatte.

Becca nickt. „Genauso war das. Die beiden machten sich eines Tages auf, um wilde Abenteuer zu erleben. Sie bekämpften Drachen, tauchten durch tiefe Meere, erforschten verzauberte Wälder und flogen mit einem Heißluftballon über die Wüste. Viele Jahre verbrachten sie so, nur die beiden alleine, und ein Abenteuer jagte das nächste."

Beths Augenlider wurden schwer und flatterten.

„Dann trafen sie eines Tages einen verzauberten Kater mit wunderbar flauschigem Fell und leuchtenden Augen …"

„Fluff", murmelte Beth und gähnte.

„Genau", sagte Becca leise. „Sie trafen also diesen wunderbaren Kater. *Ich lebe in einem verzauberten Schloss, in dem niemand richtig glücklich ist,* sagte er. *Also bin ich losgezogen, um herauszufinden, wie das geht – richtig glücklich sein.*

Die Mädchen nickten, denn sie wussten, wie man das macht. Sie waren immerhin in einem Haus aufgewachsen, das voll von lieb haben und Glück war.

Man braucht eine Familie, die sich lieb hat. Dann ist das ganz einfach, sagten sie.

Der Kater strich sich mit der Pfote über seine Schnurrbarthaare. *Könnt ihr mit mir kommen?,* fragte er, nachdem er angestrengt nachgedacht hatte.

Die Mädchen überlegten kurz. Sie waren müde von all ihren Abenteuern und Reisen. Ein Schloss mit gutem Essen und weichen Betten und einem prasselnden Feuer im Kamin klang ganz wunderbar. Und so begleiteten sie den Kater und wanderten sieben Tage und sieben Nächte, bis sie schließlich die Grenzen zu einem unbekannten Königreich überquerten. Schon bald erreichten sie ein Schloss. Das schönste Schloss, das die beiden jemals gesehen hatten: Die Wände schillerten in allen Farben des Regenbogens, das Dach war mit Muscheln gedeckt und überall blühten Blumen und Bäume. Es war alles ein bisschen fremd und sie wussten nicht, ob sie hier glücklich werden würden ... Aber sie würden mal für eine Weile hier bleiben und es zumindest probieren."

Becca hielt inne und sah zu ihrer kleinen Schwester. Beth atmete tief und ruhig, ihre Augen fest geschlossen. Auf ihren Lippen lag der Hauch eines Lächelns – vermutlich träumte sie gerade von ihrem Märchenschloss.

„Und wie die Geschichte weitergeht und ob die Mädchen in dem Schloss glücklich wurden, das erzähle ich dir ein anderes Mal", murmelte Becca und stopfte die Bettdecke vorsichtig rund um Beth fest, damit ihr in der Nacht nicht kalt werden würde.

Als sie aufsah, saß Fluff auf ihrem Schreibtisch und blickte sie aufmerksam an.

„Hey", sagte sie. „Ich hab dich gar nicht kommen gehört."

Der Kater sah sie nur weiter unverwandt an, der Ausdruck in seinen bernsteinfarbenen Augen unleserlich. Becca war schon beinahe eingeschlafen, als Fluff mit einem eleganten Satz auf ihr Bett sprang und sich zwischen den Beinen der Mädchen zu einer Kugel ringelte.

Kapitel 15

Es war spät geworden, als sie ihren Laptop zuklappte – beinahe ein Uhr morgens. Olivias Tage waren so viel voller als früher und sie genoss die Zeit mit den Mädchen. Dass die Firma im Moment ein wenig zu kurz kam, nun, das war eben so. Wenn sie ehrlich zu sich selbst war, dann war sie erstaunt, wie gut alles ohne ihre ständige Anwesenheit klappte.

Olivias Blick fiel auf das Bündel Briefe, das Meghan ihr gebracht hatte: neue Leserbriefe als Reaktion auf den Artikel, der gefühlt vor einer Ewigkeit erschienen war, oder zumindest in einem anderen Leben. Sie griff danach und machte sich auf den Weg ins Schlafzimmer. Kurz darauf saß sie auf dem Bett, die Beine untergeschlagen, Fluff lag zu einer Kugel zusammengerollt neben ihr und schnurrte behaglich. Die Flammen im Kamin gegenüber leckten träge an den Holzscheiten, Knistern erfüllte den Raum.

Olivia streckte sich zufrieden, angelte ihre Lesebrille vom Nachttisch und setzte sie auf. Sie breitete die Briefe vor sich aus – Dutzende Formate, Farben und Handschriften. Mit welchem sollte sie beginnen?

Sie nahm ein Kuvert, das mit krakeligen Buchstaben beschriftet war, und riss es auf.

Mein Name ist Lucy, las sie. *Ich mag deine Badebomben am allerliebsten von allen, weil da kleine Blümchen drin sind.*

Olivia lächelte. Die Entwicklung der Bio-Kinderkosmetik war eines ihrer Herzensprojekte – denn es sollte den Kindern Spaß machen, die Produkte zu verwenden. Sie hatte noch lebhaft in Erinnerung, wie mühsam es gewesen war, ihre kleine Schwester

Eve zum Haarewaschen zu überreden, weil einmal Shampoo in ihren Augen gebrannte hatte.

Meine Mama hat mir die Fotos von dir gezeigt und den Artikel vorgelesen. Wenn ich groß bin, dann werd ich auch mal eine Firma haben, so wie Du. Nur dass ich dann Shampoo für Tiere verkaufen werde. Ich glaube, auch Meerschweinchen und Ponys wollen gut riechen.

Was die olfaktorischen Vorlieben von Ponys und Meerschweinchen anging, teilte sie Lucys Optimismus nur bedingt – aber sie war stolz darauf, dass das kleine Mädchen auch Unternehmerin werden wollte. Sie zog ihre Handtasche zu sich, fischte Haftnotizen hervor und klebte es auf Lucys Brief. *Produktauswahl Kinderlinie schicken,* schrieb sie darauf. *Plus zwei Stofftiere – ein Pony, ein Meerschweinchen.*

Sie würde es Meghan überlassen, die richtigen Geschenke auszuwählen und alles hübsch zu verpacken. Vorsichtig schob sie den Brief zurück in den Umschlag und griff nach dem nächsten.

Hallo, Olivia, las sie. *Lange nichts von dir gehört.*

Schöner Artikel. Tolle Firma.

Was die Leute wohl sagen würden, wenn sie wüssten, dass du der Beihilfe zum Mord schuldig bist? Und nicht nur irgendeinem Mord …

Sondern Beihilfe zum Mord an deiner Mutter.

Das würde sich schlecht in der Zeitung machen.

Ich vermute, deswegen hast du es ausgelassen, nicht wahr?

Aber keine Angst. Dein kleines Geheimnis ist bei mir sicher.

Nun … noch.

Ich melde mich wieder bei dir und dann besprechen wir mal, wie wir meine Loyalität dir gegenüber stärken können.

Wie in einer richtigen Familie, Olivia.

Du und ich.

Mit zitternden Händen ließ Olivia den Brief sinken.

Sie wusste nur zu gut, wer diesen Brief geschrieben hatte. Auch wenn da keine Unterschrift war – sie konnte seine tiefe, heisere Stimme hören, als wäre es gestern gewesen.

Hallo, Olivia.

Das humorlose Grinsen, das Zähne mit Nikotinflecken freilegte.

Beihilfe zum Mord an deiner Mutter.

Olivia drückte sich vom Bett hoch und würgte. Sie sog rasselnd Luft ein, aber ihr Hals war zu eng, sie konnte nicht mehr atmen.

Schwarze und weiße Sterne explodierten vor ihr in der Luft und sie griff nach der Wand. Langsam sank sie daran hinunter.

Hank.

Hank hatte sie gefunden.

Olivia hatte ihn abgekapselt, in einem dunklen Bereich ihres Herzens. Hatte ihn und die Vergangenheit und all das, was damals passiert war, weggeschlossen.

Uralte Angst kroch in ihr hoch.

Was soll ich nur tun? Ihn bezahlen?

Aber er wird wiederkommen und dann wieder.

Er wird immer mehr wollen, wird niemals zufrieden sein.

Olivia wusste, wozu er in der Lage war. Was er schon einmal getan hatte.

Becca und Beth! Gerade schliefen sie friedlich in ihren Zimmern …

Sie schlang die Arme um sich und starrte zum Bett, auf das blendend weiße Blatt Papier, das dort lag.

Die zackige Handschrift, die schräg über die Seite lief, ließ sie nicht los.

Wie Stufen führte sie zurück in die Vergangenheit, führte sie zurück in eine Zeit, die sie geglaubt hatte, für immer hinter sich gelassen zu haben.

***

Olivia hörte schwere Schritte draußen am Flur, dann eine Pause, bevor die Haustür geöffnet und wieder zugeschlagen wurde. Sie zog die Decke enger um sich und spähte angestrengt ins Halbdunkel. Das Licht der Werbetafel am Haus gegenüber blinkte durch ihr Zimmerfenster, warf rot-grüne Schatten auf den Fußboden.

Ein Poltern, dann eine tiefe Stimme. Sie konnte nicht verstehen, was er sagte, aber sie wusste, was es bedeutete: Hank hatte wieder getrunken.

Elektrisches Kribbeln breitete sich in ihrem Brustkorb aus, machte ihr das Atmen schwer.

Sie blickte zu dem Gitterbett, das am anderen Ende des Zimmers stand. Eve schlief tief, den Daumen im Mund. Sie lag ganz still, nur die Bettdecke hob und senkte sich.

Vielleicht legte er sich ja einfach aufs Sofa und begann zu schnarchen, so wie das letzte Mal.

Vielleicht …

Ein Rumpeln aus der Küche, gefolgt von einem dumpfen Knall und metallischem Klirren.

Mum! Olivia rutschte an den Rand des Bettes.

Was sollte sie nur tun? Hank mochte es nicht, wenn sie ihrer Mum zu Hilfe kam, das machte ihn nur noch wütender. Und dann würde Eve munter werden. Olivia hatte Angst, dass er ihr auch wehtat. Es war besser, wenn Hank gar nicht daran dachte, dass da noch ein kleines Mädchen in der Wohnung war.

Aber dann war Mum ganz allein mit ihm.

Olivia presste die Lippen zusammen.

Warum nur konnte Mum ihn nicht einfach rauswerfen? Sie waren doch glücklich gewesen zu dritt. Warum hatte Mum Hank nach Hause gebracht?

Gebrüll drang durch die Kinderzimmertür, ein dumpfer Schlag.

Olivia sprang auf, lief hinüber und presste ihr Ohr gegen das Holz. Hank wurde immer lauter, dazwischen die angestrengte Stimme ihrer Mutter. Sie versuchte offenbar, ihn zu beruhigen.

Aber es half nicht. Olivia zog die Kinderzimmertür einen Spalt breit auf.

„Ja, ist es das? Ist es das, was du willst? Willst du mich abservieren und dir den nächsten anlachen? Das kannst du vergessen. Du gehörst mir. Und du wirst tun, was ich dir sage", brüllte Hank. „Was denkst du, wer dir glauben wird, du kleine Schlampe? Was immer du sagst, sie werden mir glauben. Ich bin Polizeibeamter, Darling. Eine Stütze der Gesellschaft." Er lachte hämisch. „Ich geh jetzt ins Bett. Räum das Chaos hier auf und komm dann zu mir. Du hast eine Menge wiedergutzumachen."

Olivias Nackenhaare sträubten sich. Sie wusste nicht, warum, aber der Gedanke, dass Mum zu Hank ins Bett kommen sollte, ließ Panik in ihr aufsteigen.

Seine schweren Schritte kamen den Gang entlang. Schnell schloss Olivia die Tür und hielt den Atem an. Hatte er sie gehört?

Sie stand ganz still im Halbdunkel, presste die Hand auf den Mund und versuchte, nicht zu weinen. Immer näher kamen seine Schritte. Vor ihrer Zimmertür hielt er kurz inne. Sie wollte weglaufen – so schnell und so weit wie möglich.

Nur weg von hier und von diesem Mann, der Mum wehtat.

Aber sie musste bleiben. Sie musste bleiben und Eve beschützen. Und ihre Mum. Olivia presste die Fingernägel in ihre Handflächen und zwang sich, ganz still stehen zu bleiben.

Hank bewegte sich auf der anderen Seite der Tür. Er brummte etwas. Er stolperte und torkelte gegen die Wand.

Nach einem unendlich langen Moment entfernten sich die Schritte endlich. Olivia hörte den dumpfen Aufprall, als er seine

Schuhe auszog und gegen die Wand schleuderte. Hörte das Knarren des Bettes, als er sich hineinlegte.

Nach einer Weile hörte sie nichts mehr.

Sie holte tief Luft und öffnete vorsichtig die Tür. Ein leises Schluchzen lag in der Luft. Sofort stiegen ihr auch Tränen in die Augen. Sie huschte den Gang entlang, hinüber zur Küche. Mum kauerte am Fußboden, in der Ecke neben dem Kühlschrank. Ihre Haare waren ganz wirr, auf ihren Armen prangten wütend rote Flecken und aus einer Wunde über ihrem rechten Auge sickerte ein dünnes Rinnsal Blut.

Olivia ließ sie neben ihr sinken.

„Mum", flüsterte sie und streichelte vorsichtig über die Haare ihrer Mutter.

Die hob den Kopf und sah sie an. „Du solltest schlafen, Liebling", flüsterte sie. „Haben wir dich aufgeweckt? Tut mir leid."

„Er hat wieder zu viel getrunken", sagte Olivia.

Ihre Mutter schwieg für eine Weile. „Hank hat einen stressigen Job", sagte sie dann müde. „Ich muss mich einfach bemühen, ihn nicht wütend zu machen."

Olivia legte die Arme um ihre Mutter und rutschte näher an sie heran, drückte sich an sie. Dann schloss sie die Augen.

„Es wird alles gut, Mama", flüsterte sie. „Es wird alles gut, irgendwie."

***

Olivia legte den Stapel Leserbriefe auf Meghans Schreibtisch. Nun, fast den ganzen Stapel. Hanks Brief war bei ihr daheim, gut versteckt in ihrem Schrank, hinter Schuhschachteln und Handtaschen.

„Kannst du dich darum kümmern?", fragte sie. „Ich hab dir Anmerkungen auf jeden Brief geklebt."

„Klar." Meghan sah sie prüfend an. „Ist alles in Ordnung? Du siehst so aus, als würde dich etwas belasten. Ist etwas mit den Mädchen?"

Olivia schüttelte den Kopf. „Ich bin nur müde", sagte sie und wusste, Meghan würde ihr das nicht abkaufen. Aber was sollte sie sonst sagen?

Seit Tagen kam Olivia nicht zur Ruhe, kreisten ihr dieselben Gedanken im Kopf.

Sie musste eine Lösung finden, musste Hank geben, was er wollte, um die Mädchen zu beschützen und das Leben, das sie sich aufgebaut hatte.

Was, wenn es ihm nicht nur um Geld geht?

Was, wenn es ihm darum geht, dich zu zerstören?

Sie schüttelte den Kopf.

Für einen Moment stand sie unschlüssig da. Was nun?

Dann wusste sie es plötzlich – wusste genau, wo sie Ruhe finden würde.

„Ich schau noch kurz in den Kräutertrockenraum", sagte sie. „Dann mach ich mich auf den Heimweg. Ich will die Mädchen nicht zu lange alleine lassen."

Meghan nickte. „Wir hören uns später. Und Olivia? Du weißt, dass du dich immer auf mich verlassen kannst, wenn du ein Problem hast?"

Olivia nickte und verließ Meghans Büro, bevor diese noch weitere Fragen stellen konnte, eilte den Gang entlang und verließ das Haupthaus. Quer über den Hof, durch die Tür, die sie an einen magischen Ort brachte: jene große Halle, deren Konstruktion von hellen Holzbalken getragen wurde.

Im weichen Dämmerlicht breiteten sich Reihen um Reihen von Regalen vor ihr aus. Jalousien filterten Lichtstrahlen in dünne Streifen, tausende Schwebeteilchen tanzten darin. Der Geruch von Lavendel, Rose und Minze hing in der Luft. Kräuter und

Blüten lagen auf hunderten mit Netz bespannten Holzrahmen, hingen in dicken Büscheln von der Decke, füllten ordentlich beschriftete Vorratsgläser. Und über allem hing diese Stille: eine Stille so weich, als umarmte einen das Wesen der Kräuter selbst.

Olivia strich mit der Hand über leuchtend gelbe Ringelblumenblüten vom vergangenen Sommer. Reihe um Reihe ging sie weiter und spürte, wie sich langsam Ruhe in ihr ausbreitete. Sie würde dieses Problem lösen. Auch wenn sie noch nicht wusste, wie.

Als sie ihren Blick hob, stand Brandon vor ihr, viel zu nah. Sie holte unwillkürlich Luft und griff nach der hölzernen Tischplatte neben ihr, lehnte sich daran.

„Hey“, sagte er. „Ich war gerade in der Gegend und hab gedacht, ich schau mal vorbei. Meghan hat mir verraten, wo ich dich finde. Sie sagt, du kommst immer hierher, wenn du ein Problem hast, das du nicht lösen kannst?“

Olivia tat einen Schritt zurück und dann noch einen.

Brandon war ein Polizist. Was würde er wohl sagen, wenn er erfuhr, was sie getan hatte? Wenn Hank ihm erzählte, was er im Brief angedroht hatte?

Was würde Brandon von ihr denken?

Und was würde er tun? Würde er mit dem Jugendamt reden und ihr die Mädchen wegnehmen?

Sie atmete durch. Und noch einmal.

Sie würde das hier regeln. Brandon auf Abstand halten. Die Mädchen beschützen. Hank loswerden. Irgendwie.

„Wie nett“, sagte sie und bemühte sich, neutral zu klingen. „Was kann ich für dich tun?“

In seinen Augen stand ein fragender Ausdruck.

„Ich mach mir Sorgen um Becca“, sagte er dann. „Sie vermisst natürlich ihre Eltern und bestimmt auch ihr altes Leben, aber sie spricht nicht darüber … und das sollte sie, wenn nicht mit uns, dann mit irgendjemand anderem. Es ist nicht gesund, dass sie versucht, alleine damit fertig zu werden. Und es wäre nicht gut, wenn sie alles einfach verdrängt."

Olivia dachte an sich selbst, als sie an Beccas Stelle gewesen war – plötzlich verantwortlich und alleine mit all dem Schmerz. Aber sie war älter gewesen, vielleicht hatte sie es deshalb geschafft. Becca war noch so jung ...

Olivia verzog den Mund. Hatte sie es geschafft? In jüngerer Zeit fragte sie sich immer häufiger, ob sie den Tod ihrer Mutter jemals verwunden hatte.

„Ja", sagte sie. „Ich hab schon darüber nachgedacht. Ich hab versucht, ihr die Gelegenheit zum Reden zu geben, aber ich will sie nicht bedrängen. Du hast recht, sie sollte mit jemandem reden. Immer wieder, bis es nicht mehr so wehtut und sie damit umgehen lernt."

„Aber sie hat noch keine Freundinnen hier und sie scheint auch keinen Kontakt mehr mit ihren Freundinnen von früher zu haben. Auch wenn ich gar nicht weiß, ob das helfen würde – aber sie hätte zumindest jemanden, dem sie sich anvertrauen kann."

„Ja, ich weiß. Ich weiß nur nicht, wie wir ihr helfen können."

„Deswegen bin ich hier ... Ich hab möglicherweise eine Lösung. Als ich neulich mal im Diner war, hat Giulia erzählt, dass sie Hilfe brauchen", sagte Brandon.

„Und?"

„Nun, Becca würde auf andere Gedanken kommen, hätte eine echte Aufgabe, würde Leute hier kennenlernen ... und Giulia hat so eine Art mit Menschen umzugehen. Könnte vielleicht gut für Becca sein."

Olivia sah ihn nachdenklich an. Sie wusste nicht viel über Giulia, aber wenn Brandon dachte, dass die junge Frau Becca helfen konnte ...

Da war es wieder, dieses Gefühl.

Vertrauen.

Sie vertraute ihm, seiner Meinung. Wenn er da war, schien alles plötzlich viel einfacher.

Unwillkürlich trat sie einen Schritt näher an ihn heran.

„Okay", sagte sie. „klingt so, als wär's einen Versuch wert."

Ein Lächeln streifte seine Lippen und kletterte in seine Augen. Sie mochte die kleinen Fältchen, die sich in seinen Augenwinkeln bildeten. Sie mochte überhaupt eine Menge an ihm.

Was war es nur, das sie so sehr zu ihm zog?

Er neigte sich vor und sein Atem strich über ihre Wange. Er roch nach Pfefferminz und Schokolade, als hätte er gerade ein Bonbon gegessen. Seine Hand berührte ihre federzart, zeichnete Kreise auf ihren Handrücken. Der Stoff seines Hemdes raschelte, als er den Abstand zwischen ihnen schloss und sie ihren Kopf an seine Brust legte.

Es sollte immer so sein. Jeden Tag.

„Was ist einen Versuch wert?", murmelte er in ihr Ohr. „Beccas Job im Diner oder … wir?"

Wir. Blendende Hitze wirbelte durch Olivias Körper – Hitze, die Angst und Verlangen gleichzeitig war, die sie schwindelig werden ließ.

Sie drückte sich an ihn, erlaubte sich einen Moment länger in seinen Armen, atmete seinen Geruch ein.

Dann trat sie einen Schritt zurück und sah ihn an. Der Ausdruck in seinen Augen war so hoffnungsvoll, dass sie sich selbst dafür hasste, ihn zurückzuweisen.

„Ich kann nicht, Brandon", sagte sie leise. „Ich will es, aber ich kann nicht. Es tut mir so leid."

Brandon stand ganz still. Ob er überlegte, wie er sie überzeugen konnte? Doch dann nickte er nur langsam. In seinen Augen lag so viel Ruhe und Sicherheit, dass Olivia jedes Quäntchen

Willenskraft brauchte, um genau da zu bleiben, wo sie war: auf Abstand und bei ihrer Entscheidung.

Sie konnte einfach nicht, nicht jetzt, wenn die Mädchen gerade erst in ihrem neuen Leben anzukommen versuchten.

„Und jetzt holen wir Mittagessen für alle aus dem Diner", sagte Brandon und hielt ihr seinen Arm hin. Sie sah ihn ein wenig misstrauisch an, nicht sicher, ob Körperkontakt mit ihm eine gute Idee war.

„Giulia ist dort, du kannst mit ihr reden", sagte er. „Wegen Beccas Job."

„Du bist echt gut", murmelte sie, dann musste sie doch lächeln und schob ihren Arm in seinen.

Er drückte ihr einen Kuss aufs Haar. „Was immer du willst, Olivia."

Dich, dachte sie. *Ich will dich.*

Und ich weiß nicht, wie lange ich dir noch widerstehen kann.

Kapitel 16

Liebes Tagebuch

Eigentlich schreib ich kein Tagebuch, das ist irgendwie oldschool, aber Brandon hat gemeint, ich könnte es mal versuchen. Er meint, dass Polizisten nach schwierigen Einsätzen wie Geiselnahmen oft aufschreiben, was alles passiert ist und wie es ihnen geht und dass das hilft. Und Dad hat oft gesagt, dass man Dingen mal eine Chance geben muss, und sie nicht von vornherein ablehnen soll, auch wenn sie vielleicht anders sind als das, was man bisher so gemacht hat. Deswegen probier ich es mal.

Wir wohnen jetzt hier bei Olivia und das Haus ist riesig. Es ist echt schön, aber auch ein bisschen wie ein Hotel und nicht wie ein Zuhause, wo eine Familie wohnt. Es fühlt sich komisch an, wenn mein Zeug irgendwo rumliegt, ich hab immer das Gefühl, gleich kommt jemand und schaut mich deswegen böse an. Es ist so gar nicht wie bei Mum und Dad und ich mochte es dort lieber. Naja. Jedenfalls hab ich ein eigenes Zimmer und Beth auch. Aber sie schläft eigentlich immer bei mir. Olivia und Brandon sagen nichts deswegen, was ich nett finde.

Beth scheint es hier gut zu gefallen. Sie mag den Pool und sie liest gern Bücher vor dem Kamin. Außerdem hängt sie ständig an Brandon, wenn er da ist. Bisschen so, als wär er ihr neuer bester Freund. Irgendwie nervig. Er scheint's cool zu finden, was für einen Polizisten echt komisch ist oder nicht? Aber er kocht ja auch. Irgendwie scheinen die Cops hier auf dem Land anders zu sein als die in der Stadt.

Vielleicht denkt Beth ja auch gar nicht mehr an Mum und Dad. Kann das sein, dass sie die beiden schon vergessen hat? Sie ist noch klein und ich freu mich, dass sie happy ist, und ich will sie auch nicht fragen, denn dann wird sie vielleicht wieder traurig.

Aber irgendwie fühl ich mich jetzt einsamer als vorher. Als wir noch unterwegs waren, nur wir zwei, da war immer was zu tun – ich hab einen Platz zum Übernachten gesucht oder was zu essen oder wir haben einen Pulli gebraucht oder eine Decke und ich musste immer aufpassen, dass wir nicht entdeckt werden. Ich glaub, ich hatte einfach nie Zeit zum Nachdenken, und davon hab ich jetzt viel zu viel.

Schule beginnt erst nach den Weihnachtsferien. Ich hab irgendwie Angst, mich bei meinen alten Freundinnen zu melden. Ich kann mir gar nicht vorstellen, was wir dann reden sollen. Vielleicht denken sie ja, dass ich gestorben bin. Was irgendwie auch stimmt. Die Becca von damals kommt mir so fremd vor, wie aus einem Buch, das ich mal gelesen hab und wo mir Teile der Geschichte nicht mehr einfallen. Aber manchmal wach ich auf und denk, alles ist nur ein Traum – und dass Mum gleich rufen wird, dass ich mich beeilen muss, weil ich sonst zu spät in die Schule komme. Und dann schau ich mich um und bin wieder hier, es fällt mir alles ein und ich bin wütend und traurig und auch irgendwie verwirrt, weil ich gar nicht mehr weiß, was echt ist.

Ich kann mein Zimmer neu einrichten, wie es mir gefällt, hat Olivia gesagt. Ich soll zusammensuchen, was ich haben will, und dann besprechen wir das. Aber ein Pinterest Board zu machen dauert auch keinen ganzen Tag und dann hab ich schon wieder nichts zu tun. Ich weiß, dass das voll undankbar klingt. Und das bin ich nicht. Olivia und Brandon sind echt nett und sie bemühen sich. Sie fragen, was wir essen und unternehmen wollen und auch immer, ob ich irgendwo helfen oder mitkommen will. Olivia fragt manchmal, wie's mir geht, aber ich weiß dann nie, was ich sagen soll. Ich will sie nicht verletzen, und wenn ich ihr sage, dass ich gar nicht hier sein will, dann wird sie vielleicht böse und will uns nicht mehr haben.

Ich sollte erleichtert sein und das bin ich auch. Und ich bin ja auch dankbar. Ich weiß nur einfach nicht, wie mein Leben hier werden soll, und das macht mir eine scheiß Angst.

Bin nicht sicher, warum, aber aufschreiben hilft vielleicht echt. Zumindest geht's mir jetzt ein bisschen besser. Naja. Nicht mehr lang und dann ist Weihnachten und davor hab ich echt Angst. Mein erstes Weihnachten ohne Mum und Dad. Ich find's gut, dass wir feiern – Beth soll einen Baum haben und Geschenke und all das. Aber mir wär lieber, ich könnte alles vergessen und einen ganz normalen Tag haben oder mich verkriechen und mit niemandem reden.

Das Beste hier ist jedenfalls Fluff. Er ist wunderschön, total flauschig und viel größer als jede Katze, die ich jemals gesehen hab. Er hat ganz weiche Pfoten, Puschel auf den Ohren und er ist klug. Wenn er mich ansieht, hab ich das Gefühl, dass er versteht, wie es mir geht. Er scheint mich auch zu mögen, denn er ist oft bei mir. So wie jetzt gerade, er liegt neben mir auf dem Schreibtisch und sieht mich an. Wahrscheinlich will er gestreichelt werden. Ich glaub, ich werde das jetzt tun.

***

„Bist du sicher? Das Wasser muss richtig stark kochen?“, fragte Olivia und betrachtete ungeduldig den Topf.

„Jap“, klang Brandons Stimme gedämpft hinter der Kühlschranktür hervor.

„Kennst du Instant-Nudeln?“, fragte sie zurück. „Da braucht man das Wasser nur im Wasserkocher erwärmen, es über die

Mischung leeren und kann in sechzig Sekunden essen. Alles schon drin. Sogar die Gewürze und ein bisschen Gemüse! Eve und ich haben das häufig gegessen, als sie noch klein war. Gibt's mittlerweile auch in Bio."

Brandon tauchte mit gequältem Gesichtsausdruck neben ihr auf. „Das ist nicht dein Ernst, oder? Willst du mir sagen, dass du keinen Unterschied zwischen meinem Essen und Instant-Nudeln schmeckst?"

Sie zuckte mit den Schultern. „Doch, natürlich. Bei Essen aus der Packung geht es nicht um Geschmack, da geht es darum, etwas Warmes im Bauch zu haben, das günstig ist, akzeptabel schmeckt und schnell fertig ist."

„Und mein Essen?" Brandon sah sie prüfend an.

Olivia rührte gedankenverloren im Nudelwasser. Wann hatte sie das letzte Mal Essen wie seines gegessen?

Sie musste weit in ihrer Erinnerung zurückgehen – als ihre Mum noch gelebt hatte. Und doch war sein Essen anders – es war eindeutig hausgemacht, aber beinahe zu raffiniert dafür. Die Kombinationen der Geschmacksnoten, die Zutaten, selbst die Art, wie er es anrichtete ... „Dein Essen schmeckt wie eine Mischung aus Restaurant und dem Essen meiner Mutter. Oder ... als wärst du eine Oma mit Haube." Sie hielt inne. „Die kulinarische, nicht die gehäkelte. Essen bei Großmüttern schmeckt immer ein bisschen wie eine warme Umarmung und nach Zuhause, das tut deines auch. Aber eben fancy."

Ein strahlendes Lächeln breitete auf seinem Gesicht aus. „Ich bin eine kulinarische Oma ... Das ist das schönste Kompliment, das ich je bekommen habe." Seine Stimme klang ein wenig verlegen. „Pass auf, wenn du mir so schmeichelst, wirst du mich nie wieder los."

Klingt gut.

Ihr Blick fing sich für einen Moment in seinem und Funken stoben zwischen ihnen hin und her. Dann schlug sie die Augen nieder und sah auf das Wasser.

„Ein paar Bläschen, die aufsteigen?", fragte sie.

Er nahm ihr den Kochlöffel aus der Hand, sah sie leicht verzweifelt an und schob sie liebevoll beiseite. „Du bist eine wunderbare Frau, Olivia. Aber in der Küche wirklich zu nichts zu gebrauchen."

Sie sah ihn an, verbiss sich ein Lächeln und streckte ihm stattdessen die Zunge raus.

„Gut." Sie versuchte, ein klein wenig beleidigt zu klingen. „Wenn meine Hilfe hier nicht geschätzt wird, dann geh ich eben."

„Tu nicht so, als wärst du nicht froh, endlich zurück an deinen Schreibtisch zu kommen. Ich wette, du überlegst schon die ganze Zeit, wie du dich vor dem Kochen drücken kannst, weil du noch Arbeit hast, nicht wahr? Und die Frage mit dem Nudelwasser war Teil des Plans?"

Olivia drehte sich auf den Fersen um und flüchtete aus der Küche. „Haltlose Unterstellungen", rief sie über die Schulter zurück.

Sie bog gerade in Richtung Büro ab, als es an der Tür läutete.

Wer war denn das? Sie erwartete keine Pakete und die Lieferungen vom Thailänder hatten in der Frequenz dramatisch nachgelassen, seit Brandon viel Zeit hier verbrachte.

Sie fischte ihr Handy aus der Hosentasche und wollte gerade nachsehen, wer ihr Besucher war, da flog die Haustür auch schon auf und eine junge Frau wirbelte umgeben von Schneeflocken in die Eingangshalle.

„Eve?" Olivia starrte sie an. „Aber wie kommst du hierher?"

„Mein Kennzeichen ist doch gespeichert", sagte die grinsend. „Und das Computersystem hat mir Einfahrtstor und Haustür aufgemacht, wie praktisch."

Statt einer Antwort schlang Olivia die Arme um ihre kleine Schwester und ließ sie für einen langen Moment nicht los.

„Ich meinte, wieso du hier in Finley Meadows bist", fragte sie dann. Sie schob Eve wieder auf Armlänge von sich weg und sah sie prüfend an. „Schläfst du genug? Du hast Augenringe." Sofort zog sie Eve wieder in ihre Arme. „Ich kann's nicht glauben, dass du da bist", murmelte sie und fühlte sich plötzlich ganz blubberig vor Glück: Eve war hier!

Ihre kleine Schwester war tatsächlich hier bei ihr.

„Ich hab gedacht, Weihnachten ohne mich ist doch irgendwie kein richtiges Weihnachten für dich", klang Eves Stimme gedämpft an Olivias Ohr. „Ich konnte die Vorstellung nicht ertragen, dass du hier ganz allein feierst. Deswegen hab ich beschlossen, dich zu besuchen."

Olivia drückt sie wieder von sich weg. „Mit dem Typen ist es vorbei und die Ausstellung ist ins Wasser gefallen?"

Eve grinste. „Auch. Sein Name war Antonio."

„Ich hoffe, sein Name ist noch Antonio", erklang Brandons amüsierte Stimme hinter ihnen. „Mord ist kein optimaler Weg, um eine Beziehung zu beenden."

Olivia sah Eves Gesicht wie im Zeitlupentempo komplett entgleisen. Für einen Moment stand sie nur da und starrte Brandon an, Mund offen.

„Das", sagte sie dann fachmännisch und richtete ihren Blick auf Olivia, „ist ein Mann."

„Ich weiß", sagte Olivia.

„Ein echt gutaussehender Mann. Man könnte fast sagen, ein kompletter Schnuckel – und absolut zum Dahinschmelzen."

Olivia spürte, wie ihre Wangen heiß wurden. Sie grinste, weil sie nicht genau wusste, was sie sagen sollte.

„Und er kommt aus deiner Küche.“ Das Gehirn ihrer kleinen Schwester hatte offensichtlich Schwierigkeiten, diese beiden Tatsachen miteinander in Einklang zu bringen.

„Irgendwo im Haus gibt es auch noch zwei Kinder, die wohnen auch hier. Ebenfalls zum Dahinschmelzen süß und auch manchmal in der Küche anzutreffen“, warf Brandon ein, der die Situation anscheinend höchst amüsant fand.

Eve sah zwischen den beiden hin und her, ihr Gesichtsausdruck hilflos.

„Aber dauert eine Schwangerschaft nicht neun Monate?“, fragte sie. „Wie lange war ich denn weg?“

Olivia lachte. „Alles gut, kleine Schwester. Das hier ist Brandon. Die Mädchen wirst du gleich kennenlernen. Du kommst gerade richtig zum Abendessen. Und ich werde dir alles erzählen.“

Brandon streckte Eve die Hand hin.

Die grinste, stellte sich auf die Zehenspitzen, zog ihn in eine Umarmung und drückte ihm einen fetten Schmatz auf die Wange. „Bleibt ja in der Familie“, sagte sie.

Er grinste verlegen. „Du bist also Olivias berühmte Schwester“, sagte er und half ihr aus dem Mantel. „Die wilde Künstlerin, die die Welt bereist.“

„So ungefähr. Nur weniger glamourös, als man es sich gemeinhin vorstellt.“ Eve hielt inne. „Oh mein Gott, riecht das hier gut.“

Sie sah Olivia an. „Wenn du mir jetzt auch noch erzählst, dass du kochen gelernt hast, ruf ich die Ghostbusters oder den Vatikan an, denn dann brauchen wir einen Exorzismus oder was Ähnliches. So viel Persönlichkeitsveränderung kann nicht gesund sein.“

Brandon lachte laut auf. „Nein, keine Angst. Sie hat mir gerade von den Vorteilen der Instant-Nudeln vorgeschwärmt.“

Eve nickte und sah beinahe erleichtert aus. „Das klingt schon eher nach ihr.“

Olivia folgte den beiden in die Küche, wo Eve sich auf einen der Barhocker fallen ließ, während Brandon ihr ungefragt ein Glas Rotwein eingoss, als würden sich die beiden seit Ewigkeiten kennen. Eve lachte über irgendetwas, was er gerade gesagt hatte.

Olivia war erstaunt über den Stich in ihrem Herzen. War sie etwa eifersüchtig?

So ein Unsinn. Das hier war ihre kleine Schwester.

Und er war einfach nur Brandon, nicht *ihr* Brandon.

Er konnte tun und lassen, was er wollte.

Sie betrachtete die beiden.

Ob er Eve wohl hübsch fand? Hübscher als sie?

Auf alle Fälle fand er sie wohl aufregend, wie er gerade vorhin gesagt hatte.

Eve bereiste die ganze Welt und widmete ihr Leben der Kunst und den Abenteuern, die sie auf dem Weg fand. Zudem hatte ihre kleine Schwester ein wunderbares Talent: Sie konnte mit Menschen vom ersten Moment an reden, als wären sie seit Ewigkeiten Freunde. Andere wollten in ihrer Nähe sein, bewunderten sie, fühlten sich bei ihr wohl.

Olivia hatte sie immer schon um dieses Talent beneidet. Sie selbst fühlte sich merkwürdig spröde dagegen. Sie brauchte Zeit, um Menschen kennenzulernen, sich zu öffnen, Freundschaften zu schließen.

Nicht zum ersten Mal wünschte sie, mehr so zu sein wie ihre Schwester: spontan und ein wenig wild. Aber sie war nun mal die Vernünftige, Bodenständige. Die Ruhige, auf die man sich verlassen konnte. Keine Abenteurerin, keine schillernde Künstlerin. Eine Frau, die methodisch an ihren Zielen arbeitete, die Routinen folgte und den Laptop auch dann aufklappte, wenn sie noch müde war und eigentlich lieber ausgeschlafen hätte. Pflichtbewusst, verlässlich ... und langweilig.

„Olivia?“, riss Brandons Stimme sie aus den Gedanken. Es klang, als hätte er sie nicht zum ersten Mal gerufen.

Alles gut?, las sie in seinem Blick.

„Deckst du den Tisch?“, fragte er laut.

Sie nickte, als Antwort auf beide Fragen.

Sei keine dumme Kuh, schalt sie sich selbst. *Du benimmst dich wie ein Teenie.*

Während Eve und Brandon in der Küche werkten, deckte Olivia den großen Tisch. Abwechselnd erzählten Brandon und sie die Geschichte der Mädchen und wie es dazu gekommen war, dass Olivia die beiden bei sich aufgenommen hatte.

„Zwei Mädchen, mutterseelenallein auf der Welt“, sagte Eve und runzelte die Stirn. „Wie du und ich damals, nachdem Mum gestorben war.“

Olivia nickte. „Nur dass ich alt genug war, um mich um dich zu kümmern.“

Eve wiegte den Kopf. Sie rieb gedankenverloren die Hände an einem Geschirrtuch ab. „Darüber hab ich in den vergangen Wochen oft nachgedacht“, sagte sie nach einer Weile. „In der Kommune gab‘s eine Frau Mitte Dreißig, die hatte ein kleines Kind. Ich hab ihr zugesehen – wie viel Zeit und Energie sie dafür brauchte, eine gute Mutter zu sein.“ Eve neigte den Kopf und sah Olivia mit schimmernden Augen an. „Eigentlich warst du auch noch viel zu jung dafür, Olivia. Viel zu jung. Du hast so viel geleistet, damals. Ich glaub ich hab dir das nie wirklich gesagt. Ohne dich wär mein Leben ganz anders verlaufen, wer weiß, wo ich gelandet wäre. Du hast deine Jugend dafür hergegeben.“

Olivia fühlte, wie Tränen in ihren Augen prickeln. Sie zuckte mit den Schultern, weil sie nicht wusste, was sie dazu sagen sollte.

Eve kam um die Kücheninsel herum und schlang die Arme um sie, drückte sie ganz fest. „Auch ein Grund, warum ich hier bin. Selbst als ich noch nicht sicher war, dass das mit Antonio und mir vorbei ist, hab ich schon geplant, mit dir zu feiern. Du bist mir wichtiger als er oder einer von den anderen Typen."

„Dass du hier bist, ist die beste Überraschung", murmelte Olivia.

Eve ließ sie wieder los und wirbelte herum. „Wo wir gerade von Überraschungen reden", sagte sie und kramte in ihrem Rucksack, den sie bei der Tür hatte fallen lassen. Triumphierend zog sie eine zerknitterte Karte hervor und wedelte damit in der Luft herum.

„Du wolltest doch eine Postkarte von mir zu Weihnachten." Sie grinste. „Ich hab gedacht, ich bring sie dir gleich selbst vorbei. Steht allerdings nichts drauf, ich hab dir stattdessen ein Bild vom Aktmodell der Kommune hinten drauf gemalt, der war einfach zum Anbeißen." Ihr Blick schweifte anzüglich über Brandons Körper. „Ich wusste ja nicht, dass du jetzt selber ein knuspriges Modell daheim hast."

Olivia lachte und schlug die Augen nieder. „Du bist wirklich unmöglich, weißt du das?"

Eve nickte. „Jap. Und sehr stolz drauf."

***

„Ich bin Giulia", sagte die hübsche Frau und lächelte sie an. „Und du bist Rebecca?"

„Becca", brummte sie, hielt ihr die Hand hin und wurde stattdessen in eine nach Räucherstäbchen riechende Umarmung gezogen.

Sieht auch ein bisschen aus wie ein Hippie, dachte Becca, während sie der Frau durch die Räume folgte.

„Hier ist die Küche, das ist hauptsächlich Rennies Revier, aber die kommt heute erst später", sagte Giulia und deutete nach links. „Hier drüben ist das Lager und daneben der Pausenraum. Wenn du Pause machen willst, sagst du einfach Bescheid." Sie wandte sich um und sah Becca aufmerksam an. „Allerdings keine Pausen während der Stoßzeit. Getränke und Essen gehen aufs Haus."

„Auch die Kuchen? Und Burger?", fragte Becca.

Giulia nickte und grinste. „Super, oder? Ich hab deutlich mehr auf der Hüfte, seit ich hier arbeite." Sie drückte die Schwingtür auf. „Und hier...", sie beschrieb mit dem Arm einen schwungvollen Bogen, „ist das Lokal. Ich würde vorschlagen, dass du für den Anfang einfach mal dafür sorgst, dass schmutziges Geschirr in der Küche im Abwasch landet, der Tresen immer sauber und der Boden gefegt ist. Wie klingt das?"

„Klingt machbar", sagte Becca. Sie war nervös, obwohl Teller zu tragen ja echt lächerlich einfach klang. Nur war das hier ein richtiger Job – und irgendwie machte es das anders.

Was die wohl bezahlen?

Brandon hatte das hier organisiert und gemeint, dass das Diner dringend Hilfe brauchte, aber im Moment sah es nicht so aus. Ein alter Mann saß gemütlich mit seiner Zeitung und einer Tasse Kaffee am Tresen, am anderen Ende unterhielten sich zwei Damen bei Tee und Keksen.

Giulia verbrachte die nächste halbe Stunde damit, ihr zu erklären, wie Kaffeemaschine und Registrierkasse funktionierten, wo Besteck, Teller und Servietten zu finden waren, was auf der Speisekarte stand und was bei Bestellungen zu beachten war.

Am Ende schwirrte Becca der Kopf.

„Keine Angst", sagte Giulia und drückte ihren Arm. „Du musst dir heute nicht alles merken. Ich erklär's dir noch mal, war nur, damit du mal einen groben Überblick hast. Heute konzentrierst du dich nur aufs Saubermachen, alles klar?"

Becca nickte.

Bald begann sich das Diner zu füllen – und schließlich schien es so, als würden alle Menschen aus der Umgebung hierherkommen, um zu frühstücken. Als Becca das nächste Mal auf die Uhr sah, war es beinahe elf und sie hatte nicht ein einziges Mal an ihre Eltern gedacht.

Sie lächelte, doch sofort stieg wieder Trauer in ihr auf, gemischt mit schlechtem Gewissen. Sie wollte ihre Eltern nicht vergessen, aber sie konnte auch nicht so leben – den ganzen Tag zu Hause sitzen und traurig sein.

„Gut gemacht", sagte Giulia neben ihr. „Möchtest du eine Pause machen?"

„Nein", sagte Becca. „Erklär mir lieber noch mal die Registrierkasse."

Ein Lächeln erschien auf Giulias Gesicht. „Sie ist eine Diva", sagte sie. „Manche behaupten auch, ein Dinosaurier aus der Uhrzeit. Jedenfalls hat sie so ihre Eigenheiten, aber wenn man freundlich zu ihr ist, dann ist sie kooperativ. Meistens jedenfalls." Sie tätschelte die Registrierkasse liebevoll.

Der Rest des Tages verflog im Nu. Menschen kamen und gingen wie Wellen im Meer und Becca entspannte sich immer mehr. Sie mochte es, mit den Leuten zu plaudern, und sie mochte die Ordnung, die sie schuf. Schmutzige Teller in die Küche, Tassen und Gläser in die Spülmaschine, Servietten und Krümel in den Mülleimer. Easy. Was immer falsch war, ließ sich ganz einfach wieder richtigstellen.

Sie und Giulia fielen in einen freundschaftlichen Rhythmus, so als würden sie schon seit Jahren zusammenarbeiten.

„Genug für heute", sagte Giulia irgendwann und legte ihr die Hand auf die Schulter. „Such dir etwas aus der Vitrine aus und nimm es mit nach Hause."

Nach Hause. Da war er wieder, der vertraute Schmerz. Becca würde nie wieder nach Hause gehen. Sie würde nie wieder nach der Schule die ausgetretenen Betonstufen hochspringen, nie wieder die Tür mit dem vertrauten Klicken aufsperren, nie wieder den Geruch von Mums Parfum oder ihre selbstgemachten Spaghetti riechen und nie wieder Dads kratzigen Bart auf ihrer Wange spüren. Tränen stiegen in ihre Augen.

„Kann ich noch hier bleiben?“, flüsterte sie leise. „Ich will noch nicht gehen.“

Giulia sah sie an und Becca hatte das merkwürdige Gefühl, dass sie ihre Gedanken lesen konnte und genau wusste, was sie fühlte.

„Okay“, sagte sie. „Noch eine Weile. Ich ruf Brandon an und sag ihm Bescheid, dass wir dich heute ein bisschen länger brauchen.“

Kapitel 17

„Er sollte gleich wieder hier sein“, sagte Luke. Feine Lachfalten breiteten sich strahlenförmig von seinen Augenwinkeln aus, der graue Haarschopf fiel ihm tief in die Stirn. Olivia verstand genau, warum Pam ihn attraktiv fand. Er hob einen der Holzrahmen aus einem großen, dampfenden Topf und bürstete kräftig darüber. Erst als das Rähmchen ganz sauber war, legte er es auf die anderen, die er zu einem Turm gestapelt hatte. Dann blickte er auf, grinste wie ein Lausbub und wirkte mit einem Mal Jahrzehnte jünger. „Ehrlich gesagt, wollte ich mich vor der Buchhaltung drücken und war heilfroh, als das Diner anrief, um eine Kiste Honig zu bestellen. Ich hab die Gläser abgefüllt und Brandon hat angeboten, die Lieferung zu übernehmen. Für die Buchhaltung ist es damit für heute leider zu spät.“

Olivia deutete auf den Stapel. „In diese Rahmen bauen Bienen dann ihre Waben?“

Luke hob einen hoch und reichte ihn ihr. „Ja, die kommen in die Bienenkästen. Wusstest du, dass die Bienen ihre eigenen Körper als Lot verwenden? Sie hängen sich in einer Traube aneinander und stellen so fest, wo oben und wo unten ist.“

Olivia drehte das Rähmchen in ihren Händen. Ein feiner Geruch nach Bienenwachs stieg in ihre Nase.

„Ich liebe Bienenwachs“, sagte sie. „Als ich noch selbst Cremen angerührt habe, war es eine meiner Lieblingszutaten.“

Sie dachte an jenen wackeligen Küchentisch, an dem alles begonnen hatte. An all die Töpfe und Tiegelchen, die ätherischen Öle, Kräuter und das goldene Wachs. An die Art, wie das Sonnenlicht durch die Gardine gefallen war und die schäbige Küche so gemütlich gemacht hatte. Wie oft sie von ihrer Arbeit hochgeblickt und erwartet hatte, ihre Mutter vor sich zu sehen: am Herd und dabei, etwas umzurühren, das einfach verführerisch roch.

„Ich vermisse diese Zeit", sagte sie. „Und ich verstehe dich nur zu gut, was Buchhaltung angeht." Sie seufzte und legte den Holzrahmen behutsam auf den Stapel zurück. „Meine Arbeit besteht eigentlich nur noch aus Bürokram." Sie blickte in dem kleinen Raum umher. „Nur noch Meetings und Projekte, Zahlen und Planungen, Personalentscheidungen, Werbekampagnen, die Logistik rund um das Filialnetz und jede Menge Supply-Chain-Management."

Luke hatte in seiner Arbeit innegehalten. Er lehnte an der Werkbank und lauschte ihr aufmerksam.

„Oh, entschuldige... Du hast Arbeit und ich plappere hier vor mich hin, wie arm ich bin, weil meine Firma erfolgreich ist. Ziemlich dämlich. First World Problems, heißt das, glaub ich." Olivia lächelte ihn ein wenig schief an.

Er lächelte. „Ich glaube, wir Menschen neigen dazu, im Alltag aufzugehen: der nächste Termin, die nächste Aufgabe, das nächste Projekt. Aber wenn man sich immer nur auf den nächsten Schritt konzentriert, verliert man den Weg aus den Augen. Und manchmal landet man an einem Ort, an dem man nie sein wollte."

Olivia ließ seine Worte für einen Moment nachklingen. „Da ist was dran", sagte sie dann. „Meine Firma hat viel Gutes bewirkt. Wir fördern biologische Landwirtschaft, schaffen Arbeitsplätze, bringen natürliche Kosmetik ohne schädliche Inhaltsstoffe zu den Menschen."

„Und das ist beeindruckend", sagte Luke. „Das meine ich ganz ernst. So, wie es klingt, hast du dich in den letzten Jahren ganz deiner Arbeit gewidmet, nicht wahr?"

Sie nickte.

„Urlaub?"

„Nicht wirklich. Ich bin aber viel beruflich gereist."

„Nicht dasselbe", sagte Luke. Er hob das nächste Rähmchen aus dem Topf und reichte es ihr zusammen mit einer Drahtbürste. „Alle Rückstände der alten Waben müssen entfernt werden, damit ich sie im Frühjahr wiederverwenden kann", sagte er.

Sie nickte.

Eine Weile arbeiteten sie schweigend nebeneinander.

„Aber wie ändert man sein Leben?", fragte sie schließlich.

„Du könntest mal rausfinden, was dir wichtig ist", sagte er.

„Das ist einfach. Die Mädchen. Fluff. Meine Schwester, meine Freunde …"

Und Brandon.

Luke schien die Pause richtig zu deuten, denn sie sah aus dem Augenwinkel, wie ein feines Lächeln um seinen Mund spielte.

„Das ist ja schon mal gut", sagte er. „Wenn ich so unverschämt sein darf – du könntest es dir leisten, auch mal eine Weile nicht zu arbeiten, oder? Jemanden einzustellen, der deinen Job teilweise übernimmt?"

Olivia nickte. „Ich müsste die richtige Person dafür finden. Aber ja, sicher."

Er ließ das Rähmchen sinken. „Und du könntest wieder Zeit in der Produktentwicklung verbringen. Eine aktivere Rolle dort einnehmen?"

„Vielleicht", sagte Olivia und zuckte mit den Schultern. „Es ist meine Firma. Ich bin nur nicht sicher, wie viel ich da beisteuern kann. Dort arbeiten jetzt Kosmetiker und Chemiker, die jedes Produkt entwickeln und auf Herz und Nieren testen."

„Gibt es die ersten Produkte noch, die du damals ganz alleine entwickelt hast?"

Sie lächelte und warme Freude flutete ihren Brustkorb. „Ja, einige", sagte sie. „Mit ein paar feinen Änderungen, um sie an die Maschinenproduktion anzupassen."

„Dann sehe ich da kein Problem", sagte Luke, während er mit der Bürste kräftig über die Holzmaserung fuhr. „Kein Büro, ein bisschen mehr Produktentwicklung und viel mehr Freizeit." Er hielt inne und sah sie an. „Du kannst dir leisten zu tun, wovon viele träumen. Mehr Zeit mit den Mädchen. Mit Menschen, die du liebst." Sein Blick wurde ernst. „Die Eltern der beiden dachten sicher, sie hätten noch Jahre mit ihren Kindern vor sich. Wir denken, wir haben so viele Geburtstage vor uns und Weihnachtsfeiern, noch unendlich viele Umarmungen, Gute-Nacht-Geschichten, aufgeschlagene Knie und Sandburgen." Seine Stimme klang brüchig. „Aber wir wissen es nicht, Olivia. Es kann morgen vorbei sein und die Trauer über all jene verpassten Momente bleibt für immer."

Olivia griff nach seiner Hand und drückte sie.

„Ich weiß, warum Brandon dich so gern mag", sagte sie und lächelte ihn an. „Man kann toll mir dir reden. Ich hab das Gefühl, dass plötzlich alles, was vorher ein wirrer Knoten war, jetzt ganz klar ist. Warum nur hab ich das selbst nicht so gesehen?" Sie schüttelte den Kopf. Denn natürlich hatte Luke recht, mit allem, was er da gesagt hatte. Es war ihre Firma!

Sie würde darüber nachdenken, wofür sie ihre Zeit verwenden wollte. Würde ihr Leben neu ausrichten. Und alles würde gut werden –

Was ist mit Hank?, flüsterte ein Stimmchen in ihre Gedanken.

Sie runzelte die Stirn. Bis auf jenen Brief hatte sie nichts mehr von ihm gehört. War es möglich, dass er ihr nur einen Schreck hatte einjagen wollen? Hatte er den Brief vielleicht betrunken geschrieben und dann vergessen? War es nur ein schlechter Scherz gewesen? Wenn er sie wirklich erpressen wollte, hätte er sich nicht schon längst wieder melden müssen?

Olivia hatte keine Antwort auf diese Fragen. Vielleicht würde sie nichts mehr von ihm hören. Vielleicht verschwand dieses Problem von alleine.

Nur mühsam löste sie ihre Gedanken von Hank – und kam zurück in die wohlig warme Stille der Werkstatt. Sie arbeiteten noch eine Weile an den Rähmchen und waren beinahe fertig, als es an der Werkstatt-Tür polterte.

Brandon kam herein und brachte einen Schwall eisigkalter Luft mit sich. Er stampfte die Stiefel an der Schwelle ab, Schneekristalle glitzerten in seinen dunklen Haaren. Als er Olivia sah, leuchtete ein Lächeln auf seinem Gesicht auf und da war plötzlich ein Kribbeln in ihrer Magengrube.

„Alles abgeliefert", sagte er zu Luke und rieb die Hände aneinander.

„Danke."

„Kein Problem. Können wir los, Olivia? Hat er dich etwa hier zur Arbeit gezwungen?"

Luke brummte. „Sie ist deutlich bessere Gesellschaft als du. Viel klüger. Und hübscher anzusehen. Eine echte Lady mit Umgangsformen, ganz im Gegensatz zu dir."

„Ich bin ja auch keine Lady", sagte Brandon. „Aber wenn ich darf, dann werd ich diese hier jetzt auf einen Kaffee einladen, bevor wir Geschenke für die Mädchen einkaufen." Seine Stimme klang, als könnte er es kaum noch abwarten. „Ich habe eine ganze Liste an Ideen aufgeschrieben."

Olivia musste lächeln. „Na dann los. Kaffee, Kuchen und Shopping klingt wunderbar."

„Danke für deine Hilfe", sagte Luke.

„Danke für deine", gab sie zurück und umarmte ihn.

Dann war sie schon warm eingepackt draußen vor der Tür, inmitten wirbelnder Schneeflocken. Gemeinsam mit Brandon stapfte sie in Richtung Auto.

„Was sollte das mit der Hilfe?“, fragte Brandon.

„Er hat mir geholfen, mein Leben neu zu sortieren. Und meine Firma.“ Olivia schüttelte den Kopf. „In ungefähr fünfzehn Minuten hat er das geschafft, was ich seit Jahren vor mir herschiebe: einen Entschluss zu fassen, wie mein Leben aussehen soll. Was ich will, was ich brauche, um glücklich zu sein – und wo meine Prioritäten liegen.“

Brandon warf ihr einen Blick von der Seite zu und lächelte. „In sowas ist er gut. Er ist so eine Art Bienen-Orakel. Bei Sorgen und Lebensproblemen weiß er immer Rat.“

„Bienen-Orakel“, sagte sie und lächelte. „Das mag ich, klingt wie ein Märchen.“

„Und darf ich erfahren, was er dir geraten hat?“

„Noch nicht“, sagte sie, hakte sich bei ihm ein und kuschelte sich ein wenig an ihn. „Aber bald.“

Er drückte einen Kuss auf ihr Haar.

***

Beth zog das Waffelröllchen konzentriert durch ihren Becher und leckte dann das Eis davon ab.

„Möchtest du Erdbeer- oder Schokosauce?“, fragte Olivia und schob ihr die Flaschen über den Küchentresen zu.

Beth überlegte für einen Moment, dann nickte sie. „Beides. Und Smarties?“, fragte sie hoffnungsvoll.

Olivia lachte. „Ich glaub, wir haben noch welche, warte mal einen Moment.“

Beth kaute an ihrem Waffelröllchen und sah zu dem Ballon, der neben ihr schwebte. „Annabelle geht's nicht gut“, sagte sie. „Sie schaut so traurig aus.“

Olivia, die gerade im Küchenkasten kramte, hob ihren Kopf und sah prüfend herüber.

„Ihr fehlt bestimmt einfach nur ein wenig Helium. Wir fragen Brandon später, ob er Annabelle verarzten kann."

„Wann ist er wieder hier?", fragte Beth. „Wenn man krank ist, darf man nicht zu lange warten, sonst muss man ins Krankenhaus", fügte sie hinzu.

Olivia lächelte sie an. „Das hast du dir gut gemerkt." Sie nickte und streute Smarties über das Eis. „Genug?"

Beth nickte, auch wenn sie gern noch ein bisschen mehr Schokosauce gehabt hätte, aber es war ja wichtig, ein braves Mädchen zu sein, um hier bleiben zu dürfen. Beth war nicht ganz sicher, wie viel Schokosauce brave Mädchen verlangen durften, deshalb ging sie lieber auf Nummer sicher.

Sie schob sich einen Löffel Eis in den Mund und biss auf die Schokolinsen. Beth mochte es hier, bei Fluff und Brandon und Olivia. Sie wollte nicht weg und schon gar nicht zu furchtbaren Menschen.

Sie hatte sich fest vorgenommen, niemandem einen Grund zu geben, jemals den fiesen Mann anzurufen, der sie wegbrachte. Sie seufzte. Manchmal war es echt nicht einfach, immer zu wissen, was das Richtige war. Als sie noch bei Mum und Dad gewesen war, hatte sie nie darüber nachgedacht.

Mum und Dad waren einfach da gewesen und hatten sie lieb, egal, was sie auch angestellt hatte.

Beths Augen füllten sich mit Tränen. Sie vermisste ihre Mum, ihren Dad. Aber weinen war bestimmt auch kein gutes Benehmen.

„Beth?" Olivia kam zu ihr herüber, legte den Arm um sie. „Was ist denn los, Liebling? Machst du dir Sorgen um Annabelle?"

Beth schüttelte den Kopf. Sie wollte so gerne aufhören zu weinen, aber es ging nicht.

„Ich will zu meiner Mum und meinem Dad", platzte sie heraus. „Ich will wieder nach Hause."

Olivia schlang die Arme fester um sie und wiegte sie sanft hin und her.

„Oh, du armes Mäuschen", murmelte sie. „Ja, natürlich vermisst du sie. Das ist ganz normal. Du wirst immer an sie denken und dir wünschen, sie wären noch hier. Ich denke auch heute noch an meine Mum und dann bin ich traurig, obwohl sie vor langer Zeit gestorben ist."

„Wirklich?"

Olivia nickte und drückte ihr einen sanften Kuss aufs Haar.

„Ja", sagte sie. „Ich denke nicht jeden Tag an sie, aber wenn mich etwas an sie erinnert, dann vermisse ich sie."

„Was erinnert dich an sie?", fragte Beth mit zitternder Stimme.

„Schwimmen", sagte Olivia und lächelte. „Meine Mum war auch so gern im Wasser wie ich."

Beth nickte. „Ich denk ganz viel an Mum und Dad", flüsterte sie. „Aber ich hab Angst, dass Becca traurig wird, deswegen sage ich nie was zu ihr. Außerdem macht sie sich immer Sorgen um mich. Auch wenn sie das gar nicht muss." Sie schniefte.

Olivia reichte ihr ein Taschentuch und wartete, bis Beth ihre Nase geputzt hatte.

„So sind große Schwestern", sagte sie dann. „Becca meint es nur gut. Sie will dich beschützen, ich hab bei meiner kleinen Schwester heute noch das Gefühl – obwohl sie schon längst erwachsen ist." Sie lächelte. „Meine kleine Schwester nervt das, glaub ich, auch."

Beth runzelte die Stirn. Eve war eigentlich immer lustig und lieb und spielte total viel mit ihr. Sie fand sie gar nicht nervig. Aber das war ja auch nicht wichtig, ihr brannte eine ganz andere Frage in der Seele. Sie knetete das Taschentuch zwischen ihren Fingern.

„Und du rufst jetzt nicht den bösen Mann an?“, flüsterte sie schließlich.

Olivia sah aus, als hätte sie sich vor irgendetwas richtig stark erschreckt.

„Welchen bösen Mann?“, fragte sie leise und ihre Stimme klang auf einmal kratzig. „Hast du mit jemandem am Telefon gesprochen?“

Beth runzelte die Stirn.

„Nein, ich hab nicht telefoniert. Der böse Mann bringt Kinder ohne Eltern zu bösen Familien. Hat Becca gesagt. Vor allem, wenn die Kinder schlimm sind oder nerven.“

„Ach, Mäuschen“, sagte Olivia, seufzte und zog sie wieder ganz fest an sich. „Ich hab euch so lieb, deine Schwester und dich. Ich will dich niemals wieder hergeben. Niemals wieder. Es ist egal ob ihr schlimm seid oder nicht.“ Sie legte ihr Kinn auf dem Kopf von Beth ab und Beth lehnte sich an Olivia. Für eine Weile saßen sie nur so da. „Ich hab mir immer eine Familie gewünscht, weißt du? Dass Becca und du jetzt hier seid – das ist alles was ich mir gewünscht hab und noch viel mehr. Ich kann‘s mir ohne euch beide gar nicht mehr vorstellen.“

Beth nickte langsam. „Okay“, sagte sie. Sie musste Becca als erstes davon erzählen, was Olivia gesagt hatte, wenn sie nach Hause kam. Bestimmt war sie auch erleichtert. Immer brav zu sein, war nämlich echt schwierig.

Sie drückte sich von Olivia weg, wischte sich die Tränen aus dem Gesicht. „Kann ich vielleicht noch mehr Smarties haben?“, fragte sie. „Bitte.“

Olivia grinste. „Ja, aber nur ein paar, bald kommt Brandon und dann gibt’s Abendessen und wenn du dann keinen Hunger hast, krieg ich Ärger.“

Beth fand es doof, dass man immer Gemüse essen sollte, wenn Dessert doch so viel besser schmeckte, aber sie nickte. Mit dem

Mund voller Eis fiel ihr Blick wieder auf Annabelle. Ihr Kopf hing ganz traurig nach unten und ihr Bauch hatte komische Dellen.

„Ich glaub Annabelle ist wirklich krank“, sagte sie.

Olivia sah ebenfalls zu dem Ballon hinüber. „Ich glaube, du hast recht“, sagte sie. „Wie gut, dass Brandon so ziemlich alles reparieren kann. Annabelle hat bestimmt nur ein Loch, wie beim letzten Mal.“

„Sie hat aber schon eine Menge Klebeband auf ihrer Haut.“

Olivia sah für einen Moment nachdenklich drein, dann strich sie dem Mädchen übers Haar. „Annabelle ist ein besonderer Ballon“, sagte sie. „Normalerweise sind Heliumballons nach wenigen Tagen kaputt. Annabelle hat dich vermutlich sehr lieb, deswegen ist sie schon so lange bei dir.“

Beth zog die Stirn kraus. „Und sie wird auch noch ganz lange bei mir bleiben. Für immer“, sagte sie. „Brandon kann sie immer wieder kleben und immer wieder neues Helium reintun.“

Olivia schwieg.

„Noch ein paar Smarties?“, fragte sie dann und raschelte mit der Packung.

Heute ist ein guter Tag, dachte Beth zufrieden kauend. *Smarties und Eis und Olivia will uns gar niemals wieder wegschicken.*

Kapitel 18

Brandon schob den letzten Bericht beiseite, rieb sich den schmerzenden Nacken und lehnte sich zurück. Es war erstaunlich, wie viel Papierkram selbst in einer Kleinstadt anfiel. Er könnte sich vermutlich zur Polizei nach Alaska versetzen lassen und selbst da würde er noch Stunden am Schreibtisch verbringen müssen.

Nicht, dass er vorhatte, sich versetzen zu lassen. Er wollte nirgendwohin.

Außer vielleicht heim zu Olivia und den Mädchen.

Heim?

Er seufzte. So fühlte es sich tatsächlich an. Warum waren die Dinge mit Olivia nur so kompliziert? Er war sicher, dass sie ihn auch mochte. Dass sie gern Zeit mit ihm verbrachte, ihm vertraute. Oder zumindest begann, ihm zu vertrauen.

Er würde abwarten und für sie da sein. Ihr zeigen, dass sie auf ihn zählen konnte, dass er nicht vorhatte, sie zu verlassen.

Auch wenn er sie an manchen Tagen am liebsten geschüttelt hätte.

Und geküsst. Oder beides.

Er schlüpfte in seine dicke Daunenjacke, griff nach den Schlüsseln und nickte seinen Kollegen am Weg zum Auto zu.

Er würde ihnen morgen früh Donuts und Kaffee mitbringen – seit er sich um die Mädchen kümmerte, kam die Polizeiarbeit deutlich kürzer als früher. Ohne nennenswertes Privatleben war er häufig nach Dienstschluss geblieben. Dass er das nun nicht mehr tat, hieß mehr Arbeit für die anderen. Er war dankbar, dass sie ihm das nicht übelnahmen.

Während er seinen alten Pickup über die verschneiten Straßen lenkte, dachte er an die Mädchen. Die beiden hatten sich gut eingelebt, den Umständen entsprechend – besonders mit Beth verband ihn etwas, das er kaum beschreiben konnte. Wenn die Kleine angelaufen kam und sich in seine Arme warf, sobald er durch die Haustür trat, dann wusste er, dass er alles für sie tun würde. Um sie zu beschützen, ihr die Welt zu zeigen, sie zum glücklichsten Mädchen der Welt zu machen.

Es überraschte ihn selbst, wie schnell er die beiden ins Herz geschlossen hatte – und wie sehr.

Oder auch nicht. Alter Softie, der seit Jahren eine Familie will, bekommt von heute auf morgen eine Instant-Familie mit zwei zauberhaften Mädchen und seiner absoluten Traumfrau.

Auch wenn seine Traumfrau noch ein wenig zögerte … Aber natürlich hatte er sie alle ins Herz geschlossen, samt und sonders. Konnte gar nicht anders geschehen. Sogar Eve, Olivias exzentrische kleine Schwester. Immerhin brauchten Kinder eine etwas verrückte Tante, die ihnen Dinge erlaubte, die sie sonst nicht durften.

Eve ist dafür wie geschaffen, dachte er schmunzelnd.

Die Mädchen jedenfalls liebten sie. Auch Becca, die deutlich zurückhaltender war als Beth, hatte Eves Charme nicht widerstehen können. Abends saßen Olivia, Eve, Becca und Beth mit untergeschlagenen Beinen am Kamin, tranken heiße Schokolade und kicherten vor sich hin.

Er setzte den Blinker und bog in die Auffahrt zu Olivias Haus ab. Wie per Zauberhand öffneten sich die Tore zur Einfahrt, denn der Computer, der das Haus verwaltete, war nun auch mit dem Kennzeichen seines Pick-ups gefüttert worden. Brandon grinste.

Kein großes Ding, hatte Olivia gesagt. *Du bist doch ohnehin ständig hier und wenn du dich um die Mädchen kümmerst, wenn ich nicht da bin, ist das so einfacher.*

Aber er wusste es besser. Das war ein eindeutiger Schritt nach vorne. Vor ein paar Wochen noch hätte sie sich eher die Hand abgehackt, als ihm Zugang zu ihrem Haus zu geben.

Brandon lenkte den Wagen durch das Tor, öffnete die Tür und stieg aus. Er wischte den Schnee vom Deckel des Briefkastens, der in einer Säule des Tors eingelassen war, fischte die Post heraus, die üblicherweise nur aus Prospekten bestand, und warf sie auf den Beifahrersitz. Dabei rutschte ein krakelig beschriftetes Kuvert heraus und landete im Schnee.

Ein komisches Gefühl beschlich ihn, als er den Brief da liegen sah. Dasselbe warnende Gefühl, das ihm im Einsatz mehr als einmal das Leben gerettet hatte.

Langsam bückte er sich, griff nach dem Kuvert und drehte es in der Hand.

Von wem war es? Der Brief trug keinen Absender.

Brandon legte ihn widerstrebend zur restlichen Post und fuhr langsam die gewundene Auffahrt zum Haus entlang. Irgendetwas sagte ihm, dass nichts Gutes daraus entstehen würde. Dass er instinktiv nicht wollte, dass Olivia den Brief öffnete.

Aber es war ihr Brief, nicht seiner.

Er würde ihn Olivia bringen, weil es das Einzige war, was er tun konnte.

***

Olivia griff nach dem Handy, das neben ihrem Laptop lag, und sah auf die Uhr.

Gleich sechs. Brandon würde jeden Moment hier sein.

Ihr Herz machte einen kleinen Hüpfer.

Sie lächelte, obwohl sie gar nicht so recht wusste, warum. In letzter Zeit war das so – sobald sie seinen Namen hörte, an ihn dachte … oder ihn sah. Jedes Mal breitete sich blubberndes Glück in ihrem Magen aus und ein Lächeln zupfte an ihrem Mundwinkel, ganz ohne ihr Zutun. Es war, als teilten sie sich dieses Lächeln, eine Hälfte auf ihren Lippen, die andere auf seinen. Zwei Hälften desselben Lächelns, das zusammengehörte.

Sie schüttelte den Kopf.

Du bist dabei, dich total und absolut in ihn zu verlieben, ist dir das klar?

Du musst dringend etwas dagegen unternehmen. Irgendwas.

Aber was?

Olivia starrte vor sich hin. Als ihr nichts einfiel, seufzte sie.

Mail. Du bist eigentlich dabei, Mails zu beantworten.

Sie vertiefte sich wieder in komplizierte Fragen rund um die Zusammenarbeit mit einer kleinen Bauernkooperative, die sie mit Jasminblüten versorgte. Als es an der Tür klopfte, schreckte sie hoch.

„Ja?"

Die Tür öffnete sich und Brandons wuscheliger Haarschopf tauchte auf.

Und da war es wieder, dieses Lächeln. Sie konnte einfach nicht anders und war nicht sicher, ob sie das glücklich machte oder nervte – oder beides?

Doch irgendetwas stimmte heute nicht, denn er lächelte nicht zurück.

„Alles gut?", fragte sie. „Harter Tag auf der Arbeit?"

Er schüttelte den Kopf und trat einen Schritt näher.

„Der hier war im Briefkasten." Vorsichtig legte er einen Umschlag auf den Tisch.

Ihr Blick blieb an der gezackten, unregelmäßigen Handschrift hängen.

Hank.

Mit einem Satz war sie auf den Beinen und starrte das Kuvert an, als ringle sich eine wütende Giftschlange auf ihrem Schreibtisch zusammen, zischend und mit dem Schwanz klappernd.

Olivia fühlte sich seltsam wattig und hyperfokussiert zur selben Zeit. Als hätte sie keinen Halt in dieser Welt mehr, als wären da nur noch diese Haken und Krallen, die Hanks Hand auf das Papier gekrakelt hatte.

„Olivia", fragte Brandon. „Von wem ist dieser Brief?"

Sie zwang sich, ihm in die Augen zu sehen, auch wenn das das letzte war, was sie wollte. Was sollte sie sagen? Wie ihre Reaktion erklären? Welche Ausrede würde er glauben?

Fieberhaft glitten ihre Gedanken durch Möglichkeiten, aber keine war greifbar, alles schlitterte wild durcheinander, brannte Löcher in ihren Verstand, bis da nichts mehr war, als flatternde, dunkle Leere.

Mit einem Mal wich alle Kraft aus ihr. Sie ließ sich in den Bürostuhl sinken und deutete auf das Kuvert.

„Ich bin nicht ganz sicher", sagte sie matt. „Aber ich denke, es ist Hank, der Lebensgefährte meiner Mutter. Er versucht, mich zu erpressen."

***

Das Licht des Vorzimmers fiel durch den Türrahmen, taumelte die Stufen hinunter und fiel als perfektes Viereck auf den Körper, der da lag.

Es sah aus, als würde sie nur schlafen.

Aber ihre Mutter lag still, viel zu still.

Sie trat auf den Absatz der Kellertreppe. Alles war seltsam traumgleich. Hinter ihr das Vorzimmer mit Kinderschuhen und Rucksäcken, bunter Tapete und einem verschlissenen Teppich. Und vor ihr?

Olivias Finger tasteten nach dem Lichtschalter, aber nichts geschah.

„Mum?“ Olivia nahm vorsichtig eine Stufe und dann noch eine. Sie hielt inne. Sie wollte zu ihrer Mutter laufen und sie rütteln. Aber irgendetwas hielt sie zurück, ein Grauen, etwas Unbekanntes, Fremdes, das im Dunkeln auf sie wartete.

Sie presste die Lippen zusammen und nahm einen weiteren Schritt, das Holz des Handlaufs rau unter ihren Fingern.

„Mum?“, flüsterte sie, aber es war kaum zu hören, als hätte die Finsternis jeden Ton in sich aufgesaugt.

Jeden Ton, jede Bewegung …

Jedes Leben.

Ihre Nackenhaare sträubten sich.

Sie zwang sich, noch eine Stufe hinunterzusteigen und dann noch eine. Die Luft um sie herum schien dichter zu werden, roch nach Staub und Metall.

Der Betonboden knirschte unter ihren Schuhen, als sie von der letzten Stufe hinunterstieg.

„Mum?“, fragte sie nochmals, weil ihr einfach nichts anderes einfiel. Sie tat einen Schritt und dann noch einen und umrundete den Körper ihrer Mutter.

Sie war tot, das wusste Olivia ohne jeden Zweifel. Ihre Mutter war verschwunden, nur ihr Körper war noch hier – und wirkte so fremd.

Olivia ging in die Knie und strich das Haar ihrer Mutter beiseite. Die Augen waren weit aufgerissen und starrten angsterfüllt geradeaus, ohne zu sehen. Blut sickerte über die Schläfe, hatte eine dickflüssige Pfütze unter dem Kopf gebildet. Es sah aus wie ein Kissen aus Blut.

Olivia spürte, wie Tränen gegen die Innenseite ihrer Augen pressten. Sie blinzelte und unterdrückte ein Schluchzen.

Vorsichtig legte sie ihre Finger an den Hals ihrer Mutter. Kein Puls, die Haut war kühl.

Es war, als würde sie fallen. Sie ließ sich auf ihre Knie sinken und schlang die Arme um sich selbst, begann, sich wie ein kleines Kind zu wiegen. Tränen strömten über ihre Wangen. Ihre Gedanken taumelten wild durcheinander und ergaben keinen Sinn.

„Komm zurück", flüsterte sie. „Bitte, Mummy, komm zurück"

Mit einem gewaltigen Knall wurde die Welt rabenschwarz.

Olivia schreckte hoch und blickte sich panisch um: Dunkelheit umschloss sie komplett, nichts war mehr zu sehen.

Sie brauchte einen Moment, um zu verstehen, was gerade geschehen war.

„Eve?", rief sie nach oben. „Bist du das?"

Nur Stille antwortete ihr, sank bleischwer und eiskalt in ihren Magen.

Sie drückte sich hoch und krabbelte auf allen Vieren durch die Dunkelheit. Einmal berührten ihre Finger das Haar ihrer Mutter und etwas Kühles, Glitschiges.

Sie schluchzte auf.

„Es tut mir leid", flüsterte sie und wischte hektisch die Finger an ihrer Jeans ab. „Mum, es tut mir so leid."

Olivia fand die Stufen nur mit Mühe und hastete sie hinauf, als wäre jemand hinter ihr her.

Sie drückte den Türgriff nach unten.

Nichts geschah. Die Tür gab keinen Zentimeter nach.

„Hallo?", rief sie und stemmte sich dagegen.

„Hallo, Olivia", sagte eine tiefe Stimme auf der anderen Seite.

Sie hielt inne.

Hank.

„Mum ist … ", sagte sie, aber konnte den Satz nicht beenden.

„Die Treppe hinuntergefallen", sagte er ruhig.

In diesem Moment wusste Olivia, dass es kein Unfall gewesen war. Hank hatte ihre Mutter getötet.

„Ihr habt gestritten, oder? Sie wollte dich endlich verlassen und diesmal für immer. Du hast sie gestoßen", sagte sie, ohne nachzudenken. „Du Schwein."

„Das ist das Problem mit dir, Olivia Naledi", antwortete er langsam und ruhig. „Du denkst zu viel."

„Lass mich raus", rief sie. „Lass mich raus, du Schwein! Du hast meine Mutter umgebracht." Sie trommelte gegen die Tür und schluchzte. „Lass mich raus!"

„Nein", sagte er. „Denk mal drüber nach, Olivia. Du bist da drin, deine Mutter ist tot und du hast bestimmt ihr Blut an dir, nicht wahr? Verdammt schwierig, im Dunklen einer Blutlache auszuweichen."

Olivia schloss die Augen.

„Mein Wort gegen deines, Olivia. Cop gegen hysterischen Teenager. Ihr habt doch immer so viel gestritten, du hast sie mehr als einmal attackiert, das kann ich alles bezeugen. Wem wird man wohl glauben?"

Olivias Verstand weigerte sich, seine Worte zu verstehen.

„Das ist nicht wahr", flüsterte sie. „Ich hab Mum niemals geschlagen. Nur du. Immer nur du."

„Aussage gegen Aussage, Olivia." Er lachte leise. „Ich werde mich natürlich um Eve kümmern, während du im Gefängnis bist."

Seine Worte krochen wie schleimige Blutegel ihre Wirbelsäule hoch.

Eve! Alleine mit diesem Monster.

Ganz ohne Mum, ohne sie.

Die Welt begann, sich um sie zu drehen, hatte kein Oben und kein Unten mehr, nur noch Dunkelheit.

Dunkelheit und keine Hoffnung mehr.

Sie schluchzte auf.

„Lass Eve in Ruhe“, wimmerte sie. „Wag es ja nicht, sie anzugreifen.“

„Sie ist ein hübsches kleines Ding“, erwiderte Hank. „Ich bin sicher, wir werden viel Spaß gemeinsam haben.“

Olivia wurde übel. „Lass mich raus“, schrie sie und trommelte gegen die Tür. „Lass mich hier raus, du Schwein! Und lass meine Schwester in Ruhe.“

„Bald. Aber vorher brauchst du ein bisschen Zeit, um dich abzukühlen, Süße. Und über meinen Vorschlag nachzudenken.“

„Welchen Vorschlag?“

„Du rufst morgen früh die Cops an und sagst, du hast deine Mum im Keller gefunden, leblos. Ich war gar nicht zu Hause und ihr Mädchen habt geschlafen. Sie hat wohl abends noch etwas aus dem Keller holen wollen … was fürs Frühstück oder so, und dabei ist sie leider gestolpert.“

„Aber so war's nicht.“

„Oder ich rufe jetzt die Cops an und erzähle, dass ich dich gerade eben bei ihr gefunden hab.“

Olivia schwieg. Gedanken wirbelten wild durcheinander und blieben gleichzeitig seltsam unscharf, als würde sie alles durch eine beschlagene Glasscheibe betrachten.

„Du bleibst mal, wo du bist, Schätzchen. Denk drüber nach. Ich werde mir einen netten Abend mit Eve machen.“ Sein Lachen klang schleimig und Olivia würgte. „Und hör auf, so viel Lärm zu machen … oder willst du, dass Eve dich so mit eurer Mum findet?“

Sie sank auf die Knie, während sich seine Schritte entfernten. Tränen rannen ihre Wangen hinunter und sie zitterte. Die Kellerwand drückte sich kalt durch den dünnen Stoff ihres T-Shirts.

Die nächsten Stunden flossen ineinander wie ein Fiebertraum. Sie spürte die Präsenz des Körpers, nur wenige Stufen unter ihr, als krieche das Grauen auf glitschigen Fingern langsam die Treppe hoch. Durch die Tür drangen sanft jene Alltagsgeräusche, die ihr so vertraut waren: Eves tapsende Schritte, das Öffnen und Schließen der Schränke in der Küche, das Plappern des Fernsehers.

Eine andere Art von Grauen lag darin. Olivia wusste nur zu gut, was Hank ihr hatte sagen wollen. Welches Schicksal Eve erwartete, wenn Olivia nicht tat, was er verlangte – und Hank alleine mit ihr lebte.

„Ich weiß nicht, wie lange ich im Keller eingesperrt war", sagte Olivia tonlos und so unendlich müde. „Stunden. Aber es kam mir vor wie Jahre. Ich war panisch vor Angst, dass er Eve etwas antun würde. Nichts machte Sinn und alles schien so falsch, als wär ich aus meinem Leben gefallen und in einem Horrorfilm gelandet. Ich wusste einfach nicht, was ich tun sollte." Sie knetete ihre Finger. Wie sollte sie ihm das erklären, welche Worte konnten das beschreiben?

Brandon saß neben ihr, ganz still. Seine Hand hielt die ihre, warm und beruhigend und unendlich vorsichtig.

Nur in seinem Blick brannte ein Ausdruck, den sie nie zuvor gesehen hatte. War er böse auf sie? Er schlug die Augen nieder.

„Und dann?", fragte er sanft. „Was ist dann geschehen?"

„Irgendwann in der Nacht, als Eve geschlafen hat, ist er wiedergekommen. Er hat gefragt, wofür ich mich entschieden hab." Olivia presste die Lippen zusammen und blinzelte, aber es half nichts. Tränen stiegen in ihre Augen und rollten über ihre Wangen.

„Ich hab zugestimmt", flüsterte sie. „Ich hab zugestimmt, damit ich raus kann, zu Eve und auf sie aufpassen." Es fühlte sich an, als bräche ein Damm, den sie vor Jahren aufgebaut hatte, um all den Schmerz und das Grauen zu kontrollieren.

Brandon zog sie in seine Arme und streichelte über ihr Haar, während sie unkontrolliert schluchzte.

„Ich hab den Mörder meiner Mutter davonkommen lassen“, stammelte sie. „Nicht nur das. Ich hab ihm sogar geholfen, Brandon.“

Er schwieg und eine neue Art von Angst breitete sich in ihr aus.

Angst, ihn zu verlieren.

„Brandon?“, fragte sie leise.

„Was hättest du auch anderes tun sollen, Olivia?“, sagte er und hob ihr Gesicht sanft nach oben. Sie sah ihn nur verschwommen durch einen Vorhang aus Tränen.

„Du warst selbst noch beinahe ein Kind und er war ein Cop. Du hast das Beste daraus gemacht. Niemand würde dir einen Vorwurf machen, kein Gericht der Welt dich verurteilen.“

Sie schüttelte den Kopf. „Ich hätte es versuchen können. Aber ich war so beschäftigt damit, Eve aufzuziehen, Geld zu verdienen, dann später nebenbei meine Firma aufzubauen – ich hatte nicht die Kraft, daran zu denken. Ich hab Mum und jene Nacht und alles, was damit zu tun hatte, einfach mit ihr begraben. Und jeden Gedanken daran weggeschoben.“

„Du warst unglaublich stark, Olivia“, sagte er. „Ich weiß nicht, wie viele junge Mädchen das geschafft hätten.“

„Wir schaffen, was wir schaffen müssen“, sagte sie, wischte sich über die Nase und schniefte. „Viel mehr, als wir denken – wenn uns das Leben keine andere Wahl lässt.“

„Ja“, sagte er. „Da hast du wohl recht.“ Er schwieg für einen Moment und es schien, als debattiere er mit sich selbst über etwas.

„Ich weiß nicht, ob Sam dir jemals von unserem Vater erzählt hat?“, fragte er dann vorsichtig. „Er war ein Säufer, ein Spieler und er hat unsere Mutter geschlagen. Immer und immer wieder. Sam und ich haben versucht, sie zu beschützen, aber es war nicht genug. Unser Vater war viel stärker als wir. Eines Tages kam er wieder betrunken nach Hause … und diesmal hat Mum nicht überlebt. Unser Vater kam ins Gefängnis, Sam und ich sind dann bei einer Tante aufgewachsen."

„Das tut mir leid", sagte sie sanft und griff nach seiner Hand. „Nichts kann einem wirklich darüber hinweghelfen, oder?"

Er schüttelte den Kopf. „Ich vermisse sie heute noch", murmelte er. „Sam auch, denke ich. Wir reden selten über sie und wir hatten unterschiedliche Arten, damit umzugehen. Ich denke, ich bin Polizist geworden, damit ich so etwas verhindern kann. Dass Kinder ihre Mütter verlieren. Ich schätze, ich wollte die Dinge ein wenig in Ordnung bringen. Zumindest in meiner Ecke der Welt."

Sie blickte erstaunt auf. „Du bist Polizist geworden, weil du anderen helfen wolltest", murmelte sie, als wäre das ein komplett abwegiger Gedanke.

„Ja", sagte er und klang ein wenig hilflos. „Ist wohl ziemlich lächerlich … aber nichts zu machen, das wäre mir noch schwerer gefallen."

„Ich kannte nur Hank und seine Kollegen", sagte Olivia schulterzuckend. „Die hatten andere Gründe. Ich dachte, Cops sind nun mal so."

„Deswegen die Angst vor Polizisten", murmelte er, offenbar mehr zu sich selbst als zu ihr.

Sie neigte den Kopf. „Es hat ein paar Jahre später angefangen, aus heiterem Himmel. Ich hatte eigentlich soweit alles unter Kontrolle – Eve ging's gut, meine Firma brachte endlich genug Geld ein und ich hatte das Studium abgeschlossen. Alles wurde ein bisschen leichter, der Alltag erträglicher."

Brandon nickte. „Das ist häufig bei PTSD", sagte er. „Opfer von traumatischen Ereignissen verdrängen ihre Gefühle, weil sie zu intensiv sind, um damit zu leben."

„Irgendwann geriet ich mit dem Auto in eine Verkehrskontrolle“, sagte Olivia. „Der Polizist sah eigentlich nett aus, aber als er mich nach den Fahrzeugpapieren fragte und die Hand durchs Fenster streckte, hatte ich plötzlich eine Panikattacke. Es fühlte sich an, als müsste ich sterben. Ich dachte, ich hätte einen Herzinfarkt.“ Sie schüttelte den Kopf. „Der Polizist war noch ganz jung und hatte vermutlich mehr Angst als ich. Ich wurde ins Krankenhaus eingeliefert, aber die konnten nichts finden. Sie haben mir Therapie empfohlen.“

„Die du natürlich nicht gemacht hast.“

„Nein. Ab dem Zeitpunkt ist jedes Mal Panik in mir aufgestiegen, wenn ich Polizisten oder Polizeiautos auch nur aus der Ferne gesehen habe. Es war, als würde mir jemand die Luft abdrücken. Es ist furchtbar.“

Er nickte. „Ich kenne Kollegen, die darunter leiden. Manche mussten den Dienst quittieren.“

Olivia blickte ihn erstaunt an. Dass auch Polizisten unter Panikattacken leiden konnten, darüber hatte sie nie nachgedacht.

„Macht Sinn“, sagte sie dann nach einer Weile. „Ihr seht viele schlimme Dinge im Dienst.“

Er nickte.

„Ich hab dann nachgelesen, welcher Ort die geringste Verbrechensquote Amerikas hat. Und das ist hier.“ Olivia deutete vage in die Umgebung. „Arrows Point, Finley Meadows, die ganze Umgebung. Ich dachte, wo wenige Verbrechen geschehen …“

„… da gibt's auch wenig Polizei.“ Er lachte plötzlich auf. „Und doch sitzt ein Cop genau vor dir. Wie stehen die Chancen dafür?“

„Quasi unmöglich“, brummte sie, doch dann lächelte sie ihn an. „Es traf sich auch gut – meine Firma brauchte bereits damals mehr Platz, die Mieten waren hoch und ich wollte dort produzieren, wo unsere Rohstoffe wuchsen. Der Quadratmeterpreis hier war spottbillig, Geronimo war mehr als glücklich, dass sich eine Firma ansiedeln wollte, und er war sehr entgegenkommend …"

Brandon nickte. „Klingt ganz nach unserem Bürgermeister."

„Und seitdem bin ich hier."

Er lächelte, neigte sich zu ihr und wischte ihr die Tränen von der Wange.

„Das ist das Beste daran", murmelte er. „Dass du hier bist. Mach dir keine Sorgen, Olivia. Wir kriegen das gemeinsam hin – wir finden eine Lösung. Ich hab schon eine Idee, wer uns helfen könnte."

Sie sah auf ihre Fingerspitzen, weil sie Angst davor hatte, ihn anzusehen. „Du findest mich jetzt nicht … widerlich? Abstoßend? Nach all dem, was ich getan hab?"

Statt einer Antwort zog er sie wieder in seine Arme.

Kapitel 19

Der schmale Ziegelsteinbau lag in einer ruhigen Seitengasse, nicht weit entfernt von der Hauptstraße. Eine dicke, rote Katze saß auf der Fensterbank im ersten Stock und sah ihn fragend an, als er die Stufen zum Eingang nahm, den knisternden Brief in seiner Jackentasche.

Brandon drückte auf den Klingelknopf und bemerkte das kleine Plastikvordach, das jemand extra dafür gebastelt hatte. Er grinste.

Die Tür schwang auf und er blickte in ein Paar strahlend blaue Augen inmitten eines weichen Gesichts voller Lachfalten.

Ein weißer Dutt, eine geblümte Bluse, ein gebügelter Rock.

„Du siehst gut aus, Rosa", sagte er. „Krieg ich eine Umarmung?"

„Sieh an. Der Welpe hat sich an uns erinnert und sich endlich mal wieder in die große Stadt verirrt!" Sie zog eine Augenbraue hoch und sah ihn streng an.

„Komm schon, Rosa", sagte er und öffnete die Arme.

Ein Lächeln breitete sich auf ihrem Gesicht aus, als sie einen Schritt nach vorne trat, um ihn zu umarmen.

„War zu lang", brummte sie. „Du könntest dich ruhig öfter mal sehen lassen." Sie zog sich zurück und stemmte die Hände in die Hüften. „Aber so ist das mit Welpen. Man zieht sie groß, bringt ihnen Manieren und alle Tricks bei und irgendwann wandern sie raus in die Welt und melden sich nicht mehr."

Der Stolz und die Zuneigung in ihren Augen betrogen die Strenge ihrer Worte. Brandon rieb sich schuldbewusst über den Bart. „Ich hab keine Entschuldigung", sagte er.

„Außer, dass du alles hier vergessen wolltest", sagte sie sanft. „Das Gute und das Böse."

Er fühlte sich durchschaut, wie immer. „Mich wundert, dass du überhaupt jemals Röntgengeräte verwendet hast", sagte er. „Du kommst auch ohne recht gut aus."

Rosa lachte auf. „Alte Gewohnheit. Na, komm rein. Ich heize nicht für die Straße. Häng deine Jacke auf. Dort drüben gibt es Hausschuhe für Gäste." Sie deutete auf die Garderobe zu seiner Rechten. „Ich hab Kuchen gebacken. Es gibt Tee. Marty freut sich auch schon auf dich."

„Wie geht es ihm?", fragte Brandon, stellte seine schweren Stiefel auf eine rosafarbene Plastikuntertasse und zwängte sich in Hausschuhe, die ungefähr vier Nummern zu klein waren.

„Ach, mal besser, mal schlechter. Es ist, wie es ist. Wir sind zufrieden, weil wir zusammen sein können", sagte sie.

Brandon folgte ihr in die kleine Küche. Sein Blick nahm alles in sich auf – und es war so, wie es immer gewesen war. Eine Sammlung Kakteen auf der Fensterbank vor einem Rüschenvorhang, gerahmte Blumenprints an den Wänden. Irgendetwas blubberte auf dem Herd vor sich hin und roch fantastisch.

Rosa durchquerte den Raum und legte vorsichtig ihre Hand auf die Schulter des Mannes, der dort in einem Hightech-Rollstuhl saß.

„Brandon ist hier, Liebling", sagte sie. „Du kannst dich sicher noch an ihn erinnern. Er war eine richtige Nervensäge, als er damals bei der Polizei angefangen hat. Aber mit ein bisschen Hilfe ist doch noch ein brauchbarer Cop aus ihm geworden."

Marty verzog das Gesicht und der leise zischende Beatmungsschlauch verrutschte ein wenig.

Brandon schluckte.

„Hey, Marty", sagte er und versuchte, den Menschen vor sich mit dem Bild in seinem Gedächtnis in Einklang zu bringen. Der

Marty, an den er sich erinnern konnte, war ein Bär von einem Mann gewesen. Ruhig und stets eher im Hintergrund, hatte er trotzdem jeden Raum dominiert. Er war einer der besten Cops gewesen, mit dem Brandon je gearbeitet hatte.

„Wie geht's dir?", fragte er. „Es ist echt zu lange her."

Außer dem leisen Zischen des Beatmungsschlauches lag nur Schweigen in der Luft.

„Kannst du dich noch erinnern, wie wir mal diese Bar nach einem anonymen Hinweis hochgenommen haben und dabei im Hinterzimmer auf den Finanzminister in fellbesetzten Unterhosen und Gummistiefeln gestoßen sind?", fragte Brandon. Es war einfach das Erste, was ihm einfiel.

Martys Mund verzog sich zu einem Grinsen. Er gurgelte leise und ein Spuckefaden rann aus seinem Mundwinkel.

„Oh, er hat damals nicht aufgehört, davon zu reden", sagte Rosa und wischte ganz selbstverständlich mit einem Tuch über den Mund ihres Mannes.

Brandon lachte. „Jedem Tierchen sein Pläsierchen", sagte er.

„Der Herr Minister hat nie vergessen, dass ihr zwei sein Geheimnis bewahrt habt", sagte Rosa. „Das hätte ihn die Karriere kosten können."

Brandon suchte Martys Blick und zuckte mit den Schultern. „Was ein Mann in seinem Privatleben macht, ist seine Angelegenheit. Soweit er dabei keine Gesetze bricht", wiederholte er die damaligen Worte seines alten Partners.

Marty war bereits einige Jahre im Dienst gewesen, während Brandon gerade frisch von der Akademie gekommen war.

„Du warst der beste Partner, den sich ein junger Cop wünschen kann", sagte Brandon und griff nach Martys Hand. Sie fühlte sich dünn an, die Haut trocken wie Pergament. Brandon drückte sie vorsichtig und ließ dann los.

Wieder breitete sich Stille aus.

„Das will ich verdammt nochmal auch meinen“, brummte Rosa. „Und jetzt genug von dem sentimentalen Zeug. Es gibt Kuchen und einen Grund für deinen Besuch, nehme ich an?“

Brandon lachte. „Bin ich so einfach zu durchschauen?“

Rosa legte den Kopf schief und sah ihn durchdringend an, als betrachte sie ein seltenes Insekt durchs Mikroskop. Kaum etwas hatte ihm als junger Cop mehr Angst eingejagt als dieser Blick.

„Ziemlich“, sagte sie nach einer kleinen Pause. „Obwohl da natürlich immer ein gewisser Prozentsatz an Fehlermöglichkeit ist.“ Sie strich Marty liebevoll übers Gesicht und deutete zum Küchentisch.

Brandon zog den Stuhl heraus und ließ sich darauf nieder. „Du liegst goldrichtig, wie immer“, sagt er. „Ich habe tatsächlich ein Anliegen und hoffe sehr, dass du mir damit helfen kannst.“

„Schieß los!“ Rosa schob die Tortenschaufel unter ein Stück Kuchen.

„Ich vermute, dass du dich nicht mehr erinnern kannst, der Fall liegt viele Jahre zurück. Eine Frau stürzt die Kellertreppe hinunter, während ihre beiden Töchter schlafen. Sonst war niemand im Haus, das hat die ältere Tochter bestätigt. Sie war auch die, die sie in der Früh gefunden hat. Die Ergebnisse der Autopsie waren uneindeutig, aber durch die Aussage der Tochter wurde der Fall damals recht schnell zu den Akten gelegt.“

„Wann war das?“, fragte Rosa und rührte in ihrer zierlichen Teetasse.

Er nannte ihr die Jahreszahl.

„Das war, bevor du bei der Polizei warst“, sagte sie, ohne nachrechnen zu müssen. „Warum interessierst du dich dafür?“

„Die Tochter ist eine Freundin von mir“, sagte er.

„Ah.“ Rosa runzelte die Stirn. „Und ihre Aussage von damals …“

Brandon nickte.

„Gibt es einen Verdächtigen?"

„Ja."

„Hat er sie unter Druck gesetzt?"

Brandon nickte wieder. Die Schnelligkeit, mit der Rosa Fälle aufnahm, hatte ihn immer beeindruckt. Sie wäre eine erstklassige Polizistin gewesen. Aber ihr Herz gehörte der Gerichtsmedizin und so hatte sie auf diese Art und Weise über die Jahre geholfen, zahllose Verbrechen aufzuklären.

„Und du bist hier und nicht bei der Polizei, weil …"

„Der Fall ein paar sensible Aspekte hat."

Sie legte ihre Kuchengabel auf den Tisch. „Der Stiefvater ist ein Cop", sagte sie. „Nicht wahr? Es ging um zwei Mädchen. Die Ältere hat dann das Sorgerecht für die Jüngere übernommen, soweit ich mich erinnern kann."

Brandon sah sie verblüfft an.

„Fotografisches Gedächtnis, weißt du noch?", sagte Rosa und wedelte mit ihrer Hand. „Aber ich werd trotzdem mal in mein Archiv stöbern gehen. Mir die alten Fotos ansehen. Die Testergebnisse lesen. Vielleicht ergibt sich ein neues Bild, nach all der Zeit. Und mit diesem neuen Blickwinkel."

Sie schob ihre Brille am Nasenrücken hoch und fixierte Brandon. „Hat das Schwein sie dazu gezwungen?", fragte sie. „Falsch auszusagen?"

Er nickte.

„Aber was hatte er gegen sie in der Hand? Wie konnte er sie zwingen?"

Brandon wollte gerade ansetzen, da klatsche Rosas Hand wütend auf die geblümte Plastiktischdecke. „Natürlich." Sie nickte grimmig. „Das Sorgerecht, nicht wahr? Als Cop wäre es ein Leichtes für ihn gewesen, die kleinere Tochter zu einer Pflegefamilie zu bringen."

Ohne auf Bestätigung zu warten, sprang sie auf. „Würdest du?“, fragte sie und deutete auf Martys Rollstuhl.

„Natürlich.“ Brandon nickte.

Ohne zu warten, setzte sie sich in Bewegung.

Brandon warf Marty einen Blick zu und meinte, ein Grinsen in den Augen seines alten Partners zu sehen.

Du hast gefragt, sagte der amüsierte Ausdruck. *Und jetzt wird sie keine Ruhe geben, bis der Fall gelöst ist.*

Brandon tippte sich an seine imaginäre Polizistenkappe, grinste und deutete auf den Rollstuhl.

„Darf ich?“, fragte er.

Marty blinzelte. *Das lass ich mir doch nicht entgehen,* hörte Brandon ihn in Gedanken sagen. Er schloss seine Hände um die Griffe des Rollstuhls, drückte – und war erstaunt, wie leichtgängig er war. Ohne jeden Widerstand glitt das Gefährt über die Dielen.

„Hier entlang, junger Mann“, hörte er Rosas Stimme aus dem Vorzimmer.

Er folgte ihr durch eine offenstehende Tür. Die Bibliothek dahinter war hell eingerichtet, ein geblümter Ohrensessel in der Mitte. Topfpflanzen standen auf Fensterbrettern und kleinen Tischchen. In den Regalen fanden sich jedoch keine Bücher, sondern hunderte und aberhunderte Ordner.

„Marty sieht gerne aus dem Fenster, wenn ich arbeite“, sagte Rosa, den Blick auf eine Papiermappe in ihren Händen gerichtet. „So kann er die Nachbarschaft ein wenig unter Kontrolle halten.“

Brandon schob Marty vor eines der großen Fenster und drehte den Rollstuhl so, dass der Mann sowohl das Geschehen draußen als auch den Raum im Blick hatte.

„Gut so?“, fragte er und nahm den freundlichen Blick seines alten Partners als Zustimmung.

Er drehte sich einmal um die eigene Achse. „Was ist das hier?“

„Ach“, sagte Rosa und strich einen imaginären Brösel von ihrer Strickjacke. „Das sind Kopien von jedem Fall, an dem ich bis zu meiner Pensionierung gearbeitet habe.“

Er lachte. „Das ist verboten. Kopien von Akten anzufertigen, sie zu Hause zu lagern …“

„Ach, papperlapapp. Und was wollen sie tun, mich verhaften?“ Sie lächelte und sah dabei so sehr wie eine freundliche, ein wenig betuliche ältere Dame aus – Brandon wäre vermutlich drauf reingefallen, hätte er sie nicht so gut gekannt.

„Natürlich“, sagte er und hob die Arme. „Nicht mal der Polizeichef persönlich würde sich trauen, dich zu verhaften.“

„Vor allem, weil er gelegentlich mal meine Hilfe bei alten und neuen Fällen braucht.“ Ihr Lächeln vertiefte sich. „Dort.“ Sie zeigte auf ein Regalbrett weit oben. „Es müsste der dritte Ordner von rechts sein. Sei so lieb und reich ihn mir, meine Knie machen bei kaltem Wetter manchmal Probleme.“

Sie ließ sich in den Ohrensessel sinken und strich den Rock über ihren Knien glatt. Brandon kletterte ein wenig misstrauisch auf eine Bibliotheksleiter, die deutlich zu filigran wirkte, um sein Gewicht zu tragen. Oben angekommen, angelte er den Ordner vom Regal.

Staubfrei. Entweder hatte Rosa eine wirklich gute Haushaltshilfe oder sie kletterte selbst regelmäßig hier oben umher, um sauber zu machen. Der Gedanke gefiel ihm nicht. Genauso wenig wie die Tatsache, dass sie sich alleine um ihren Mann zu kümmern schien. So resolut sie auch war, das war mehr, als eine ältere Frau schultern sollte.

Warum nur hatte sie nie etwas gesagt? Brandon hatte das nagende Gefühl, dass er sich besser um Rosa und Marty hätte kümmern sollen. Bei seinen gelegentlichen Anrufen hatte sie nie erwähnt, wie sehr sich Martys Zustand verschlechtert hatte – und wie viel Pflege er brauchte.

Natürlich nicht. Rosa würde selbst dann nicht um Hilfe bitten, wenn sie heillos überfordert war. Warum also hatte er ihr geglaubt, wenn sie ihm versicherte, dass alles bestens war?

Er reichte ihr den Ordner und sah sie nachdenklich an.

Er wusste genau, was sie sagen würde, wenn er ihr Hilfe anböte.

„Und jetzt", sagte sie, die Lesebrille bereits auf der Nase, „brauche ich ein wenig Zeit. Ich melde mich bei dir, wenn ich die Akte durchgearbeitet habe. Nimm dir Kuchen aus der Küche mit und vergiss nicht, Marty *Auf Wiedersehen* zu sagen, wenn du gehst."

Sie senkte den Kopf, öffnete die Akte und war für die Welt unerreichbar geworden.

Brandon kannte diese Seite an ihr und hatte sie immer bewundert.

Wie eine Katze, die mit unerbittlicher Geduld und vollkommener Konzentration vor einem Mauseloch wartet. Bereit, zuzuschlagen, sobald sich die Beute auch nur einen Moment der Schwäche leistete.

***

„Ich glaub, mir fehlt ein Mann", sagte Olivia.

Brandon zog die Braue hoch und grinste. „Wofür genau? Ich würd mich in jedem Fall freiwillig melden."

Sie boxte ihn sanft gegen den Arm. „Für heute Abend. Mit den beiden Mädchen, Eve, Pam, Sam, Cara, ihren Kids und mir sind wir sieben Damen, aber nur drei Herren."

„Und wie willst du das lösen?", fragte Brandon. „Ich glaub ja nicht, dass das ein Problem ist. Sam, Max und ich sind es gewöhnt, in der Minderheit zu sein. Man könnte fast sagen, wir genießen es."

Olivia schüttelte den Kopf. „Ich dachte, dass Luke vielleicht Lust hat, auch zu uns zu kommen…"

Er sah sie aufmerksam an. „Er ist ein Einzelgänger, Olivia. Deswegen habe ich ihn nicht eingeladen. Er ist lieber alleine in seiner Werkstatt oder draußen in der Natur bei seinen Bienenstöcken. Das hier ist nichts für ihn, glaub mir. Ihn zu fragen, hat wenig Sinn."

„Vielleicht ist es diesmal anders und du irrst dich. Vielleicht würde er gerne kommen und wäre sogar gekränkt, dass du ihn nicht eingeladen hast. Immerhin ist das ein wichtiger Abend und er ist dein bester Freund."

„Hm. Ich glaube nicht."

„Bitte? Für mich?" Sie suchte seinen Blick.

„Ich ahne, dass du irgendwas vorhast", brummte er. „Ich weiß nur nicht, was. Aber ich kann dir nichts abschlagen."

„Nichts hab ich vor, wieso?" Olivia lächelte ihn an, strahlend und unschuldig – wie sie hoffte. „Ich mag Luke und ich finde, er sollte nicht so viel allein daheim rumsitzen. Bienen sind keine ausreichende Ansprache für einen erwachsenen Mann. Abgesehen davon ist das hier unser Willkommensessen für die Mädchen."

Dass Pam ihn mag, ist vielleicht auch noch ein Grund. Ein klitzekleiner.

„Hm." Brandons Stimme klang misstrauisch, aber er griff dennoch nach seinem Handy. „Geht klar", sagte er kurz darauf. „Er ist um acht Uhr hier. Ich denke, er mag dich richtig gerne … für mich hätte er das nicht gemacht. Wobei der Gedanke an das Essen sicher auch nicht geschadet hat."

„Du bist ein Schatz. Und ich verstehe ihn, was das Essen angeht." Sie zuckte mit den Schultern. „Seit du hier bist, ist mein Thai-Lieferservice eifersüchtig. Oder gekränkt. Oder beides." Sie seufzte und hoffte, die Komplimente würden ihn davon ablenken, warum sie Luke dabeihaben wollte. Zu ihrer Erleichterung klappte es wunderbar, denn Brandon sah sie stirnrunzelnd an.

„Niemand sollte von Lieferservice leben. Das ist erbärmlich."

„Ich hatte immer eine Menge Arbeit", sagte sie und verschränkte die Arme.

Er sah sie an und zog die Augenbraue hoch.

„Na gut, Cops arbeiten auch viel und du nimmst dir Zeit zu kochen. Ich bin einfach nicht gut darin und ich denke, dass man seine Zeit in die Bereiche investieren sollte, wo die eigenen Talente liegen – und den Rest lagert man aus. Das ist alles. Naturkosmetik: jap. Spaghetti nicht zu Brei zerkochen: eher nicht."

Er lachte schallend. „Spaghetti sind ja auch deutlich komplizierter als einen Kosmetik-Konzern aufzubauen."

„Wem sagst du das." Sie runzelte die Stirn und blickte über die Berge an Lebensmitteln, die auf der Küchenarbeitsfläche verstreut lagen. „Und jetzt? Womit fangen wir an?"

Er schüttelte den Kopf. „Wie wär's, wenn du mit den Mädchen Blumen kaufen fährst und dann den Tisch deckst? Alles für unsere Gäste gemütlich machst? Ich übernehme das Kochen."

„Soll das heißen, dass du mich loswerden willst? Ich sollte jetzt vielleicht beleidigt sein, aber ich bin einfach nur erleichtert." Sie drückte ihm ein Küsschen auf die Wange – und blieb für einen Moment zu lange mit ihren Lippen auf seiner Haut. Spürte Brandons Bart kitzeln, seine Wärme, roch sein Aftershave.

„Mehr ist dir das nicht wert?", murmelte er und drehte den Kopf langsam zu ihr. „So viel Rücksichtnahme, gutes Essen ... und dann nicht mal ein richtiger Kuss?" Seine Lippen näherten sich millimeterweise den ihren und sie wusste, er gab ihr Zeit auszuweichen. Gab ihr Zeit, sich zurückzuziehen.

Und mit einem Mal wünschte sie, er wäre nicht so rücksichtsvoll, sondern würde sie einfach gegen die Wand drücken und küssen, bis sie nicht mehr denken konnte, bis sie auf all die dummen Gründe vergaß, warum das hier eine schlechte Idee war.

Steuererklärung, dachte sie. *Fluffis Katzenklo.*

Sie trat einen Schritt zurück. Holte tief Luft. Räusperte sich.

„Freunde küssen sich nicht richtig", sagte sie leise, ohne ihn anzusehen. Und flüchtete aus der Küche, bevor sie das tat, was sie eigentlich tun wollte.

Der Nachmittag verging wie im Flug: Die Mädchen und Olivia machten einen Ausflug zur örtlichen Boutique und kauften neue Kleider: ein elegantes, weinrotes aus Samt für Becca, das schmal geschnitten bis zum Boden fiel, und ein weißes mit Tüll für Beth. Die beiden sahen so hübsch aus, auf so unterschiedliche Weise, dass Olivia merkwürdig gerührt war – Becca, beinahe erwachsen und so elegant, während Beth quietschend wie ein kleiner Wildfang durch den Laden wirbelte. Sie war nur sehr schwer davon zu überzeugen, das Kleid wieder auszuziehen.

Nach einer Pause mit Cookies und heißer Schokolade im Diner besuchten sie noch wie aufgetragen den Blumenladen und kamen schwer beladen mit Weihnachtssternen, Efeu, Misteln und Stechpalmen in knisterndem Papier wieder heim.

Sie deckten den Tisch im Speisezimmer mit dunkelgrünem Porzellan, goldenem Besteck und schweren Kristallgläsern und dekorierten die Vasen mit den Blumen, die sie gekauft hatten. Olivia schob den kleinen Barwagen aus dem Wohnzimmer herein und kontrollierte, ob für die Cocktails alles bereit war. Becca und sie mussten Beth hoch und heilig versprechen, dass sie den Kübel knapp vor der Ankunft der Gäste am Eiswürfelspender füllen durfte. Dass Eiswürfel auf Tastendruck aus dem Kühlschrank kullerten, gehörte im Moment zu den Lieblingsdingen im Leben des kleinen Mädchens.

Schließlich wurde es langsam dunkel. Jazzmusik lag in der Luft, das Kaminfeuer knisterte und aus der Küche drang unwiderstehlicher Duft nach frisch gebackener Quiche.

„Das haben wir gut gemacht", sagte Olivia und schob eine Serviette zurecht. „Ihr wart wirklich eine große Hilfe, danke. Und jetzt müsst ihr euch umziehen, sonst sind unsere Gäste hier und ihr beide noch in Jeans."

Die beiden Mädchen verschwanden, Beth ganz hibbelig vor Aufregung. Olivia war sicher, auch in Beccas Augen so etwas wie Aufregung zu sehen, aber hütete sich, etwas dazu zu sagen. Sie konnte sich noch deutlich an ihre Teenagerjahre erinnern – und den Wunsch, möglichst erwachsen zu wirken.

Sie warf noch einen letzten prüfenden Blick in den Raum und war versucht, einen Abstecher in die Küche zu machen. Aber schon der Gedanke an Brandon reichte aus und summende Unruhe füllte ihren Körper, halb Glück, halb Nervosität.

Gefährlich. Du musst Abstand halten.

Sie nahm eine kurze Dusche, aber auch das half nicht, sie auf andere Gedanken zu bringen. Da war nur Brandon und immer wieder Brandon. Sein Lächeln, seine Nähe, die Art, wie er manchmal in einer Beschäftigung innehielt und quer durch den Raum zu ihr herübersah, als wollte er sicherstellen, dass es ihr gutging.

Sie schlüpfte in ihr Cocktail-Kleid und trug Makeup auf, vielleicht etwas sorgfältiger als sonst. Dann glättete sie ihre Haare, bis sie als glänzender Rahmen um ihr Gesicht fielen.

Ein Hauch Parfum, die passenden Schuhe … fertig.

Sie fühlte sich, als wäre der heutige Abend ein Date. Nur Brandon und sie, ganz alleine, ein Abend für Gespräche und gutes Essen und …

Sie schüttelte den Kopf.

Weihnachten. Vielleicht weil bald Weihnachten ist, da liegt Romantik in der Luft. Ich muss nur den heutigen Abend über-

stehen und dann noch ein paar Tage. Sobald Weihnachten vorbei ist, wird alles wieder normal.

Der Gedanke stimmte sie merkwürdig traurig. Sie nickte sich selbst aufmunternd im Spiegel zu, aber das Gesicht darin sah sie nur zweifelnd an.

Die Türklingel riss sie aus ihrem stummen Selbstgespräch.

„Ich geh schon“, klang Eves Stimme von irgendwoher. Sie hatte sich vor den Vorbereitungen gedrückt und war pünktlich zum Essen wieder erschienen, ohne dass es ihr irgendwer übel nahm. Olivia dachte nicht zum ersten Mal, dass der Begriff Lebenskünstlerin für ihre Schwester erfunden worden war.

Sie zog die Tür ihres Schlafzimmers hinter sich mit leisem Klicken zu, das merkwürdig endgültig klang. Das Stimmengewirr verriet ihr, dass Sam und Cara eingetroffen waren. Es gab ein großes Hallo und alle begrüßten die Mädchen, stellten sich vor. Bald darauf jagte Beth bereits Max durch die Eingangshalle, während Leira und Becca sich vorsichtig beäugten.

„Tiktok?“, fragte Leira und Becca nickte. Das schien auszureichen, denn die beiden verkrümelten sich mit ihren Handys ins Wohnzimmer.

Olivia sah sich um, konnte Brandon aber nirgendwo entdecken. War er etwa noch in der Küche?

„Ich glaube, er duscht und zieht sich gerade um“, sagte Eve, die Olivias Blick wohl richtig gelesen hatte.

Olivia versuchte, neutral dreinzusehen. „Ich dachte nur … wegen der Quiche“, murmelte sie. „Wär doch dumm, wenn sie verbrennt. Und vermutlich will Sam seinen Bruder sehen.“

„Muss nicht sein“, sagte der und grinste. „Eigentlich nervt er ja doch meistens nur.“

Cara rempelte ihn liebevoll an. „Hey! Sei nicht so fies.“

Es läutete erneut und Luke traf ein. Olivia umarmte ihn und stellte ihn den anderen vor und dann war auch schon Pam da.

Sie sah ganz zauberhaft aus, mit geröteten Wangen – auch wenn Olivia nicht sicher war, ob das am kalten Wetter oder an Luke lag.

Die beiden wären ein tolles Paar, dachte sie, als sie die Mäntel der Gäste entgegennahm. Wie gut, dass sie die Namenskärtchen der beiden nebeneinander platziert hatte, vielleicht konnte sie Amor ja ein wenig unter die Arme greifen. Sie hängte gerade den letzten Mantel auf einen Kleiderhaken, da lief ein kleiner Schauer über ihre Haut.

Brandon war hier und er sah sie an – das wusste sie so sicher, wie sie ihren eigenen Namen kannte. Langsam drehte sie sich um. Er stand im Türrahmen, ganz still, und ihre Augen fanden die seinen. Das Geplapper und Gelärme rundum fiel von ihr ab und es gab nur noch sie zwei.

Du bist wunderschön, sagten seine Augen.

Olivia war unfähig, ihren Blick abzuwenden. Es war, als würde sie ihn zum ersten Mal seit langer Zeit richtig sehen – und vielleicht war das auch so, denn in den vergangenen Wochen war sie zu sehr damit beschäftigt gewesen, ihm aus dem Weg zu gehen, ihn nicht allzu lange anzublicken, ihre Mauer aufrecht zu halten.

Aber … wow. Der Mann, der da im Türrahmen stand, raubte ihr den Atem. War er schon immer so gutaussehend gewesen … und so unglaublich sexy?

Liegt das am Anzug?

Sie schluckte, weil ihre Kehle klebrig und trocken war.

„Alter", klang Sams Stimme quer durch den Raum und zerriss den Moment in unzusammenhängende, kleine Fetzen. „Dass du dich auch mal blicken lässt."

Olivia seufzte. Brandon grinste und schlenderte zu den Gästen hinüber. „Hey, Luke", sagte er. „Und Cara. Schön, dass ihr hier seid. Wie lange habt ihr meinen kleinen Bruder schon ertragen müssen? Ihr braucht mittlerweile bestimmt einen Cocktail." Er sah sich suchend um. „Beth, wir brauchen Eis, möchtest du das gemeinsam mit Max holen? Ich hab dir einen kleinen Kübel neben den Kühlschrank gestellt."

Die beiden Kinder verschwanden plappernd in die Küche und bald klang das Rumpeln der Eiswürfelmaschine in die Halle herüber, unterbrochen vom begeisterten Quieken des kleinen Mädchens. Olivia lächelte. Beths Begeisterung war wirklich ansteckend.

„Hier entlang", sagte Brandon und führte die Gäste ins Speisezimmer, als hätte er sein Leben lang nichts anderes getan, als Dinnerpartys zu geben. Olivia folgte ihm und ihre Augen blieben an seinen breiten Schultern kleben. Sie hätte ihren Kopf am liebsten in den Eiswürfelbehälter gesteckt.

Das Essen war großartig, wie immer, wenn Brandon dafür verantwortlich war. Es gab selbstgemachte Pizza für die Kinder – und für die Erwachsenen hatte er butterzarte Gemüsequiche, knackigen Salat, frische Pasta mit Lachs und Spinat und Käsevariationen vorbereitet.

Als er dann noch warmen Apfelkuchen und Eis als Nachspeise servierte, lehnte sich Eve zu ihrer Schwester. „Wenn du ihn dir nicht schnappst, dann heirate ich ihn, egal, ob er will oder nicht", murmelte sie. „Sieh ihn dir mal an! Schultern wie ein Wandschrank, ein Lächeln, das einem die Knie weich werden lässt, er liebt Kinder, er kann Sachen reparieren, ist immer für dich da – und er kann auch noch kochen. Ich bin, ehrlich gesagt, nicht sicher, was du noch alles von einem Mann erwartest, denn meiner Meinung nach ist der hier ein echter Traum." Sie schüttelte den Kopf, dann erschien ein Grinsen auf ihrem Gesicht. „Und das kannst du mir glauben, denn ich hab *wirklich* intensiv nach Mr. Right gesucht."

Olivia folgte ihrem Blick. Sie wusste, dass Eve halb im Scherz und halb ernsthaft gesprochen hatte, aber die Frage hallte in ihr nach. Was erwartete sie von einem Mann, der einen Platz in ihrem Leben haben konnte?

Er soll lieb sein und treu. Kinder mögen. Männlich sein, aber kein Macho. Zuverlässig. Ein guter Charakter. Jede Menge Chemie und ein paar gemeinsame Interessen.

Eve hatte recht – Brandon war all das und noch viel mehr. Und er war so geduldig mit ihr, bemühte sich um sie, ohne ihr Druck zu machen oder jemals genervt zu sein.

Aber er ist ein Cop.

Er sah auf und hielt ruhig ihren Blick, als hätte er ihre Gedanken gelesen.

Und er ist Brandon. Der, der mir geholfen hat, die beiden Mädchen hier bei mir aufzunehmen, der immer da ist, wenn ich ihn brauche.

Brandon lächelte ihr zu, ein ganz zartes Lächeln, das um seine Mundwinkel spielte und nur ihr gehörte, obwohl der Raum voller Menschen war.

Der Rest des Abends verflog wie im Traum. Olivia lachte und plauderte mit den lieben Menschen um sie herum – und obwohl sie einige davon erst so kurz kannte, fühlte sie sich, als wäre sie nach vielen Jahren der Wanderschaft endlich zu ihrer Familie nach Hause gekommen. Zwischendurch fing sich immer wieder ihr Blick in Brandons, fiel die Welt von ihnen ab, waren nur noch sie beide hier.

Als es spät geworden war und die Kinder gähnten, begannen Sam und Brandon, Gläser, Teller und Servierplatten in die Küche zu tragen. Eve bot an, die Mädchen ins Bett zu bringen, und Max rubbelte sich mit seiner kleinen Faust die Augen, während er behauptete, kein bisschen müde zu sein. Bald leerte sich das Haus – zuerst ging Pam, dann Cara, Sam und die Kinder. Brandon klapperte in der Küche, während Luke Olivia dabei half, die

Stühle rund um den Esstisch geradezurücken. Sie sprachen nicht, nur das Knistern des sterbenden Kaminfeuers füllte den Raum.

„Er liebt dich“, sagte Luke sanft, als sie das große Tischtuch zusammenfalteten. „Und er würde dich nie verlassen. Würde euch nie verlassen. Er ist einer von den Guten, Olivia.“

„Das weiß ich“, murmelte sie. „Aber es ist kompliziert.“ Sie ließ die Hände sinken und sah Luke an. „Viel zu kompliziert, um es zu regeln. Unmöglich, um genau zu sein.“

Er lächelte. „Ich denke, dass Brandon sich von *Unmöglich* nicht abschrecken lässt“, sagte er. „Ist genau seine Kragenweite.“ Er legte das Tischtuch beiseite und nahm ihre Hand. „Die Mädchen lieben ihn und er liebt die Mädchen. Er ist total verrückt nach dir – und so, wie ich das einschätze, beruht das auf Gegenseitigkeit. Vertrau ihm, Olivia. Das ist alles, was du tun musst.“ Er lächelte. „Der Rest findet sich ganz von alleine.“

Sie schüttelte langsam den Kopf. „Ich weiß“, sagte sie. „Und doch ist da irgendetwas …“

„Das ist Vergangenheit“, sagte er. „Willst du zulassen, dass was auch immer dir angetan wurde auch heut noch dein Leben bestimmt? Dass jemand aus der Vergangenheit verhindert, dass du heute glücklich bist?“

Es war, als hätte er ihr einen Schwall kalten Wassers über den Kopf gekippt.

„Du hast recht …“, sagte Olivia. „Dann hat er gewonnen, nicht wahr?“ Hanks grinsendes Gesicht tauchte in ihren Gedanken auf, sie griff sich an die Stirn und sank auf einen Stuhl. „Ich hab ihn am Leben erhalten. Ich hab zugelassen, dass er ein Teil von mir ist und meine Entscheidungen bestimmt. Oh mein Gott.“

Luke drückte vorsichtig ihre Hand. „Das tun wir alle, in der einen oder anderen Weise. Und manchmal brauchen wir jemanden, der uns darauf aufmerksam macht.“

Er musterte sie, dann ließ er ihre Hand los. „Ich werde jetzt nach Hause gehen. Muss morgen früh raus, die Bienen, du weißt schon."

Sie nickt. „Danke. Für alles. Wann immer ich mit dir rede, wird plötzlich alles so klar. Du hast ein Talent dafür, die Dinge in die richtige Perspektive zu setzen."

Er lächelte und es schien Olivia, als wäre da eine leichte Röte auf seinen Wangen zu sehen – aber das konnte natürlich auf den Weihnachtspunsch zurückzuführen sein.

Sie begleitete ihn zur Tür und sah zu, wie er zu seinem alten Lieferwagen stapfte, der in der Einfahrt geparkt war. Schneeflocken wirbelten im Licht der Straßenlaternen und die Welt schien leiser als sonst.

Luke kehrte den frisch gefallenen Schnee mit ruhigen und methodischen Bewegungen von seinem Auto– und Olivia konnte verstehen, warum Pam ihn mochte. Er sah gut aus, seine wettergegerbte Haut und der graumelierte Bart verliehen ihm etwas Verwegenes, fast wie ein Pirat. Aber da war vor allem diese Ruhe, die von ihm ausging. Und jene Konzentration … als wäre immer das, was er gerade tat, der Mittelpunkt seiner Welt, als könnte ihn nichts ablenken.

Bevor er ins Auto stieg, hob er den Blick und lächelte Olivia aufmunternd zu. Dann verschwand er im Inneren und schließlich mit klapperndem Motorengeräusch in der Nacht.

Olivia schlang die Arme um sich und zitterte. Kalte Luft strich um ihr Gesicht, als sie die Tür langsam zuzog und unschlüssig in der Eingangshalle stand.

Was nun?

Luke hatte recht, das wusste sie. Und auch Eve hatte recht. Sie alle hatten recht damit, dass Brandon ein toller Mann war.

Und sie selbst … sie spürte es schon seit einer ganzen Weile, nicht wahr? Möglicherweise schon seit der ersten Nacht. Hatte ihr nicht nur seine Polizeiuniform an jenem Haken Angst gemacht, sondern auch das, was sie empfunden hatte?

Sie verzog den Mund.

Vielleicht hatte er eine bessere Frau verdient als sie. Vielleicht hatte er eine Frau verdient, die seine Qualitäten von Anfang an sah, die ihm vertraute, die nicht so verkorkst war.

Vielleicht würde eines Tages so eine Frau kommen? Sie würde sehen, wie toll er war, nicht zögern und sich auf ihn einlassen, einfach glücklich mit ihm sein ...

Es war dieser Gedanke, der den Ausschlag gab: dass Brandon irgendwann aufgeben und mit einer anderen Frau zusammen sein würde und sie ihn für immer verloren hätte.

Olivia durchquerte die Halle, summende Hitze in ihrem Magen. Sie drückte die Tür zur Küche auf, aber die lag nur stumm und dunkel vor ihr.

Wo konnte er sein? Sie ging zum Wohnzimmer, lugte in die Bibliothek, ins Speisezimmer – aber auch hier war niemand zu sehen.

Blieb nur noch ein Ort. Olivia folgte dem Gang entlang, an ihrem Yogaraum vorbei und drückte die Tür zum Pool auf. Warme Luft, ein Hauch von Chlor und sanftes Plätschern schlugen ihr entgegen. Sie schlüpfte aus ihren Schuhen und lief auf Seidenstrümpfen weiter, der Boden warm unter ihren Füßen. Wellen schwappten sanft über den Rand des Pools. Brandon pflügte rhythmisch durch das Wasser. Olivia wartete, bis er auf der anderen Seite des Pools wendete.

Wie so oft schien er ihre Anwesenheit zu spüren, denn er hob den Kopf und hielt inne. Als ihre Blicke sich trafen, lief ein elektrisches Kribbeln durch ihren Körper.

Sie hob die Hand und schob langsam einen Träger ihres Kleides von der Schulter, dann den zweiten. Sein Blick änderte sich, war nun voller Begehren und Hitze. Sie spürte überdeutlich, wie das Kleid an ihr hinabglitt, sich als Ring um ihre Füße legte.

Er war an ihrer Seite des Pools angekommen und wuchtete sich aus dem Wasser. Sie hob den Kopf und sah ihn an. Tropfen kullerten aus seinem Haar, hingen an seinen Wimpern, rannen über seinen Oberkörper, hinunter zu der Badehose …

„Olivia?"

Seine Stimme klang weich und rau gleichzeitig, unzählige Fragen darin. Er hob die Hand und folgte ihrer Kinnlinie, strich sanft über ihre Lippen.

Olivia schloss die Augen und genoss seine Berührung, hielt für einen Moment ganz still. Dann trat sie einen Schritt zurück. Sie suchte seinen Blick und hielt ihn und während sie Brandon unverwandt ansah, öffnete sie ihren BH, ließ ihn ebenfalls zu Boden fallen. Dann neigte sie sich nach vorne und rollte ihre Strümpfe ab, einen nach dem anderen.

Sein Adamsapfel bewegte sich, als er schluckte. Sie lächelte und strich mit ihren Fingern über ihre Hüften, ließ die Hände seitlich in ihren Slip gleiten und schob ihn langsam nach unten.

Er stöhnte und war mit einem Sprung bei ihr, zog sie an sich und neigte den Kopf. Sie sah zu ihm auf und strich mit ihren Lippen über seine, drängte sich näher an ihn. Seine Hände gruben sich in ihr Haar, als er den Kuss vertiefte, seine Zunge die ihre fand und auf atemlose Weise liebkoste. Sie wollte seine Hände auf ihrem Körper spüren, wollte ihn in ihr und auf ihr und immer mehr von ihm.

Olivia griff nach seiner Hand.

„Komm", sagte sie und führte ihn zu einer Nische, die durch eine Mosaikwand vom Pool getrennt war. Für einen Moment stand sie im Halbdunkel, Brandons massiver Körper so nah hinter ihr, dass seine Hitze durch ihre Haut drang, sein Geruch sie umfing. Die Spannung zwischen ihnen war greifbar und doch regte sich niemand. Ihre Nippel wurden hart und sie seufzte.

Dann reagierte der Hauscomputer auf ihre Bewegung. Summend schaltete sich der Whirlpool vor ihr ein.

Sie drehte sich zu Brandon, legte die Arme um seinen Nacken. „Nach dir", murmelte sie gegen seine Lippen. Er schob die Hände unter ihren Po und hob sie hoch, als wiege sie nichts.

„Mit dir", sagte er und küsste sie. Sie schlang die Beine um ihn und stöhnte auf, als sie gemeinsam in das warme Wasser glitten.

Er rutschte auf einen der Sitze, die im Whirlpool eingelassen waren. Seine Finger kneteten ihren Po, während sein Mund ihre Nippel fand und daran saugte. Sie stöhnte und presste sich enger an ihn, vergrub ihre Hände in seinem Haar. Ohne ihr Zutun fand ihr Körper seine eigene Sprache, kreiste ihre Hüfte gegen die seine, folgten ihre Hände den Linien seiner Schultern, seiner Arme. Da war Brandon und immer nur Brandon, seine Hände, seine Lippen, seine Haut, die Kraft seiner Muskeln unter ihren Berührungen. Da war die Wärme des Wassers, die unzähligen Luftbläschen, die Wirbel und der Strahl der Düsen, die über ihre Haut strichen.

Es war beinahe zu viel und niemals genug – sie wollte seine Hände an jeder Stelle ihrer Haut. Er schien ihre Gedanken zu erraten, denn er griff nach ihren Hüften und drückte sie an sich, sodass sie seine Härte spüren konnte. Sie stöhnte und erwiderte den Druck, griff nach seiner Badehose. Sie zog daran und mit ein wenig Hilfe von Brandon glitt der Stoff hinunter und gab seine Erektion frei. Als wären sie eines, rutschte Olivia in einer flüssigen Bewegung auf ihn, während er zustieß. Seine Härte fand ihr Zentrum und als seine Hitze sie ausfüllte, schrie sie auf. Sie begann sich zu bewegen, rhythmisch und kreisend, wollte Brandon tiefer und immer tiefer.

Er legte die Hände um ihre Taille und zwang sie, still zu halten, während er sie langsam küsste, ihren Mund mit seiner Zunge erforschte. Sie wimmerte, aber seine Hände hielten sie unerbittlich fest.

„Olivia", murmelte er, „lass dich gehen."

Sie ließ sich zurücksinken, ihr Körper vom warmen Wasser getragen, während seine Hand ihre Hüfte hielt. Seine andere Hand fand den Weg zu ihren Brüsten, knetete sie, umkreiste ihre Nippel und zupfte daran. Sie bäumte sich auf, seiner Hand entgegen.

Langsam begann er wieder, sich zu bewegen, kreiste sein Becken, griff Olivias Hüfte fester und erlaubte ihr langsam, ihren Rhythmus zu finden, seine Stöße in sich aufzunehmen. Immer schneller und schneller stieß er zu und sie nahm ihn in sich auf, bis sie seinen Namen schrie und inmitten von warmem Wasser in einer Welle aus Feuer verglühte.

Er zog sie an sich, nahm sie in den Arm und küsste sie zärtlich. Olivia legte den Kopf auf seine Schulter, ihre Beine immer noch um ihn geschlungen, Brandon tief in sich. Seine Finger streichelten langsam und federzart über ihre Haut.

„Bisher hab ich immer gedacht, dass Whirlpools überbewertet sind", murmelte sie. „War damals quasi als Dreingabe beim Pool dabei, ich hab ihn nicht oft verwendet ... Aber ich glaub, ich hab meine Meinung geändert. Können wir das jetzt jeden Tag machen?"

Er drückte einen Kuss auf ihren Hals und sie spürte, wie sich sein Mund zu einem Lächeln verzog.

„Jeden Tag", sagte er.

Kapitel 20

Brandon lag ganz still und versuchte, all das in sich aufzunehmen. Versuchte, zu verstehen, was sich geändert hatte, wieso sie gestern Abend zu ihm gekommen war, wie es passiert war, dass er nun hier in ihrem Schlafzimmer war – und gleichzeitig wollte er nicht denken, einfach nur hier im Moment sein.

Olivia lag eng an ihn gekuschelt, ihren Kopf auf seinem Arm, ihre Hand auf seiner Brust. Er lauschte ihrem Atem, spürte ihre sachten Bewegungen im Schlaf.

Vor dem Fenster war Mitternachtsblau dunklem Graublau gewichen, das sich nun fast bedächtig in zartes Eierschalenblau verwandelte. Brandon dachte an die kleine Stadt, die da draußen langsam zum Leben erwachte. Seine Stadt.

Da draußen wurde Kaffee gemacht, wurden Zeitungen gelesen, Regale bestückt und Gehsteige gekehrt, stiegen Menschen in ihre Autos.

Aber er war hier, in diesem Moment, mit Olivia. Hätte er sich etwas zu Weihnachten wünschen können, dann wäre es das gewesen: diese Nacht mit Olivia, die er sich so oft vorgestellt hatte.

Und doch … er wollte mehr. Wollte mehr als nur eine Nacht, wollte sie für immer an seiner Seite, mit ihr leben, sie abends beim Einschlafen spüren, wollte jeden Morgen neben ihr aufwachen, ihren Atem auf seiner Haut und sehen, wie sie verschlafen blinzelte, mit ihr frühstücken – und ihr die Pfanne aus der Hand nehmen, wenn sie dabei war, in der Küche eine Katastrophe zu fabrizieren.

Was würde dieser Morgen bringen? Würde sie ihn verlassen wie beim letzten Mal?

Kälte breitete sich in seiner Magengrube aus und er schüttelte diesen Gedanken ab. Er wollte diesen Moment genießen, solange er konnte.

Olivia bewegte sich leicht, murmelte leise, unverständliche Worte. Er küsste ihre Stirn und schob eine Haarsträhne aus ihrem Gesicht.

Oh mein Gott, wie sehr ich diese Frau liebe. Diese komplizierte und anstrengende, kluge, umwerfende und wunderschöne Frau, die ihn faszinierte und überforderte, die so völlig außerhalb seiner Liga war und ohne die er sich sein Leben nicht mehr vorstellen konnte.

Brandon neigte den Kopf und strich mit seinen Lippen über ihre Haut, atmete ihren Duft ein. Sie rocht nach teurem Parfum, nach einem Hauch Champagner, ein wenig Chlor vom Whirlpool … und Olivia.

Ein Geräusch an der Tür. Adrenalin brannte durch seinen Körper. War das Beth vor der Tür… oder vielleicht Becca?

Was sollte er zu ihnen sagen?

Erneut erklang das Geräusch und ein klägliches Miau. Es war Fluff, der wohl gegen die ungewohnt schlechte Behandlung protestierte: eine geschlossene Schlafzimmertür, kein frisches Futter im Fressnapf und kein Platz auf dem Kissen neben Olivia.

„Geh weg“, murmelte Brandon. „Such dir dein Futter woanders. Weck doch Eve auf.“

Für einen Moment war nur Stille zu hören und er hoffte inständig, dass der kluge Kater ihn verstanden hatte.

Aber dann setzten Kratzen und Miauen erneut ein und diesmal mit deutlich erhobener Lautstärke.

Na großartig.

Während er zur Tür schielte, konnte er mehr spüren als sehen: Olivia war munter.

Sie streckte sich, drehte sich zu ihm und sah ihn an. Ein Lächeln lag auf ihren Lippen.

„Guten Morgen“, murmelte er. „Gut geschlafen?“

Sie nickte und küsste ihn sanft.

„Tief und fest“, sagte sie dann. „Und so gut wie schon lange nicht mehr. Scheint was dran zu sein, dass leichter Sport vor dem Zubettgehen die Schlafqualität verbessert.“

„Leichter Sport?“, fragte er entrüstet. „Zwei Mal im Whirlpool, einmal in der Dusche und dann nochmal im Bett nennst du leichten Sport?“

Sie grinste und küsste ihn nochmal. „Ich brauch noch ein paar mehr Datenpunkte, um eine endgültige Bewertung abgeben zu können.“

Er lachte. „Wenn das so ist ...“ Er zog sie an sich und knabberte an ihrem Hals.

Ein klägliches, langgezogenes Miauen klang von der Türe her.

„Ich denke, wir müssen aufstehen“, seufzte Olivia. „Er wird sonst noch das ganze Haus aufwecken.“ Sie stützte sich auf Brandons Brust ab. „Ich mache Kaffee und füttere den Kater, du machst Frühstück?“

Er nickte und strich ihr eine Haarsträhne aus dem Gesicht.

„Was ist gestern geschehen?“, fragte er. „Warum bist du zu mir gekommen? Ich dachte, dass du ... dass wir ... du hast so oft gesagt, dass ...“

Sie legte ihren Finger auf seine Lippen. „Als ich noch sehr jung war ...“, sagte sie und runzelte die Stirn. „Ich hab damals gehofft, dass irgendjemand kommen wird, der uns hilft. Der Hank aus unserem Leben vertreibt. Der dafür sorgt, dass Hank uns nicht mehr wehtun kann. Aber es ist nie jemand gekommen.“ Ihre Stimme wurde brüchig. „Es ist nie wer gekommen ... und ich hab es mir so sehr gewünscht.“

Brandon zog sie fester in seine Arme, drückte sie an sich. Er wünschte sich, er könne wieder gutmachen, was damals geschehen war. Die Vorstellung an Olivia als kleines Mädchen schnürte ihm die Kehle zu, machte ihn traurig und wütend gleichzeitig.

„Und dann war Mum tot und ich musste alles alleine schaffen. Ich glaub, ich hab einfach irgendwann aufgehört, daran zu glauben, dass jemand kommen wird, der uns hilft. Ich musste aufhören zu hoffen, weil's viel zu schmerzhaft war, die Hoffnung zu behalten. Es war einfacher, zu akzeptieren, dass Menschen gefährlich sind und man sie auf Abstand halten sollte, dass ich alles alleine regeln muss und niemand jemals kommen wird, um mir zu helfen."

Brandon spürte, wie seine Brust unter ihrer Wange nass wurde.

Er drückte einen Kuss auf ihr Haar.

„Aber ich bin hier", murmelte er. „Und ich werd nirgendwohin gehen. Was immer auch passiert, du kannst dich auf mich verlassen. Gib mir eine Chance, Olivia. Gib uns eine Chance. Vertrau mir … das ist alles, was du tun musst. Den Rest finden wir gemeinsam raus."

Sie schniefte. Hielt für einen Moment inne, der ihm Millionen unendliche Momente lang zu dauern schien.

Dann nickte sie.

***

Brandon saß an seinem Schreibtisch und war gerade dabei, einen Termin mit dem Komitee zur Verschönerung des Stadtkerns vorzubereiten, als sein Handy klingelte. Erleichtert griff er danach. Die resoluten Damen des Komitees jagten ihm und vielen anderen eine Heidenangst ein und er war dankbar für jede Ablenkung. Ein kleiner Einsatz wäre genau das, was er jetzt brauchte. Voller

Bedauern müsste er den Damen für heute absagen und mit ein bisschen Geschick den nächsten Termin um eine Woche hinauszögern.

Sein Blick fiel auf das Display und sein Herzschlag beschleunigte sich.

„Rosa", sagte er. „Ich hab mich schon gefragt, wann ich von dir hören werde."

„Hallo", sagte sie und eine kleine Rüge klang in ihrer Stimme mit. „Wie geht es dir denn?"

Brandon grinste.

„Hallo, Rosa", sagte er. „Mir geht es gut. Wie geht es dir? Wie geht es Marty?"

Ihre Pause dauerte um einen Herzschlag zu lange.

„Uns geht es gut, danke."

Brandon glaubte ihr nicht. „Wenn ich dir bei irgendetwas helfen kann…", sagte er. „Du weißt, ich hab immer Zeit für euch. Ich freu mich, euch zu sehen."

„Papperlapapp", sagte Rosa. „Wofür sollten wir denn Hilfe brauchen. Bei uns läuft alles wunderbar."

„Okay", sagte Brandon. „Aber ich würde euch tatsächlich gern öfters sehen. Die Jahre sind so schnell vergangen, nachdem ich hierhergezogen bin. Ich möchte ein bisschen Zeit mit Marty verbringen. Und mit dir."

„Du bist immer willkommen", sagte Rosa und ihre Stimme wurde weicher. „Als Besucher", fügte sie hinzu.

Brandon lachte. „Natürlich."

„Und nun kommen wir zum Grund meines Anrufes. Telefonieren kostet Geld, junger Mann. Ich bin sicher, das ist dir bekannt."

„Yes, Ma'am", sagte er und dachte an den Stapel kleiner zurechtgeschnittener Zettel, der stets auf ihrem Schreibtisch gelegen hatte. Rosa hätte niemals Geld für Post-its ausgeben, wenn sie die Rückseite alter Ausdrucke verwenden konnte.

„Unter Berücksichtigung der Tatsachen, die du mir erzählt hast, hab ich mir die Akte nochmals durchgelesen. Es gab einiges, was mir damals Kopfschmerzen bereitet hat. Aber es war nur so ein Gefühl, weißt du? Da waren Male am Hals und den Armen des Opfers, die aber auch Prellungen vom Sturz hätten sein können. Da waren andere Verletzungen, manche frisch verheilt, manche älter – möglicherweise vom Sport, vielleicht aber auch nicht. Es war nicht nachzuweisen, dass sie misshandelt oder die Treppen hinuntergestoßen worden war, aber die Möglichkeit existierte. Ich habe damals auch einen entsprechenden Vermerk angelegt, aber da ich keine Beweise liefern konnte und es eine Zeugin gab, wurde natürlich alles zu den Akten gelegt. So sehr der Polizeichef meine Intuition auch zu schätzen wusste …“

„Konnte er nicht nur deswegen eine Ermittlung am Laufen halten, wenn da keine Beweise waren“, ergänzte Brandon. „Vor allem nicht, wenn sie einen seiner Leute betraf.“

„Genau. Aber es wird dich freuen zu hören, dass der betreffende Kollege aufs Abstellgleis geschoben wurde. Er stand schon über Jahre im Verdacht bei einigen krummen Dingen seine Finger im Spiel gehabt zu haben, unter anderem Schutzgelderpressung, Prostitution und Drogenhandel. Man konnte ihm nie etwas nachweisen und er konnte nicht gekündigt werden, aber seine Karriere war vorbei. Ich denke, er hat bis zur Rente nur noch Parktickets geschrieben.“

Brandon grinste grimmig. „Ein schwacher Trost“, sagte er. „Aber danke.“

„Ich bin ja auch noch nicht fertig“, sagte Rosa. „Unter den Proben, die ich damals genommen hab, war auch ein Abstrich von ihrem Hals. Darauf war eine weiße, pastöse Substanz, die vermutlich Hautcreme war. Das Interessante daran ist, dass darin Hautzellen zu finden waren …"

„Die damals noch nicht nach DNA ausgewertet werden konnten", ergänzte Brandon.

„Genau. Die Probe existiert noch", sagte Rosa. „Sie steht im Archiv bei den anderen Beweismitteln zu diesem Fall."

Brandons Gedanken rasten. „Denkst du, dass die Probe heute analysiert werden könnte?"

Rosa seufzte. „Vielleicht. DNA degeneriert mit der Zeit, wenn die Lagerbedingungen nicht optimal sind. Und wir werden auch niemals eine Genehmigung dafür bekommen. Das Budget der Polizei ist wie immer überstrapaziert, die Wartezeit selbst für aktuelle Fälle lang. Bei aller Freundschaft wird der Polizeichef sich nicht mit einer Fehlallokation der knappen Geldmittel für einen jahrzehntealten und abgeschlossenen Fall aus dem Fenster lehnen."

„Vermutlich", stimmte Brandon ihr zu. Frust brandete wie dunkles Wasser in ihm auf. Er hasste es, nichts tun zu können.

„*Allerdings* gibt es da einen Labormitarbeiter, der mir einen kleinen Gefallen schuldet …", sagte Rosa. „Möglicherweise ist er heute Morgen mal ins Archiv gegangen, hat die Probe geholt und wird sie in seiner Freizeit für mich auswerten."

„Möglicherweise", wiederholte Brandon und hätte sie am liebsten schallend auf die Wange geküsst. „Oh Rosa, du bist die Beste. Ich hab dich nicht verdient."

„Natürlich nicht", sagte sie, mit einem Lächeln in der Stimme. „Ich mag einfach keine korrupten Cops. Deswegen helf ich dir. Hat nichts mit dir zu tun."

Brandon lachte. „Natürlich", sagte er. „Was denkst du, wann wir die Ergebnisse haben?"

„Ein paar Tage wird's wohl dauern", sagte Rosa. „Ich meld mich wieder bei dir."

„Danke, Rosa", sagte Brandon.

„Marty mag Erdbeer-Smoothies", entgegnete sie. „Bring welche mit, wenn wir die Ergebnisse besprechen. Und deine Freundin, für die du diesen ganzen Aufwand treibst. Ich will sie kennenlernen."

„Yes, Ma'am. Natürlich, wird gemacht."

***

Sonnenlicht sickerte durch die deckenhohen Fenster, das Lachen der Mädchen trieb vom Wasser zu ihnen her. Olivia räkelte sich auf der Liege und drehte den Kopf zu Meghan.

„Ich hoffe, es stört dich nicht, dass wir heute unsere Besprechung mal hier machen. Es war nur so viel einfacher … Ich hab den Mädchen versprochen, dass sie den Nachmittag im Pool verbringen dürfen."

„Bist du verrückt?" Meghan grinste und drückte sich Wasser aus den Haaren. „Von mir aus können wir das in Zukunft ruhig häufiger machen."

Sie wackelte mit den Zehen und bewunderte sichtlich den hellblauen Nagellack, den sie sich neulich gegönnt hatte. „Ich mag das neue Du", sagte sie. „Ich mochte dich früher natürlich auch, aber seit du die Mädchen bei dir hast, bist du irgendwie noch besser. Mehr Leben, weniger Arbeit. Früher warst du immer so fokussiert und es gab nur die Firma. Ich find's gut, dass du jetzt ein Privatleben hast, das den Namen verdient."

Olivia nickte und sah Beth zu, wie sie auf ihrem aufblasbaren Einhorn durch den Pool paddelte. „Mir war gar nicht klar, was mir gefehlt hat. Bis die beiden plötzlich in mein Leben geplatzt sind. Seither ist alles anders…"

„Und dann gibt's da ja auch noch Brandon …" Meghan grinste und wackelte mit den Augenbrauen.

Olivia lachte. „Ja", sagte sie, weil sie nicht wusste, was sie sonst noch dazu sagen sollte. Brandon war ebenfalls Teil ihres Lebens geworden, auch wenn sie sich lange dagegen gewehrt hatte, und nun fühlte es sich so an, als wäre er immer schon hier gewesen.

Olivia schüttelte den Kopf. „Manchmal kommt mir alles vor wie ein Traum. So unwirklich. Und so zerbrechlich, als würde eine einzige falsche Bewegung all das hier wieder zerstören."

„Genieß es", sagte Meghan, griff nach ihrer Hand und drückte sie. „Genieß es einfach, Olivia. Du hast es verdient. Du bist einer der nettesten Menschen, die ich kenne – und das sage ich nicht nur, weil du meine Chefin bist und ich auf deiner Gehaltsliste stehe." Sie grinste frech, wurde dann aber wieder ernst. „Du hast immer nur auf alle anderen geschaut, nie so richtig auf dich. Zuerst hast du Eve aufgezogen, dann kam die Firma an erster Stelle. Es ist an der Zeit, dass du auch einfach mal glücklich bist."

Olivia nickte. „Das ist einer der Gründe, warum ich dich heute sehen wollte, Meghan. Ich hab neulich mit einem Freund geredet, der etwas ganz Ähnliches gesagt hat. Ich hab vom Schicksal eine Instant-Familie bekommen und ich will Zeit mit den Mädchen verbringen. Ich will sie so richtig kennenlernen, für sie da sein. Ich will ihnen helfen, den Verlust ihrer Eltern zu verarbeiten, ihren Platz im Leben zu finden, sich zu entfalten."

Meghan nickte. Beide sahen für einen Moment stumm den Mädchen zu, die gerade damit beschäftigt waren, vom Rand in den Pool zu springen und dabei möglichst große Wellen zu erzeugen.

„Ich werde mich aus dem Tagesgeschäft der Firma zurückziehen. Ich sehe mich in Zukunft eher in einer Rolle als Beraterin."

Megan nickte. „Ich versteh dich gut." Sie runzelt die Stirn. „Aber wer übernimmt dann deinen Job? Oh, bitte sag, du hast keinen dickbäuchigen Glatzkopf Mitte fünfzig eingestellt, der ab jetzt die Firma streng nach Zahlen regiert! Bitte, bitte. Ich möchte so gerne hier weiterarbeiten.“ Sie sah ein wenig verzweifelt drein und Olivia unterdrückte nur mit Mühe ein Lächeln.

„Ich hab eine Weile überlegt, aber mir ist nur eine Person eingefallen, der ich die Leitung meiner Firma anvertrauen möchte. Ich brauche jemanden, der mit dem Tagesgeschäft vertraut ist, der unsere Produkte kennt und, am allerwichtigsten, der meine Philosophie teilt.“

„Na, gottseidank“, sagte Meghan und ließ sich in den Liegestuhl zurücksinken. „Ich war kurz besorgt.“

„Und da bist mir du eingefallen.“

„Was?“ Meghan sprang mit einem Satz auf und starrte sie an, das Gesicht plötzlich kreidebleich. „Was hast du gerade gesagt?“

„Ich hab dir meinen Job angeboten.“ Olivia grinste. „Aber wenn du kein Interesse hast …“

„Doch! Ja, natürlich. Ja, sicher! Natürlich will ich. Aber ... Ich …“ Meghan brach ab und hob dann hilflos die Arme.

„Du bist die perfekte Kandidatin, Meghan. Du hast Betriebswirtschaft studiert, warst jahrelang meine rechte Hand, hängst an der Firma, teilst meine Vision … Ich wüsste niemanden, den ich lieber hätte.“

Meghan nickte langsam, aber sie sah so benommen aus, als hätte ihr gerade jemand einen gewaltigen Schlag mit einem Gummihammer versetzt.

„Okay“, sagte sie nur.

„Ich bin auch nur einen Telefonanruf entfernt“, sagte Olivia. „Wir werden uns in großen Fragen abstimmen, aber du übernimmst die tagtägliche Leitung der Firma alleine.“ Sie zuckte mit den Schultern, „Was du in den letzten Wochen bereits getan hast. Ohne dich hätte ich es nicht geschafft. Also machen wir doch einen fixen Jobtitel draus und das Gehalt einer CEO.“

Meghan ließ sich wieder auf die Liege sinken. „CEO von *lavender field cosmetics*“, sagte sie langsam. Sie starrte für eine

Weile aus dem Fenster, dann drehte sie den Kopf zu Olivia. „Unter einer Bedingung."

„Und die wäre?"

Ein schelmischer Blick stahl sich in Meghans Augen. „Unsere Abstimmungsgespräche machen wir öfter mal hier am Pool."

„Deal."

Meghan atmete aus. Und wieder ein. Und nochmal aus. „Du denkst, dass ich das kann, oder?"

„Ich könnte mir niemand Besseren vorstellen. Und ich würde meine Firma niemand Anderem anvertrauen." Olivia setzte sich ein wenig aufrechter hin und griff nach Meghans Hand. „Ich bin so dankbar dafür, dass du jahrelang an meiner Seite warst. Ich ... ich hab so sehr in der Vergangenheit gelebt, dass ich niemals wirklich gesehen hab, wie sehr ich mich auf dich verlassen kann – wie sehr du ein Fels in meinem Leben warst. Ich hatte diese fixe Annahme, dass ich mich schlussendlich nur auf mich verlassen kann, dass alle anderen irgendwann wieder gehen und mich alleine lassen, dass niemand in mein Leben kommt, um zu bleiben."

Sie schluckte, aber der Kloß in ihrer Kehle wollte einfach nicht weichen. „Ich wusste natürlich, dass du eine tolle Mitarbeiterin bist. Aber ich hab dir nie völlig vertraut, auch, als du es schon längst verdient hattest, mehr Verantwortung zu übernehmen. Du bist seit Jahren für mich da gewesen, in der Firma, aber auch als meine Freundin. Ich konnte es nur nicht sehen. Ich war ein Kontrollfreak und ich hab dich auf Sicherheitsabstand gehalten, weil ich viel zu viel Angst hatte, irgendjemand in meine Nähe zu lassen. Es tut mir leid. Das war bestimmt nicht immer einfach für dich."

Meghan lächelte und ihre Augen schimmerten. „Das ist okay", murmelte sie. „Ich wusste immer, dass dir irgendetwas Schlimmes passiert sein muss – so schlimm, dass du nicht darüber reden kannst. Und ich hab immer gehofft, dass irgendwann die Zeit kommt, wo du dich deiner Vergangenheit und dem Schmerz darin stellst, um damit abzuschließen. Ich bin so stolz auf dich, dass du das jetzt tust." Sie umarmte Olivia, löste sich wieder und blinzelte Tränen weg. Dann breitete sich ein Grinsen auf ihrem Gesicht aus.

„CEO, hm?"

Olivia nickte. „Und eine verdammt gute."

***

Brandon drückte auf den Klingelknopf, doch nichts geschah. Er drückte ein zweites Mal, aber auch diesmal schlug ihm nur Stille entgegen. Er trat einen Schritt zurück. Sein Blick wanderte über die leeren Bierflaschen, die vor der Tür des Wohnwagens verstreut lagen. Ein überquellender Mülleimer, ein von Mäusen zerfressener, fleckiger Ohrensessel, ein rostiger Gartenstuhl, der nicht so wirkte, als könnte er das Gewicht eines erwachsenen Mannes noch tragen.

Vielleicht ist er gar nicht hier. Oder er schläft seinen Rausch aus und hört dich einfach nicht.

Brandon klopfte gegen die Eingangstür und lauschte. Als er keine Reaktion hörte, hämmerte er lauter dagegen und dann noch einmal.

Das hatte den gewünschten Effekt – oder beinahe.

„Verpiss dich", knurrte eine Männerstimme aus dem Inneren. „Ich hab eine Waffe, schlechte Laune und keine Lust auf Besucher. Wenn du weißt, was gut für dich ist, dann bist du verschwunden, bevor ich an der Tür bin."

Brandon hatte mit so einem Empfang gerechnet und sich eine Geschichte zurechtgelegt. Ihn wütend zu machen, würde nicht helfen. Er hatte nur diesen einen Versuch – sein Vorwand war dünn, seine Geschichte fadenscheinig. Würde Hank alte Kontakte nutzen, um Fragen zu stellen, würde er das sehr schnell herausfinden.

„Hank?“, rief Brandon. „Ich bin hier, um mit dir zu reden. Ich hab deinen Namen von ein paar Cops, Kollegen von mir. Sie haben gemeint, dass du mir vielleicht helfen kannst. Du warst einer der Besten, haben sie gesagt.“

Hank schwieg, aber dann war sein Ego wohl stärker, wie Brandon gehofft hatte. Ein wenig Lob zu hören und über die alten Zeiten zu reden, dem konnten viele pensionierte Polizisten nicht widerstehen. Die guten Cops ebenso wie die schlechten.

Die Tür öffnete sich einen Spaltbreit. Ein rotgeädertes Auge, faltig-graue Haut und silberne Bartstoppeln erschienen im Rahmen.

„Wer bist du?“, knurrte Hank.

„Brandon.“

„Und du bist ein Cop?“ Das rotgeäderte Auge wanderte auf und ab. Offensichtlich fiel das Ergebnis der Einschätzung positiv aus, denn die Tür schwang auf und ein Schwall üblen Geruchs driftete in Brandons Richtung. Hank lehnte sich an den Rahmen, Zigarette in einer, Gewehr in der anderen Hand. Die Jogginghose, die er trug, hatte schon bessere Zeiten gesehen und war mit Flecken übersät, deren Herkunft Brandon lieber nicht so genau wissen wollte.

„Jup“, sagte er und tippte an seine imaginäre Polizistenkappe. „Blaues Blut, so wie du.“

Hank nickte und wischte sich mit dem Ärmel seiner Trainingsjacke über die Nase.

„Was willst du hier?“, knurrte er.

„Ich könnte deine Hilfe brauchen“, sagte Brandon. „Es geht um einen alten Fall. Eigentlich mehrere.“

Hank starrte ihn an, ohne etwas zu sagen. Brandon rechnet schon damit, die Tür vor der Nase zugeknallt zu kommen, aber dann trat Hank einen Schritt zur Seite und gab den Weg ins dämmerige Innere des Wohnwagens frei.

Na, wenigstens ist der Einrichtungsstil konsistent. Brandons Blick glitt durchs Zimmer. Auch hier lagen Müll und leere Bierflaschen wild durcheinander, allerdings ergänzt um ungewaschene Wäsche, schmutziges Geschirr und fleckige Herrenmagazine. Fahles Licht fiel durch die fast blinden Fensterscheiben auf die braunen Blätter eines vertrockneten Basilikumpflänzchens bei der Spüle. Wie hatte sich das wohl hierher verirrt? Hank schien nicht der Typ Mann, der sich für gesunde Ernährung und frisch gekochtes Essen interessierte.

„Bier?", fragte Hank und schlurfte zum Kühlschrank, der in der kleinen Einbauküche vor sich hin summte.

Es war definitiv zu früh zum Trinken, aber Brandon wollte Hank nicht verärgern.

„Klar", sagte er. „Danke."

Hank deutete auf die fleckige Couch, die unter Bergen von Magazinen und Kleidungsstücken begraben war. „Einfach weg mit dem Zeug", sagte er.

Brandon griff nach dem Haufen und hoffte, dass er da nicht gerade Hanks getragene Unterwäsche in seinen Händen hielt. Er sah sich um, unsicher, wohin er die Sachen nun legen sollte.

„Neben die Couch aufn Boden", brummte Hank, ließ sich in den Ledersessel gegenüber fallen und hielt Brandon eine Flasche Bier hin.

Brandon legte die Wäsche wie gewünscht zu Boden, dann griff er nach dem Bier und ließ sich auf der Couch nieder.

„Danke", sagte er.

Hank führte seine Bierflasche an die Lippen. „Also, womit kann ich helfen?“, fragte Hank, nachdem er fertig war, und wischte sich mit dem Handrücken über den Mund.

Brandon nahm auch einen Schluck – mehr um Zeit zu kaufen, als weil er durstig gewesen wäre. Dieser Typ hier war der schlimmste Abschaum, wenn es nach ihm ging – schlimmer als jeder Kriminelle. Ein Cop, der seine Machtposition ausnutzte, um krumme Dinger zu drehen, verdiente nicht allzu viel Rücksichtnahme. Schon gar nicht, wenn er Olivia bedrohte.

Wie verletzlich sie ausgesehen hatte und wie viel Angst in ihren Augen zu lesen gewesen war!

Brandon zog den kleinen Block aus seiner Jackentasche, den er im Dienst immer mit sich trug. Er brauchte ihn nicht, er kannte die Details dieses Falles auswendig – aber er wollte nicht, dass Hank auf die Idee kam, ihm wäre persönlich an der Sache gelegen. Alles war rein beruflich und Brandon leicht gelangweilt, so sollte Hank das sehen.

„Vor ungefähr zwanzig Jahren gab‘s eine Reihe Körperverletzungen, die damals nicht aufgeklärt werden konnten. Die Opfer haben sich geweigert, den Täter zu nennen, aber es wurde damals ein Zusammenhang vermutet.“

Das war nur eine Theorie von Brandon – aber eine, die vermutlich der Wahrheit entsprach. Dreckige Cops gaben sich üblicherweise nicht mit einem Opfer zufrieden.

„Und?“, fragte Hank gelangweilt.

„Die Abteilung für Cold Cases hat die Akten neu gesichtet und DNA-Muster testen lassen. Natürlich waren einige schon unbrauchbar, aber die meisten haben überlebt. Die Methoden sind in den letzten Jahren erstaunlich viel besser geworden“, fügte Brandon als Erklärung hinzu. Hank war schon seit einigen Jahren pensioniert und so, wie es hier aussah, las er wohl keine kriminologischen Magazine, um auf dem Laufenden zu bleiben.

„Okay?"

„Da sind eine Menge Fälle aufgetaucht, bei denen ein und dieselbe DNA sichergestellt wurde. Alles in allem eine Sackgasse, weil kein Verdächtiger aus der Datenbank passte und durch die lange Zeit schon viele Opfer und Zeugen verstorben oder unbekannt verzogen sind. Aber es gibt da diesen einen Fall: eine Frau ist die Kellertreppe runtergestürzt und hat sich den Hals gebrochen. Du warst mit ihr befreundet und wir hoffen jetzt natürlich, dass du uns weiterhelfen kannst." Brandon blätterte im Block, als müsste er nachlesen. „Angela Naledi", sagte er dann. „Kannst du dich an sie erinnern?"

Volltreffer.

Emotionen flackerten über Hanks Gesicht– Wut, Hass, Angst und etwas, das Brandon nicht deuten konnte… aber dann war der Moment vorbei und Hank sah genauso unbeteiligt aus wie zuvor.

„Ja", sagte er nach einer Weile. „Hat mich damals ganz schön fertig gemacht. Wir waren ein Paar." Hank war zu klug und zu erfahren, um bekannte Fakten abzustreiten.

„Hab ich in den Akten gelesen." Brandon nickte. „Es sieht so aus, als wäre sie gestoßen worden. Die DNA eines Mannes wurde an ihr gefunden. Scheint, dass er sie vor dem Mord gewürgt hat … Es ist derselbe, der an den anderen Verbrechen beteiligt war."

Hank nahm einen Schluck Bier. „Und du bist hier, weil du hoffst, dass mir jemand einfällt?", fragte er langsam.

„Genau." Brandon sah ihn an und versuchte, noch die kleinste Regung zu bemerken. Was dachte Hank? „Du warst immerhin damals dabei." Er ließ den Satz absichtlich vage in der Luft hängen.

Hank legte die Stirn in Falten und schwieg. „Tja, tut mir leid", sagte er dann. „Is Jahre her. Und mein Hirn ist nicht mehr, was es mal war. Kann mich oft nicht mehr erinnern, was ich gestern getan hab, um ehrlich zu sein."

Bei seinem Alkohol-Konsum war das durchaus möglich – trotzdem war Brandon sicher, dass Hank mehr wusste, als er zugab.

„Erzähl mir, an was du dich noch erinnerst."

„Ist wirklich wahnsinnig schwer." Hank öffnete die Arme in einer hilflosen Geste, dann sah er zu Boden. „Sie war ne heiße Frau. Nicht die hellste, aber großartige Möpse, wenn du weißt, was ich meine – und das, obwohl sie schon zwei Gören hatte. Sie brauchte einen richtigen Mann, hatte vorher immer nur Waschlappen. War ziemlich nett von mir, hab viel Zeit investiert. Als der Unfall passiert ist, hat die ältere Tochter das Sorgerecht für die jüngere bekommen und … " Er zuckte mit den Schultern. „Hab seit Jahren nichts mehr von denen gehört. Nicht mal ne Weihnachtskarte. Undankbare Gören. Dabei war ich wie ein Vater für die beiden."

Hanks rotgeäderte Augen sahen Brandon aufmerksam an, als wollte er einschätzen, ob ihm sein Gegenüber die Geschichte abgekauft hatte.

„Kann ich mir vorstellen", sagte Brandon ruhig und kämpfte die Wut nieder, die in ihm brodelte. Er hätte dem Kerl am liebsten mitten in seine selbstzufriedene Visage geboxt. Dieser Kerl war schuld daran, dass Olivia sich tief traumatisiert von der Welt zurückgezogen und für Jahrzehnte niemand an sich herangelassen hatte. Und nun saß er hier und schwang Reden, wie großartig er gewesen war?

Hank zuckte wieder mit den Schultern. „Pussy ist Pussy", sagte er. „Und wenn ich will, kann ich immer noch jede Menge Pussy haben." Er grinste und nahm einen Schluck aus seiner Flasche. „Ist doch auch alles eine Ewigkeit her", fügte er dann beinahe versöhnlich hinzu. „Der Typ, den ihr sucht, hat vermutlich schon ins Gras gebissen."

„Sicher so ein Kleinkrimineller, der sein Leben lang eine komplette Null war", pflichtete Brandon bei. „Wir kennen diese Typen ja. Mehr Muskeln als Hirn und komplett nutzlos."

„Wird wohl so sein", sagte Hank ruhig und sah ihn unverwandt an.

Brandons Nackenhaare sträubten sich. War das alles hier nur Show? Ahnte Hank, warum er hier war? Mit einem Mal war er sicher, dass Hank ein ernstzunehmender Gegner war, weit entfernt von Senilität oder Hilflosigkeit.

„Kann ich dir sonst irgendwie helfen?"

„Ja. Ich hab in deiner Akte gesehen, dass du während deiner Dienstzeit niemals eine DNA-Probe abgegeben hast … Möchtest du das nachholen? Nur um jeden Verdacht auszuschließen, sozusagen. Deinen guten Namen zu schützen."

Hank grinste, lehnte sich zurück und schob die Hand in den Hosenbund. „Vorher friert die Hölle zu. Ich hab damals keine Probe abgegeben und das wird auch verflucht nochmal so bleiben", sagte er. „Meine Meinung hat sich nicht geändert. Die Regierung kann mich mal, auch Cops haben ihre Rechte."

Brandon fuhr sich über den Bart und nickte dann langsam, auch wenn seiner Meinung nach Polizisten standardmäßig DNA-Proben zu Diensteintritt abgeben sollten, schon um potenzielle Kontaminierungen von Tatorten ausschließen zu können. Aber der Gesetzgeber hatte anders entschieden und Hank war mit seiner Position im Recht. Ohne hinreichenden Verdacht hatte Brandon keine Chance auf eine Probe von ihm.

Brandon stand auf, zwang sich zu einem Lächeln und nickte Hank zu. „Dein gutes Recht", wiederholte er. „Du kennst das ja, Vorgesetze bilden sich was ein und ich muss dann losziehen." Er zuckte mit den Schultern.

Hank sah ihn an und schwieg. Brandon war sich sicher, dass er ihm kein Wort glaubte.

„Is noch was?“, fragte Hank schließlich.

„Nein“, sagte Brandon. „Ich muss jetzt los, ich treff mich mit einem alten Kollegen.“

„Ja?“, sagte Hank, ohne großes Interesse.

„Schlimme Geschichte. Sind ihm draufgekommen, dass er nebenbei ein bisschen Geld gemacht hat – du weißt schon, das Übliche. Ein paar Gefälligkeiten hier, ein paar Geldscheine dort. Jemand hat ihn angezeigt und er wurde verurteilt. Hat seine Polizeipension verloren und weiß jetzt nicht, wovon er leben soll.“

Hanks Miene blieb unleserlich.

„Besser, wenn man keine krummen Dinger dreht und die Füße stillhält“, fügte Brandon hinzu. „Wenn sie einen erwischen, hat man gar nichts mehr. Ist nicht so, wie‘s früher mal war.“

Hank sah ihn unverwandt an und nahm einen Schluck von seiner Bierflasche. Die Unterhaltung war anscheinend endgültig beendet.

Brandon verabschiedete sich und verließ den Wohnwagen. Draußen blendete ihn die Wintersonne.

Mit dem Gewicht von Hanks Blicken im Rücken ging er langsam zu seinem Pickup, stieg ein und lenkte den Wagen die vereiste Schotterstraße hinunter, auf der er gekommen war. Dieser Besuch war schlechter gelaufen, als er gehofft hatte. Genaugenommen war er ein Fehlschlag auf der gesamten Linie.

Die Frage war nur, was Brandon als Nächstes tun sollte.

Er griff nach seiner Sonnenbrille und schob sie sich auf die Nase, dann nahm er einen tiefen Schluck aus der Wasserflasche, die im Becherhalter steckte. Der schale Geschmack in seinem Mund blieb.

Er legte die Hände wieder aufs Lenkrad, ließ für einen Moment die schneebedeckte Landschaft vor sich wirken, die draußen vorbeizog und hoffte auf eine Eingebung. Als keine kam, tippte er auf die Oberfläche seines Handys und tat das, was er schon als junger Polizist getan hatte, wenn er Rat brauchte.

Sie hob beim ersten Klingeln ab.

„Ja?“, sagte sie.

„Hallo, Rosa, ich bin‘s, Brandon.“

„Ich weiß, ich hab Anruferkennung. Hallo.“

„Natürlich.“

„Du rufst wegen der Ergebnisse an?“

„Ja. Konntest du auf dem Brief etwas finden, den ich dir geschickt hab?

„Nein, leider nicht. Wie immer Hank es angestellt hat, da waren keine verwertbaren Spuren – nur deine und die von Olivia.“

„Ich hab‘s befürchtet. Ich war gerade bei ihm. Ist nicht gut gelaufen. Ich hab versucht, Details zu erfahren – aber er ist zu schlau, um etwas zu erzählen. Natürlich gibt er auch freiwillig keine DNA-Probe ab ... Obwohl ich mir da ohnehin keine Hoffnung gemacht habe.“

„War leider zu erwarten“, stimmte sie ihm zu.

„Ich hab noch versucht, ihn durch die Blume zu warnen, dass er seine Pension verlieren kann, wenn er nicht aufhört, Olivia zu bedrohen – aber ich glaube kaum, das ihn das beeindruckt hat.“

„Du hast es zumindest versucht“, sagte Rosa, ihre Stimme weicher. „Wir werden sehen, was er tut. Ohne eine Vergleichsprobe von ihm haben wir keine Möglichkeit, ihn mit den Verbrechen und dem Mord an Olivias Mutter in Verbindung zu bringen.“

Brandon schwieg. Er war es gewohnt, die Ressourcen des Polizeiapparats hinter sich und das Recht auf seiner Seite zu haben – und hier war er auf einmal auf sich alleine gestellt und navigierte am Rande des Erlaubten. Das alles gefiel ihm nicht, aber er wusste auch nicht, was er anderes tun konnte.

„Irgendeine Idee?“, fragte er und hoffte, dass Rosa einen großartigen Einfall aus dem Hut zaubern würde.

Sie schwieg für einen Moment. „Leider nicht, Welpe“, sagte sie dann mitfühlend. „Wir können nur hoffen, dass er klug genug ist, deine Warnung zu beherzigen, und sich nie wieder bei Olivia meldet.“

Kapitel 21

„Und, wie fühlt es sich an?“, fragte Eve mit vor Vergnügen funkelnden Augen über den Lärm des Lokals hinweg.

Olivia grinste. „Fast als würde ich etwas Verbotenes tun“, sagte sie und nahm einen Schluck von ihrem Cocktail. „Verboten gut.“

„Auf die verbotenen Dinge“, sagte Eve und hob ihr Glas. Pam, Olivia und Meghan taten es ihr gleich.

„Und auf die guten“, fügte Meghan hinzu und zog die Speisekarte heran. „Habt ihr euch schon etwas ausgesucht? Ich könnte eine Kleinigkeit vertragen.“

„Ich auch“, stimmte Pam zu. „Die Redaktionssitzung hat heute wieder mal kein Ende gefunden.“

„Amen“, sagte Meghan. „Ich dachte, die Chefin vom Controlling geht nie wieder – da war immer noch ein Anliegen mehr, das sie hatte.“

„Bei mir war‘s toll. Ich war heute so richtig im Flow.“ Eve lehnte sich zurück und ein seliges Lächeln spielte auf ihrem Gesicht. „Mit dem neuen Bild geht’s ganz großartig. Wenn Olivia nicht aufgetaucht wär und mich erinnert hätte, dann wär ich vermutlich immer noch am Arbeiten.“

Die drei Freundinnen sahen zu Olivia. Sie zuckte mit den Schultern. „Schaut mich nicht so an“, sagte sie. „Ich hab heute Schultaschen mit den Mädchen eingekauft, dann Dinosaurier-Nuggets im Ofen verkokelt, eine Ladung Bettwäsche gewaschen und im Liegestuhl gelesen, während die Mädchen im Pool waren.“ Sie schüttelte den Kopf. „Ich hab quasi nichts gemacht und bin trotzdem müde.“

Pam lachte. „Auf zwei Kinder aufzupassen, ist nicht *nichts machen*", sagte sie. „Wann immer ich die Enkelkinder einer Freundin hüte, bin ich danach komplett fertig und brauch eigentlich Urlaub."

„Trotzdem" sagte Olivia und folgte mit ihrem Finger dem Weg eines Wassertropfens an der Wand ihres Cocktailglases. Vor ihrem inneren Auge sah sie die Mädchen im Wasser planschen, während sie selbst auf der Liege lag und in einem Buch blätterte. Dann hatte ihr Handy geläutet – unterdrückte Nummer.

Es war nur ein Verkäufer gewesen, der sie zu einer Online-Lotterie hatte überreden wollen, aber noch lang nach dem Gespräch war Olivias Haut mit kaltem Schweiß überzogen gewesen. Wann nur würde dieser Albtraum aufhören? Würde Brandon wirklich eine Lösung finden, wie er versprochen hatte?

Brandon in dieser Angelegenheit zu vertrauen, schien ihr an manchen Tagen so absurd wie die Tatsache, dass sie erpresst wurde. War sie nicht die Frau, die stets alles alleine hatte lösen wollen? Doch es beruhigte sie, dass Brandon da war.

Er würde sich darum kümmern, das hatte er versprochen. Und instinktiv glaubte sie ihm, auch wenn sie nicht wusste, wie er das anstellen wollte.

Hank war ein böser Mann, der vor nichts zurückschreckte, und er kannte seine Rechte, kannte das Gesetz. Er würde keine Fehler machen.

„Macht es dir denn immer noch Spaß?", fragte Meghan. „Oder vermisst du die Arbeit und willst wieder zurück?"

Olivia sah sie verwirrt an. Spaß?

Dann erinnerte sie sich, worüber sie gerade erst gesprochen hatten. Sie schüttelte den Kopf. „Nein, will ich nicht und ja es macht Spaß. Ich hab nicht gewusst, wie sehr die beiden Mädchen in meinem Leben gefehlt haben, bevor sie hier waren. Ich wusste nicht, wie leer mein Leben war." Ihre Stimme klang belegt.

„Na dann“, sagte Eve und lehnte sich bei ihrer Schwester an. „Das klingt doch toll. Als wärst du heim gekommen, in das Leben, das du immer gesucht hast. Wo liegt dann das Problem?“

Olivia biss auf die Lippe und sah in die Runde. Wie sollt sie den anderen erklären, was sie belastete? Olivia hatte den Verdacht, dass dieser Mädelsabend hier ein Versuch ihrer kleinen Schwester war, Olivia ihr Geheimnis zu entlocken. Weil Eve spürte, dass da etwas war, worüber Olivia nicht sprach.

Aber was sollte sie sagen? Eve wusste nicht, dass Hank am Tod ihrer Mutter schuld war, und wenn es nach Olivia ging, würde sie es nie erfahren. Warum sollte Eve ihren Kummer teilen? Das alles war viele Jahre her und Eve hatte Mums Tod überwunden. Alte Wunden aufzureißen, würde ihr nur unnötig Schmerzen bereiten.

Olivia seufzte.

„Na komm, so schlimm kann‘s doch nicht sein“, sagte Pam sanft. „Spuck‘s aus. Wir sind für dich da.“

Olivia presste die Lippen aufeinander und starrte auf ihre Handflächen, während ihr Verstand rasend schnell arbeitete.

Da hatte sie plötzlich eine Idee.

„Ich hab angefangen, so einer Mama-Influencerin zu folgen“, sagte sie leise. „Ich dachte, ich hol mir Tipps … aber jedes Mal, wenn ich ihre Beiträge sehe, bekomme ich ein schlechtes Gewissen, weil sie so viel mehr für ihre Kinder tut … sie macht nicht nur Hustenbonbons selber, sie hat neulich das Papier handgeschöpft, auf dem ihre Kinder malen.“

Die drei sahen sie für einen Moment stumm an, dann begannen sie zu lachen.

„Vergiss das Internet“, sagte Pam. „Ernsthaft. Du machst das toll. Und kein Kind der Welt braucht selbstgemachte Hustenbonbons, ich bin sicher, die Mädchen sind mit denen aus Miss Noras Apotheke total glücklich.“

„Und schon gar kein selbstgeschöpftes Papier", fiel Meghan ein. „Ist ja lächerlich. Was kommt als nächstes? Kinderzimmer mit Farbschema?"

„Um genau zu sein, haben sie das schon", sagte Eve und grinste. „Olivia hat beiden Mädchen erlaubt, sich ihre Zimmer einzurichten, wie sie wollen. Beth hat sich für Chamäleon-bunt entschieden und Becca für ein cremefarbenes Understatement."

„Hat sie wohl auch auf Insta gesehen", sagte Meghan trocken. „Oder auf Tiktok."

„Na, siehst du. Kinderzimmer in Farbschemata: Du bist ganz vorne dabei bei den Mumfluencern." Pam hob ihr Glas und nahm einen Schluck.

„Ich schätze, ich hab einfach nur Angst, keine gut Pflegemama zu sein." Olivia hielt inne und sah fragend in die Runde. Auch wenn das Thema eine Ablenkung gewesen war, stellte sie fest, dass sie tatsächlich so empfand. Sie hatte es bisher noch nie laut ausgesprochen.

„Das ist die normalste Angst der Welt", sagte Meghan und griff nach Olivias Hand. „Ich glaube, jede Mutter empfindet das."

„Ich würde es eher merkwürdig finden, wenn man sich diese Frage nicht stellt", stimmte Pam zu. „Kinder großzuziehen ist eine gewaltige Verantwortung."

„Aber hey, du hast es doch schon mal gut gemacht. Schau mich an, aus mir ist auch was geworden." Eve grinste und deutete eine kleine Verneigung an.

„Na, wenn du das sagst", brummte Olivia. „Ich kenn eine Menge Eltern, die verzweifeln würden, wenn sich ihre Tochter in eine Kreative verwandelt, die um die Welt reist und in Künstlerkolonien lebt."

„Siehst du das so?", fragte Eve, mit einem Mal ernst. „Denkst du, dass du bei mir was falsch gemacht hast?"

„Nein." Olivia schüttelte den Kopf und umarmte ihre Schwester. „Ich bin stolz auf dich und auf das, was du machst. Ich könnte mir keine bessere kleine Schwester vorstellen."

„Kann ich verstehen, so wunderschön, wie sie ist", sagte eine tiefe Stimme.

Die Frauen blickten auf. Vor ihnen stand ein Mann, der aussah, als wäre er direkt den Katalogseiten einer Modelagentur entstiegen: Grüngraue Augen, lange dunkle Wimpern, braune lockige Haare, die ihm in die Stirn fielen. Als er einen Notizblock aus seinem Gürtel zog, spannte sich das Hemd über seinem Bizeps.

„Habt ihr schon was gesehen, was euch zusagt?", fragte er, grinste und wackelte mit den Augenbrauen. Er war sich seiner Wirkung auf Frauen bewusst, das war keine Frage.

„Wir brauchen noch ein bisschen", sagte Olivia, die sich als Erste wieder gefangen hatte. „Ich denke, wir nehmen nochmal eine Runde Aperol Spritz und suchen uns das Essen aus."

Er nickte, zwinkerte ihnen zu und verschwand.

„Großartiger Hintern", murmelte Meghan, die seinen Rückzug aufmerksam verfolgte. Pam nickte.

„Ob er wohl einen Sixpack hat?", fragte Eve.

„Hat so geklungen, als hättest du gute Chancen, das herauszufinden." Olivia grinste. „Du könntest ihm deine Nummer auf der Serviette notieren."

„Oh, bitte", sagte Eve. „Ich bin nicht hier, um mit irgendwelchen Männern anzubandeln. Ich habe gar keine Zeit für sowas, ich bin immerhin in Finley Meadows, um mit meiner Familie die Weihnachtsfeiertage zu verbringen."

„Aha", sagte Meghan. „Na, wenn du meinst… Wär ich Single und der Schnuckel würde mich so ansehen wie dich gerade eben, dann würd ich durchaus für ihn Platz in meinem vollen Terminkalender schaffen."

„Da wir gerade von Schnuckel reden“, warf Pam ein. „Wie läuft es denn mit Brandon?“

Olivia spürte, wie ihre Wangen heiß wurden wie bei einem ertappten Teenager. „Warum fragst du?“

„Die beiden kleben wie die Kletten aneinander“, warf Eve ein, offensichtlich froh darüber, dass das Thema gewechselt wurde. „Die beiden sind so happy und verliebt, es ist beinahe unerträglich. Wenn's nicht so schön wäre.“

„Was ist geschehen?“, fragte Pam. „Wir wollen alles genau wissen. Jedes Detail.“

„Oder vielleicht nicht ganz genau jedes Detail“, warf Meghan ein und rutschte hin und her. „Ich möchte auch in Zukunft noch mit Olivia arbeiten können.“

Olivia lehnte sich zurück und sah in die erwartungsvollen Gesichter der drei Frauen.

Drei Frauen, die sie unterstützten, mit ihr mitfieberten, ihr Ratschläge gaben und immer für sie da waren, wenn sie Hilfe oder einfach nur ein offenes Ohr brauchte. Sie wünschte sich, sie könnte sich ihnen komplett öffnen, ihnen grenzenlos vertrauen, ihnen alles erzählen. Aber so funktionierte das richtige Leben nun mal nicht.

Und doch. Und doch war das hier so viel mehr, als sie vor wenigen Wochen noch gehabt hatte. Wie war es nur geschehen, dass ihr Leben plötzlich voller Menschen war, die sie mochten, die Zeit mit ihr verbringen wollten? Was hatte sich geändert?

Lag es an Brandon oder den Mädchen? Hatte sie sich unter ihrem Einfluss verändert?

„Ich bin so froh, dass ihr in meinem Leben seid“, sagte sie und Tränen prickelten in ihren Augen. „Und ich bin froh, dass wir heute hier sind und den Abend gemeinsam verbringen.“

Meghan, Pam und Eve sahen sie sichtlich überrascht an, dann lächelten sie.

„Immer, Süße", sagte Eve.

„Genau", stimmten Pam und Meghan unisono ein.

„Aber glaub nicht, dass wir deshalb die Sache mit Brandon vergessen haben", fügte Pam hinzu.

„Mit nicht allzu vielen Details. Oder nur die jugendfreien." Meghan grinste. „Na gut, die relativ jugendfreien."

Olivia seufzte. „Ich bin sehr glücklich mit ihm", sagte sie dann. „Es ist so viel besser, als ich mir jemals vorgestellt habe. Er ist aufmerksam und lieb, zärtlich und lustig ... und er ist unendlich geduldig."

„Oh Mann", seufzte Meghan. „Das klingt wunderbar. Kann er auch noch gut küssen?"

„Ich dachte, du willst keine nicht jugendfreien Details", sagte Olivia und grinste.

Meghan zuckte mit den Schultern. „Ich hab meine Meinung geändert. Es ist viel zu gut, um das zu verpassen."

„Ja", sagte Olivia, „Er kann wahnsinnig gut küssen."

„Ich auch", sagte der Kellner neben ihr und schob das Tablett auf den Tisch. Sein Blick wanderte zu Eve, während er ihr einen Aperol Spritz zuschob. „Nur falls die Frage auftaucht."

Eve griff nach ihrem Glas. „Nein", sagte sie. „Ist nicht aufgetaucht, aber danke. Falls wir irgendjemanden treffen, den das interessiert, geben wir es gerne weiter."

Er starrte sie an, dann begann er schallend zu lachen. Er stellte die restlichen Getränke auf den Tisch und sah in die Runde.

„Habt ihr schon ausgesucht, was ihr heute gerne essen möchtet?", fragte er mit einem amüsierten Funkeln in den Augen.

„Nein, ich fürchte, wir haben nur geplaudert", sagte Olivia und zuckte mit den Schultern. „Wir winken dir zu, wenn wir soweit sind."

Er nickte. „Ist gut."

Eves Augen klebten ein wenig zu lange an seinen breiten Schultern, als er sich entfernte.

„Und?", fragte Meghan. „Hattet ihr schon das Gespräch?"

Olivia rührte mit dem Strohhalm in ihrem Glas. „Welches Gespräch?"

„Er ist komplett verliebt in Olivia, will ihr die Welt zu Füßen legen und würde alles für sie tun. Die zwei brauchen kein Gespräch, es ist offensichtlich, dass er ernste Absichten hat und die beiden ein Paar sind. Außerdem ist Brandon ein ganz anderer Typ. Kein Frauenheld wie der da", sagte Eve und deutete auf den Kellner, der sich gerade an die Theke lehnte und mit der Barkeeperin lachte. „Oder wie die Typen, in die ich mich üblicherweise verliebe. Glaub mir, ich bin da Expertin."

„Er wirkt auch nicht wie der Typ Mann, der in Wahrheit mit seiner Arbeit verheiratet ist und keine Zeit für eine Beziehung hat", warf Pam ein. „Mein üblicher Typ", ergänzte sie und zuckte mit den Schultern.

Olivia nickte. „Brandon ist toll", sagte sie. „Und ich bin glücklich so, wie es ist."

„Trotzdem", sagte Meghan. „Trotzdem solltest du ihn fragen, was das zwischen euch ist. Nur, um sicherzugehen." Sie griff nach der Karte. „Und jetzt sollten wir uns endlich etwas zu Essen aussuchen, ich bin mittlerweile echt am Verhungern."

***

Als Brandon die Tür zum Wohnzimmer öffnete, fiel sein Blick auf ein Häufchen Elend. Nein, nicht eines – genau genommen waren es zwei. Zwei Häufchen Elend, eines davon mit Tränen in den Augen.

„Annabelle ist wieder kaputt", schniefte Beth, als er sich neben ihr auf die Couch sinken ließ. „Aber das kann gar nicht sein, du hast sie doch erst gestern Abend geklebt. Und heute Früh war sie so." Das Mädchen hob den Ballon hoch, in dem kaum noch Luft war.

Brandon strich ihr vorsichtig übers Haar. „Wir haben schon darüber geredet, kannst du dich erinnern?"

Sie nickte und ihre Lippen zitterten. Dann schob sie den verknitterten Luftballon in Brandons Hände.

„Einmal noch?", fragte sie. „Bitte, Brandon. Einmal noch."

Er seufzte und hob den Ballon hoch. Zahllose Stücke Klebeband überzogen die Oberfläche, es war kaum noch eine Stelle zu sehen, wo er das Ding nicht geflickt hatte. Ein lebhaftes Mädchen und ein verspielter Kater waren Annabelles Gesundheit nicht gerade zuträglich gewesen. Es war ein Wunder, dass sie überhaupt so lange gehalten hatte. Brandon wendete den Ballon und fand einen Riss, der sich quer über den Bauch des Chamäleons erstreckte.

Prüfend sah Brandon zu Fluff, der auf dem Couchsessel gegenüber saß und ihn mit seinen bernsteinfarbenen Augen betrachtete. Wie so oft hatte Brandon das Gefühl, dass Fluff genau wusste, worum es hier ging – doch der Kater blinzelte nur und schleckte über seine Pfote.

„Es tut mir leid, Beth", sagte Brandon. „Ich fürchte, diesmal kann ich Annabelle nicht mehr reparieren. Der Riss ist zu groß und er führt durch ein paar Stellen, die ich schon geflickt habe. Da ist leider nichts mehr zu machen."

„Aber du kannst alles reparieren", murmelte das Mädchen. „Olivia sagt immer, du kannst das. Alles."

Wärme breitete sich in ihm aus. Er mochte es, dass Olivia so über ihn dachte. Doch das Knistern der Folie brachte ihn wieder zurück in die Gegenwart. Brandon seufzte und strich nochmals über den Ballon, drehte ihn hin und her, überlegte, wie er den Riss flicken könnte ... Aber so gern er Beth auch geholfen hätte, die Wahrheit war, dass Annabelle schon lange Zeit nur noch von Spezialklebeband und der Liebe des kleinen Mädchens zusammengehalten wurde. Er würde das Unvermeidliche nur um ein paar Stunden hinausschieben.

„Bitte", sagte Beth leise, die sein Schweigen wohl richtig gedeutet hatte. „Ich konnte gar nicht Tschüss zu ihr sagen. Kannst du sie noch einmal kleben, damit ich mich von ihr verabschieden kann?"

Ihrer Stimme zitterte. Wie tapfer sie in diesem Moment war! Hier ging es um viel mehr als nur um einen alten Luftballon.

Sie wollte eine Gelegenheit, auf Wiedersehen zu sagen.

Das, was sie bei ihren Eltern nicht hatte tun können.

Brandons Brustkorb fühlte sich plötzlich so eng an, er konnte kaum noch atmen.

„Okay", sagt er und hoffte, dass er beruhigend klang. „Ich versuch's. Aber ich kann dir nicht versprechen, dass es klappen wird, und selbst wenn – dann musst du dich beeilen, Beth. Ich denke nicht, dass die Luft lange halten wird. Annabelle wird ganz schnell wieder in sich zusammenfallen."

Beth nickte und seufzte. „Danke", sagte sie, lehnte sich an Brandon und drückte ihr Gesicht an seine Brust. Für einen Moment saßen sie so da, dann setzte sich Beth auf und rubbelte sich entschlossen über die Augen.

„Können wir gleich anfangen?" Es kam als eine Mischung aus Frage und Aufforderung heraus. „Becca sagt, man muss sich dem stellen, wovor man Angst hat."

Er nickte. „Du hast eine kluge große Schwester."

Beth wackelte mit dem Kopf. „Manchmal nervt sie trotzdem", sagte sie.

Brandon lachte. „So ist das mit Geschwistern. Mein Bruder ist auch so."

Beth sprang auf. „Gleich“, wiederholte sie. „Sind die Reparatursachen noch in der Küche?“

Ohne seine Antwort abzuwarten, lief sie los, Annabelle fest in den Händen. Brandon folgte ihr und eine Idee formte sich in seinem Kopf.

Man muss sich dem stellen, wovor man Angst hat.

Vielleicht hatte Beth ihm soeben dabei geholfen, ein weiteres Problem zu lösen.

Als er in der Küche ankam, hatte Beth bereits alles vorbereitet – die Rolle Spezialklebeband und Annabelle lagen auf der Arbeitsfläche, sie selbst war auf einen der Hocker geklettert.

„Möchtest du alleine auf Wiedersehen zu ihr sagen?“, fragte er. „Oder sollen wir Becca fragen, ob sie dabei sein mag?“

Beth runzelte die Stirn.

„Becca auch“, sagte sie nach einer Weile. „Du und Olivia. Und Eve. Alle, die hier wohnen und die sie gekannt haben.“

„Dann lauf los und sag den anderen, dass wir uns ungefähr in einer Stunde treffen. Ich fang inzwischen mal an. Wird ein bisschen dauern, bis ich den Riss geklebt habe, und dann muss der Kleber trocknen, bevor wir Helium hineinblasen.“

Sie nickte, krabbelte vom Hocker und machte sich auf den Weg. Brandon vertiefte sich in die Arbeit. Dann trank er eine Tasse Tee, während der Kleber trocknete. Schließlich füllte er Helium ein – gerade genug, um Annabelle etwas Körper zu geben. Nicht mehr, sonst würde der Ballon noch schneller an einer neuen Stelle reißen. Es war ein mittleres Wunder, dass der Flicken überhaupt hielt.

Beth tauchte im Türrahmen auf. „Die anderen warten im Wohnzimmer“, sagte sie. „Kommst du?“

Sie kam herüber und streckte die Hände aus. Brandon legte Annabelle vorsichtig hinein.

„Danke“, sagte Beth und sah Brandon mit Augen an, die viel älter zu sein schienen, als das Mädchen es war. Brandon dachte nicht zum ersten Mal, dass sie erstaunlich reif und klug für ihr Alter war.

Im Wohnzimmer warteten Olivia, Becca und Eve mit ernsten Gesichtern auf sie. Und es war dieser Ernst, der Brandons Kehle eng machte und Tränen in seine Augen steigen ließ.

Andere hätten sich vielleicht lustig gemacht oder die Angelegenheit abgetan – ein Ballon war kaputt, na und? Das passierte tausende Male jeden Tag auf diesem Planeten, warum der Aufstand?

So macht man das in einer Herde. Das hatte er neulich in Ice Age gehört, als er den Film mit den Mädchen gesehen hatte. Und es hatte ihn berührt, auch wenn er nicht so genau wusste, warum.

Jetzt wusste er es.

Das hier war seine Familie, auch wenn sie einander noch nicht lange kannten: aber hier waren Menschen, die füreinander da waren, die verstanden, wenn jemand Hilfe brauchte, und bereit waren, sie zu geben, füreinander einzustehen. Auch wenn sie ein bunt durcheinandergewürfelter Haufen waren, mit Persönlichkeiten, Geschichten und Talenten, die unterschiedlicher nicht sein konnten – das hier war seine Herde.

Er rieb sich über die Augen und trat neben Beth.

„Darf ich beginnen?“, fragte sie leise.

Brandon nickte.

Sie hob Annabelle hoch, als wäre sie ein rohes Ei und drückte einen knisternden Kuss auf ihren Kopf. „Die anderen wollen auch auf Wiedersehen sagen“, murmelte sie. „Du musst keine Angst haben. Du kommst bestimmt in den Himmel, wo auch meine Mum und mein Dad sind.“ Ihre Stimme zitterte. „Sag ihnen auf Wiedersehen von mir, wenn du sie siehst, machst du das? Und dass ich sie sehr lieb hab. Und dass ich sie vermisse. Jeden Tag. So wie ich dich vermissen werde."

Brandon schluckte hart und blinzelte die Tränen fort.

„Jetzt du", sagte Beth und sah ihn an. Vorsichtig nahm er den Ballon aus ihren Armen.

„Es war mir eine Ehre, dich kennengelernt zu haben", sagte Brandon zu Annabelle. „Du bist der erste Heliumballon, mit dem ich befreundet bin, und das ist etwas Neues für mich. Danke, dass du so gut auf die beiden Mädchen aufgepasst hast, als sie noch nicht hier bei uns gelebt haben und ich es nicht konnte ... Ich verspreche, ich übernehme den Job für dich und werd auf die beiden achtgeben."

Er sah zu Becca, die ein wenig gequält dreinsah. Für einen Moment dachte Brandon, sie würde mit den Augen rollen und in typischer Teenager-Manier aus dem Raum stürmen ...

Aber sie blieb. Sie griff nach Annabelle.

„Danke dass du eine Freundin für Beth warst", murmelte sie. „Danke dafür, dass du sie glücklich gemacht hast. Und falls du wirklich in den Himmel kommst ..." Sie verstummte und sah zu Boden. Dann ergänzte sie: „Sag Mum und Dad auch von mir Hi." Sie schniefte und hielt Eve den Ballon hin. Dann zog sie ihre kleine Schwester in die Arme. Die beiden weinten leise und Eve wartete, bis sie sich gefangen hatten.

„Du bist das coolste Chamäleon, das ich kenne, Annabelle", sagte sie. „Danke, dass du auf die Mädchen aufgepasst hast, und danke dafür, dass du Teil unseres Lebens geworden bist. Ich werd an dich denken, wenn ich Bilder male, vielleicht wirst du ja in einem davon wiedergeboren ... als Gänseblümchen oder Schmetterling oder auch als Bergkette, sowas in die Richtung. Bon Voyage."

Olivia nahm den Ballon vorsichtig und sah Brandon an. Rührung und Schmerz standen in ihren Augen, seine Gefühle in ihr gespiegelt. Er lächelte sie sanft an und nickte.

„Danke, dass du auf meine Mädchen aufgepasst hast, Annabelle“, sagte Olivia leise. „Und danke, dass du sie zu uns gebracht hast. Ich glaube ganz fest, dass Beth recht hat und du ein magisches Chamäleon bist. Du hast sie zu uns geführt und so lange gewartet, bis sich die beiden hier eingelebt haben. Danke. Die Mädchen sind das Beste, was mir je passiert ist – danke, dass du sie zu mir gebracht hast.“ Sie streichelte sanft über den Kopf des Chamäleons, der sich bereits bedenklich neigte, dann reichte sie es zurück an Beth.

Die löste sich von Becca und schloss ihre Arme um Annabelle.

„Ich hab dich lieb“, murmelte sie, und der Kopf des Chamäleons kippte noch ein wenig weiter zur Seite. Es sah so aus, als legte Annabelle ihn auf Beths Schulter ab, als kuschelten die beiden tatsächlich miteinander.

Brandon seufzte. Warum nur ließ sich nicht alles im Leben reparieren? Warum gab es kein allmächtiges Reparatur-Kit für trauernde Herzen kleiner Mädchen – und für Luftballons, die ein paar Löcher zu viel hatten?

Sie standen noch eine Weile stumm zusammen, während Beth ihren Ballon umarmte. Als die Luft entwichen war, legte Beth ihn vorsichtig auf den Tisch.

„Annabelle ist nicht mehr hier, sie ist jetzt im Himmel“, sagte sie leise, aber bestimmt. „Bei Mum und Dad. Ich kann das spüren.“ Sie seufzte und sah nachdenklich auf die leere Hülle.

„Möchtest du sie in deinem Zimmer aufheben?“, fragte Olivia und strich Beth durchs Haar.

Die schüttelte langsam den Kopf. „Ich würde nur immer wieder ganz traurig werden“, sagte sie. „Aber wir können sie auch nicht wegwerfen“, fügte sie hinzu.

„Natürlich nicht“, stimmte Olivia ihr zu. „Wir müssen sie irgendwo aufheben, wo sie vor Fluff sicher ist. Was meinst du?“

„Na, dann ist mein Zimmer doch perfekt“, warf Eve ein. „Ich hab die Tür immer geschlossen, damit Fluff nicht an meine Farben und Pinsel kann. Annabelle kann bei mir in absolutem Frieden ruhen.“

Beth schwieg für einen Moment mit angestrengtem Gesichtsausdruck, dann nickte sie. „Okay“, sagte sie und wirkte plötzlich sehr müde.

„Popcorn?“, fragte Brandon, der es nicht länger ertragen konnte, alle Frauen des Hauses so traurig zu sehen. *Ein ruhiger Abend auf der Couch wird ihnen guttun.* „Und Ice Age 2?“

***

„Ich bin nicht sicher, ob das hier eine gute Idee ist.“ Olivia zappelte hin und her und sah aus, als wäre sie am liebsten weggelaufen.

Brandon griff nach ihrer Hand. „Du musst das nicht tun“, sagte er. „Aber wenn du es tust, bin ich bei dir. Ich lass dich nicht alleine. Du kannst mir vertrauen.“

Sie nickte, aber die Zweifel in ihrem Gesicht blieben.

Nun gut – solange sie nicht wirklich davonlief, war das wohl alles, was er erwarten konnte.

„Sollen wir loslegen?“

Sie biss sich auf die Lippe, doch dann nickte sie. „Ich will nicht, aber Beth hat recht. Man muss sich seinen Ängsten stellen. Wenn sie das kann, kann ich das auch.“ Ihre Stimme klang schwach.

Er nickte, griff ihre Hand und führte sie in sein Schlafzimmer. Er sah, wie ihr Blick umherwanderte, Details aufnahm. Sie war nicht mehr hier gewesen seit ... seit jenem Morgen, als sie ihn stehengelassen hatte.

Sie wird wieder weglaufen und du wirst sie verlieren. Diesmal für immer, flüsterte eine Stimme aus den düstersten Winkeln seines Herzens.

Er schob die Warnung weg. Wenn er Olivia helfen wollte, sich ihren Ängsten zu stellen, konnte er wohl kaum selbst ein Feigling sein.

Gemeinsam standen sie vor seinem Kleiderschrank, dessen Türen geschlossen waren. Olivias Atem ging jetzt schneller, als wäre dahinter ein Monster verborgen, als wäre da etwas Grauenhaftes, das bereit war, sie zu zerfleischen.

„Fertig?“, fragte er leise und drückte sanft ihre Hand.

Sie schüttelte den Kopf. „Nein. Aber fangen wir trotzdem an.“

Als er die Tür zum Kleiderschrank aufzog, drängte sich Olivia näher an ihn. Tageslicht fiel in den Schrank – und den Inhalt.

Olivia sog scharf Luft ein.

Er wartete einen Moment, bis sie wieder ruhiger wurde, dann griff er vorsichtig nach der Uniform. Er holte sie heraus und hielt sie Olivia hin.

Sie zögerte, doch dann griff sie danach. Stocksteif stand sie da, die Uniform in ihren Händen.

Langsam wurde Olivias Atem regelmäßiger, entspannte sich ihr Körper etwas. Sie strich mit der Hand über den Stoff. Dann neigte sie den Kopf und atmete ein.

„Riecht nach dir“, murmelte sie – und der Geist eines Lächelns erschien auf ihren Lippen.

Er nickte.

Sie löste die Kappe vom Kleiderhaken und hielt sie ihm so vorsichtig hin, als reiche sie ihm eine Handgranate.

Brandon suchte Olivias Blick, während er die Kappe langsam aufsetzte.

„Immer noch ich“, sagte er sanft. „Das bin immer noch ich, Olivia.“

Ein Zittern lief über ihren Körper, Tränen standen in ihren Augen – aber sie blieb.

Sie nickte.

„Zieh sie an“, sagte sie leise. „Bitte. Alles.“

„Bist du sicher?“

Sie zuckte mit den Schultern.

Also tat er, worum sie ihn gebeten hatte: Er stieg aus seinen Jeans und zog die Hose der Uniform an. Schloss den Gürtel, ohne sie aus den Augen zu lassen.

Olivias Brustkorb hob und senkte sich viel zu schnell, die Fingerknöchel traten weiß hervor, als sie ihre Hände knetete.

„Weiter“, wisperte sie heiser. „Alles.“

Er griff nach dem Hemd und zog es über sein T-Shirt, knöpfte es langsam zu. Nun noch die Jacke ...

Panik blitzte in ihren Augen. Die Grenze ihrer Belastungsfähigkeit war erreicht.

Brandon trat einen Schritt auf sie zu, nahm ihr Gesicht in seine Hände.

„Konzentrier dich auf mich. Brandon. Du kennst mich. Ich würde dir niemals wehtun, das weißt du. Du kannst mir vertrauen. Nichts Schlimmes wird geschehen.“

Sie starrte ihn an, blind vor Panik. Doch dann gewann die Olivia, die er kannte und liebte, die Oberhand: Stück für Stück kämpfte sie die Angst nieder, beruhigte sich ihr Atem, ließ das Zittern nach.

„Küss mich“, murmelte sie leise.

Er lächelte und neigte sich näher, strich mit seinen Lippen vorsichtig über ihre.

Sie atmete tief aus, schien die Berührung zu genießen.

Fast wie unser erster Kuss. Der erste Kuss, mit dem sie alles an mir akzeptiert – Brandon, der Mann, aber auch Brandon, der Polizist.

Und irgendetwas tief in ihm entspannte sich, so als hätte er bisher auf jenen Moment gewartet. Vielleicht, weil er gewusst hatte, dass ihre Beziehung ohne dieses *Ja* von Olivia keine Zukunft gehabt hätte.

„Komm mit", sagte er. Er ließ sich auf den Ohrensessel in der Ecke sinken und zog sie zu sich. Ihr Rücken an seinen Bauch gelehnt, seine Arme um sie geschlungen, saßen sie gemeinsam da. Er lauschte ihrem Atem, bis dieser wieder völlig ruhig geworden war.

Als sie begann, vorsichtig mit den Knöpfen am Ärmel seiner Jacke zu spielen, lächelte er.

Sie würden das hier hinkriegen. Es würde eine Weile dauern, aber alles würde gut werden. Olivia war stark und sie war klug, sie würde ihre Angst überwinden.

„Danke, dass du mir erlaubt hast, für dich da zu sein", murmelte er und küsste ihren Hals. Sie kuschelte sich an ihn.

„Ich vertrau dir", murmelte sie. „Und manchmal kann ich mit dir Dinge, die ohne dich unmöglich scheinen."

Brandon wusste nicht, wann er sich ähnlich stolz gefühlt hatte. Hatte er jemals?

Olivia, die so selbstständig und taff sein konnte ... Er fühlte sich wie ein Superheld. Möglicherweise noch ein wenig besser.

Er grinste, knabberte an ihrem Ohrläppchen und spürte, wie sein Körper plötzlich ganz eindeutig andere Ideen als eine Unterhaltung hatte.

Er zwang sich, an die unfertigen Berichte auf seinem Schreibtisch zu denken. Das hier war nicht der Moment, um wie ein Teenager über sie herzufallen. Sie war gerade dabei, ein Trauma zu überwinden, Herrgottnochmal.

„Stört es dich, dass ...“, fing sie an und brach ab.

„Stört mich was?“

Sie zögerte. „Ich will dich das schon lange fragen, aber der Moment war noch nie richtig. Und ich hab mich auch irgendwie nie so richtig getraut“, sagte sie und drückte ihr Gesicht in seine Brust. „Ich glaube, ich hab Angst vor der Antwort.“

„Du kannst mich alles fragen, Olivia. Und ich werd dir jede Frage ehrlich beantworten.“

Sie nickte. „Auch wenn mir die Antwort vielleicht nicht gefällt?“

„Auch dann.“ Er versuchte sich für die Frage zu wappnen, die sie ihm stellen würde. Was konnte ihr nur so viel Angst machen?

Olivia schwieg für eine Weile und zupfte geistesabwesend an einer Falte am Ärmel seiner Uniform. Dann seufzte sie. „Weißt du, dass ich mal was mit Sam hatte? Stört es dich?“, fragte sie dann. Die Worte kamen gepresst heraus, purzelten hastig durcheinander. Er spürte die Nervosität, die von ihr in Wellen ausging. „Es ist nichts was ich ändern kann und es hat nie wirklich was bedeutet, ich weiß nicht mal, warum ich das damals gemacht hab. Ich war einsam und er war da ...“

Brandon unterdrückte ein Lächeln, während Erleichterung über ihn hinwegwusch. Hatte sie gedacht, dass er ihr das vorhalten würde? Sanft küsste er ihr Haar.

„Nein“, sagt er dann. „Anders hätte ich dich vielleicht nie kennengelernt. Die Wahrheit ist, ich hab mich am ersten Tag in dich verliebt, Olivia. Ich kann mich noch genau erinnern – Sam hat mich gebeten, im Vorstand seines Sponsoring-Projekts zu helfen. Ich bin an jenem Abend aufgetaucht und da warst du. Ich konnte den ganzen Abend lang nur dich ansehen, hab nichts von dem mitbekommen, was Sam erzählt hat. Irgendwann hab ich ihn beiseite genommen und ihn gefragt, wer du bist. Er hat angedeutet, dass ihr vor einer Weile mal eine lockere Affäre hattet, dass du aber auch eine gute Freundin bist. Ich hab dich dann gegoogelt, als ich heimgekommen bin. Und mir war klar, dass ich niemals eine Chance bei dir haben werde, dass du in einer ganz anderen Liga bist. Du hast bei unseren Treffen auch nie den Eindruck gemacht, als würdest du mich beachten." Er schüttelte den Kopf bei der Erinnerung. „Dass sich das an jenem Abend im Museum plötzlich geändert hat, war wie ein Traum. Der Morgen danach mein schlimmster Albtraum. Ich konnte einfach nicht verstehen, was passiert ist. Ich dachte, dass dir mein Haus, mein Leben oder ich im Morgenlicht schäbig erschienen sind. Dass du einen besseren Mann als mich verdient hast." Er zuckte mit den Schultern.

„Ich könnte mir keinen besseren Mann als dich vorstellen", sagte sie. „Da war nie ein anderer Mann, der an dich herankommt, Brandon."

Er seufzte. „Jeder von uns hatte ein Leben, bevor wir einander getroffen haben, ich war auch nicht unbedingt enthaltsam die letzten Jahre. Ich bin einfach nur dankbar, dass wir jetzt zusammen sind."

„Zusammen?", fragte sie. „Sind wir das? Ein offizielles Paar?"

Er lächelte. „Ja, na klar", sagte er „Hast du daran Zweifel?"

Sie schüttelte den Kopf. „Ich nicht, aber ich war neulich mal mit den Mädels was trinken, und die haben gesagt, dass ich sicherheitshalber nachfragen soll."

Er lachte und drückte sie fest an sich. „Sonst noch Fragen?"

Sie nickte und drehte sich in seinem Arm, bis sie ihm in die Augen schauen konnte.

„Ich liebe dich, Brandon Stark", sagte sie. „Und ich bin froh, dass du geduldig genug warst, dass ich das erkennen konnte."

Sie küsste ihn federzart und es fühlte sich an, als wäre das der erste Kuss seines Lebens – als würde er sich auflösen in seiner Liebe zu ihr, ihrer Liebe zu ihm, und in all dem Glück, das sie verband.

„Ich liebe dich, Olivia Naledi“, murmelte er gegen ihre Lippen. „Und ich hätte Jahre auf dich gewartet, wenn das nötig gewesen wäre.“

Sie lächelte, dann wanderten ihre Hände seine Uniform hoch und lösten langsam den obersten Knopf des Jacketts, dann den nächsten.

„Eine Frage hab ich doch noch“, murmelte sie.

„Ja?“

„Ich frage mich, wann du diese dämliche Uniform endlich ausziehst. Ich finde, wir haben genug geredet.“

Kapitel 23

Eine Woche vor Weihnachten

Becca mochte das Diner. Sie mochte es, wenn es morgens noch ganz verschlafen dalag und Becca alles für die Frühstücksgäste herrichtete. Sie mochte es auch, wenn es voller Gäste und summendem Leben war, wenn sie vor lauter Bestellungen kaum zum Nachdenken kam, wenn sich die Bewohner von Finley Meadows hier einfanden, von einem Tisch zum nächsten tratschten und Kinder herumflitzten. Sie mochte auch die langsamen Tage, wenn es draußen grau und kalt war und bis auf eine einsame Studentin, die tief über ihre Skripten gebeugt saß, oder einer Gruppe Rentnerinnen niemand vorbeischaute. Und sie mochte die Abende nach Sperrstunde, wenn das Lachen der Besucher noch durch den Raum zu hallen schien, während sich draußen die Ruhe der Nacht ausbreitete. Wenn sie den alten Linoleumboden fegte, während Giulia die Banknoten zählte und zu ordentlichen Stapeln sortierte, dann fühlte Becca den Frieden des Diners tief in sich, als wäre sie Teil dieses Ortes.

„Heute war ein guter Tag", sagte Giulia und blickte auf. Die Brille saß schief auf ihrem Kopf und Haarsträhnen hatten sich aus der Frisur gelöst. „Reenie wird zufrieden sein. Wenn wir so weitermachen, können wir bald die nötigen Renovierungen angehen."

Becca sah sie fragend an. „Renovierungen?"

„Der Herd ist uralt und hat mehr Eigenleben, als uns lieb ist, die Fenster sind zugig und gehören ausgetauscht, es müsste mal wieder neu gestrichen werden …" Giulia zuckte mit den Schultern. „Es gibt jede Menge zu tun. Aber dafür müssten wir für eine Weile schließen – das braucht natürlich Geld, weil ja viele Kosten weiterlaufen. Zusätzlich zu dem, was für die Renovierung anfällt."

Becca lehnte sich an einen Tisch und stützte die Arme auf dem Besenstil ab. „Ich will gar nicht, dass hier irgendwas verändert wird", sagt sie nach einer Weile.

Giulia lächelte. „Es ist ein besonderer Ort, nicht wahr? Geht mir auch so. Ich hab immer das Gefühl, als wär das Diner lebendig. Als hätte es eine Persönlichkeit."

Becca nickte. So hätte sie das vielleicht nicht ausgedrückt, aber es stimmte. Sie hatte sich dran gewöhnt, dass Giulia die Welt oft auf ihre ganz eigene Weise sah.

Das hier ist eine kleine Stadt für gute Hexen, hörte sie sich selbst in Gedanken sagen – damals, als Beth und sie noch in dem Karton hinter der Pizzeria gewohnt hatten.

Becca betrachtete Giulia nachdenklich, wie sie die Kaffeemaschine wischte. War sie deshalb ein wenig merkwürdig und wusste oft Dinge, die sie gar nicht wissen konnte? Weil sie eine Hexe war?

„Reenie hängt sehr an diesem Lokal", sagte Giulia. „Ich bin sicher, sie wird behutsam renovieren und so wenig wie möglich verändern." Ein Lächeln tauchte auf ihrem Gesicht auf. „Auch, weil die Bewohner von Finley Meadows vermutlich meutern würden, wenn man ihr Lieblings-Café verschlimmbessert."

Becca blickte umher, über die abgewetzten Stellen im Fußboden, die zarten Risse in der Lederpolsterung der Bänke, die ausgebleichten Stellen in den Vorhängen.

Daheim, dachte sie erstaunt. *Es erinnert mich an daheim.*

Sie ließ den Kopf auf ihre Arme sinken, weil sie sich plötzlich benommen fühlte. Aber natürlich! Das war es, was sie hier gefunden hatte.

Sie mochte Olivias Haus und die Annehmlichkeiten, die es bot – und sie mochte es jeden Tag mehr. Sie mochte ihr Zimmer, sie mochte die großen Fenster und die Weitläufigkeit, sie mochte das knisternde Kaminfeuer und die elegante Einfahrt, sie mochte den riesigen Fernseher und die stylishe Küche, sie mochte das gediegene Esszimmer, den Pool und den verschneiten Garten. Aber das hier …

Sie hob den Kopf. Das hier fühlte sich an wie zu Hause. Es erinnerte sie an jene schäbige Art von Gemütlichkeit, die auch ihr Elternhaus gehabt hatte. Kuschelig warm, ein wenig knarzend, klein und voll mit Möbeln, die nicht so richtig zusammenpassen wollten, die in manchen Fällen schon seit Generationen der Familie gute Dienste leisteten, ohne deshalb den Titel „Antiquität" verdient zu haben.

Als sie noch daheim gewohnt hatte, hatte sie nie besonders darauf geachtet. Ihr Zuhause war einfach ihr Zuhause gewesen und sie in Gedanken oft woanders.

Aber nun, wo Mum und Dad nicht mehr da waren und sie hier wohnte, in diesem wunderbaren luxuriösen Haus …

„Denkst du an deine Eltern?", fragte Giulia und stellte ein Tablett mit Salz- und Pfefferstreuern neben ihr ab.

Becca nickte. Auch das war etwas, was sie gelernt hatte: Giulias sechster Sinn lief offenbar ständig im Turbo-Modus und sie hatte die beinahe unheimliche Fähigkeit, Gedanken zu erraten. Becca mochte Giulia trotzdem oder vielleicht genau deswegen – wann immer Becca nicht so genau wusste, was mit ihr los war, war auf Giulia Verlass, um jede Art von Gefühlschaos zu entwirren.

„Ja", sagt sie. „Ich hab grad gedacht dass *Jakes Cakes* ein bisschen ist wie bei mir daheim. Alles irgendwie alt, aber gemütlich."

Giulia nickt. „Ich glaube das empfinden viele so, auch wenn sie es vielleicht gar nicht benennen können. Du musst dir keine

Sorgen machen, Becca. Reenie weiß das. Sie wird keinen hypermodernen Kaffeetempel daraus machen. Keine Barista, keine Kaffeemaschine, die so viel kostet wie ein Auto, und kein Kaffee für acht Dollar pro Becher." Sie zeigte auf die Salz- und Pfefferstreuer. „Hilfst du mir, nachzufüllen?"

Becca nickte. „Ich räum nur schnell den Besen weg und wasch mir die Hände."

Als sie zurückkam, war Giulia bereits konzentriert bei der Arbeit. Methodisch öffnete sie die Streuer, schob einen kleinen Trichter hinein und füllte Salz aus einem Karton nach. Becca ließ sich ihr gegenüber nieder und griff nach dem nächsten leeren Streuer.

„Ich vermisse meine Eltern noch immer, obwohl sie schon seit Jahren tot sind", sagte Giulia. „Es wird irgendwann leichter, aber es vergeht vielleicht niemals ganz. Die Sehnsucht danach, sie wiederzusehen, zu umarmen, mit ihnen zu lachen. Und dieses Gefühl, dass es so unglaublich unfair ist: Warum meine Eltern? Warum nicht die von jemand anderem?"

Becca nickte heftig. „Auch furchtbare Menschen, die ihre Kinder schlagen, leben ganz lange", sagte sie dumpf. Diese Tatsache machte sie wütend, wie kaum etwas anderes: Warum nur durften böse Menschen alt werden und ihre Mum und Dad waren so früh gestorben?

„Du hast mal erzählt, dass du dein neues Zimmer einrichten kannst, wie du willst, oder?"

„Hab schon ein Pinterest-Board. Olivia hat irgendwas davon gesagt, dass wir das an eine Innenarchitektin schicken, die macht dann einen Plan aus meinen Ideen."

„Und was wäre, wenn du dir dafür Sachen aus deinem alten Zimmer holst? Zumindest ein paar, dann könntest du das Stylishe haben, was du magst, aber auch was Altes, Gemütliches. Deine ganz eigene Mischung."

Becca starrte sie an und hatte Schwierigkeiten, Giulias Worte zu verstehen. In ihrem Kopf waren ihre beiden Leben bisher hermetisch getrennt gewesen: Da war das alte Leben mit ihren Eltern, als alles in Ordnung gewesen war. Und dann war dieses Leben hier, das neue und manchmal unverständliche Leben, in das sie gefallen war, und mit dem sie zurechtkommen musste, einfach so, auch wenn es schmerzte, und ohne dass es eine Rolle spielte, ob sie wollte oder nicht. Aber da war keine Verbindung gewesen. Nichts, was die Vergangenheit mit der Gegenwart verband.

„Aus meinem alten Zimmer?“, fragte sie langsam.

Giulia nickte. „Das Haus ist doch immer noch da, oder?“

Becca nickte. „Es gehört Beth und mir, wenn wir mal erwachsen sind. Bis dahin gibt's jemanden, der sich drum kümmert.“

„Sicher ein Treuhänder.“ Giulia sah zufrieden drein. „Na, dann ist es doch sehr einfach. Sag zu Olivia, dass du gern ein paar deiner alten Möbel hättest. Und sie soll Kontakt mit dem Treuhänder aufnehmen. Dann fahrt ihr gemeinsam hin und sucht etwas aus.“

Becca zeichnete mit dem Finger einen Kreis auf die Tischplatte. Die Feuchtigkeit ihrer Haut hinterließ eine Spur, die sich erst mit der Zeit in Luft auflöste.

„Ich glaub, ich kann nicht“, murmelte sie.

„Warum?“

„Ich hab Angst, dass Olivia böse wird.“

Giulia hielt in ihren Bewegungen inne. „Böse? Warum? Weil sie einen anderen Geschmack in Innenarchitektur hat? Süße, Olivia ist ganz vernarrt in Beth und dich. Wenn ihr drauf besteht, die Zimmer mit Möbeln aus Fruit Loops und Gummibären einzurichten, würde sie auch zustimmen. Die paar alten Möbel stören sie nicht.“

Becca schüttelte den Kopf. Sie dachte an ihr früheres Zimmer und ihre Augen waren plötzlich heiß, die Tischplatte vor ihr verschwamm.

„Becca? Was ist denn los, Süße?"

Sie spürte, wie Giulia neben ihr auf die Bank rutschte und den Arm um sie legte. Einfach so vergrub sie den Kopf an Giulias Schulter und weinte los, wie ein kleines Kind. Sie weinte, wie sie es noch nie getan hatte, oder zumindest nicht seit dem Tod ihrer Eltern.

Vielleicht hatte sie die Trauer so lange unterdrückt, bis sie beinahe vergessen hatte, wie tief sie war – wie unendlich tief und dunkel.

Doch der Gedanke an ihr altes Zimmer, an ihr Bett und ihre Kuscheldecke, an die Stofftiere, für die sie schon viel zu alt war, aber von denen sie sich nicht trennen konnte, die eselsohrigen Kinderbücher, an all den kleinen Schnickschnack und die Erinnerungen und die Fotos an den Wänden – das war mehr, als sie ertragen konnte. Die Trauer spülte wie eine Welle über sie hinweg, brachte sie ins Taumeln und drückte sie tief unter Wasser, bis sie die Orientierung verlor und da nichts mehr war außer brodelnder Schmerz und Einsamkeit, Sehnsucht und Wut, Trauer und tiefe Verzweiflung.

Sie weinte für eine lange Zeit und als sie schließlich ruhiger wurde, brannten ihre Augen und sie fühlte sich matt.

„Es tut mir leid", sagte sie und war erstaunt, wie dünn ihre Stimme klang. Als wäre sie noch ein kleines Mädchen.

„Ist in Ordnung, Süße. Manchmal brauchen wir alle eine Schulter zum Ausweinen." Giulia lächelte. „Geht es dir besser?"

„Ich weiß nicht", sagte Becca. „Ich bin, glaub ich, müde und ich spür gar nichts mehr."

„Das ist gut.“ Giulia nickte. „Olivia und Brandon werden dich verstehen, wenn du mit ihnen sprichst. Glaub mir, die zwei sind wirklich in Ordnung.“

„Ich weiß. Ich glaube …“ Becca gähnte. Der Gedanke daran, jetzt noch zu Fuß nach Hause zu gehen, war nicht verlockend. Es fiel ihr so schwer, einen klaren Gedanken zu fassen … „Ich glaube, ich will Olivia nicht kränken. Wenn ich über meine Eltern rede, weißt du?“

Giulia schüttelte den Kopf. „Ich bin sicher, Olivia und Brandon haben schon darüber nachgedacht. Du willst doch bestimmt auch mal zum Grab deiner Eltern?“

Becca nickte langsam. „Ja“, sagte sie.

„Vielleicht wollten Brandon und Olivia euch nur Zeit geben, euch einzuleben, bevor ihr die schwierigen Themen angeht.“

Becca zuckte mit den Schultern. „Kann sein“, sagte sie und gähnte noch einmal. „Oh Mist.“ Mit einem Mal saß sie kerzengerade da. „Sie werden sich Sorgen machen. Ich hab gesagt, dass ich um acht daheim bin, und jetzt ist es …“ Sie hob ihr Handy hoch, das sie während der Arbeit stummgeschalten hatte und starrte auf den Bildschirm. Zwölf Anrufe in Abwesenheit, fünf ungelesene Nachrichten. „Jetzt ist es Viertel vor Neun. Ach du Scheiße.“

Giulia nickte. „Am besten, du schreibst ihnen schnell eine Nachricht, dass du etwas länger hier bist.“

Ein Klopfen an der Eingangstür ließ sie aufschrecken.

Giulia hob den Kopf. „Ist offen“, rief sie.

Mit einem Schwall Schneeflocken kam eine dick eingemummte Gestalt herein, stapfte sich die Füße ab und zog die Mütze vom Kopf. Ein brauner Haarschopf kam zum Vorschein, die Augen darunter blickten besorgt und suchend im Raum umher. Als sie auf Beccas trafen, breitete sich Erleichterung darin aus.

„Oh, Gottseidank“, sagte Brandon, durchquerte in wenigen Schritten den Raum und blieb abrupt stehen. Sein Gesichtsausdruck war plötzlich verlegen.

„Ist okay“, sagte Becca leise. „Du kannst mich umarmen.“

Er seufzte und schlang die Arme um sie.

„Wir haben uns solche Sorgen gemacht“, murmelte er. „Es war spät und du bist sonst immer pünktlich.“

„Es tut mir so leid, ich ...“

Brandon musste etwas in ihrem Tonfall gehört haben, denn er schob sie auf Armlänge von sich und sah sie prüfend an. Dann wanderte sein Blick zu Giulia und wieder zurück. Er schien zu verstehen, was heute Abend geschehen war, denn seine Züge wurden ganz weich.

„Du hast wirklich nach mir gesucht?“, fragte Becca, die diese Tatsache irgendwie nicht in ihrem Kopf unterbringen konnte. „Und du bist nicht böse?“

„Nein, natürlich nicht. Nur erleichtert. Einfach nur erleichtert, dass es dir gutgeht.“ Der letzte Teil klang mehr nach Frage als nach Aussage, aber Becca wollte jetzt nicht darüber reden.

Giulia kam ihr zu Hilfe. „Wir haben uns unterhalten und die Zeit darüber vergessen, war meine Schuld ... tut mir leid. Kommt nicht wieder vor.“

Brandon seufzte und er schien wirklich nicht böse zu sein. Wie er da so stand mit seiner dicken Jacke, sah er auch ein bisschen aus wie ein gutmütiger Bär.

„Jetzt kannst du in der Schule erzählen, dass du so lange weg warst, bis die Polizei dich abgeholt hat“, sagte Giulia glucksend und stieß Becca sanft mit der Schulter an. „Wenn das nicht cool ist, dann weiß ich auch nicht.“

Becca rollte mit den Augen, aber nur ganz leicht und mehr pro Forma, weil sie das sonst auch öfter mal tat, wenn sie nicht so genau wusste, was sonst tun. Dann umarmte sie Giulia.

„Danke“, murmelte sie.

Giulia drückt sie. „Jetzt schau, dass du nach Hause kommst. Du hast ein Zimmer zu planen.“

Becca nickte.

„Gibt's zu Hause was zu essen?“

Brandon sah sie mit gespielter Empörung an. „Ist der Papst katholisch?“

„Gut“, sagte Becca. „Ich bin am Verhungern.“ Dann wurde sie ernst. „Brandon?“

„Hm?“

„Danke fürs Abholen. Und dafür, dass du dir Sorgen gemacht hast.“

„Jederzeit“, sagte er. Dann sah er sie eindringlich an. „Auch wenn wir das mit den Sorgen von mir aus gern sein lassen können.“

***

Brandons Blick wanderte über die Stuhlreihen hinter ihm, die die Stadthalle von Finley Meadows füllten. Menschen lächelten ihn an oder waren tief in Gespräche mit den Sitznachbarn vertieft. Die Bewohner von Finley Meadows waren der Einladung des Bürgermeisters zahlreich gefolgt – und Brandon vertraute darauf, dass sie alle heute Abend einer Meinung sein würden.

Oder?

Da war diese Unruhe in ihm, wie ein kaltes, elektrisches Summen. Er kannte dieses Gefühl, es hatte ihn schon oft vor Unheil bewahrt. Sein sechster Sinn sagte ihm, dass heute irgendwas in der Luft lag, dass etwas nicht so war, wie es sein sollte.

Wieder wandte er sich den Menschen zu, suchte Reihe um Reihe ab – doch da war nichts, was ihm auffiel.

Geronimo unterbrach seine Gedanken, indem er den Hammer auf das Podest knallen ließ.

„Ruhe", brüllte er. „Silizium! Silizium!" Er hob beschwörend die Hände.

Brandon verbiss sich ein Lächeln und sah Luke an, aber der schüttelte nur langsam den Kopf. „Gar nicht erst damit anfangen", flüsterte er. „Oder glaubst du, es hebt seine Laune, wenn du ihn darauf hinweist, dass Silizium nicht das heißt, was er denkt, dass es tut?"

Brandon grinste. Vermutlich nicht. Und sie brauchten Geronimo heute in absoluter Höchstform. Es ging immerhin um die Zukunft der Mädchen.

Er rutschte auf seinem Stuhl hin und her, während rundherum das Gerede erstarb. Vielleicht war er nicht nur nervös, was die nächste Stunde bringen würde – vielleicht lag es auch an der Uniform. Er war es nicht mehr gewohnt, sie zu tragen.

Aber Geronimo hatte drauf bestanden, dass er in voller Montur erschien, um der Versammlung offizielles Gewicht zu geben. Brandon war nicht ganz sicher, ob er damit recht hatte – aber Geronimo war nun mal der Chef und so hatte er sich heute in Schale geworfen.

Rund um ihn war es ruhig geworden, die Gesichter hatten sich dem Bürgermeister zugewandt.

„Ihr fragt euch bestimmt, warum ich heute eine außerordentliche Stadtversammlung einberufen habe", begann Geronimo.

Zustimmendes Gemurmel erklang aus den Reihen.

„Nun, es ist ganz einfach. Unsere örtliche Polizei hat unter meiner fachmännischen Anleitung die kleinen Diebstähle der letzten Zeit aufklären können."

„Hört, hört."

„Brandon hier wird euch einen Überblick über die Lage geben.“ Geronimo nickte Brandon zu. Dieser erhob sich und holte Luft.

„Wie viele von euch bestimmt schon gehört haben, handelt es sich bei den Täterinnen um zwei Mädchen“, begann er. „Eine der beiden sieben Jahre alt, die andere vierzehn.“

Er machte eine Pause – um seine Gedanken zu sammeln, aber auch, um den Leuten Zeit zu geben, die Informationen zu verdauen. „Beth und Becca, zwei Schwestern. Die kleinere – Beth – war bis vor Kurzem im Krankenhaus, sie war schwer krank. Sie hat sich verletzt und ist beinahe an den Folgen einer Blutvergiftung gestorben.“

„Wo sind die Eltern der beiden?“, klang eine ärgerliche Stimme aus den hinteren Reihen. „Warum haben die nicht auf ihre Kids aufgepasst?“

„Sie sind tot“, sagte Brandon. „Vor drei Monaten bei einem Autounfall gestorben.“

Stille legte sich über den Raum.

„Die beiden hatten keine Verwandten, zu denen sie konnten. Becca, die Ältere, hat am Abend des Unfalls mitgehört, dass wohl geplant war, sie und ihre Schwester getrennt bei Pflegefamilien unterzubringen. Das wollte sie verhindern und so sind die beiden noch in derselben Nacht davongelaufen.“

„In derselben Nacht, in der ihre Eltern verstorben sind?“, fragte Miss Nora. Ihre Augen schimmerten.

Brandon nickte. „Sie haben sich eine Weile ganz gut durchgeschlagen. Am Anfang hatten sie noch Geld und haben Busse benutzt. Als es ihnen ausging, sind sie hier bei uns gestrandet. Becca hat damit angefangen, Lebensmittel für sich und ihre kleine Schwester zu stehlen.“

„Aber ich hätte ihr die Äpfel doch geschenkt, wenn ich gewusst hätte …“, sagte Stefano, sein Gesicht kreidebleich. „So ein bisschen Obst macht doch gar keinen Unterschied. Wenn ich das gewusst hätte, ich hätte doch auch niemals die Polizei verständigt …"

Ein zustimmendes Murmeln erhob sich im Raum.

„Und der Teddy?", fragte eine ältere Dame, die einen kleinen Laden für Spielzeug hatte. Brandon kannte sie, aber gerade jetzt fiel ihm ihr Namen nicht ein.

„Die kleinere der beiden hatte Geburtstag. Sie war so traurig, dass Becca sie aufheitern wollte. Außerdem ist es kalt geworden", fuhr Brandon fort und sah die Besitzerin der Boutique für Kinderkleidung an. „Daher der Pulli."

„Wie haben die beiden das so lange geschafft, bei der Kälte?", fragte Jill und schüttelte den Kopf. „Vor allem die Kleinere. Wenn ich nur daran denke, dass die zwei ganz allein draußen in der Nacht waren. Ohne Schutz."

Brandon nickte, dann ging er zum Rednerpult. Er zog hinter dem Vorhang des Ständers den zusammengefalteten Karton hervor, in dem die Mädchen gewohnt hatten. Mit ein paar Handgriffen hatte er ihn aufgebaut. Als er daran dachte, dass die beiden Mädchen darin so viele Nächte in der Kälte übernachtet hatten, musste er für einen Moment innehalten.

Sie sind in Sicherheit. Es geht ihnen gut.

Er atmete tief ein und aus.

„Becca hat diesen Karton hier gefunden und an der Rückseite der Pizzeria aufgebaut, hinter einem Stapel Paletten. Durch die Abluft hatten sie so etwas wie eine Heizung." Er konnte hören, wie brüchig seine Stimme klang – und als er den Kopf hob, sah er seine Gefühle gespiegelt in den Gesichtern der Bewohner von Finley Meadows. Stumm starrten sie auf den zerschlissenen Karton, der in der Mitte der Bühne stand.

„So nah bei meinem Diner", sagte Reenie, kaum hörbar. „Wieso hab ich das nicht bemerkt?"

„Ich kenne die Mädchen mittlerweile recht gut", sagte Brandon. „Wenn die zwei sich etwas in den Kopf setzen, dann sind sie kaum davon abzubringen. Du hättest sie nur durch einen Zufall entdecken können."

„Und ihr habt sie dort gefunden?", fragte Stefano.

„Nein. Sie haben zuerst in einem Karton gewohnt, aber als die kleinere der beiden schon sehr krank war, haben sie im alten Miller-Haus Zuflucht gesucht. Dort hatten sie einen Kamin, konnten einheizen und ein paar Dosen Suppe aufwärmen, die noch zu finden waren."

Betroffene Stille breitete sich im Raum aus. Keiner der Anwesenden schien fassen zu können, dass das alles in ihrer Mitte geschehen war – dass zwei Mädchen, die so dringend Hilfe gebraucht hätten, ganz alleine gewesen waren.

„Wie geht es jetzt mit den beiden weiter?", fragte Giulia. „Was passiert mit den Mädchen?"

„Nun, zum Teil sind wir deswegen heute hier zusammengekommen", sagte Geronimo und trat neben Brandon. „Eine Bürgerin dieser Stadt hat sich bereiterklärt, beide Mädchen gemeinsam bei sich aufzunehmen. Brandon und ich haben mit dem Jugendamt geredet, der Antrag wurde überprüft und genehmigt."

„Das klingt gut", sagte Jill erleichtert. „Sagst du ihnen, dass sie jederzeit bei mir im Buchladen willkommen sind? Ich freu mich über Besuch und sie können sich gerne ein Buch aussuchen."

„Entschuldigung", erklang da eine schrille Stimme. „Aber hier handelt es sich wohl auch um meinen Kuchen, nicht wahr? Ich hatte ihn bereits bezahlt. Und dann wurde er gestohlen."

Reenie drehte sich um. „Wir haben dir den Kaufpreis doch rückerstattet, Trixie", sagte sie.

Diese schnaubte. „Darum geht es nicht. Es geht hier um zwei Gören, die zuerst stehlen und dann auch noch hierherziehen, mit Unterstützung von Polizei und Bürgermeister! Wollen wir eine

Generation von Verbrechern heimisch machen? Sind wir doch mal ehrlich – die beiden haben schon eine Menge kriminelle Energie bewiesen und wenn ihr hier nicht alle so rührselig wärt, dann würdet ihr das auch sehen. Ich bin dagegen, dass die beiden in Finley Meadows wohnen. Einmal kriminell, immer kriminell."

Brandon sah sie ungläubig an. Meinte Trixie das ernst? Stimmengewirr erhob sich.

Geronimo klopfte mit seinem Hammer wieder auf das Pult und hob beschwichtigend die Hände. „Ich denke, die jungen Mädchen waren sehr tapfer. Sie haben gestohlen, ja. Aber der Schaden hält sich in Grenzen – und es wurde nur entwendet, was sie direkt zum Überleben gebraucht haben. Die ältere der beiden hat schon zu arbeiten begonnen und will bei allen Geschäften den kompletten Schaden ersetzen." Er nahm die Brille ab und rieb sich die Nasenwurzel. „Ich konnte sie bereits kennenlernen und bin sehr beeindruckt von ihnen. Finley Meadows kann mutige junge Damen wie die beiden brauchen – und ich denke, wir sollten den Mädchen eine Chance geben." Er blinzelte und setzte rasch wieder die Brille auf.

„Aber …", begann Trixie. „Mein Kuchen. Meine Babyparty."

„Ich kann euch nicht daran hindern, Anzeige zu erstatten. Aber ich möchte euch bitten, davon abzusehen", sagte Brandon und sah zuerst Trixie, dann die anderen an. „Es ist so, wie Geronimo sagt. Die beiden sind gute Mädchen. Sie haben ihre Eltern verloren. Sie sollten nicht auch noch einander verlieren. Niemand kann sagen, was passiert, wenn Anzeigen wegen Diebstahls erstattet werden. Mit großer Wahrscheinlichkeit wird Becca dann von ihrer Schwester getrennt – und die beiden haben schon genug durchgemacht. Sie haben ein bisschen Ruhe verdient, um sich zu erholen, den Verlust ihrer Eltern zu verarbeiten und ein neues Leben zu beginnen."

„Ich jedenfalls verzichte auf eine Anzeige", sagte Reenie und erhob sich. „Und sie wird auf keinen Fall den Schaden erstatten, das wäre ja lächerlich. Was mich angeht, gibt es keinen offenen Schaden."

„Seh ich auch so." Luke nickte und stand ebenfalls auf.

„Ich auch." – „Geht mir auch so." – „Genau", klang es um sie herum und mehr und mehr Menschen erhoben sich von ihren Plätzen.

„Wer dagegen ist, hebt die Hand." Geronimo sah fragend in die Runde und sein Blick ruhte für einen langen Moment auf Trixie. Auch andere Köpfe drehten sich in ihre Richtung.

Niemand hob die Hand.

Geronimo nickte. „Ich bin stolz auf unsere Stadt", sagte er und grinste wie ein frischgebackener Papa. „Wir sind was ganz Besonderes, hier in Finley Meadows. Wir halten zusammen."

Trixie zog einen Schmollmund.

„Wir sollten anonym abstimmen", quengelte sie. „In einer öffentlichen Abstimmung wird man unter Druck gesetzt und es ist mein Recht als Bürgerin dieser Stadt, Anzeige zu erstatten, wenn ich geschädigt wurde."

„Officer Stark", sagte Geronimo laut und sah Trixie nachdenklich an. „Ist Ihnen schon einmal aufgefallen, dass das Verbrechen sich um eine Bürgerin in dieser Stadt zu häufen scheint? Zuerst der Zwischenfall in ihrem Vorgarten mit den Tulpen, dann der Kuchendiebstahl. Möglicherweise gibt es ja eine verdächtige Verbindung zu kriminellen Vereinigungen?"

Brandon merkte, wie gegen seinen Willen ein Grinsen seine Wangen hochkletterte. Es war falsch, es war unmoralisch – aber oh, wie gut es sich anfühlte.

„Meinst du, Herr Bürgermeister?", fragte er und sah seinerseits zu Trixie hinüber, die gerade knallrot angelaufen war.

„Aber *ich* bin hier das Opfer. Das unschuldige Opfer“, sagte sie, sah hektisch zwischen ihnen beiden hin und her und dann in der Runde herum. „Das ist ja eine Unverschämtheit. Da hat man den Schaden und dann noch dazu diese haltlosen Unterstellungen.“

„Wir versuchen hier nur, korrekt zu sein“, sagte Geronimo. „Wenn du auf einer Untersuchung bestehst, dann muss ich Officer Stark anweisen, sämtlichen Spuren gründlichst nachzugehen.“ Er machte eine Pause und ein Lächeln breitete sich auf seinem Gesicht aus. „Wenn du aber darauf verzichtest, eine polizeiliche Untersuchung einzufordern, dann bin ich sicher, dass dir die Gemeinde von Finley Meadows deinen finanziellen Schaden großzügig ersetzen wird.“

Trixie klopfte mit ihren lackierten Fingernägeln auf die Lehne ihres Stuhles. „Den emotionalen Schaden, den ich durch den Diebstahl des Kuchens hatte – und einmal zusätzlich neue Tulpen?“

Geronimo seufzte. „Deal. Wenn die Gemeinde dafür ist…“ Er sah fragend in die Runde. Die meisten wirkten gequält, aber sie nickten.

„Damit ist die Angelegenheit wohl erledigt. Möchte noch einer der Geschädigten seinen Schaden ersetzt bekommen?“

Als sich niemand meldete, reckte Trixie ihr Kinn vor. „Es ist mein gutes Recht…“, begann sie erneut.

„Dann würde ich sagen, wir nehmen zu Protokoll, dass die Untersuchung eingestellt und Trixie entschädigt wird. Und damit ist die Sitzung für heute beendet.“

Geronimo klopfte mit dem Hammer drei Mal auf das Rednerpult.

„Officer Stark“, rief er in den einsetzenden Lärm aus rutschenden Stühlen und aufgeregten Gesprächen hinein. „Auf ein Wort.“

Brandon trat an Geronimo. „Du hast das Zeug zum Mafiapaten, das ist dir klar, oder? Das hier war hart an der Grenze zur Erpressung. Ich kann das nicht gutheißen, auch wenn du damit den Mädchen geholfen hast."

Geronimo grinste, offensichtlich sehr zufrieden mit sich, und wippte auf seinen Absätzen vor und zurück. „Sag einfach Danke."

Brandon nickte. „Danke", sagte er mit belegter Stimme.

Für einen Moment standen sie schweigend nebeneinander und sahen zu, wie sich der Stadtsaal leerte.

„Whiskey?", fragte Geronimo unvermittelt. „Du hast heute Abend eigentlich ohnehin keinen Dienst und ich seit drei Minuten auch nicht mehr."

„Halleluja", murmelte Brandon. Sie durchquerten die Halle, schoben sich zwischen den letzten Menschengrüppchen durch und nickten rechts und links.

„Ich bin froh, dass es so ausgegangen ist", sagte Geronimo, während er kurz darauf in seinem Büro eine Flasche entkorkte, an die Nase führte und schnupperte. „Es hätte mir im Herzen wehgetan, wenn die armen Mädchen …" Seine Miene verdüsterte sich. „Na, ist ja nochmal gut gegangen. Ich hab damit gerechnet, dass die Leute von Finley Meadows da Verständnis haben werden."

„Bis auf Trixie", sagte Brandon und nahm sein Glas mit einem dankenden Nicken entgegen. Geronimo deutete auf die Couch in der Ecke des Büros und ließ sich selber im Ledersessel gegenüber nieder. „Trixie hatte es nicht immer leicht – und gerade jetzt macht sie eine schwere Phase durch", sagte er schulterzuckend. „Aber kommen wir zu Wichtigerem. Wie du ja weißt, ist mein Bruder mit dem Neffen des Schwagers des Barbiers von Finley Meadows befreundet."

„Äh … ja?", sagte Brandon, der sich nicht mal die Mühe machte, das zu verstehen.

„Dadurch hab ich natürlich Zugriff auf streng vertrauliche Informationen."

Brandon rieb sich über seinen Bart. Er kannte das kleine Geschäft auf der Hauptstraße, in dem sich seit den 50er-Jahren nichts verändert zu haben schien. Draußen die rotweiß gestreiften Säulen, das Schaufenster mit der handgemalten, goldfarbenen Beschriftung, drinnen kariertes Linoleum, Ledersessel und große Spiegel.

Er selbst war ab und zu mal dort, um sich Bart und Haare stutzen zu lassen und nebenbei den neuesten Klatsch zu erfahren. Er hatte über die Jahre die Erfahrung gemacht, dass die Neuigkeiten aus dem Barbierladen sich, was die Zuverlässigkeit betraf, nicht hinter der örtlichen Wochenzeitung zu verstecken brauchten.

„Worauf spielst du an?", fragte Brandon.

„Nun, mir ist zu Ohren gekommen, dass Lance in Ruhestand gehen will."

„Lance, mein Boss?"

Geronimo nickte. „Seine Frau hat wohl ein Haus von einer Tante geerbt, irgendwo in Florida ... und die beiden wollen dorthin ziehen und ihren Ruhestand dort verbringen."

Brandon nickte langsam. Das war ja alles gut und schön, aber es fiel ihm schwer, sich darauf zu konzentrieren, denn die summende Unruhe war nicht weniger geworden, sie hatte zugenommen. Aber die Stadtversammlung war doch vorbei und alles war gut ausgegangen ... warum war er immer noch nervös?

„Im Herbst stehen Neuwahlen an", sagte Geronimo. „Und ich denke, wir haben den Bürgern dieser schönen Stadt schon oft bewiesen, dass wir als Team die Zeichen der Zeit richtig zu deuten wissen und mit starker Hand das Steuer selbst in stürmischer See ruhig halten können. In Zukunft du als Polizeichef und ich als Bürgermeister."

Brandon nahm einen Schluck Whiskey und dann noch einen.

„Als Polizeichef?", wiederholte er, weil er nicht so genau wusste, was er davon halten sollte.

„Ich könnte mir keinen besseren vorstellen."

Brandon fühlte sich merkwürdig taub. „Lance hat kein Wort davon erwähnt."

„Ich bin sicher, er wird es dir selbst vorschlagen. Vielleicht will er noch eine Weile abwarten."

„Okay", sagt Brandon. „Lass mich darüber nachdenken. Ich kann das nicht so einfach entscheiden. Es ist eine Menge Verantwortung ... und gerade jetzt, wo die Mädchen hier sind ..."

Geronimo seufzte. „Brandon – du erledigst jetzt doch schon einen Großteil der Arbeit."

Brandon war nicht klar gewesen, dass Geronimo das wusste. Lance war nett, aber mit weit über siebzig schon seit einigen Jahren überfordert. Doch Brandon war dankbar, dass er ihn – den Fremden aus der Großstadt – damals eingestellt und damit ein neues Leben ermöglicht hatte.

Aber vielleicht hatte Geronimo recht. Vielleicht war er tatsächlich gut darauf vorbereitet, Polizeichef von Finley Meadows zu werden. Ein Großteil der Verwaltungsarbeit und Entscheidungen liefen tatsächlich jetzt schon über seinen Schreibtisch und auch für die Kollegen war er die Ansprechperson bei Problemen.

Er stellte das Glas auf den kleinen Tisch der Sitzecke und stand auf. „Ich denk drüber nach und rede mal mit Olivia. Ist ja noch ein bisschen Zeit bis zur Wahl. Danke auf alle Fälle, dass du an mich gedacht hast."

Geronimo nickte. „Denk nicht zu lange. Wir müssen einen Plan für die Wahlkampagne machen. Ich dachte, wir könnten ein nettes Foto von uns auf Anstecknadeln drucken und die dann verteilen? Das wär bei den Damen sicher ein Hit."

Brandon unterdrückte ein Grinsen. „Wie gesagt, ich denk drüber nach. Und jetzt muss ich los, Herr Bürgermeister."

Kapitel 24

Olivia sah vom Bildschirm auf und rieb sich den Nacken.

„Was ist denn?“, fragte sie. Fluff hatte bis vor wenigen Momenten eingeringelt auf ihrer Tischplatte geschlafen. Nun hatte er den Kopf gehoben und starrte konzentriert an ihr vorbei.

Hatte sie gerade die Haustür gehört? Sie lauschte, aber alles war ruhig. „Ist viel zu früh“, murmelte sie und kraulte Fluff an seiner Lieblingsstelle am Kinn. „Du kannst noch eine Weile dösen.“

Brandon würde sicher erst später von der Stadtversammlung zurückkommen und die Mädchen waren mit Eve in die Nachmittagsvorstellung des kleinen Kinos in Arrows Point gegangen. Sie wollten danach noch im Diner zu Abend essen und so, wie Olivia ihre kleine Schwester kannte, würden sie deutlich später als angekündigt wieder zu Hause sein.

Fluff schien anderer Meinung, denn er starrte weiterhin konzentriert zur Türe.

„Na gut.“ Olivia griff nach ihrer leeren Kaffeetasse. „Ich brauch ohnehin Nachschub. Und du kannst einen kleinen Snack haben.“

Sie erhob sich und Fluff sprang mit einem eleganten Satz vom Tisch. Gemeinsam gingen sie den Gang entlang Richtung Küche.

Als Olivia die Halle durchquerte, spürte sie kühle Luft. Sie blieb stehen. Nein, die Haustür war verschlossen. Vielleicht war irgendwo ein Fenster offen?

Fluff strich um ihre Beine und mauzte. Sie würde später eine Runde durchs Haus machen und nachsehen … aber jetzt war Kaffee wichtiger, und der Katzensnack, natürlich.

„Ich komm ja schon“, sagte sie und lächelte Fluff an. „So viel Hunger?“

Sie betrat die Küche, betätigte den Schalter, die Deckenleuchten flammten auf.

Und da, inmitten ihrer Küche, stand er.

Olivia schrie auf und prallte zurück, als hätte er sie geschlagen.

Hank.

Er war älter, viel älter, als sie ihn in Erinnerung hatte – das Haar schütter, die Falten in seinem Gesicht tief eingegraben.

„Hallo, Olivia“, sagte er und sein Grinsen entblößte nikotingelbe Zähne. „Hast du mich vermisst?“ Irgendetwas Klebriges, Dunkles schien sich in Wellen von ihm auszubreiten, erstickte jeden Sauerstoff im Raum und kroch unter Olivias Haut. Sie spürte, wie sich jenes uralte Grauen in ihr ausbreitete, das ihr die Luft abdrückte und sie zurück in eine Zeit warf, als sie ihm hilflos ausgeliefert war.

Sie atmete tief ein und aus, und zwang sich, ruhiger zu werden.

Presste ihre Fingernägel in ihre Handflächen, konzentrierte sich auf den scharfen Schmerz, als wäre er ein Anker.

Denk nach. Denk nach. Denk nach.

Sie hasste den selbstgefälligen Ausdruck auf seinem Gesicht.

„Wie bist du hier reingekommen?“, krächzte sie.

„Gute Frage.“ Das Grinsen wurde gehässig. „So ein teures Sicherheitssystem – und so nutzlos. Es war fast zu einfach.“

Er griff nach einer ihrer Whiskeyflaschen aus der Bar, die ihr jetzt erst auffiel, und nahm einen Schluck. „Solides Zeug hast du, das muss man dir lassen. Hab mich kurz umgeschaut. Gefällt mir, wirklich. Könnte mich dran gewöhnen.“

Olivia verschränkte die Arme und starrte ihn nur an. In ihrem Kopf herrschte wattige Leere, so als wäre das vor ihr nicht real, als hätte der Mann in der Küche nichts mit ihr zu tun.

Er nahm noch einen Schluck. „Hab das Haus für eine Weile beobachtet. Rauszufinden, wo du wohnst, war nicht schwer, die Adresse deiner Firma ist ja überall im Netz, und dann bin ich dir einfach von der Arbeit heimgefolgt. Das Sicherheitssystem hat mir für eine Weile Kopfschmerzen bereitet, aber dann hatte ich eine Idee." Er grinste und tippte sich an den Stirn. „Wenn dein Cop heute aus der Stadtversammlung kommt, wird er feststellen, dass ihm das Kennzeichen gestohlen wurde."

Olivia wurde schwindelig. „Das Tor hat automatisch geöffnet, als es das Kennzeichen erkannt hat", murmelte sie. „Und dann hat sich die Eingangstür geöffnet, als du vor dem Haus geparkt hast."

„Kluges Mädchen", sagt er. „Ich hoffe, du hast für das System nicht allzu viel ausgegeben. War keine gute Investition."

Sie schüttelte den Kopf. „Was willst du hier?"

Er zog eine verknitterte Mappe aus seiner Jacke. „Ich hab mal Papiere aufsetzen lassen. Du überschreibst mir einundfünfzig Prozent deiner Firma, zahlst mir monatlich Gewinnbeteiligungen aus – und so lange du das tust, bin ich stiller Teilhaber. Sehr still. Erst wenn die Zahlungen aufhören, werd ich plötzliches Interesse an Vorstandssitzungen und Unternehmensführung entwickeln. Aber solange das Geld fließt und ich meinen Ruhestand mit Nutten und Koks in Thailand verbringen kann, wirst du mich nicht zu Gesicht bekommen. Warum auch." Er grinste. „Wär ja blöd. Und das bin ich ganz und gar nicht, wie wir schon festgestellt haben."

Wut riss in einer gewaltigen, heißen Welle jede Benommenheit weg. Was sagte er da? Er wollte ihre Firma? Alles, was sie aufgebaut hatte? Und noch schlimmer – er wollte ab jetzt Teil ihres Lebens sein? Wollte jeden Monat bezahlt werden.

Sie hätte ihn am liebsten geschlagen, doch sie zwang sich, ruhig zu bleiben.

„Das kannst du vergessen, Hank."

„Glaub ich nicht. Soll ich dir sagen, warum? Wenn die ganze Welt von deinem kleinen Geheimnis erfährt, was würde mit deiner Firma geschehen? Das wäre ein ... ein *Shitstorm,* nicht wahr? Die Gutmenschen würden deine Produkte nicht mehr kaufen, der Wert der Aktien würde in den Keller rasseln. Du müsstest Mitarbeiter entlassen. So tragisch." Er seufzte, zog ein trauriges Gesicht und nahm noch einen Schluck Whiskey. „Und dann ist da noch die Sache mit den Mädchen, die du bei dir aufgenommen hast. Was wird wohl das Jugendamt davon halten, dass die zwei bei einer Mörderin wohnen?"

Wut wurde zu blindem Hass, brodelte schwarz in Olivia auf. So lange hatte sie diese Schuld mit sich getragen, hatte sich gefragt, was sie anders hätte tun können – aber diesen Vorwurf jetzt von ihm zu hören, ließ sie plötzlich klar sehen. Es war niemals ihre Schuld gewesen.

„Ich bin keine Mörderin und das weißt du genau."

Er lächelte süßlich. „Das weiß ich natürlich, denn immerhin hab ich ja deiner Mutter das Licht ausgeknipst." Er zuckte mit den Schultern. „Sie konnte einfach nicht das Maul halten, musste immer wieder davon anfangen, dass ich weniger trinken soll, hat gefragt, ob ich auch andere Frauen treffe ..." Er schüttelte den Kopf. „Hätte sie ihren Platz gekannt, dann wäre sie heute noch am Leben. Frauen sollten ihren Mund nicht zum Reden gebrauchen, wenn du weißt, was ich meine." Er grinste anzüglich.

Angst kroch in ihren Magen, schob schleimige Tentakel ihre Speiseröhre hoch, drückte ihre Kehle von ihnen zu.

„Dass wir beide wissen, wer deine Mutter auf dem Gewissen hat, wird dir nicht helfen. Ich werde es niemals zugeben, du kannst es nicht beweisen – und damit wird der Verdacht ewig im Raum stehen. Das ist in diesem Fall ausreichend. Der Aktienmarkt und das Jugendamt werden kein Risiko eingehen." Seine

Stimme klang beinahe gelangweilt, als würde er einem dummen Kind zum dritten Mal etwas sehr Einfaches erklären.

Sie funkelte ihn an, sagte aber nichts. Ob er recht hatte? Wäre die Anschuldigung alleine schon genug, um ihr Leben zu zerstören – und das der Mädchen? Es war möglich.

„Na, siehst du", sagte Hank mit süffisantem Grinsen, der ihr Schweigen als Zustimmung verstanden hatte. „Du hast gar keine andere Wahl, Süße. Hier sind die Papiere." Er schob die Mappe über den Küchentresen zu ihr hin.

„Lass sie da liegen"; sagte Olivia. „Ich werde sie meinen Anwälten zeigen. Ich melde mich bei dir."

Er lachte bellend auf. „Nichts da. Das hier ist eine einmalige Chance. Entweder du unterschreibst hier und jetzt, oder du kannst morgen im Fernsehen vom Mord an deiner Mutter hören. Ich hab ein nettes Mail an alle wichtigen Redaktionen des Landes vorbereitet – ein Klick von mir reicht und sie geht raus." Er zückte sein Handy und sah auf den Bildschirm. „Schon praktisch, diese Technik. Mails überall und jederzeit, wer hätte sich das vor zwanzig Jahren vorstellen können."

Olivia rieb sich die Nasenwurzel. Was sollte sie nur tun? Es war nicht sicher, ob die Medien die Sache aufgreifen würden. Ob sie einem abgehalfterten Cop Glauben schenken würden – aber wenn, dann wäre die öffentliche Reaktion wahrscheinlich eine Katastrophe und würde nicht nur das Leben der Mädchen sondern auch zahllose Arbeitsplätze bei *lavender fields cosmetics* gefährden.

Sie trat einen Schritt nach vorne, dann noch einen. Widerstrebend streckte sie die Hand aus.

„Darf ich es wenigstens durchlesen?", fragte sie.

Er grinste. „Natürlich", sagte er. „Wenn's das leichter für dich macht. Mein Anwalt ist gut, der Vertrag ist wasserdicht, du wirst schon sehen."

Er wanderte zum Kühlschrank, zog ihn auf und studierte den Inhalt. „Nicht übel“, sagte er und fischte eine Dose mit übrig gebliebenem Nudelsalat heraus. „Du erlaubst doch sicher, Süße?“

Sie sah ihn angewidert an. „Würde es etwas ändern, wenn nicht?“

Er grinste und sein Gesichtsausdruck änderte sich, wurde anzüglicher. „Nein“, sagte er langsam, während sein Blick über ihren Körper glitt. „Was du möchtest, spielt hier keine Rolle.“ Er fischte mit den Fingern einige Nudeln aus der Dose und stopfte sie in den Mund. „Wo sind die Gabeln?“

Olivia deutete stumm auf die Schublade neben ihm.

„Und jetzt lies den Krempel, ich hab nicht die ganze Nacht Zeit“, blaffte er und begann, sich Salat in den Mund zu schaufeln.

Da war eine Bewegung hinter Hank. Am Fenster, war das ... Brandon?

Eine Welle der Erleichterung wusch über sie hinweg und sie hätte beinahe aufgeschluchzt. Brandon war hier und ihm würde bestimmt etwas einfallen.

Olivias Blick huschte zurück zu Hank, der auf den Nudelsalat konzentriert war – wenn auch nicht mehr lange, bei dem Tempo, das er vorlegte. Hinter ihm gestikulierte Brandon in Richtung Tür.

Natürlich, er war ausgesperrt, konnte nicht herein! Ohne Kennzeichen erkannte der Computer sein Auto nicht. Er musste wohl über den Zaun geklettert sein.

Das Sicherheitssystem dieses Hauses stellte sich mehr und mehr als Witz heraus.

Sie überlegte fieberhaft. Die Tür zu öffnen war eigentlich ein Kinderspiel, sie brauchte nur einen Moment, um auf ihrem Handy die App zur Haussteuerung zu öffnen. Allerdings musste sie Hank dafür ablenken.

„In der Vorratskammer gibt's auch noch frische Muffins", sagte sie und deutete auf die Tür.

Hank blickte sichtlich erstaunt auf.

Sie lächelte ihn an und hoffte, dass es ehrlich wirkte. „Wo wir jetzt doch Partner sind und so. Du hast recht. Tut mir leid, dass ich vorhin so unhöflich war."

„So gefällst du mir schon besser, Süße." Er machte sich auf den Weg zur Vorratskammer.

Als er darin verschwunden war, griff Olivia fieberhaft nach ihrem Handy. Die Gesichtserkennung bockte. *Nicht jetzt!*

„Der Apfelkuchen sieht auch nicht übel aus", erklang Hanks Stimme aus dem Nebenraum. „Da nehm ich ein Stück. Gibt's hier im Tiefkühlschrank noch Vanilleeis?"

„Ich denke schon", rief Olivia und hielt das Handy nochmal vor ihr Gesicht.

Endlich öffnete sich der Startschirm.

Eingangshalle, Tür öffnen.

Olivia ließ das Handy zurück in ihre Hosentasche gleiten und hob den Vertrag hoch, als würde sie ihn aufmerksam lesen – keinen Moment zu früh, denn schon war Hank wieder im Raum.

Sie atmete tief ein und aus und hoffte, er würde es nicht bemerken. Hatte das System funktioniert, war die Tür aufgegangen? Sie atmete zitternd aus.

„Veganes Eis?", blaffte Hank. „Ist nicht dein Ernst, wer isst denn diesen Scheiß."

Sie zuckte mit den Schultern. „Hätte ich gewusst, dass du vorbeikommst …", sagte sie sarkastisch.

Er knallte den Eisbecher auf die Arbeitsfläche und war mit wenigen Schritten bei ihr. Wie eine Stahlklammer hielt seine Hand ihr Kinn fest, zwang sie, ihm in die Augen zu sehen. Sein Mundgeruch nahm ihr den Atem.

„Ich mag diesen Tonfall nicht", zischte er. „Du hast dasselbe Problem wie deine Mutter. Soll ich dir beibringen, wie man sich einem Mann gegenüber respektvoll verhält?"

Brandons massiver Körper krachte gegen ihn. Die beiden Männer taumelten zum Küchenblock in der Mitte des Raumes, dann prallten sie an die Wand gegenüber.

„Ich mag deinen Tonfall auch nicht", keuchte Brandon.

„Tja", schnappte Hank und holte zu einem Schwinger aus. „Nicht mein Problem, Sunnyboy. Deine kleine Bitch gehört mir und wird in Zukunft tun, was ich will – und du kannst nichts dran ändern."

Seine Faust rammte Brandons Kiefer, doch der revanchierte sich sofort. Die beiden stolperten quer durch die Küche, dumpfer Schlag folgte auf dumpfen Schlag, doch keiner der beiden konnte die Oberhand gewinnen – und Olivia wusste nicht, wie sie die beiden voneinander trennen konnte. Sie rieb sich über ihr schmerzendes Kiefer und kämpfte die Panik nieder, die in ihr knisterte.

Da schleuderte Brandon Hank gegen die Küchenzeile und die Schranktüren schlugen auf. Teller und Tassen fiel heraus und splitterten, schnitten Hank im Gesicht. Keuchend standen sich die Männer gegenüber und Hank wischte langsam über das Blut.

„Mach dir nichts draus", zischte er. „Wenn mir die Kleine mal langweilig geworden ist, kannst du sie zurückhaben. Wenn sie nach ihrer Mutter kommt, hat sie in dem Bereich nicht allzu viel zu bieten."

Brandon knurrte und warf sich mit seinem vollen Gewicht auf Hank – der einen Schritt zur Seite tat. Brandon stolperte und krachte der Länge nach auf den Boden. Mit einem Satz war Hank auf ihm und würgte ihn, während sich eine Blutlache von Brandons Hinterkopf ausbreitete

Wie ein Kissen aus Blut, dachte Olivia und Bilder aus ferner Vergangenheit flackerten vor ihr auf. Ihre Mutter am Fuße der Kellertreppe, so still.

Bitte nicht. Nicht diesmal, nicht schon wieder, bitte nicht.

Sie schluchzte und spürte, wie sie unkontrolliert zu zittern begann.

Hank durfte nicht gewinnen. Durfte ihr nicht schon wieder einen Menschen nehmen, den sie liebte. Nicht, solange sie hier war und etwas tun konnte. Sie zwang sich, ruhiger zu atmen.

Denk nach, Olivia. Denk nach.

„Anfängerfehler", keuchte Hank gerade. „Nie emotional werden. Sobald du an ner Frau hängst, kannst du deine Eier abgeben ... Außer man hat keine so wie du."

Brandon drückte seine Arme hoch, versuchte, Hank von sich herunterzuschieben, vergeblich.

Brandons Bewegungen wurden langsamer, sein Gesicht verfärbte sich langsam bläulich, und er schnappte röchelnd nach Luft. Was sollte sie nur tun?

Ihr Blick fiel auf die riesige Deko-Pfeffermühle aus Holz, die sie ihrer Innenarchitektin zu verdanken hatte. Sie hätte sich so ein Ungetüm niemals zugelegt – aber nun war sie mit einem Satz dort, schwang es durch die Luft und ließ es auf Hanks Schädel niederkrachen.

Hank wandte den Kopf, sah sie stumm und voller Verwunderung an. Olivia wartete erst gar nicht darauf, was er als Nächstes tun würde, sondern schlug wieder zu.

Er atmete pfeifend aus und sank zur Seite.

Olivia wälzte ihn angestrengt von Brandon, dann kabbelte sie zu Brandons Kopf und legte ihre Hände vorsichtig an seine Wangen.

„Brandon?", fragte sie. „Kannst du mich hören?"

Er schlug die Augen mit sichtlicher Kraftanstrengung auf. Sein Gesicht war verschwollen, Blut tropfte aus seinem Haar.

„Mir geht's gut", krächzte er.

Sie schluchzte vor lauter Erleichterung auf, und lachte, und weinte – alles gleichzeitig.

„Was für ein Schlag, Baby", murmelte er, während er den Mund zu einem vorsichtigen Grinsen verzog.

Sie küsste ihn sacht auf die Stirn. Dann drückte sie sich vorsichtig hoch.

„Ich will nie wieder hören, dass ich in der Küche zu nichts zu gebrauchen bin", sagte sie und griff nach seiner Hand. Seine Knöcheln waren blutig aufgeplatzt und geschwollen.

Er lachte, doch das Lachen verwandelte sich in eine schmerzverzerrte Grimasse.

„Du solltest die Cops rufen", murmelte er. „Wer weiß, wie lange er ausgeschaltet ist. Kein Risiko eingehen."

Sie nickte, warf einen prüfenden Blick auf Hank, der immer noch stumm dalag, und fischte ihr Handy aus der Hosentasche.

Nachdem sie Polizei und Rettungswagen informiert hatte, lächelte sie wieder Brandon an.

„Ich würde dich gerne richtig küssen", sagte sie. „Aber ich fürchte, das würde nur weh tun." Sie strich vorsichtig über seine Arme. „Danke, Brandon. Ich weiß nicht, was ich ohne dich getan hätte. Wie hast du gewusst ...?"

„Ganzn Abend n komisches Gefühl." Das Sprechen fiel ihm sichtlich von Moment zu Moment schwerer, weil sein Gesicht immer mehr anschwoll. „Eingangstor ging nicht auf ... Kennzeichen weg ...", nuschelte er. „Über Zaun geklettert. Rest kennst du ja."

„Du bist mein Held", murmelte sie und sah ihn prüfend an. Ob er genug Luft bekam? Warum nur brauchte die Ambulanz so lange?

Er grinste vorsichtig, aber seine Lider flatterten. Er würde nicht mehr lange bei Bewusstsein bleiben können, der Blutverlust hatte ihn sicher geschwächt. Olivia hätte beinahe vor Erleichterung geweint, als das Blaulicht draußen Polizei und Feuerwehr ankündigte.

Es war viel später, als sie endlich Zeit hatte, über all das nachzudenken. Hank war verhaftet worden, sie hatte Brandon im Rettungswagen begleitet, ihre Aussage gemacht, und mit Eve telefoniert, die mit den Kindern die Nacht in Brandons Haus verbrachte.

Erst, nachdem all das geschehen war und sie an Brandons Bett saß, wurde ihr klar, dass sie den ganzen Abend lang von Uniformierten umgeben gewesen war – und der einzige, vor dem sie Angst gehabt hatte, war der eine Mann in ihrer Küche gewesen, der keine getragen hatte.

Olivia lächelte und sah zu Brandon, dessen Brustkorb sich regelmäßig hob und senkte.

Sie hatte nicht gewusst, dass es möglich war, einen Mann so sehr zu lieben.

Ohne Grenzen, tief aus ihrer Seele heraus und für den Rest ihres Lebens.

Mit Brandon hatte das Glück in ihrem Leben Einzug gehalten – ein Leben, das davor nur aus Arbeit, Disziplin und Einsamkeit bestanden hatte.

Dann war Brandon gekommen und mit ihm Gelächter, gutes Essen, Geduld, Verständnis, eine Familie ... und Liebe. So viel Liebe.

Sie strich ganz sanft mit ihren Fingerkuppen über seinen Arm, an einer jener Stellen, wo ein wenig Haut durch den Verband lugte.

„Ich liebe dich, Brandon Stark", murmelte sie lächelnd.

Und wie durch Zauberhand fand das Lächeln seinen Weg zu ihm, kletterte selbst im Schlaf auf seine Lippen und fand dort ein Zuhause.

***

„… und nun ist er in Haft, bis zur Verhandlung. Ich denke, er wird einige Jahre absitzen. Bei einem Ex-Cop sind die Richter härter und halten sich an strengere Standards."

„Zu Recht", sagte Rosa, „zu Recht." Sie streichelte Martys Hand, dann schob sie den Keksteller über den Tisch zu Brandon. „Und er verliert seine Polizeirente", fügte sie mit Genugtuung hinzu.

Brandon nickte. „Wenn er verurteilt wird, ja. Aber davon ist auszugehen, denn wir haben ja jetzt seine DNA, die ihn mit all den alten Fällen und dem Tod von Olivias Mutter in Verbindung bringt."

„Dazu kommen noch Erpressung, Einbruch, tätlicher Angriff, Körperverletzung, Widerstand gegen die Staatsgewalt, Verletzung eines Polizeibeamten … Er wird seinen Lebensabend im Knast verbringen", sagte Rosa. Brandon kannte diesen Tonfall, hatte ihn oft gehört. Wann immer ein schwieriger Fall gelöst war, wann immer die Bösen hinter Schloss und Riegel saßen, war Rosa glücklich.

„Und das Gute hat gesiegt", sagte er, nickte und schob sich einen Keks in den Mund.

„Wie geht's Olivia?", fragte Rosa. „Das alles kann nicht einfach für sie sein. Muss eine Menge Erinnerungen aufwühlen. Der Tod ihrer Mutter …"

Brandon nickte. „Sie war sehr tapfer." Er sah nachdenklich aus dem Fenster, vor dem weiße Makramee-Blumenampeln hingen. „Wir haben in letzter Zeit viel drüber geredet und sie wirkt jetzt ruhiger. Freier als früher.“

Rosa nickte. „Dass Hank aus dem Verkehr gezogen ist, hilft sicher auch.“ Sie hielt inne. „Und dass sie dich an ihrer Seite hat“, fügte sie hinzu.

„Du hättest Polizistin werden sollen“, sagte er. „Du kannst gut mit Leuten reden.“

Sie lächelte. „Aber wer hätte dann die richtig schwierige Arbeit gemacht?“

Brandon lachte. Er griff nach einem weiteren Keks, weil die einfach viel zu gut waren. „Kannst du mir das Rezept geben?“

„Ja“, sagte sie dann, sah ihn aufmerksam an und wartete.

„Das ist Erpressung“, murmelte er mit vollem Mund. Als er runtergeschluckt hatte, beäugte Brandon den Teller mit den Keksen. Dann lehnte er sich im Stuhl zurück.

„Ich war noch nie so glücklich“, sagte er. „Das Leben mit ihr und den Mädchen ist mehr, als ich mir je erträumt habe. Ich wache manchmal auf und sehe Olivia neben mir im Bett und sie schläft noch. Und ich weiß, dass ich alles tun würde, um sie glücklich zu machen. Sie zu beschützen. Für sie da zu sein. Für den Rest meines Lebens.“

Rosa lächelte. „Ich hatte schon so ein Gefühl“, sagte sie. „Nicht wahr, Marty? Wir haben darüber geredet.“

„Welches Gefühl?“ Brandon sah zwischen den beiden hin und her. Martys Augen funkelten vergnügt.

„Dass du endlich angekommen bist. Dass du diesmal die Richtige gefunden hast“, sagte Rosa.

Brandon nickte. „Das hab ich.“

„Und ich hoffe, wir sehen dich nun öfter mal.“

„Das ist mit ein Grund für meinen Besuch. Ich brauche deine Hilfe.“

„Ja?“

„Ich wohne ja seit Kurzem bei Olivia und den Mädchen."

Rosa nickte.

„Und mein Haus steht leer. Das ist ein Problem – ich muss ständig hin, um nach dem Rechten zu sehen, die Pflanzen zu gießen, die Werbung aus dem Briefkasten zu holen. Davon abgesehen wird der kleine Garten im Frühling wohl verwildern …"

Rosa sagte nichts, ihre Miene steinern.

„Ich bräuchte da wirklich dringend Hilfe. Es ist ein kleines Cottage, alles ebenerdig, keine Stufen. Die Geschäfte sind in Gehweite … und der Garten ist zwar klein, aber gerade groß genug, um ein paar Kräuter zu ziehen und draußen zu frühstücken. Nichts Besonderes, aber sehr gemütlich. Gut in Schuss, ich hab in den letzten Jahren alles Stück für Stück renoviert. Neues Bad, neue Küche … Es sind alle Möbel vorhanden, ich hab nicht viel mitgenommen, weil bei Olivia ja schon alles da war."

Rosa verzog das Gesicht. „Versuchst du, uns einen Gefallen zu tun? Wir brauchen keine Hilfe, wir haben alles ganz wunderbar im Griff, Marty, nicht wahr?"

Brandon sah zu Marty und meinte, in den Augen seines alten Partners das Gegenteil lesen zu können.

„Ihr wohnt hier in einer alten Wohnung ohne Garten, der nächste Supermarkt ist ewig weit weg, es gibt nichts Grünes und die Bodenschwellen zwischen den Zimmern machen es richtig schwer, Martys Rollstuhl herumzuschieben. Die Fenster sind zugig und die Küche könnte eine Renovierung vertragen und du bist auch nicht mehr die Jüngste …" Brandon hörte sich selbst reden und wusste, dass er zu viel gesagt hatte, denn Rosas Miene verdüsterte sich weiter.

„Wie schon gesagt, wir kommen klar", sagte sie.

„Denk an Marty. Er könnte tagsüber im Garten sitzen, wenn es warm ist, ihr könntet gemeinsam spazieren gehen … und ich wäre in der Nähe. Du könntest mich auf Tee einladen und wir würden uns viel öfter sehen. Ihr könntet die Mädchen kennenlernen."

Sie verschränkte die Arme und sah ihn finster an.

„Okay." Brandon hob die Hände. „Du bist unglaublich stur. Hier geht's nicht darum, dass du irgendwas nicht alleine schaffst. Ich sehe, dass du das kannst. Aber es geht darum, dass das Leben für euch einfacher sein könnte und auch schöner. Hilfe anzunehmen, ist kein Zeichen von Schwäche, Rosa. Es ist ein Zeichen von Intelligenz. Marty hat mir so viel beigebracht und du hast mir oft geholfen. Lass mich jetzt für euch da sein."

Sie sah ihn schweigend an. Brandon meinte, ihre Gedanken förmlich hören zu können.

„Ich denk drüber nach", sagte sie dann.

Brandon nickte. Das war mehr, als er erwartet hatte, er hatte mit einer glatten Absage gerechnet.

Er stand auf. „Ich muss los, ich hab noch eine Menge Arbeit rumliegen. Danke für den Tee, Rosa." Er drehte sich zu Marty. „Sieh zu, dass deine Frau zur Vernunft kommt und hau mal auf den Tisch. Ich vermiss meine Feierabende mit dir."

Martys Augen funkelten vergnügt. Brandon hatte das Gefühl, dass Marty Mittel und Wege hatte, um Rosas Meinung zu ändern – auch wenn er nicht ganz verstand, wie die Kommunikation zwischen beiden so nahtlos funktionierte.

„Bis bald. "*In Finley Meadows,* fügte er in Gedanken hinzu.

Kapitel 25

Beth schlug die Augen auf und war mit einem Mal hellwach. Es war endlich Weihnachtsmorgen! Auch wenn es draußen noch stockdunkel war und das Haus ganz still dalag – nichts konnte sie aufhalten. Sie quietschte, schlug die Bettdecke zurück und sprang aus dem Bett. Der Fußboden war kalt unter ihren Füßen, als sie durch die Eingangshalle flitzte.

Ob Santa ihren Brief bekommen hatte? Ob er wusste, dass Becca und sie nun bei Olivia wohnten und dass er die Geschenke hierherbringen musste?

Alle rund um sie hatten versucht, sie zu beruhigen – aber Beth war skeptisch. Wie konnten die anderen da nur so sicher sein? Der Weihnachtsmann lebte am Nordpol und kam nur einmal im Jahr her. Außerdem brachte er doch Geschenke zu so vielen Kindern … da konnte man schon mal drauf vergessen, wenn welche umgezogen waren.

Die Tür zum Wohnzimmer war angelehnt und Beth hielt inne. Atmete tief ein und aus.

Wenn er die Geschenke in unser altes Zuhause gebracht hat?

Beth verzog den Mund und stand ganz still. Dann streckte sie die Hand aus und drückte vorsichtig an der Tür. Sie gab lautlos nach und schwang auf.

Und da … unter dem Christbaum lagen unzählige Pakete. Große und kleine, in verschiedenem Papier eingeschlagen, mit Schleifen und ohne ... Auf einigen konnte sie selbst von hier aus ihren Namen erkennen.

Beth quiekte wieder und hopste auf und ab. Der Weihnachtsmann hatte sie wirklich gefunden, die anderen hatten recht gehabt. Sie lief zu dem kleinen Tisch hinüber, auf dem Becca und sie gestern ein Glas Milch und einen Teller mit Keksen bereitgestellt hatten. Das Glas war leer und die Kekse verschwunden – bis auf einen.

„Dieser Keks ist für dich, Beth", stand auf einem Zettel geschrieben, der neben dem Teller lag. „Ich hab gehört, du hast dir Sorgen gemacht, dass ich dich dieses Jahr nicht finden kann. Du bist ein ganz besonderes, wunderbares Mädchen. Natürlich hab ich genau aufgepasst und ich hoffe, dass ich mit den Geschenken deinen Geschmack getroffen habe. Bis nächstes Jahr! Dein Santa."

Sie griff vorsichtig nach dem Keks und leckte über die Zuckerglasur. Brandon und sie hatten sie extra frisch gebacken, weil Beth der Meinung war, dass man dem Weihnachtsmann keine Supermarkt-Kekse anbieten konnte – und Brandon ihr zugestimmt hatte.

„Danke, Santa", murmelte sie und hoffte, dass er sie hören konnte, auf jene magische Weise, auf die ihn die Briefe der Kinder erreichten. Mit dem Keks in der Hand hüpfte sie zum Baum hinüber und sah sich die Geschenke genauer an. Sie wusste, dass sie warten musste, bis die anderen munter waren – denn Geschenke machte man gemeinsam auf, das war auch bei Mum und Dad schon so gewesen.

Beth seufzte und verzog den Mund. Was Mum und Dad wohl gerade machten? Ob es im Himmel auch Christbäume und Geschenke gab?

Eine Bewegung schreckte sie aus ihren Gedanken auf. Fluff kam hereingeschlendert. Er zwinkerte ihr zu, wie er das immer tat.

„Brrrtt", sagte er auf Katzenart.

„Du auch Brrrtt“, sagte Beth und beugte sich hinunter, um ihn zu kraulen. „Gehen wir die anderen aufwecken? Dann kriegst du Futter und ich kann die Geschenke aufmachen.“

Er sah sie an, als wäre er mit ihrem Plan einverstanden.

***

Becca sah sich um. Der Raum rund um sie war gefüllt mit glücklichen Menschen, weihnachtlicher Musik und raschelnden Geschenkpapierbergen.

„Nicht übel, oder?“, fragte sie Fluff, der es sich neben ihr auf der Couch bequem gemacht hatte. Sie hatte ihm ein neues Halsband mit Glitzersteinen geschenkt, mit dem er aussah, als wäre er ein Catfluencer von TikTok ... oder zumindest ein Kater aus Hollywood. „Sehr glamourös.“ Er schien ihrer Meinung zu sein, sein Gesichtsausdruck zufrieden.

Becca war nicht sicher gewesen, was sie an diesem Tag erwarten würde, also hatte sie sich vorgenommen, nichts zu erwarten. Das war immer am sichersten.

Doch dann hatte Beth sie heute Morgen viel zu früh mit Begeisterung in den Augen aufgeweckt ... und Becca hatte sich trotz der Traurigkeit, die da still und tief wie ein Meer in ihr lag, mit ihrer kleinen Schwester gefreut.

Sie hatten Geschenke geöffnet. Becca hatte einen weichen Pulli bekommen, ein Abo für einen Musik-Streaming-Dienst, einige Bücher, die sie sich gewünscht hatte, und ein neues Fahrrad. Wenn der Frühling kam, war sie bereit.

Das beste Geschenk von allen hatte allerdings Beth bekommen: neben einer neuen Leselampe für ihr Zimmer, die wie ein bunter Oktopus aussah, einer kuscheligen Decke, verschiedenen Brettspielen, einem Set Glitzernagellack und einem aufblasbaren Donut für den Pool, hatte sie auch ein kuscheliges Plüschtier-

Chamäleon unter dem Baum gefunden. Und dann war Eve aufgetaucht, mit etwas, das wie eine Rolle Stoff aussah.

„Hatte keine Zeit zum Einpacken. Frohe Weihnachten, Kleine."

Beth hatte geweint, als sie den Stoff entrollt hatte: es war ein selbstgenähter Rucksack. Der metallisch glitzernde Stoff selbst war spektakulär, denn er änderte je nach Winkel die Farbe und schimmerte wie ein Regenbogen. Das Beste daran war aber, dass Annabelle darauf appliziert war – sie grinste, als wäre sie jederzeit bereit, mit Beth auf neue Abenteuer zu gehen.

„Ich hatte so das Gefühl, als würde sie gerne weiterhin mit dir Dinge unternehmen", sagte Eve und lächelte. „Jedenfalls war ihr langweilig, da so ganz alleine in meinem Regal. Jetzt könnt ihr euch gemeinsam die Welt ansehen."

„Oder wir machen für den Anfang einfach mal einen Ausflug zum Spielplatz", warf Brandon ein und schoss Eve einen Blick zu.

Eve lachte. „Oder das."

Beth saß ganz stumm da und fuhr mit ihren Fingern über den Rucksack.

„Abenteuer mit Annabelle", sagte sie leise. „Ich glaube, das mag ich."

„Vielleicht packst du dir gleich ein paar neue Spielsachen ein?", sagte Olivia und deutete auf die Geschenke, die verstreut lagen. „Wir sind zu Mittag bei Cara, Sam und den Kids eingeladen und wir sollten nicht zu spät kommen."

Becca lächelte, als sie sah, wie eifrig Beth nickte. Und obwohl sie nichts erwartet hatte, war es geschehen: Sie war glücklich, zumindest ein wenig. Und das hier würde ein guter Tag werden, da war sie sicher.

Da trat Brandon neben sie.

„Kommst du kurz mit in die Küche?", fragte er.

Sie warf einen Blick auf Beth, die breit grinsend in einem Haufen aus zerknittertem Geschenkpapier saß und offensichtlich Schwierigkeiten hatte, sich zu entscheiden, was sie nun mitnehmen sollte.

„Ihr geht's gut", sagte Brandon, der ihre Gedanken gelesen hatte.

Sie folgte ihm in die Küche, wo er sich an den Tresen lehnte und ihr ein kleines Geschenk reichte, das in weihnachtliches Papier gewickelt war.

„Für dich", sagte er. „Ich hab ein paar Fäden gezogen und es war nicht ganz legal, aber ich dachte, du möchtest das hier vielleicht haben."

Sie runzelte die Stirn. Noch ein Geschenk? Vorsichtig wickelte sie den kleinen Karton aus, der sich im Papier verbarg, dann hob sie den Deckel ab. Ein MP3 Player glänzte silbern im Licht der Küche.

Becca hob den Kopf und sah Brandon fragend an. „Ich hab ein Iphone", sagte sie und wusste nicht so genau, was sie mit diesem Geschenk anfangen sollte.

„Ich weiß", sagte er sanft. „Das hier ist die Stimme deiner Mum, Becca. Die Ansage ihrer Mailbox. Du hast Giulia mal erzählt, dass du sie immer angerufen hast, wenn du nicht weiter wusstest. Ich dachte, du möchtest sie vielleicht bei dir haben."

Beths Blick verschwamm, während sie wieder auf den MP3 Player blickte. Mit zitternden Fingern griff sie danach, hob ihn vorsichtig aus dem Karton und schob die Kopfhörer in ihre Ohren. Dann drückte sie auf den kleinen Bildschirm: nur ein Track war abgespeichert.

Play.

„Das hier ist die Mobilbox von Madeleine Brighton. Ich bin derzeit nicht erreichbar, aber ich rufe gerne zurück. Bitte um eine Nachricht nach dem Signalton."

Becca schluchzte auf und sah dann zu Brandon, der ruhig vor ihr stand. Wie ein Fels in der Brandung lächelte er sie beruhigend an.

Sie warf sich weinend in seine Arme und Brandon hielt sie, murmelte beruhigende Worte, die sie durch all den Schmerz nicht richtig verstehen konnte.

„Danke“, murmelte sie irgendwann matt, als sie ruhiger geworden war.

Und plötzlich, und einfach so, entspannte sich etwas tief in ihr. Jener Teil, der seit dem Tod ihrer Eltern hellwach und zitternd vor Angst, stets auf der Hut und in Alarmbereitschaft gewesen war. Sie atmete tief ein und wieder aus, fühlte starre Schichten um ihr Herz zerbröseln wie altes Herbstlaub.

Brandon nickte. „Gern geschehen, Becca.“

Sie drückte ihr nasses Gesicht ein wenig fester in den Stoff seines Pullis.

„Das ist das allerbeste Geschenk“, sagte sie nach einer Weile und dachte an die Zeit, als sie alleine in der Telefonzelle gestanden war, die Stimme ihrer Mutter in ihrem Ohr und so viel Angst in ihrem Herzen.

Da war immer noch Schmerz in ihr, und sie vermisste ihre Eltern.

Aber sie war nicht mehr alleine. Und sie hatte nun ein Zuhause, bei Menschen, die sie liebten. Denen sie vertrauen konnte. Die sich um sie und Beth sorgten.

Und das, dachte Becca, *ist das allerallerbeste Geschenk von allen.*

***

6 Monate später

Olivia lächelte, nahm einen Schluck Tee aus der mit zierlichen Rosen bedruckten Porzellantasse und stellte sie wieder ab. Ein Huhn kam herbei, pickte hier und da und beobachtete sie mit ruckartigen Kopfbewegungen. Es gurrte leise, als würde es Olivia beiläufig die Neuigkeiten aus dem sommerlichen Garten berichten.

Sie liebte ihre Besuche hier – in diesem kleinen Häuschen, zwischen Brunnenkresse, Hühnern und Schmetterlingen.

„Ich bin froh, dass du hierhergezogen bist", sagte sie und lächelte Rosa an, die auf der Gartenbank neben ihr saß. „Dass ihr nach Finley Meadows gekommen seid."

Rosa strich ein paar Kuchenbrösel vom Tischtuch und warf sie dem Huhn hin. Sie zuckte mit den Schultern. „Brandon hat mich ja quasi um Hilfe angefleht", sagte sie mit einem schelmischen Glitzern in ihren Augen. „Es wäre doch wirklich schade, dieses kleine Häuschen verfallen zu lassen. Marty ist jedenfalls sehr glücklich hier."

Olivia folgte Rosas Blick quer durch den Garten. Unter dem alten Apfelbaum war Martys Rollstuhl geparkt, neben ihm auf der Gartenbank saßen die beiden Mädchen. Sein Gesicht war zur Sonne gedreht, seine Augen geschlossen. Schlief er? Oder lauschte er der Geschichte, die Becca gerade Beth vorlas?

„Ihr seid tolle Ersatzgroßeltern", sagte sie und blickte zurück zu Rosa mit ihrem weißen Haar, das kunstvoll zu einem Knoten geschlungen war. Den feinen Fältchen in dem weichen Gesicht, dem wachen Ausdruck ihrer Augen.

Der harte Zug um Rosas Mund war verschwunden, seit sie hierhergezogen war. Anfangs hatte sie alle Hilfsangebote abgeschmettert, aber Brandon war mindestens so stur wie sie. Zudem hatten die Bewohner von Finley Meadows schnell bemerkt, dass sich da eine ältere Dame ganz alleine um ihren Mann im Rollstuhl kümmerte, und ebenfalls begonnen, Unterstützung anzubieten. Über die Monate hatte Rosa nachgegeben, Stück für Stück, und begonnen, die Hilfe anderer anzunehmen. Nun hatte sie auch öfter Mal Zeit für das, was sie selbst gerne tat, ohne sich Sorgen um Marty machen zu müssen: Sie traf sich mit einer Freundin zum Kaffeeklatsch, besuchte den Friseur, lieh sich ein Buch aus der Bibliothek, fuhr mit dem Rad zum Markt.

„Wie geht es den Mädchen?", fragte Rosa leise. „Ihr wart letzte Woche wieder im Haus ihrer Eltern und am Friedhof, nicht?"

Olivia seufzte.

„Ja – ich glaube die Besuche tun ihnen gut, auch wenn dabei Tränen fließen. Aber es ist wichtig für sie, diese Verbindung in ihr altes Leben aufrecht zu erhalten, sagt auch Dr. Blumfeldt. Sie ist eine gute Therapeutin, ich vertraue ihr da. Seit sie mit den Mädchen arbeitet, hat sich viel gelöst."

Rosa nickte. „Das Gefühl hab ich auch. Es ist gut, dass die beiden jemand haben, der sie bei ihrer Trauerarbeit unterstützt."

Olivia nickte. „Abgesehen davon genießen die beiden einfach ihre Schulferien. Becca ist viel mit ihren Freundinnen unterwegs, während Beth lieber daheim ist. Sie mag Bücher und baut Deckenburgen und spielt mit ihren Puppen, ist eine richtige Wasserratte ... und sie fährt gern Fahrrad mit Brandon. Wenn er keinen Nachtdienst hat, dann drehen sie jeden Abend eine Runde." Sie runzelte die Stirn. „Denkst du, dass sie mehr Freundinnen braucht? Ist es für ihre Entwicklung schädlich, dass sie so viel bei uns zu Hause ist?"

Rosa schwieg für einen Moment, dann schüttelte sie den Kopf. „Ich bin sicher, sie wird Freunde finden und die Welt erkunden, wenn sie bereit dafür ist. Aber jetzt braucht sie vermutlich jede Menge Nestwärme ... und die bekommt sie von euch."

Olivia dachte daran, wie Beth morgens zu ihr ins Bett geschlüpft kam, ein Stofftier unter dem einen Arm, ein Buch unter dem anderen. Wie sie abends Filme oder Serien schauten, alle gemeinsam auf der Couch – dann war Beth stets mittendrin, mit Fluff auf dem Schoß.

„Du hast recht", murmelte Olivia. Sie lächelte. „Danke, Rosa. Ich wüsste nicht, was ich ohne dich tun sollte. Ich bin manchmal überfordert ... Da sind so viele Entscheidungen und dann die Angst, etwas falsch zu machen, den Mädchen zu schaden. Ich kann mich gar nicht erinnern, dass ich damals ähnlich empfunden hätte, als ich mich um meine kleine Schwester gekümmert hab."

Rosa sah sie aufmerksam an. „Du machst das gut, Liebes. Sie dir die beiden an – sie sind richtig aufgeblüht, seit sie hier sind. Sie lachen, sie blödeln herum, Becca hat Freundinnen gefunden, beide sind gut in der Schule ... und beide haben ein wenig zugenommen, was meiner Meinung nach auch dringend notwendig war. Die beiden waren zu dünn, als ich sie das erste Mal gesehen hab."

Olivia seufzte. „Du hättest sie in der ersten Nacht sehen sollen. Komplett verdreckt und abgemagert. Ich könnte heute noch weinen, wenn ich daran denke." Sie seufzte, lehnte sich in ihren Stuhl zurück und nahm einen Schluck Tee.

„Noch einer?", fragte Rosa und schob ihr den geblümten Teller zu, auf dem sich drei verschiedene Arten von Muffins türmten. „Du könntest durchaus auch ein paar mehr Kilos auf den Rippen vertragen."

Olivia lachte auf. „Danke", sagte sie und griff nach einem mit Schokostückchen. Während sie hineinbiss und sich die Aromen von Vanille, Butter und Schokolade auf ihrer Zunge ausbreiteten, fühlte sie sich plötzlich selbst wie ein kleines Mädchen.

Mit einem Mal liefen Tränen über ihre Wangen. Olivia hatte nicht gewusst, wie sehr ihr diese fürsorgliche Art von Liebe gefehlt hatte – die kluge, mütterliche Liebe einer älteren Frau, die ihr mit Ratschlägen und Verständnis zur Seite stand.

Rosa rutschte näher und legte den Arm um Olivia. „Ich freu mich auch sehr, dass wir hierhergezogen sind", murmelte sie und drückte ihr einen Kuss auf die Stirn. „Es scheint so, als hätten wir alle eine Familie gefunden, von der wir nicht mal gewusst haben, wie sehr wir sie brauchten."

Die beiden Frauen sahen sich für einen langen Moment an.

„Plant ihr eine Regierung zu stürzen ... oder einen Grillabend?", klang da eine amüsierte Stimme hinter ihnen.

Olivia blickte auf und wie immer fand das strahlende Lächeln auf Brandons Gesicht einen Weg auf ihre Lippen – ein und dasselbe Lächeln, zwei Herzen.

„Beides", sagte Rosa. „Womit wollen wir anfangen?"

Brandon lachte. „Dem Grillabend?", fragte er hoffnungsvoll, küsste Olivia, umarmte Rosa und ließ sich auf den zierlichen Gartenstuhl neben ihnen fallen. „Der Wasserhahn ist repariert", sagte er. „Jetzt wird dich das Tropfen nicht mehr aufwecken."

Rosa lächelte und schob ihm wortlos den Teller mit den Muffins zu. Er griff nach einem mit Heidelbeeren, biss hinein und sah zu Marty und den Mädchen hinüber. Als er fertig gegessen hatte, seufzte er zufrieden und streckte die langen Beine von sich.

„Das hier", sagte er und schloss die Augen, „ist einfach nur perfekt."

-- ENDE --

Danke

Dieses Buch zu schreiben wäre ohne die Unterstützung so vieler lieber Menschen nicht möglich gewesen – zuerst einmal mein Sohn (natürlich ganz objektiv gesehen der beste Sohn aller Zeiten), der immer wieder tolle Ideen beisteuert, der mich umarmt, wenn's nötig ist und auf den ich stolzer nicht sein könnte. Dann ist da mein Freund, der großartig darin ist, logische Fragen aufzuwerfen, eine männliche Perspektive beizusteuern – und der immer bereit ist, mich als mein Komplize bei Nachforschungen zu unterstützen, egal ob es dabei um Kampftechniken, Essen, Locations oder ein Whirlpool geht.

Ein riesiges Danke an meine superliebe Freundin Gudrun, die nicht nur den Entstehungsprozess begleitet hat, sondern die mich auch zum Schreiben motiviert, eine der allerersten Testleserinnen war und die mich außerdem mit Kaffee, Arbeitsdates, Korrekturlesen und Marketingideen unterstützt. Steffi, Conny, Kerstin, Nina, Beate, Eva – danke fürs Test- und Korrekturlesen, für euer offenes Ohr bei Plotproblemen und dafür, dass ihr immer wieder mit mir nach Finley Meadows reist und mich ermutigt, wenn ich mal Zuspruch brauche. Danke auch an die traumhaften Frauen aus meiner Yogagruppe, die jederzeit bereit sind, mir bei Buchproblemen zu helfen.

Danke auch an meine Lektorin Andrea Weil (www.weil-andrea.at) für ihre tolle Unterstützung. Die allerbeste Grafikerin Ing. Beate Scherer (www.besch.at) hat das wunderschöne Cover entworfen und zeichnet für den Buchsatz verantwortlich.

Liebe Leserin, lieber Leser …

weitere Bücher aus Finley Meadows sind in Arbeit. Falls du nichts verpassen willst, dann melde dich doch unter www.charlottecolewrites.com an. Mein Newsletter erscheint ziemlich unregelmäßig und bringt dir exklusive Leseproben, Infos über Aktionen und auch Rezepte aus Reenies Küche. Und natürlich erfährst du als erstes, wenn ein neues Buch erscheint!
Falls Dir mein Buch gefallen hat (was ich hoffe!)
und du ein paar Minuten Zeit erübrigen kannst,
würde ich mich sehr freuen, wenn du mein Buch
auf Amazon bewertest. Vielen Dank! <3

Ich freue mich auch über jedes Mail …
Manchmal brauche ich für die Antwort nur ein
wenig länger. Aber sie kommt bestimmt!

Deine Charlotte

charlottecolewrites@gmail.com
www.charlottecolewrites.com

Folgende Bücher sind in der Finley Meadows Reihe erschienen:
Küss mich im Sommerregen
Küss mich zum letzten Mal
Küss mich einfach immer weiter
Küss mich lieber nicht
Küss mich unter dem Mistelzweig
Exklusiv bei Amazon! https://amzn.to/3B27Che

Printed in Poland
by Amazon Fulfillment
Poland Sp. z o.o., Wrocław

44791702R00224